欣梦享
ENJOY LIVING

U0520255

嵊南之桐

L'Arbre Tung au Sud de la Montagne

小圆镜 著

海峡出版发行集团 | 海峡文艺出版社

图书在版编目（CIP）数据

峥南之桐 / 小圆镜著 . — 福州：海峡文艺出版社，2022.7

ISBN 978-7-5550-2958-8

Ⅰ．①峥… Ⅱ．①小… Ⅲ．①长篇小说－中国－当代 Ⅳ．① I247.5

中国版本图书馆 CIP 数据核字（2022）第 067258 号

峥南之桐

小圆镜　著

出版人	林　滨
出版统筹	李亚丽
责任编辑	邱戊琴
编辑助理	王清云
特约监制	杨　琴
特约策划	月　桐
出版发行	海峡文艺出版社
经　　销	福建新华发行（集团）有限责任公司
社　　址	福州市东水路 76 号 14 层
发 行 部	0591—87536797
印　　刷	三河市兴博印务有限公司
厂　　址	河北省廊坊市三河市杨庄镇大窝头村西
开　　本	710 毫米 ×970 毫米　　1/16
字　　数	409 千字
印　　张	21
版　　次	2022 年 7 月第 1 版
印　　次	2022 年 7 月第 1 次印刷
书　　号	ISBN 978-7-5550-2958-8
定　　价	49.80 元

如发现印装质量问题，请寄承印厂调换

目录
CONTENTS

峥南之桐

001 CHAPTER 1 第一章
三个月

014 CHAPTER 2 第二章
狗不理

031 CHAPTER 3 第三章
东岳资本

047 CHAPTER 4 第四章
初稿给我

062 CHAPTER 5 第五章
喜欢你

081 CHAPTER 6 第六章
甜粽子

100 CHAPTER 7 第七章
山区支教

116 CHAPTER 8 第八章
杜董的秘密

132 CHAPTER 9 第九章
开门红

149 CHAPTER 10 第十章
小老鼠与玫瑰花

165 CHAPTER 11 第十一章
真男朋友

183 CHAPTER 12 第十二章
飞往加拿大

目 录 ──── CONTENTS ──── 峄南之桐

201 CHAPTER 13 第十三章
暗夜谋杀

215 CHAPTER 14 第十四章
嫌疑人

233 CHAPTER 15 第十五章
浮出水面

251 CHAPTER 16 第十六章
罗生门

268 CHAPTER 17 第十七章
谜底

287 EXTRA 番外一
峄阳孤桐

298 EXTRA 番外二
裁为鸣琴（上）

303 EXTRA 番外三
裁为鸣琴（下）

308 EXTRA 番外四
元宵节

314 EXTRA 番外五
理想宫

330 后记

第一章 三个月

入了四月,银城的天气就接近三十摄氏度了。

席桐是个怕冷的人,坐在开着空调的咖啡厅里,即使面对一双温如暖阳的眼睛,也忍不住从包里拿出丝绸披肩披上。

薛岭扫了眼那披肩,纪梵希限量款,在2010年巴黎时装周大放异彩。他对女人的衣饰没有研究,只是闻澄有个同款,跟他叽叽喳喳说过。

"席记者,我和你对调下位置吧。对着空调容易得肩周炎,尤其是像你这样坐办公室的女士。"

眼前的男人无一处不得体,白衬衫黑西装,最简单的套装极好地凸显出他清俊挺拔的身材,嗓音温文尔雅,叫人很难生出拒绝的心思。

"不用,谢谢薛教授,我们可以开始采访了吗?"

席桐扬起一个笑容,心里连连感叹——她从A大毕业进入《日月》杂志社两年,作为财经记者见多识广,还是第一次见到这么没架子的大佬。

薛岭是从加拿大回国的A大客座教授,新任银湖地产首席财务官,上次她在东岳资本的媒体发布会上见过他,还以为他和孟峄是同一类,没想到这么温和可亲。

想到孟峄,她低头拉紧披肩,笔尖戳着纸张,周身温度好像更低了。

"您为什么想回国发展?"

"您对ME集团购入东岳资本百分之十五的股权有何看法?"

薛岭态度配合地回答完一连串问题。席桐扣上钢笔盖,突然状似无意地问了一句:"薛教授,听说您和东岳资本的董事长郝洞明先生是忘年交?"

薛岭并不意外，微笑道："我和郝先生的独生女闻澄小姐关系也不错，席记者想知道的是这个吧？"

席桐点点头，招供："有几个Ａ大金融系的学妹知道我今天和您约了采访，拜托我问的，您可要如实回答。"

"我暂时没有谈恋爱的打算。"薛岭认真道，"人到了三十岁，对自己的人生就有了一个确切的看法。我至今还没遇到吸引我的女孩子，可能以后也不会遇到，况且，师生恋在我这里是绝对禁止的。"

席桐惋惜地发微信给学妹们，却没注意他目光在她背后的玻璃窗上停顿须臾。

"也许以后会遇到呢，薛教授别这么早下定论呀。"

和薛岭谈话的感觉太好，席桐少见地在工作中展现出放松的一面，笑眯眯地望着他，把长发捋到耳后。

薛岭的目光从窗户移到她干净秀气的脸上，抿了口黑咖啡，眼角的光像要溢出来似的，又柔又亮。

这男人也太优质了吧！席桐正第二次感叹，一股冷冰冰的寒气从身后袭来。

"薛先生。"话音未落，她就被那人托着胳膊带起身子，连同笔记本和钢笔都被迫一股脑塞到了他的公文包里。这个动作很微妙，看起来绅士，实际上和拎兔子没什么两样。

席桐闭了闭眼："不好意思啊！薛教授，我接下来还有事，得走了。如果杂志社需要第二轮采访，可能还是由我来。"

薛岭看着来人冷峻的面容，伸出手笑笑："孟总，又见面了。"

孟峥盯了他几秒，才伸出手，握得极为敷衍。

"席记者，今天的采访内容涉及很多数据，我明天会让秘书把资料送到你单位，如果你有哪里不明白，欢迎给我打电话。"

当着孟峥的面把话说到这份上，这么亲切和蔼、态度出众，席桐感激之余，就是惊恐了，无异于把清朝十大酷刑提前在脑海里过了一遍。大佬啊，你可别再说了！

幸好薛岭也赶时间，他礼貌地打了招呼，开着他那辆崭新的黑色保时捷绝尘而去。

席桐被空调吹傻了，跟着孟峥走下台阶时，好死不死地来了一句，发自肺腑：

"哇，他的车真帅。"

孟峥没说话，把公文包扔给她，奔驰大Ｇ的车门一关，让她滚的意思。

席桐对这狗男人的性子深恶痛绝，资本家是吸血的，姓孟的资本家犹如养蛊养出来的限量版蚂蟥，你扒拉他他不走，不扒拉他吃饱喝足擦嘴就跑，血亏的只有她。

他把自己的包给她，就表明晚上要来取。或许"讨"这个字更贴切。

她可没胆子扔，站在垃圾桶跟前好一会儿，思考孟崤这个狗东西是干垃圾还是湿垃圾，最后想起还有个有害垃圾的分类。反正就是无法回收，猪也不能吃的那类。

她回了四环外的公寓，到家都五点了，黄昏染得天空瑰丽绚烂，犹如千百条生命在怒放。

席桐死气沉沉地写了半篇稿子，发现确实有几处数据不明，明天有必要给薛岭打电话。

手机嗡嗡震动，想泡老师的学妹们纷纷哀叹，人家闻澄是东岳资本的千金大小姐，又漂亮又有钱，薛岭都看不上，她们肯定没戏了。席桐不由笑这些孩子傻，倒了杯柠檬水，忽地没来由的一阵心烦意乱。她写着写着就打开了微博。

呵，银城头条。

点开九宫格，身材高挑的年轻女人挽着男人的手，款款从红毯走上台阶，那条漂亮的金色鱼尾裙流水般滑过他做工考究的皮鞋，隔着屏幕都能闻到馥郁的香水味。发布时间是半小时前，地点是市中心的开隆商场门口。这家商场是郝洞明去年的投资成果，闻澄代表东岳资本剪彩，至于孟崤为什么破例去这种他讨厌的作秀场合，席桐懒得往深里想。他最近和东岳走得很近，很愉快。

鼠标下滑，跳出一条带节奏的热评：看来薛教授没有孟总魅力大。

有人跟评：孟总可是国际集团 ME 的董事长啊，银湖地产能跟 ME 比？薛教授追女朋友输在了背景上啊！一定是这样！

席桐关了电脑，择了菜，做了饭，洗了碗，锁了门不说，还在门口堵了把椅子。

上床睡觉时完全忘了公文包这码事。

半夜她惊醒，哗啦啦开水龙头的声音在三十平方米的一室一厅里格外清晰。她抱着防狼喷雾，悄悄爬下床，才把卧室门打开一条缝，整个人就被推得往后一倒。

喷雾瓶子乒乓砸在地上，席桐惨叫一声。

"席桐！"

一股淡淡的酒气迎面扑来，她使劲把他往外推，都吓蒙了："你，你怎么进来的？孟崤，孟崤！你干什么……"

他的大手将睡裙捋上去，把她两条光溜溜的腿摸了个全，没听到她叫痛，皱眉："砸到哪儿了？脚？给我看看。"

席桐脑袋有点晕，他这是担心她吗？她反应过来，摇摇头："没砸到，不是，你摸我做什么，问一句就好了呀！我真没事！"

孟峰不仅摸了，还想看，他抵着她，抬手把灯一开，检查她腿上的印子。

席桐知道他想干什么，叫得比刚才还惨烈，还捂住了眼睛。

孟峰扯了外套扔在地上，口袋里的钥匙掉出来，当啷一下。席桐从指缝里瞟了一眼。

夭寿了，他什么时候配了她家钥匙？她挣扎起来，踢他："你这是强迫，违背约会合同！"

孟峰脱衣服的速度比他养的狗接飞盘还快，听到这话，动作却停了停。刚洗过手，手上还有水，挺凉的。

"合同合同！"她还在气势如虹地叫。

天杀的合同。

他把手在被子里焐了一会儿，冷静地问："哪一条？"

席桐给他背："第十三条，甲乙双方不能强迫对方！你充其量只能算我半个男朋友，就是真男朋友也没这样的啊。"

孟峰勾了勾唇，饶是她看惯了他这张脸，也不免在橘色的灯光下晃了眼睛。

"乙方解释一下。"

席桐给他解释："就是说，如果我不愿意，你就不能碰我。"

孟峰点头，左手焐热了，托住她的后脑，吻上那张喋喋不休的嘴："愿不愿意？"

席桐的反驳全堵在嗓子眼，变作惊喘。

"愿不愿意？"

他又问了一遍。

席桐还是没能说出话来。

她是被短信提示音吵醒的。她胳膊就跟没骨头似的，够了两把才堪堪碰到床头的手机，费力地睁眼一瞧，原来是她师父宋汀，《日月》财经部的主任：**机会难得，注意专业形象。**

发完"好的"两个字，席桐才反应过来，这什么东西？她不敢问，也不敢去单位，伸手往旁边一摸，床空了。黑色公文包也不见了。

昨晚最后的记忆不甚清晰，仿佛是孟峰在问她奔驰大G和保时捷哪个好看，逼着她说奔驰大G才是最好的越野车。不就是她夸了薛岭的车一句吗？席桐对汽车没什么了解，对他也不太了解，就知道要顺着他说话，他才会不那么斤斤计较。但他心情不好，她连甲方爸爸都喊出来了，他当时说什么来着？

"你爸早就死了。"

分明只有狗才能说出这话来。假酒害人。席桐不纠结这个了，拖着沉甸甸的身体下床。

她后知后觉地发现被子只剩内芯，便晃晃悠悠地去浴室打开洗衣机盖，里头果然装着甩干的床单被套，地上的水已经拖干净了，玻璃门和马桶都被刷了一遍，锃亮。

席桐心情复杂，进厨房找东西吃，微波炉里搁着买来的三明治。她饿得头晕眼花，也不管是不是嗟来之食，囫囵吞下去，整个人才好受了些。

渣男！还有洁癖呢。

桌上放着一张媒体邀请函，今早十点的 ME 记者发布会，现在估计已经结束了。

正想着，一个陌生号码打进来："席小姐，我是孟先生的秘书陈瑜，孟先生晚上六点有个专访，安排给《日月》的记者，我已经和宋主任打了招呼。早上的新闻发布会，我已经把流程和问题发到您信箱，方便写稿子。"

行，光明正大地找借口翘班，让宋汀以为她参加发布会去了，还拿到了孟总的专访。

陈秘书又说："如果席小姐有别的事来不了，也没关系。"

"我来！来之前半小时会跟您确认。"席桐干巴巴道。

这是工作日，她就算再累再气，旷工也不安心。

已经是下午两点，她灌下一杯咖啡，打开邮箱找资料，结果发现这哪是资料，陈瑜都帮她写得差不多了，照片也拍得专业，孟峰站在 ME 中国公司的大厅中央，气势千钧，好似镇得住八方鬼神。

精神抖擞。

人模狗样。

看得席桐牙痒。

她洗了个澡，在脖子上打个法式蓝方巾遮去痕迹，又从衣柜里找出一件珍珠白的套裙，够"专业形象"。

宋师父就喜欢她穿这套出去，说现在的小姑娘，花枝招展，香水喷得他犯哮喘，还是席桐乖，不染指甲不抹粉，不泡吧不喝酒，是当代淑女典范。

席桐在心里苦笑，要是他知道她和孟峰保持不正常关系三个月了，还因为私人关系影响工作，可能会一脚把她踢出山门。说来，时间过得太快了。

五点半，她走进 ME 大门，前台把她领上十八楼，与陈瑜撞个正着。

"席小姐来这么早！"他惊讶，转而抱歉道，"孟总临时有个会，大概九点才能结束，我正准备通知您。您看……"

席桐似是料到了，笑笑："不妨事，我可以进去等吗？"

陈瑜知道她的重要性，把她带进总裁办公室，门开着："孟总待会儿回来再去会议室，您有什么事可以跟他说。"

席桐确实有事，关于那份奇葩合同。签的是两年，她觉得再继续下去迟早暴露，到时候怎么在单位做人，还是提前解约算了。

虽然不是第一次来，她却是第一次仔细打量这里。宽敞的办公室采光极好，单向玻璃外是蓝天白云，高楼耸立，给人一种置身于钢铁森林般的压力感。

孟峰的办公桌很干净，文件整齐地垒成高高一摞，电脑待机，红茶已经凉了。

只是那么一晃神，门口就多了个人，大步走进来：

"陈瑜没通知你专访取消了？"

席桐闻声抬头。

孟峰望着她，他记得这套衣服，是他回国后第一次见她时穿的，在媒体发布会一众话筒和摄像机当中明亮得像颗珍珠。落地镜映出她坐在真皮沙发上的纯白身影，场景似曾相识。

他皱眉："席记者，我等下还有会。"

席桐有些发愣。那一刻，三个月前的记忆潮水般涌上来，清晰如昨。

元旦过后，天越发冷。

南方的冷是湿冷，自从席桐在那场火灾后跟着母亲来到银城安家，过了十六年，还是习惯不了没有暖气的冬天。

她一直很听母亲叶碧的话，按部就班地读书，一路掐尖上去，考了A大的新闻系，出国交换，再乖乖地听导师引荐，本科毕业就去了《日月》这家有百年历史的杂志社，跟了最有资历的宋汀师父。

有时候她觉得这是她爸和奶奶的在天之灵保佑，护着她一路顺风顺水，可进了社会，她的女主光环就没了。叶碧把她保护得太好，她压根没见过那些人的嘴脸，酒桌上让她喝一杯，她不知道喝一杯就是喝十杯。好在师父疼她，也栽培她，愿意带她出去见世面，老板们敬酒他就来挡，说小姑娘酒精过敏，赶她早点回家。可他又不能时刻都在场，于是席桐接到东岳资本媒体发布会的邀请函时，兴奋之余又有些惴惴不安。以《日月》的牌子，记者可能会被请出来和发言人们单独吃饭，以表诚意。可是宋汀不巧染了流感，在医院住院。最后，宋汀叫得意门生席桐单独去参加发布会，叮嘱她后面饭局早点走。

席桐不怯场，拿着函就去了。

ME集团认购东岳资本百分之十五的股份，是银城乃至国内的特大新闻。这家总部位于加拿大的国际集团曾经归华裔孟鼎和靳荣夫妇所有，涉及房地产、金融、化工领域，资产上千亿，孟氏夫妇位列全球富豪榜前十。

之所以是特大新闻，是因为他们去世三年后，继承衣钵的独子孟峰十分看好中国市场，准备把决策部搬来银城，购买东岳资本的股权，就标志着他踏入中国的第一步。

二十八岁的孟峰，天之骄子，等发布会结束才出场致辞，席桐在乌茫茫的人海中一眼就看到了他。

她作为一个靠文字吃饭的文科生，竟然找不出词来形容这个男人。她挤在数百记者中，像朝水源迁徙的草食动物、扑向暗夜光源的飞蛾，自发地、盲目地向他靠近，话筒和摄像机构成的墙挡住了他的脸，席桐着了魔，就想看他，采访他，听他说话——

西装革履的秘书开始抽记者提问，席桐看着那么多举起的话筒和标牌，急了，一把扯下脖子上的蓝丝巾，举起来挥舞在人头之上，像心悦诚服投降的白旗。

果然，陈瑜看到，第一个就点了她。《日月》的面子大，大不过官媒，她的丝巾起到了事半功倍的作用。

她把准备好的问题大声问出来，声音不抖，可孟峰一笑，她的钢笔尖就一下子戳破了纸。

很快席桐就被其他同行给挤出圈，心满意足地抱着本子到外间透风，打算早点走，不用喝酒。

可她的行为给陈瑜留下了深刻印象，特意嘱咐场务把人留下，待会跟车直接去饭店。

席桐想起那张优秀到不可挑剔的脸，鬼使神差地没找借口回家，答应了。事实证明，她就死在贪图美色这一条罪上。

百升大酒店，银城老字号，在ME大楼附近，整栋被包下。记者们在大厅坐了几桌，席桐开始后悔，觉得自己真是傻到家了。

杂志社不要面子吗？宋师父不要面子吗？他们的刊物形象是"传统、精英、严肃、卓越"，她头脑一热，给毁了。

她把丝巾塞到包里，单位工牌也给摘了，偏她长得水灵生嫩，看上去就是个实习生。人家问她是哪个社的，她打马虎眼糊弄过去，一味抿着红酒。

东岳和ME的股东们按习俗来挨桌敬酒，东一杯西一杯，不喝就是不讲情。席桐喝了多少自己都不知道，只晓得从头到尾孟峰都没出现，在开始发晕之时先告辞，去卫生间洗脸。

一个服务员姐姐递来醒酒的薄荷糖，席桐吃了，辛辣直冲天灵盖，被她搀着往外走。

"你同事来接你了。"

席桐茫然抬头，眼前景物模糊，可她还存有神志，知道面前这老男人自己不认识。心跳得很快，好像比刚才更晕了，身上也在出汗，她知道不对劲，一咬舌尖，拔腿就往外冲。

那人钳住她的胳膊，捂上她的嘴，拖着她进了黑暗的楼道，上了好几层，来到某间房外。席桐这时四肢无力，正竭力保持清醒，想看清身处何处，忽觉腰际一凉，裙子被掀了上去。她忍耐着，悄悄从侧兜拔出钢笔，猛地往后戳，趁身后人叫痛之时挣脱束缚，飞蹿出去。

她运气好，一下戳到重要部位，那人走不了。可她还没来得及松口气，突然就听到有几人在急急叫他，像是那人的保镖。

席桐连忙踢掉高跟鞋，跌跌撞撞向楼上跑。这些人很可能认为她会顺原路下去，跑出大楼，但她自认跑不过男人，于是就上了楼，她记得上面几层是客房。

她气喘吁吁，在摄像头下无所遁形，可她管不了那么多，正要敲一间房门求救，迎头就撞上了人。

"席记者？"

她对上一双明灿干净的眸子。说来奇怪，远看那么凌厉的人，近看倒显出十二万分的可靠。更奇怪的是，她竟然觉得他是个好人，会帮她，虽然身上难受至极，却莫名来了底气，不怕了。

"孟先生，请帮帮我！"她几乎站不住，攥着他衣摆的手在发抖。

"她在这里！"

保镖的声音从楼道传来，孟峄皱眉看着她衣衫不整的模样，站得笔直："席记者，我等下还有会。"

席桐的心立刻凉了半截。她怎么没想到，孟峄可能认识那个男人！今晚来的都是颇有身份的董事、股东，他初来银城，不会因为她一个只有一面之缘的小人物就与利益相关者结梁子。

可她不放弃，求他："孟先生，他们在犯罪，给我下了药，帮我报警！"

追兵顷刻到了跟前，认识孟峄这张脸，即使他没带保镖，抬腿举步间的气场还是把他们震退了几步。

"孟总，这位女士……"

"是记者，让他等着警察吧。"

孟峥打开房门，把席桐推进去，然后带着房卡扬长而去。

席桐被关在这间黑洞洞的屋子里，她可以走，但不敢走。她在卫生间里吐了一会儿，没吐出什么来，又冲了个凉水澡，身上还是热。这么冷的天，她扑在床上，全身好像着了火，皮肤下的血液疾速奔涌。她怕得要命，想报警，可包丢在外面了，大脑的回光返照也逐渐消失，她变得昏沉，失重，动弹不得，眼泪一滴滴往下滑。

不知过了多久，就在她被那股冲动给煎熬得身心俱疲、万念俱灰时，门终于开了。

孟峥在二楼雅间开完会又捡了包，赶回来看到床上的人，心里一惊。他原以为那药是致人昏迷的，没想到过了半小时，效果更烈了。她趴在床上，被单上泪渍斑驳，揪得一团乱。他把她抱起来，用外套一裹就往外走。这间房是秘书订给他临时办公用的，他嫌脏。

孟峥带着她火速赶回 ME 大楼总裁办，打电话叫私人医生，听到关机提示音才想起医生下午度假去了，替任明早才来。他低骂一声，忽然整个人被拽得一倒，他及时伸手撑在沙发扶手上，才没压到她。

孟峥垂眸，他与她的距离不过咫尺。此刻她双颊潮红，水雾迷蒙的眼睛就那么望着他，一眨不眨，乖巧又认真，迷离的目光仿佛穿过岁月和空间，如带着电流，嗖地钻进他心脏，酥酥麻麻。

孟峥被那阵酥麻激得差点忍不住。她的手太软，太暖，无意识地抵在他胸口，轻而易举地擦出火星。

他俯下身，看进她微散的瞳孔："席桐，你要我帮你吗？"

她说不出话，意识烟消云散，头往左微微一歪，像他养的边牧在思考主人说话的含义，眸子里有惊惧的泪意，还有别的什么情绪。

他看得清楚。孟峥俯得更低，凉丝丝的嘴唇贴住她耳郭，像一个轻柔的吻：

"我知道了。"

他把她抱进办公室的卧房，空调开到适宜的温度。光线倏然暗下来，他的身子像遮天蔽日的险峰，覆盖住眼。

世界撕裂，感官燃烧，她头脑一炸，汗湿的掌心抵住他脖子，哆哆嗦嗦地说："对，对不起，我，我会负责，对不起，你有没有结婚，有没有女朋友呀……"

孟峥在她剔透的眼睛里看见自己的笑容，笑得很坏："我没结婚，但是有女朋友啊，怎么办？"

她用尽全身的力气，想从他身上下来，可是手脚像被黏住一样。她恨死自己了，只得捂住脸。

孟峰看她眼泪都出来了，着实可怜，哄着她叫他的名字，可她认定他就是个没有道德的坏人。这样的目光他早已习惯了，可席桐这么看他，就不行。他咬牙道："我骗你的，单身，行了？"

席桐简直恨死他了，哆哆嗦嗦地继续问："那你，你打过疫苗吗……"

"打什么？"

"HPV 疫苗……"

"嗯。"

"有，有检验单吗……"

孟峰闭眼，磨磨牙："明天扫描给你。"

她还晕晕乎乎地讨价还价："我要复印件……"

他再也忍不住了，被温柔压抑的掌控欲如岩浆喷涌出地表，四处奔流，他碰哪里，哪里就是一片灰烬，虚空中那条蓝丝巾，真的成了投降的白旗。

夜深人静。

火焰滔天。

凌晨时分，孟峰去阳台抽了根烟，浴衣敞开，胸膛淌着汗。远处高楼亮着一星灯火，穿过冬日清寒的空气，落进他眼底。有几分暖。

床上的人陷在新换的被子里，睡熟了，脸在枕间显得更小。

他走近，蹲下身，吻了吻她蹙起的眉心，语气有些恶意地委屈道：

"你要对我负责。"

席桐早上醒来，合同已经写好了，和医院检验单复印件一起盖在她脸上。

窗帘不遮光，她靠这几张纸睡到十一点半。

席桐费了好大力气坐起来，只觉天旋地转，嗓子焦渴冒烟。她扫向床头放着的保温杯，还有她失而复得的包，伸手端起杯子一口气把温水喝得一干二净，才像活了过来。

孟峰已经吃完早餐，在办公桌后一手写邮件，一手把自己的律师执照推给她，让她看。

"席桐，我认为你并不想让第三人知道这件事，合同是我拟的，应该具有专业性。"

席桐没有失忆，她还没想好怎么面对他，可她是个明白人："哪有人给自己拟合同？你在威胁我，你的意思是如果我违反这上面任何一条，你都可以用专业手段来迫使我承担法律责任。"

孟峰就没办法了："我就是这样想的。或许你可以今天就承担法律责任，体验一下损失，我的律师就在楼下。"

席桐对法律没有研究，可最让她怕的是他的身份，这个男人是她高攀不起的，有千百种方式让她吃亏。

只能期盼他有点良心。

她冷静片刻，在他对面落座，身上的酸痛让她皱了下眉："我需要仔细看。"

"当然。"

她一字字阅览时，孟峄接了个电话，开了个视频短会议，又在官网订了双高跟鞋，左手在桌面下比画着尺码，35.5还是36？

合同不长，最明显的特点是不涉及金钱和劳务交易，开头结尾都是唬人的长句子，总共就十几条，诸如不干涉双方工作，不强迫发生关系，不承担财产连带责任，对方有困难可适当帮助，等等。

席桐总结："互不干涉、带着甲方施舍意味的两年期男女合作伙伴关系。"

就是欧美国家很普遍的"约会对象"，不是真正的男女朋友，但也绝对不违法。

但正常的约会对象会签合同吗？

她又看了一遍，"不"开头的条款多，"要"开头的条款少，这合同十有八九是为了防止她敲诈勒索他，毕竟不知道有多少人想打他这个国际公司总裁的主意。

……想必他以前栽过跟头。

一定是这样。

孟峄摸了雪茄出来，点燃，露出谈生意时的微笑："你不用说得这么难听。从商业价值来说，我们是不对等的，你遇上麻烦的概率比我大，谁知道那时候你会不会来找我？我只是客观地说一句，施舍和援助，本质上没有区别，除非你有东西来跟我换。"

席桐确认一点，昨晚是她理亏，是她找他帮忙。

——她在药力作用下把孟峄给睡了，她好牛。

虽然牛的结果有点儿惨，虽然他之后憋着股劲儿反客为主。可这么想，她能少吃点亏。

她多卑微啊。

他多精明啊。

孟峄精明到以一种诚挚而不要脸的态度向她要业务反馈："席桐，经过昨晚，我觉得你是个很好的约会对象，你呢？"

席桐还能怎么说？

他身边不晓得有多少女伴，他说自己单身，可他这样的人，"单身"只是字面意义。

她敷衍道："你还行吧。"

"还行——吧!"

孟峰点头,他知道下次要怎么做了。

"合作愉快。"他伸出手,彬彬有礼的一副面孔。

席桐的爪子被他握了一会儿,垂眸说:"孟先生,我还是要谢谢你救我,也……很抱歉对你做了那样的事。尽量不要打我电话,发微信就行了,也不要让人去我单位。你的私生活,我不会管,也希望你不要管我,尤其是工作。"

这话说得,倒真像他损失比天大,她忙不迭要翻脸不认人。

可他损失了什么?两只小塑料袋?

孟峰是不会说真话的:"我的损失已经用这份合同来填补了,你如果真的抱歉,下次记得剪指甲,抓得挺疼的。"

席桐哑口无言。

孟峰还要跟加拿大总部视频,便挥手退朝,席桐失魂落魄地穿着他的棉拖从私人电梯下去。

有辆车在等,是陈瑜:"席小姐,先生让我送您回家。"

她这时却莫名没压力了,破罐子破摔:"谢谢。昨天酒店那个人……"

"孟先生是个讲规矩的守法公民。"陈瑜扶了下眼镜,"您可以放心,那个人再也不会出现在银城了。"

席桐解气之余打了个寒战。

车驶出地下车库,阳光刺入眼,她一闭一睁,醒来又是在那间办公室里了。

这三个月,过得和做梦似的。

傍晚时分,橘红的霞光从单向玻璃外肆意挥洒进来,染上她白皙的侧脸。

这样清艳动人的一幅画,无端叫孟峰心中微凉。

"我想提前解约。"

孟峰端起冷透的红茶抿了一口,用座机拨号,开免提:"方律师,请你——"

席桐啪的一下按掉通话键,冷汗瞬间飙出:"孟峰,你如果今天赶时间,我可以周末去你家谈,就我们两个人谈。"

"给你一分钟,说理由。"他淡淡道。

她拂去脑海里那些微博照片,强自镇定:"我们的关系已经影响到我的工作,打乱了我的生活,我不想再这样继续下去了。按照合同条款,一方违约,另一方就开条件,你开吧,能做到的我都答应。"

席桐顿了下,顾及他的面子,又补充:"孟先生,你……条件很好,我相信你能找到更合适的女伴。"

孟峥听她说完，只丢下五个字："周六来我家。"

随即夹着一沓文件出去，头也不回。

席桐怔怔地站着，直到陈瑜进来："席小姐，我送您。"

"不麻烦了。"她笑笑，撑着酸痛的双腿走进电梯。

陈瑜乐得少件事，追上孟峥，看他表情阴沉，以为他是对会议上几个董事不满，秉着专业精神分析了几句，孟峥一个字也没听进去。

孟峥在自我反省。

三个月。

他和席桐在一起三个月。

三个月都没把人搞成自己的女朋友，反而把自己搞成了她的工具人。

她那话是人说的？只有"条件很好"四个字能听。

真晦气。

狗不理

CHAPTER 2 第二章

　　席桐心情低落，刚出了 ME 大楼，宋汀的电话就打进来："小席啊，陈秘书告诉我专访取消了，真是可惜！不过你别灰心，孟总要在中国常驻，以后有的是机会采访他，下次如果再有机会，我还叫你去。"

　　她心里一暖："谢谢师父。您还在单位呢？"

　　宋汀说："不在不行啊，上午那个发布会后天要报，摄影部的照片已经发过来了，我正在挑。你的稿子什么时候发过来？"

　　席桐今天不在状态，差点忘了这茬，连忙道："我等下就传给您。"

　　真是太耻辱了，那根本不是她写的。但她也不得不交。

　　她在路边找了家小店，打开电脑，删删改改，迅速把陈瑜给的稿件发了出去。一天的工作时间就快过了，她想着今天怎么也得干件活，就给薛岭打了电话，问几个昨天没搞清楚的地方，对方态度很好地说让秘书明天送材料到杂志社去。

　　想到薛岭那张温文尔雅的面孔，席桐感慨，人与人的差距为何就那么大？

　　同是加拿大籍华人，住在多伦多，年纪也相仿，连名字里都带山，一个是数九寒冬，一个却是春风细雨。

　　她摇摇头，看着夕阳从街口坠下。

　　这座城市入夜后更加繁华璀璨，显得人影愈发渺小孤单，和她的故乡一点都不一样。

　　看了下时间，席桐估摸着她妈下课了，就买了半只板鸭、一斤素鸡牛肚，打车去了六中。

　　初三的学生们如潮水涌出校门，她和拎着饭盒的家长们在铁门外等了十分钟，她妈叶碧才姗姗来迟，边走还边教育一个面黄肌瘦的女学生。

"妈！"

叶碧看到她，诧异："桐桐，今天怎么过来接我啦？"

那小女孩闻到卤菜的香味，肚子叫得响亮。席桐忍俊不禁："同学，犯什么错给叶老师逮到了？爸妈有来接你吗？"

学生妹妹摇摇头，羞涩地往叶碧身后躲，嗓音就跟蚊子哼似的："我没有。"

现在十五岁见人就害羞的姑娘可不多见，尤其是在一线城市。

叶碧替她说了："这是我们班学霸，牛杏杏，人家可比你乖多了。她刚被几个男生欺负，不是第一次了，缩在拐角一句话不敢说。我替她收拾了，然后一直跟她讲呢——今天人家剪你头发，你要是不呼救不反抗，明天他们就能砍你的头。咱们带她回家吃个饭，然后送她回宿舍，正好你买了菜。"

席桐住了十几年的家就在六中边上，重点中学的职工公寓，两室两厅条件不错。当年叶碧带她从荣城过来，过关斩将考上了教师编制，母女两人的生活才渐渐好转。

饭菜端上桌，小姑娘狼吞虎咽，席桐怕她尴尬，把鸭腿先夹给她，孩子很乖地说谢谢，吃一半就哭了。

叶碧心疼地给她擦眼泪："杏杏啊，你要好好学习，要对得起你走出大山的志向。你运气好，能出来……"

席桐和她妈聊了几句，原来牛杏杏和她们是同省老乡，她家在荣城，牛杏杏家在瓶县，就隔了两百公里。就是这两百公里的距离，把旅游区和山区划分出泾渭。

瓶县是全国著名的贫困县，每年的生产总值惨不忍睹，牛杏杏还是正宗大山村出身，能在沿海一线城市上重点初中，全靠一个叫"蔚梦基金会"的机构，这个基金会和各省城教育部门有合作，每年会选成绩优秀的学生出去读书。

"蔚梦？那不是ME旗下的嘛。"

席桐一听到这名字就想起来了，十几年前那会儿，ME集团的当家人孟鼎和靳荣夫妇来到中国，花费几千万办了个基金会，资助贫困儿童教育，当时反响很大。

叶碧说："这个基金会，说是给出去的孩子发生活费，每个月两千，可杏杏根本拿不到那么多，每次在食堂都吃萝卜白菜。这叫什么事儿嘛！"

牛杏杏听到那两千块钱，欲言又止，眼皮耷拉下来。

席桐也有点不平。

世界上基金会吞钱的情况屡见不鲜，创始人的初衷是好的，可一层层下去，就和古代发赈灾银似的，盘剥克扣猛于虎。

"唉，ME建了这个基金会，之后好像就没怎么管过了。"叶碧叹息道。

席桐说："西方很多基金会是给富翁家族避税用的，但孟家在海外办这个，肯定不是避税目的，不存在给自己存钱的理由，他们的资产有国外专门的理财机构负责管理。有一个可能，蔚梦里面僧多粥少，毕竟孩子确实送出来了，少发点钱可以理解。孟氏夫妇是慈善大亨，ME 很注意企业社会责任，在这方面的支出比同等级的集团都多，已经尽力了。"

说到这里，她转头问牛杏杏："和你一起出来的同学，也有这个困难吗？"

牛杏杏被两个大人你一言我一语说得有点愣，弱弱地说："有。"

席桐撇撇嘴。

叶碧收拾碗筷去厨房："你就别帮 ME 说话了，全球富豪榜前十，一年负担不了几百个学生的生活费？"

"我哪里帮他们讲话了？"席桐吐吐舌头，心间涌起一股小小的烦躁，起身跟着进了厨房。

她低头开水龙头帮忙冲碟子，听到她妈在身后问："周六你男朋友有时间吗？"

"没有。"席桐随口道。

刚答完话，她手一滑，碟子"砰"地砸进水池里，抬起头结结巴巴道："妈，你刚才说什么？我没听清。"

叶碧沉静地看着她，用食指扫过她颈后暧昧的红印，道："你这儿蚊子咬的？"

席桐僵了几秒钟，说："狗咬的。"

"我这周末就要看到你男朋友。"叶碧说，"你个小兔崽子，谈了多久？同学？同事？采访对象？从小就是个锯嘴葫芦，什么事都不跟妈妈说！"

席桐头大地开始考虑是让同学冒充好呢，还是让同事冒充好呢？采访对象她只认识薛岭一个脾气好的。

"他周末真没时间，不骗你。"

叶碧笑笑："没关系，主要是你得让我见他，真人、照片、微信朋友圈，甚至电视新闻，都行，还要把他的姓名、职业、学校告诉我。"

席桐顿时觉得自己太嫩了。

她干吗要一低落就去找她妈啊？自作孽不可活啊！

她决定用拖延政策："他跟我不是一个圈子的，我周末再给你正式介绍，我跟他说说，让他尽量过来。"

到时候推说临时有事，然后不接电话就 OK。

叶碧指指门外："别洗了，送杏杏回学校。"

席桐一听，马上放下手中的碟子，拎包逃窜。

问了一圈，本市工作、关系好的男同学要么有女朋友，要么没时间。同事就别提了，她要是这么干，肯定沦为笑柄。女人拖吧拖吧不是罪。

席桐想得太简单，她拖到周六早上都没跟她妈报信，结果出门去孟峰家，就碰见她妈在楼下早点铺喝豆浆，穿得整整齐齐。

叶碧一见女儿，就笑眯眯地问："桐桐啊，上哪儿去？"

席桐脱口而出："我买菜。"

"去哪个菜市场？"

老小区周围基础设施条件差，她报了个超市名字，她妈似笑非笑地看着她。

席桐不能怯啊，她挽起叶碧的胳膊："你今天过来陪我呀？"

叶碧点头："想着你可能会睡到中午，我就在下面等着。"

席桐顿时有点惭愧，又警铃大作——她妈为什么认为她会睡到中午？准备上去逮男人吗？她心情复杂地坐车来到欧尚。她妈谈笑风生，一副势在必得的样子。

席桐逛超市一直在想对策，一紧张就买多了，什么方便面、鸡蛋面都往车里装，在她魂不守舍搬了袋狗粮时，她意识到自己今天别想蒙混过关了。于是她溜去卫生间，给孟峰打电话。

那头声音嘈杂，有女人在说话，他按了通话键，过了十秒才接："到楼下了？我在外面，一小时后回来。"

席桐一个头两个大，用割地赔款的语气道："快到了。孟先生，你可不可以帮我个忙？我发誓这是合同结束前最后一件事，只会占用你两小时。"

孟峰想也不想："不行。你等着，我回来把拟好的解约书给你签字。"

席桐看他这冷酷无情的态度，就不要脸了："孟峰，我从来没求过你，而且，这事也是因你而起的，不是我一个人导致的。"

孟峰说："你周二晚上才求过我。你让我怎么相信你语言的准确性？"

席桐想到他那边还有人，头皮都炸了，正好这时她妈在厕所外喊："桐桐，怎么这么久还不出来？"

"就来！"席桐回了一声。

她闭闭眼，一鼓作气："你听到了吧，我妈在，她怀疑，我出门时碰到她，她来逮我男朋友。我没有男朋友，问了一圈朋友都没空，来不及找人冒充了。"

孟峰冷笑："问了一圈？最后问到我这里来了？"可以啊。她是不是还准备问薛岭？

他把香槟杯递给侍者，觉得这艳阳下的草坪怎么就这么绿。孟峰朝出口走去，顺便对向他走来的闻澄做了个抱歉的手势。

"你不答应就算了，我是想着正好要来见你，或许你能发发慈悲体谅一下民生疾苦……"

孟峥说："慈悲？你做梦。"

这时，那头传来字正腔圆的女声："桐桐，你和谁打电话呢？男朋友啊？"

他的火气一下泄了个干净："让你妈接。"

电话是叶碧先挂的，她一直用和善的眼神盯着自家女儿："走吧。"

"他说什么了？"

"小孟他有点事，叫我们先在商场坐坐，喝杯茶。"

席桐："啊？"

半小时后，看到地下车库那辆大G，她彻底傻眼了。

她错了，孟峥还是有契约精神的，合同没正式结束，他就依旧履行互助条款。

孟峥下车，给她们打开了后车门。席桐悄悄地问："怎么这么早？"

孟峥没问她妈怎么怀疑的。

从他这个角度，一眼就能看到她细白颈子上留着枚暗红的印，半露在衣领下，是他盖的章，他只要一低头，嘴唇就能碰到她的发夹。

孟峥看着席桐，本该笑的，却冷着脸，只回了一个字："迟。"

席桐没听懂。心想，这狗男人今天可别作妖。

孟峥家是市中心的三层独栋，带个花园，闹中取静，离公司不远，新盘一开就买下来了。

他平时不常回家，请了管家打理，看到席桐买了一堆肉菜，他在车上就限管家三十分钟之内原地放假，所以等他们到的时候屋里已经没人了。

一进门，一只两岁大的金毛就叼着玩具屁颠屁颠地跑过来，和席桐握爪子，尾巴摇疯了，蹭她一手口水。

孟峥端了一套紫砂壶出来，给叶碧泡茶，两人坐在沙发上聊。席桐自告奋勇去厨房做饭，门一关，才长舒了一口气。

她动作很快，把食物塞到冰箱里，弄了四个小炒一个素汤，汤烧完要洒几滴麻油，她找了几个抽屉，翻开最后一个，没油、没酱，只装了两盒没开封的小塑料袋。

什么意思？

一点钟，席桐端菜出来，孟峥进厨房，端汤。

这可把席桐吓得不轻："大佬，别了，您肯帮我，我端十盘菜都行。"

"去吃饭。"孟峥语气不太好。

饭桌上，席桐闷着头只顾吃。

叶碧问："小孟，下午没工作吧？"

孟峰觉得席桐这盘青椒牛肉炒得不错，正吃得津津有味，见叶碧问他，放下筷子正色回道："没有的，伯母。"又立刻转头看向席桐："下午是看电影还是陪你逛街？"

席桐连忙摆手："啊不用不用，你这里清净，我是准备在这里写稿子的。妈，你不是问我为什么带电脑嘛！"

叶碧深深地看了一眼席桐，见她送客意愿强烈，不禁在心中叹了口气，女儿大了就真不由妈了。

她转眼望着孟峰。自己做重点中学班主任多年，学生家长不乏资产雄厚的，她家访也算见识了不少有钱人家，可这个地段这个价位的房子还是第一次进。而且小伙子一表人才，谈吐有修养，就是看起来有点疏离，就算他试图给她留下健谈的印象，也显得牵强。他说他是孟鼎的亲戚，从小生活在国外，枫叶卡上的名字是瑞安（Ryan），从总部调来中国工作不久，很喜欢中国的环境，很高兴在三个月前认识席桐。

叶碧想到这里，开口道："小孟的公司原来是 ME 啊！难怪桐桐跟我夸你们公司呢。我一个学生就是受你们办的基金会资助，来银城读初中的。"

孟峰眼里闪过一丝笑。

席桐鼓着腮帮子扒饭，小声补充："就是每个月生活费拿不到标准数字。"

孟峰对叶碧道："我知道这件事。集团多年疏于管理，放纵部分合作对象侵吞物资，现在决策部搬来中国，必然会对基金会做一个整顿。"

席桐对他的郑重其事感到十分惊讶。

而叶碧对他很有好感，在问他为什么喜欢席桐时，他的回答就更拉好感了。

孟峰说："桐桐很善良，像您还有她爸爸。"他眼角攒出些暖意，是席桐没见过的暖。

叶碧以为女儿跟他说过家里的事，提到席越，眼睛就有点湿："她爸是警察，在她八岁那会儿，车祸去世了。这些年我把她养得不错，她爸应该很高兴，他要是见了你，也一定喜欢。"

孟峰笑不出来，便假装喝汤。

叶碧很会察言观色，见席桐一言不发，了然："桐桐，你就算和小孟闹了矛盾，也不要冷战，两个人把想法都说清楚才行。我等会儿要回学校，你在这里写稿子，下周小孟要是有时间，带他来我们家坐坐。"

席桐点头如捣蒜。

饭后，叶碧便回学校去了，席桐一颗心这才落进肚子里。她心情很好地一边把餐具装进洗碗机，一边哼着小曲儿，冷不丁抬头见孟峰正抱臂倚在门上，吓了好大一跳。

孟峰也不说话，就看着她收拾。

席桐收拾完，迫不及待地问："你看我们的假男女朋友关系周四断掉行吗？还是周三？多给我妈一点心理准备时间。"

关系，断掉，心理准备。

孟峰觉得他看错了，她根本不善良，她就是来捅他刀子的。但孟峰能让她看出自己胸口多了个窟窿吗？

他说了声"随便"，从身后抽出两张打印纸，一张是合同条款，一张是解约条件，白纸黑字，拍在她脸上。

席桐认真看完，总结道："两年变成半年，所以还有三个月，这三个月内甲方变本加厉地对我提要求，我必须无条件接受。"

"你说要提前解约，我就缩短了一年半。"

席桐生气道："我还说不想履约呢。"

"你的想法不代表你的能力。"

席桐就哑了。

孟峰又说："我不会让你杀人放火，你这么善良，我不忍心。再说，我是守法公民。"

席桐一个激灵。她想起面前这个守法公民是怎么对付那个给她下药的猥琐男的，她在新闻上看到他受贿被揭发进监狱了。

洗碗机的流水声在宽敞的厨房里回荡，席桐看着窗外青葱茂盛的花园，突然败下阵来。

他说什么就是什么吧。毕竟今天他帮她了，看起来没有她想的那么坏。

金毛摇着尾巴窜进来，围着她的脚转，她蹲下身，揉揉狗头："成交。"

孟峰看她和狗那么亲，又加了一条："那么，从今天开始的三个月内，你住在这儿。"

席桐急了："你过分了，约会对象不是这样的！"

一提这词，孟峰的火气腾地涌上来，居高临下地俯视她，从牙缝里挤出一句话："席桐，你知道什么是约会对象？"

她立刻反应过来自己嘴快了，就算是，也不能在他面前说啊！这是一个带有工具性质的词，孟峰那么骄傲，只有别人给他服务，没有他给别人解决需求。况且她也没有把他当工具人。

可席桐能在他面前承认吗？所以，她继续嘴硬："我怎么不知道？就是你曾经那些女人和你的关系。"

"我曾经的女人？"孟峰凉凉地问。

她站起来，理直气壮："就是某个女明星、某个女律师、某个名媛等等，你一个也没有否认过。孟先生，我没见过二十八岁还真正单身的男人，而且你又没病，经验丰富得很。"

孟峥一愣，他是没否认，可他对那些花边垃圾新闻说了一个字吗？他看都懒得看。她怎么不去当娱记？

明星和女律师他知道是谁，蹭热度的，可名媛又是从哪里蹦出来的？她们可不需要热度。

孟峥想了片刻，终于明白了，眉梢荡开笑意："闻澄算是名媛？"

这笑意看在席桐眼里，就是一副思念恋人的神态，好一个温柔缱绻，好一个牵肠挂肚。

她听到那个名字时，心里"咯噔"了两下。第一下是因为猜中了，第二下是因为自己。

她鼻子突然有点酸，只是一点点而已，算不了什么，声音也只有一点点抖："不管是谁。她们都没来你家，都不用随叫随到，也没承担做饭养花养狗的义务。你不就是觉得我的身份和社会地位比不上她们吗？所以才这么剥削我。我当初不是故意要跟你扯上关系，你事后拿合同拴着我，还配了我家钥匙，等于白得了一个工具。"

孟峥觉得自己跟她思路完全不在一个星球。

工具？看不起？剥削？这些都是真实存在的吗？他等了三个月，做梦都等她亲口说出那句话，对他承认，可现在他等到什么了？

孟峥一把揪住她胳膊，脸色阴沉得快滴下水来："签字。"

席桐如同鲁迅笔下的长工、艾青诗里的保姆，含泪签上自己的名字，签完了把笔一摔，将狗头一搂，抱着就哭开了，要多凄惨有多凄惨。

金毛都急死了，狂舔她的下巴，转头望着主人，好像在说：我不是人，但你是真的狗。

孟峥嫌她一身狗口水，绝情地把她和狗分开，拖着她上楼，扔进浴室："洗干净。"

席桐绝望地锁了门，一身的油烟气，还有汗水和眼泪，洗了半小时才磨磨蹭蹭搞完，裹上浴巾，后知后觉地发现没衣服换。

脏衣服不见了，她硬着头皮去找，正碰见孟峥从主卧擦着头发出来，水珠从硬朗的颌骨滑到光裸的胸膛，舔出一条晶莹的湿迹。

席桐警觉地后退一步："我衣服呢？"

孟峥把毛巾甩在地上，看了她一会儿，"你觉得作为约会对象，我叫你洗澡，把你衣服扔了，是什么意思？"

席桐瞪大眼睛："你扔了？你敢扔我衣服？"

孟峥觉得她老是抓不住重点。

席桐绕开他，噔噔噔地跑到楼下要去翻垃圾桶，可还没等她走到客厅，就被他拽到身前。

她正在气头上,吼道:"你放开!"

一股寒气扑面而来,如狂风暴雨前的乌云,把她笼罩在狭小的空间内。她看到他眯起的眼,不可抑制的怒气从深黑的旋涡中升腾爆发,这才意识到自己说了什么了不得的话。

她想起刚签的霸王条款,声音弱了下去:"对不起,我今天不舒服,不想!"

"不舒服?"孟峄冷冷道,"那你等着更不舒服吧。"

他真生气了,比她还生气。

席桐意识到这点的时候,已经迟了,事实证明他没说假话。

她今天出门没看黄历,简直被横着竖着欺负惨了,骂人都没力气,眼泪糊了一头一脸,把他身上沾得黏糊糊。

洗衣机的轰鸣声中,孟峄的怒气渐渐消了,终于恢复了一丁点儿人性。

他抱着她往屋侧的盥洗室走,语气软了那么一丝丝,指着墙角:"我是把你衣服扔了,扔到洗衣机里去了。"

席桐哭累了,泪汪汪地趴在他肩上,晕晕地感到有温热的阳光从脑后洒下来,照在背上,还有初夏的风。

这阵风把她吹醒了,她在他怀里扑腾起来,紧张兮兮:"你掏衣兜了吗?"

孟峄:"没有。"

席桐咬牙切齿,恨不得把他给丢到洗衣机里去:"浑蛋!我口红在里面啊!都断货了我上哪儿买啊!你放开我!不准碰我!"

孟峄看她如同怀有深仇大恨,破天荒心虚了一刻,吻她的小鼻尖:"我给你重新买。"

席桐抓到机会,得寸进尺,对他发飙,捶着他的肩:"我不要你的东西!不要你的钱!你道歉!快给我道歉!说对不起!"

孟峄要脸:"不。"

"那你喊我一声爸爸。"

孟峄:"对不起。"

她愣了一下,眼泪哗哗地流下来,心酸得莫名其妙,委屈得不行:"你不要老是骗我嘛,我讨厌你这样,你欺负我,你欺负我没爸爸。"

孟峄看她越说越离谱,也不知道怎么哄,便把她抱到洗衣机上坐着。

她哭得他头都疼了,最后他抬起她下巴,让阳光照进那双清澈剔透的眸子里:

"爸爸。行了?"

席桐看着他,都忘记哭了。

孟峥把头撇过去，觉得太亏，又咽不下这口气，便恨恨地朝她耳朵张嘴咬下去。

先是咬，又不知不觉变成了吻。看不见的火苗又悄然烧了起来。好像只有这时，她才离不开他，愿意把一切都交给他，她的痛苦和欢愉，还有她的心。孟峥想。

太阳从窗外移开。

眼前暗下来，他的脸离她那么近，执着地凝视着她，然后吻上来，眉心、鼻尖、嘴唇，动作很轻。

席桐被他弄得迷迷瞪瞪，不知身在何处，干燥的唇瓣擦过他耳垂，气若游丝："抱抱。"

孟峥把她抱起来，头埋在她颈窝里取暖。

他在原地站了一会儿，按了速洗键，席桐听到叮的一声，联想到什么，脸唰地白了。

孟峥感到她身子都僵了，失笑："口红取出来，再洗一遍。"

这能洗干净吗？衣服怕是都毁了。他就不知道给她买新的，对别人都那么大方，对她就抠门得不行。

席桐这么想着，一闭眼就睡了过去。

再醒来，她发现省了搬家的力气。

孟峥通常事后心情都很好，会帮她干一些活儿，比如洗床单、拖地、晾衣服，或者开车去她公寓，把衣服鞋子文件都带过来。

她的蓝色连衣裙变成了紫色，一块深一块浅，挂在晾衣架上，白色的文胸和内裤也红了，垃圾桶里躺着她死于非命的纪梵希小羊皮。

晚上十一点，陈瑜把不知从哪儿搞来的反季节口红圣诞礼盒送到孟峥家，正好瞥见席桐歪歪倒倒地从楼梯上下来，要不是孟峥及时拉她一把，她就要表演一个一脚踩空血溅别墅。

席桐睡得发蒙，身上的白衬衫是孟峥给她套的，当居家裙穿，扣子系到第二颗，露出印着痕迹的脖子，弱不禁风，看起来遭到了资本家令人发指的压榨。

孟峥叫她去餐桌吃饭，顺便挡住陈瑜的视线："东岳那边怎么说？"

"百分之二十的股权对郝洞明来说没有问题，但两个董事杜辉和杨敬不乐意。我们如果拿到百分之二十，就超过了他们的份额，这两人在争东岳下一任 CEO 的位置。"

孟峥点点头："查吧。"

陈瑜任劳任怨，立即回公司。走的时候想起来："先生，秦立问您是不是不打算回加拿大了。"

秦立是他多年的亲信，孟峥来中国，他就是总部的决策代理人。

孟峥摁灭烟头，目光落在花园的夜色里："至少还得回两次。让他多撑一段时间，我有别的事要做。"

至少回两次，那就是长期上不打算待了。

陈瑜不知道为什么，中国市场处于成熟期，准入门槛低，退出成本高，ME 的竞争者并不少。他没修炼到秦立那个境界，对老板的命令总是会产生各种疑问，会按照自己的理解多想一些，多做一些，有时候会理解错，所以他只能当个高级私助，而不是像秦立那样从秘书干到董事。

不过他跟着孟峰的时间短，孟峰身上的许多秘密，他都不清楚。

比如他背上的伤疤，他和郝洞明的关系，他和基金会的关系，他和这个小姑娘超乎寻常的关系。

陈瑜走出花园，看到客厅灯还亮着，窗口飘出烤面包的香味。他摇摇头，有点饿了，搜罗口红没吃晚饭呢。

席桐狼吞虎咽，三下五除二就把牛奶泡麦片和巧克力可颂吃完了。

她还是饿，可是孟峰不准她吃太多："不是饭点，夜宵不要吃那么多，明早再吃。"

席桐撇撇嘴，把圣诞礼盒打开，是国外流行的那种一天拆一个小物品、可以连拆二十天的盒子，她一下子全给卸了货，然后就受到了严重惊吓。

红橙黄绿青蓝紫，她匪夷所思地抬起头："陈秘书从哪儿弄来这么多颜色的口红？不是，你只要赔我一支小羊皮就行了啊，黄绿青蓝紫我拿来画画吗？"

孟峰说："陈瑜说上嘴都是红的。"

好吧好吧。

席桐无奈地收下："替我谢谢他了。我说，裙子内衣都染成那样了，留着干吗？当抹布？"

孟峰："嗯？"

她不是不让他扔吗？

他拉下脸："吃好了？把碗洗了。"

席桐从善如流地走到水池边，又折回去，从橱柜里拿了个长柄水壶。

孟峰："干什么？"

席桐摸摸脑袋："协议上说，要尽量帮你养花养狗之类的，我今天都没干。"

他放她去了阳台，给茂盛的植物一一浇水。

她的声音远远飘来："孟峰，你有没有铁钉啊？"

"要钉子做什么？"

她从阳台探出头，用一种"总裁终于有不懂的事情了"的目光得意扬扬地望着他：

"放你房间养绿箩的水里，绿箩喜欢铁，叶子不发黄。"

孟峄让她等着，走到洗手间，压低声音打电话给管家："家里有没有铁钉？我要养绿萝，放一根到水里。"

管家："在工具箱里。"

挂了电话，他看了眼时间，都快深夜十二点了，就跟人家说这事儿，他简直就是个智障。

他找到钉子给她，见她浇完花又闲不住，要喂狗。

"可可晚上吃了吗？"平时是上下午各一顿，但今天下午没喂。

"没有。"孟峄脱口道。

席桐一身干劲地舀了一盆狗粮，到狗的房间里去。金毛在睡觉，很不明白她为什么这个点来找自己，懒洋洋地用鼻子拱她。

"不吃饭怎么行啊？都不饿吗？吃吧吃吧。"

金毛瞅一眼慢食盆，又瞅一眼他爸。

席桐问孟峄："它怎么不吃啊？金毛是玻璃胃，不能把胃搞坏。"

孟峄说："它吃。"

金毛冲他龇牙，汪了一声，然后不情不愿地低头嚼狗粮，咯吱咯吱。

席桐看它还剩几粒："好孩子不能浪费粮食，来，舔一舔洗个碗。"

金毛幽怨地看着她，象征性舔舔盆。

席桐满意地拿着盆去厨房，和碟子一块洗了。

孟峄等席桐走后，蹲下来抱歉地揉揉狗头："明天只给你吃一顿。"

金毛一点儿也不开心，撑得在屋里来回走。

孟峄才不想告诉她，她把花浇了两遍，狗也喂了两遍。要让她知道这些他全干了，他基本上也没尊严了。

席桐洗完碗，上楼去自己房间。孟峄没让她在这里住过，她还是第一次占用空间，这个房间和他的主卧相通，木质墙壁上有个隐蔽的连接门，门里是一个很大的浴室，从浴室的窗口能看到远处的城市灯火。

这个设计太险恶了，他有指纹锁，就能通过这个门进她房间，或者把她揪进来洗澡，大洗特洗。

席桐觉得自己一定得撑过这三个月。这男人很危险，他知道她所有的弱点，并且乐于站在制高点上掠夺一切。

那么他有弱点吗？曾经有吗？

她想起他背上那几道陈年的疤，作为 ME 集团唯一的继承人，深得父母宠爱，保镖也不少，为何会受伤？会不会以前被人绑架过。

但她搜过关于他的全部新闻，都没有。他从十二岁开始，就有规律地在公众前露面，成长为站在时代洪流浪花上的操舵人。

她关了灯躺在大床上，叹息消失在黑暗里。

"孟峰啊！"

孟峰给叶碧发了短信，说席桐决定搬到他家住。

假男女朋友关系就这么维持下来了，好在接下来几天孟峰都没碰她，他工作忙，早出晚归，席桐在给他做夜宵时委婉建言：

"你其实可以不用回来，反正办公室有床，还能多睡一个小时。"

孟峰在腿上铺好餐巾："我是资本家，以剥削劳动人民为乐，我为什么要不回家？让你开心？"

席桐想他怎么就能做到理不直气也壮。

孟峰喝着酒，吃着肉，看着她，觉得很快意，整个人生都得到了升华。

孟峰洗漱完回客厅，席桐正在电脑前敲文档。感到背后有人逼近，她寒毛都竖了起来，双手抵住他的肩，拒绝的姿势："我明天有会，不能迟到。"

孟峰的手不规矩起来，她还是很抗拒，避开他的唇："今天不行。"

她眼中有恼意，孟峰不喜欢。

席桐抖了一下，他以为她终于有了反应，掀起浓密的眼睫，才发现她哭了。孟峰有点慌，面上还是很冷静："好了，今天放过你。"

放过。

她对他来说，就是一个可以控制的人，让她清净就是他发慈悲放过的结果。

席桐甩开他的挟制，从沙发上撑坐起来，越想越伤心，她怎么就从一个独立的人变成了他见不得光的女人之一？她怎么就跟他签了丧权辱国的条约？她做错什么了吗？她只是大意被人灌了药，情急之下找了一个人求助而已。

孟峰看着她哭，拳头渐渐握紧。她眼里有愤怒，疑惑，不平，还有自责。

孟峰不明白席桐在自责什么，可席桐很清楚——她一而再再而三地容忍他，两年有多长，她都没想过自己可能在这两年内遇见喜欢的人，就跟他签了那份奇葩的合同。

她怎么能对这样一个人，走心。许多个失眠的夜晚，她闭着眼默默对自己说：席桐，你没见过世面。

孟峰是她第一个男人，也是到目前为止唯一的，所以情不自禁投入的东西比想象中还多，她以为是约出来的。但好像并不是这样。

席桐抹抹眼角，生硬地说："请你尊重我的工作。"

孟峰站起来，四月的风吹得他喉咙干涩，他倒了两杯凉水，又拿出一根烟。

"开什么会？"他试图挽救气氛，把烟点上，在窗边深吸一口。

"东岳资本和《日月》合作三年，他们赞助过我们不少活动，郝总上周联系社长，想做一期十周年庆的专刊。"她勉强平复心绪，重新浏览文档。

孟峰想起来，确有其事。

郝洞明就爱搞宣传，和媒体关系紧密，他本人也是媒体喜欢宣传的对象——农民家庭出生，做贸易赚了第一桶金，入赘闻家，从北方来到银城后在金融圈混得风生水起，现在处于喝茶遛鸟回馈社会的人生阶段，热心慈善事业，管过一个基金会。

郝洞明在社会大众心目中的形象，就是阔气的大款，人土了点，但目光敏锐，具有前瞻性。

孟峰对郝洞明的公开评价也是积极的，他曾经在接受电视台采访时开玩笑说："按照郝总的身体和精神状况，他可以用东岳投资公司百分之五十一的股权再支持十二届奥运会，并在任上看到国足再次进入世界杯。"

就是这么个大佬，采访任务本来分给了宋汀，宋汀想起爱徒上次没能采访到孟总，就把难得的机会转给了席桐，要她去，自己一手把关所有稿件质量。

郝洞明的专访安排在下周一，明天周五部门例会，宋汀要看到她的大纲。席桐自是下足了功夫，老是觉得不够完美，刚才又改了一点。

孟峰夹着烟，走到电脑前，看她删改。席桐感觉身后站了只垂涎三尺的狼，怎么都不安全，于是抱着电脑快步走上楼。

"郝洞明现年五十六岁，他女儿闻澄二十六岁，因外公调职来银城念初中，十三岁上初中之前全家都在北方，你怎么得出郝洞明来银城'经营十五载'的结论？"

二十六减十三。

席桐傻了片刻，站在楼梯上打开电脑，她怎么写了个十五？

她的数学已经到了这种惨不忍睹的地步吗？一定是最近她心神不宁。

席桐心虚："我四舍五入。"

孟峰说："作为一个新闻工作者，忽略真实性和准确性这两个基本要素不能用四舍五入来当借口。"

席桐无地自容，不想跟他讲话了，耷拉着眼皮踏上几级楼梯，又用貌似很平淡的语气说："你跟闻澄挺熟啊。"

孟峰学她用貌似很平淡的语气回："不算熟。"

还不算熟。席桐在心里扎了孟峥好多个小人，又听他道："明天你下班，我陪你买衣服，赔你上次的，就是当成抹布的那条染了色的裙子。"

孟峥从容不迫地说完，认为自己有进步。

席桐一下子就崩溃了："现在才想起来是吧？我不要你赔！也不要你陪我！你该陪谁就陪谁，别来找我，我谢谢你了！"

然后一口气跑回房间，把门摔上。

孟峥站在客厅里，和听到动静从狗窝跑出来的金毛对视着。

他要摸狗肚子，狗不让他摸，很鄙视地瞟着他。

席桐早上开会被宋汀表扬了，可一整天还是闷闷不乐。她想着孟峥，这狗男人纵有万般不好，可向来说话算数。

然而她等到五点半都没等到电话，同事都走得差不多了。有男朋友的女生去看电影，有女朋友的男生去餐厅吃饭，她一个人在办公室待着，没人说话，怪无聊的。

今天发工资，卡里多了一万，那条当抹布的裙子是她工作日常穿的，衣服确实得买。

席桐叫了快车，去中心商圈，司机师傅很热心："我下午载了四个二十多岁的小姑娘去开隆商场，那边刚开业，许多名牌店在打折，前面红绿灯过去就是。"

一提东岳投资的商场，席桐就兴致缺失地想起微博营销号带节奏的绯闻，什么闻家千金和 ME 董事长私下交往啦，两人周末约会举止亲密啦，照片拍得清晰漂亮，她都能认出来孟峥系的那条法国鳄鱼牌领带。

可全场六折的楼面广告在商场外十分吸睛，席桐权衡了一下，决定屈服于钱包。

商场建得阔气，一线城市 CBD 商圈的派头十足，席桐在一楼的珠宝展柜逛了一圈，她喜欢这些亮闪闪的小东西，售货小姐看她面善，用三寸不烂之舌推销：

"您看我们这个新款戒指，平时不打折的，现在全场六折，买来自己戴或者送给男朋友最好了。"

席桐蛮中意这个款式，头脑一热就买了，三千块钱在十分钟内花完。她打开盒子，要戴上却犹豫了——到底戴哪个手指啊？她既没有男朋友，也不算单身。

最后还是把戒指收起来放包里了。

女士服装在三楼，来来往往都是打扮大牌的白领金领，高级香水味混杂在一起，就显得不那么高级了。名牌店打了六折也没便宜到哪里去，她看了小半圈，没找到顺眼的连衣裙，却有意外收获。

靠近扶手电梯的爱马仕门店外走来两个人，一女一男，一前一后，一个小黑裙细高跟，一个西装革履公文包，真是郎才女貌一双璧人。

席桐靠在休息区的玻璃上,看孟峄和闻澄说了几句,闻澄进店后,他朝这边走过来,电话放在耳侧。

她下意识躲开他,往另一个方向走去,可手机出卖了她——她刚换的,录的金毛叫声,孟峄的专属来电铃声,汪汪汪。

偌大的商场里传来凶狠的狗叫,行人纷纷侧目,孟峄自然也注意到了,那边不是席桐是谁?

原来她就在商场,倒是省了他让司机去接。

孟峄大步走过去,可席桐比他更快,一眼也没多看他,从电梯一路借过跑下去,消失在二楼男士服装区的人海里。

孟峄突然感到一阵心慌,好像她从他眼皮底下逃了,就从他生活里化成泡影被风吹散了,那风还是他自己招来的。

她应该是看见他和闻澄了。

孟峄追下去。

席桐也不知道自己为什么会变得这么胆小,根本不想面对他。

他好端端地陪名媛逛街,还打电话给她干什么?她从前怎么不觉得孟峄有这么渣?

她漫无目的地走在熙攘人群中,又意识到一个事实——他其实不算渣,渣是用来形容对亲密关系的背信弃义,约会对象之间何来心理上的亲密关系?何来的义?

至于信,孟峄做到了,他没有违背合同,她无法指责他。

也许他只是想打电话跟她说,今天忙,没时间,改天吧。想清楚这点,她胸口就更沉重,如同压着一块大石头,把她累得喘不过气来,连撞了人都隔了三秒才反应过来。

"席小姐?"

温润的声音把她的魂拉回来,她一抬头,就看到薛岭站在面前,拾起她掉在地上的包,还有滚出来的戒指盒。

"薛教授,真对不起!"她急忙接过,连连致歉。

薛岭摆摆手:"没事。刚才走神了?我叫了你好几声。我来商场买件夏天的正装,没想到你也在,看来都是热爱打折的人。"

席桐对他不好意思地笑笑:"我上次不小心把口红和衣服一起放洗衣机了,缺条上班穿的裙子,就一个人来逛逛。对了,上次的报道我已经发了,谢谢你提供的那些材料。"

"我看到了,不愧是A大新闻系的才女,文笔精炼,难怪宋主任这么器重你。"

席桐和他商业互吹:"勤能补拙,多写就进步得快。我上次发微信给学妹们,薛教授,你最近应该清静一些了吧?"

"原来是席记者的功劳,我说课堂参与度怎么一下子降低了!"他笑起来,柔和的神态当真令人放松极了。

席桐跟他才第二次见面，就对他产生了他乡遇故知的熟稔感，薛岭身上就是有一种平易近人的气质。

"你吃过了吗？我现在去那边付款，如果你晚上有空，不如我们去试试顶楼的日式烧烤，我早就想去了。我有信用卡，折上加折，你要是想AA制能省不少钱。"

这个男人的分寸感把握得太好了，席桐刚要答应，右手心就一空：

"桐桐，你给我买戒指了？"

席桐笑脸一僵，转身，孟峰好像才看到薛岭："真巧，薛教授。闻小姐在楼上，你要不要去打个招呼？"

他抢了她戒指不说，还打开盒子，摆弄几下戴在了左手中指上，嘴角弧度温柔。

席桐都后悔死为什么要买可以调节大小的款式了。她就该买那种细的，死命给他套都套不上去的，让他信口雌黄！

"薛岭！"

一个清脆的女声在电梯上响起，正是闻澄，她拎着两个爱马仕纸袋跑过来，席桐都怕她的细高跟崴了脚——她果然崴了一下，却满不在乎，眨眼就到了三人跟前。

她望着薛岭，后者对她礼貌地问好，她微微一撇嘴，转而把袋子塞到孟峰手里，蔷薇般的脸庞晕染开笑意："裙子买好了，你看喜不喜欢。我爸刚打电话，有个饭局。"

话音未落，孟峰就牵起席桐的手，十指相扣，对闻澄挥了挥："慢走。"

闻澄一愣，看看他们，又看看薛岭，眼里看不出是羡慕还是悲哀。然而她很快恢复如常，俏皮地吐了下舌头："那我就先走了。你就是席记者吧？忘了介绍，郝洞明是我爸。周一你来公司采访，我给你补个见面礼，周末好好休息哦。"

几句话就让席桐对她印象良好，这个大小姐和媒体镜头下完全不一样，是个爽利人。

"周一见。"她道。同时看孟峰的眼神又添一层阴霾：好渣啊，居然拿她来当挡箭牌气走闻澄。

她还能想出什么其他的结论吗？不能。

席桐推翻自己之前的猜想，他怕闻澄缠着，所以谎称她是他女朋友。至于对薛岭这么说，只是出于雄性的占有欲。

孟峰怎么就能渣成这个样子呢？他就不能好好跟人家姑娘说吗？非要做足绅士的面子，在她的央求下吃饭逛街买衣服，最后表示：对不起，我有女朋友，你别想入非非了。

可是一想到他对闻澄没意思，她的心情就莫名好起来了，心里头那只船也高起来了，几乎能听到帆在蓝天白云下被风吹开的声音。

啪的一声，像花开。

东岳资本

第三章

孟峰说:"桐桐,我在你喜欢的那家私房菜馆订了七点半的位,走吧。"

他握住她左腕,甩不开,席桐尴尬地对薛岭道:"下次再约。"

薛岭微笑应了,目送他们离开。

孟峰拖着她进升降电梯,直达地下车库,商场很大,车位也多,他的大G停在B3层,周围没车,空空荡荡。

席桐的声音在车库里就显得特别大,带着回音:"戒指还我!你和闻澄逛街可以,为什么我和薛岭吃饭就不行?我说过,我不会干涉你的社交,也希望你不要太过分了。"

孟峰冷笑:"我看你是要二次违约,你的职责是陪我,不是陪别人。"

他一手拎袋子,一手拎席桐,一个扔后座,一个扔副驾驶。席桐脾气上来,就要下车,被他伸手一捞,后脑勺磕他锁骨上。

她捂着头,好疼:"你骨头怎么这么硬啊!"

孟峰顺理成章地锁了车门,座椅调到一百二十度,把她拽到腿上。

席桐憷了一下:"孟峰,你够了!"

一层挡板从各面窗玻璃前升起,只在副驾驶右边留一条透光的缝,他开灯,端详着她有些惊惧的面容:"不够。"

席桐还是怕,他先一步捉住她乱动的手,知道她要叫,及时堵住她的嘴,给了她一个绵长窒息的深吻,足够她身子软下来,服帖在他胸前。

他吻得极具侵略性,在她口腔中气势汹汹地席卷,把雪茄和薄荷的味道渡给她,逼她咽下,她要是敢咬他,他就探得更深,缠住小舌不放。

席桐从不知道亲吻也能这么累,眼里蒙上一层薄雾,像春夜的月晕,半阖着,似享受，却又蹙着细细的乌眉。她的脸真小，冰雕玉砌的，他碰碰就碎了，可他就喜欢要她，总让她溃不成军，把表情和心神掰碎了给他看。

她确实感到一阵碎裂从心底传来，疼痛染上眉眼，在他纵情品尝她双唇时，哼出孱弱的拒绝。

孟峄没想到她还能拒绝，这样都没把她给焐热。

席桐在他唇间喃喃："你是为了把她赶走。"

孟峄说："不是。"

她又带着哭腔说："你不喜欢我，就不要亲我。"

孟峄没说话，垂眸看她。

席桐最后说："不是这样的，合同不是这样的，孟峄，你不要太贪心！"

孟峄脑子里轰然一响。合同，她只会这个词？贪心？

席桐闭着眼继续说："你不要太贪心，我不会喜欢你的，你，你一点都不好，我不会喜欢你这种人的。"

孟峄的手发颤，这话真疼，锥心剜骨。他受不住了，这么近的距离，他竟然感觉抓不住她，她是什么做的？氢气吗？他一放手就要飘上天？他怕了，抱紧她，可是那句话怎么也说不出来。他要对她解释什么呢？他只跟她处了三个月就离不开她的理由？她会信吗？该做的他都做了，她怎么就不信呢，他只是想等她喜欢上他啊。她跟他这样说，她居然跟他这样说。

孟峄的痛苦无处发泄，一点点蚕食理智。

席桐重复，语气如朽木死灰："你不喜欢我，不要亲我。你快点，别浪费时间。"

孟峄的心当真是跌倒谷底，跌下十八层地狱，浇了滚油上了刀山，死无全尸。他咬紧后槽牙："我是在浪费时间。"

孟峄觉得疼了，就要她跟着一块儿疼，最好他下地狱也有她陪着，可他能怎么样呢？

他气急了，抬起巴掌就在她屁股上拍了几下，不重，却把席桐气得七窍生烟，什么都顾不上了，张牙舞爪地挠他掐他，恨不得照他那张漂亮的脸上来一刀：

"你打我？我妈都没打过我！孟峄你这个垃圾！恃强凌弱！渣男！浑蛋！"

孟峄决定今天不做人了，他是她钦点的浑蛋，女款戒指他戴着显小，勒出一道印子，他捉住她柔若无骨的小手，强硬地往中指上套。

这种行为在席桐看来就是在蛮横地标记领地，不是她什么人，却还管东管西管她找男人。她死命握紧指头，却被他强硬地掰开："不许摘！"

孟峄吸了口气，眸色深沉，一言不发地捂上她的嘴。

接下来的一个小时，席桐全程魂飞天外。

孟峰知道她恨死他了，抽出纸巾给她擦汗，她不让碰，只颤抖着缩在他怀里。他看她被欺负成这样，心软了半截，调平座椅把她抱到宽敞的后座躺着。

"晚上想吃什么？"

席桐什么都不想吃，她只想睡觉，况且她裙子被撕坏了，穿着走不了路。

眼看她要睡着，孟峰把闻澄拿的两个爱马仕纸袋推到她跟前："你看看，喜不喜欢。"

席桐翻了个身，面朝椅背，不想见到他道貌岸然的脸。

孟峰说："我和闻澄谈工作上的事，顺便让她帮忙买了两条裙子，我对服装没有研究。"想了想，他又补了句："赔你的，有一件跟你原来的款式很像，可以穿它去吃饭。"

他抚上她的肩，她的身子僵硬。

孟峰继续说："她对薛岭有意思，跟我来商场，是想让他生气。"

半响，抽泣声在密闭的车内弥漫开，席桐咬着撕破的裙子，哭得稀里哗啦。

孟峰不知道她身体里怎么有那么多水分，老是哭，他都怕她脱水，把她脑袋托起来，打开保温杯递到她嘴边。

席桐咕嘟咕嘟喝了半杯，听到他在耳边说："我订了芙蓉堂，你是喜欢这家的腌笃鲜和清明螺吧？这两个菜我点过了，你跟我说其他想吃的。"

她眸子里的星光闪啊闪，软软地说："我想吃肉、樱桃肉、风干肉、小炒肉、脆皮五花肉……"

孟峰给餐厅打电话，一样来一份。

席桐把新裙子拿出来看，确实跟她当抹布的那条很像，办公室休闲款，另一件是正装，穿出去采访用。

她深深呼出一口气，又疑惑，他为什么突然对她这么好？

果然，孟峰好像看出了她的疑问，微微一笑，橘黄的灯光把他眉眼熏得柔和，薄唇一张，吐出一句话：

"席桐，我不想再当你的约会对象了。"

席桐在那一刹失去了声音。

孟峰看着她眼里的星星黯淡下去。

席桐没问他为什么，分手之后给点甜头，正常操作。难怪今天这么猛，要实现利用价值最大化呗。

她胸口被无形的针一刺，起初还能忍，过了几秒，就疼得要裂开，一股酸涩难当的不甘涌上心头，她突然控制不住，冲他吼出来：

"不行！已经签了协议，说好三个月，就是三个月，差一个月一天一小时一秒钟都不算！没到合同结束，你就都是我约会对象，一直都是！"

他夺过保温杯，把剩下的水喝完，颓然仰靠在座椅上。

孟峰打开车窗透气，换了休闲裤，下车抽根烟冷静。

五分钟的工夫，席桐就睡得不省人事。他回头望望她红扑扑的脸，算了，她说什么就是什么吧，反正还有机会。

性能极佳的越野车跑在晚高峰堵车的市中心，如同养在动物园笼子里的猎豹，有种不得志的憋屈。孟峰等了几个红灯，时不时看她一眼，就觉得安稳，不急。

八点一刻到店，老板兼主厨跟他熟，迎上来："就您一位？"

"女朋友在车上睡着了。"他大言不惭。

老板瞪大眼："孟先生，您这速度够快啊，来中国三个月，就找到女朋友了。哪个姑娘有本事把您给收了？"

孟峰说："就常来你们家的一个顾客，每次都打包糕点走的那个。"

老板："哦，我记得，您观察真细致。那姑娘就是本市的，来我们家吃好多年了，有时候带着她妈妈，母女俩长得挺像。"

孟峰想了想："她和她爸爸长得更像。"

"都把您带回家了呀！等下一步进展，我给您送个喜点礼盒。"

孟峰点头，假谦虚："也就见了她家长一面。再说吧，还早着。"

他拎着一堆打包餐盒回到车里，打开手剥河虾仁，舀一勺，蘸点镇江醋，放在她鼻子底下。

席桐在睡梦中闻到香味，喃喃呓语，有人轻扯她睫毛，她不情不愿地睁开，莹白如玉的虾仁近在嘴边。她眯着蒙眬睡眼张开嘴，孟峰先喂她喝一口龙井茶，再把虾仁送进去："手拿着，自己吃。"

"嗯。"她鼻音软绵绵的，孟峰怕她噎着，就把她扶起来靠在座位上，手上动作有惯性，一勺接一勺地喂，她就一勺接一勺地吃，吃完了眼巴巴望着他，孟峰沉下脸，重复："自己吃。"

席桐揉揉眼睛，醒了，看到是这尊大佛在伺候她，赶紧拿过勺子："谢谢啊，我自己来，我自己来。"

孟峰顺手把勺子塞到她手里，自己则坐到一旁，给她说哪个盒子里装着什么菜，她这小破脑袋记不住，就记得樱桃肉五花肉小炒肉某某肉在哪里。

他觉得樱桃肉太腻五花肉太肥小炒肉太辣，都不是睡前应该吃的，一意孤行给她塞下去半盒荷塘小炒，两只乳鸽腿，又担心补身子的银耳桃胶会凉，给她吹了吹，叫她喝干净。最后她看起来还没吃饱，他又找出绿豆糕，尝了一口，清甜不腻，就把剩下的放她嘴巴里。

席桐就着他的手啃鸽子腿喝汤吃甜品,手上的勺子全无用武之地,最后打了几个嗝儿,心满意足,见他摘下一次性手套,把饭盒收进大袋子,才想起来:"你还没吃啊!"

孟峥生活习惯好,一般晚上过了七点就不吃正餐了,饿就弄点健康的沙拉果蔬汁,席桐曾经笑他比明星还注意身材管理。

"在餐厅吃过了。"他打包的时候问老板要了沙拉赠品。

席桐觉得不行,这一袋子都给她吃了,他付的钱,自己却一点都没动,太过意不去了。

"你想吃什么?"她在袋子里翻找,企图找到他能吃的,可找了一圈,实在没发现符合清淡少油少糖高蛋白标准的食物。

她有些丧气,孟峥忽然说:"螺蛳吧。"

席桐连忙扒拉出来韭菜辣椒烧螺蛳。这家店是带壳烧的,得用牙签挑螺肉,属于食客的乐趣之一。但在车上吃这个,就很麻烦了。

孟峥甚少在吃食上提要求,往常都是她做什么他就吃什么,从不挑食,所以眼下他想吃螺肉,她就一鼓作气捋起袖子,开灯用牙签细细挑起来。

孟峥抱臂靠在她身边,静静地看她挑。

这一挑就是半个小时,席桐终于剔完了壳,剥出一小堆螺肉,学他舀了一勺,递到他唇边。

孟峥闻着这味儿就觉得辣,可他还是毫不犹豫地一口包了,咽下去,嗓子感觉要着火,忙拿起龙井茶灌。

席桐叫了他一声:"孟峥。"

他放下饮料杯,声音有点软:"嗯?"

她的小脸带着一种怪异的神情,惶恐,又期盼,紧张地等他的答案:"不要提前结束好不好?"

就差一点了,孟峥想,就差一点点了,再多说一句吧。

席桐又说:"三个月就三个月嘛,你水平那么高,不要那么小气嘛。"

这是她能想出来的、对他最大的恭维了,男人不都喜欢女人这么夸奖吗?

孟峥:好吧。

一朝回到解放前。

席桐看他不说话,讨好地夹了一筷子韭菜,喂他:"这个不辣,你可以吃一点。"

好半天,孟峥才张嘴。

"多吃一点,这个有益身体健康。"

孟峰僵住了。

她这张嘴就不适合说话。

席桐日夜颠倒地休养了两天，周一下午换上新裙子去东岳采访。

预约的两点半，孟峰两点钟正好要去东岳开会，一点五十开车带她来到公司。

东岳资本在工业园区有一整栋五层的新楼，会议室在一楼朝南，采光很好，孟峰牵着她的手，把她也带进去，郝洞明和董事们都到齐了。

席桐看着满场人，默默把手抽出来，孟峰仿若不觉，坐到郝洞明右边给他留的位置上。

郝洞明瞥见席桐戴着戒指，吩咐秘书在孟峰身边加把椅子，热情地笑道："席记者，我们这个会是关于基础设施部门投资动向，也是我在等下的采访里要提到的，你也听一听，我怕我有的地方说不清楚。"

席桐知道这是看孟峰面子，笑着致谢。说起来，跟他的合作关系也不算有弊无利，这种场合，她就能收获比一般采访多的信息资源。

她用血汗换来的。

孟峰没带秘书，会议上他只是十指交叉，很安静地听着，也不做记录，目光落在对面的两个董事身上。

席桐做笔记很认真。郝洞明的秘书放了一半幻灯片，董事们开始热火朝天地讨论，她放下笔，发现孟峰已经收回目光，盯着电脑。电脑是待机的黑屏，映出他冷峻的面容。

他在想什么？

郝洞明左边坐的两个董事，一个叫杜辉，一个叫杨敬，他们在公司代表的股权比重仅次于郝洞明的东岳贸易和孟峰的 ME，在东岳资本的事务决定中拥有很大的话语权。

席桐听说过这两个人，上次陈瑜来孟峰家，她听到他说孟峰想增持股份，杜杨二人非常反对。

这两人一胖一瘦，都五十多岁了，外貌性格是两个极端。杜辉胖得像个秃顶的白皮球，和气得几乎怯懦，别人说什么他都回答"好""行""有道理"，对上孟峰手术刀般的眼神，就低头不语，把一杯茶端在手里喝了二十分钟。而杨敬瘦得像根顶着稻草的黑竹竿，讲话直来直去，毫不客气，敢直接呛郝洞明，当某个董事无意中提到 ME 打算从百分之十五增持到百分之二十，他搬出公司条例极力表达不满。

孟峰不置一词，最后才说了句："集团内部还没决定的事，你们消息倒是快。"

郝洞明打了个哈哈，把话题带回交通领域上。

半个小时过得很快，散了会，郝洞明要休息十分钟，再去楼上办公室，孟峰后面还有事，要席桐送他出去。

席桐受不了，把他生拉硬拽到隐蔽的走廊拐角，正同他讲以后不要在外人面前同她这么高调，一声尖锐的哭叫划破耳膜。

"天寿啊！抛妻弃子——没良心的畜生！牛建生——你在银城好吃好喝，让我们母子俩在村里吃糠咽菜，你搂着那贱人睡得安不安稳哪！老天爷，你睁眼看看——求你降下雷劈死他吧！"

席桐被这出现代版陈世美的狗血剧吸引了注意力，透过窗子看见不远处有个穿花布衣衫的女人正在歇斯底里地大吼，双眼瞪如铜铃，颧骨凸出，一张好不厉害的糟糠脸。

她身边还站着一个又黑又瘦的男人，二十几岁，浑身匪气，拿了一把菜刀在手上，对着公司大门大喊：

"牛建生，你不是我爸！奶奶上个月死了，你都不回去，她死的时候可惨哪，眼睛都闭不上，你就不怕她来找你吗？家里都揭不开锅了，你一颗子儿都不给我们寄，你没良心！你今天要是不出来，我就在你公司门口一刀捅死自己，让大伙儿都看看，你是个什么孬种！"

那女人急忙抱住他胳膊，号啕大哭："儿子啊！你别冲动，要死死的也应该是我！我这条命不值钱，妈上辈子欠他牛家，妈不想活了，可你的路还长着啊，你才二十多还没娶媳妇啊，你爸这天杀的畜生——"

席桐收回目光，疑惑地问孟峄："牛建生？谁啊？"

不只她好奇，一些人走出楼想瞧热闹，结果看到有人带刀来闹，都急了，保安让他们都回去，试图跟那母子俩交涉。

"东岳没有这个人，找错了吧。"孟峄淡淡道，"那女人看着手脚利落，扑刀子倒是慢一拍。"

席桐也对二十多岁身体健全的青年用自杀威胁挺不齿，但不可否认这个叫牛建生的是渣中之渣。

她看了眼手表："哎呀，我得去郝总办公室了。"

一路小跑到走廊尽头，她忽然回头，只见孟峄还站在窗边，半张脸陷在阴影里。

"喂，你不是赶时间吗？在这儿看什么热闹？"她喊道。

孟峄这才转过来，应了一声。

席桐到顶楼办公室，敲了敲门，郝洞明高声让她进来。

杜辉也在里面，看到她，客套地笑笑，但席桐没有忽视他额角的冷汗。

郝洞明没避开席桐，对他说："我和孟家的关系一直很好，但增持股权这个事情，我会客观公正地考虑。我也知道老杜你的难处，麻烦你回去，跟你们家那位说说，叫原野制药不要老是在公开场合暗示我要把东岳资本卖给ME，无稽之谈嘛。"

杜辉道："刚才我说了，老郝你费心了。"

郝洞明大笑："这又不是什么大事，一定一定！"

楼底下的吵嚷声飘上来，杜辉望了眼窗外，皱皱眉，快步走出了办公室。

郝洞明也听了一会儿，烦不胜烦地道："唉，席记者，你说现在社会上这些人啊，什么样的都有。你别见笑——我一直觉得穷山恶水出刁民是有道理的，那个男的拿把刀带母亲来闹，什么意思啊？与其找他那个畜生托生的爸要钱，不如自己好手好脚地挣钱，早存了些家底，至于家里揭不开锅吗？我印象里公司没有叫他爸这名字的，不过也让人找找去，要是真有，我把他开掉，再给他家点钱。这抛妻弃子的混账可真不是个东西！"

席桐表示赞同，刚坐下来打开笔记本，就听到一阵引擎声。

楼下，一辆眼熟的黑色保时捷稳稳地停在公司门口，车门打开，走下两个人，正是薛岭和闻澄。

"郝总，那我们——"

郝洞明忽然道："哎，不好意思席记者，稍等啊。"

他走到窗前往下看，稀疏的灰发被风吹得晃晃悠悠，保养得宜的脸红光满面，连皱纹都透着几丝欣慰的笑意。

席桐也跟着走到窗边，顺着他的目光往下看，原来如此！这就是看女婿的眼神嘛。

郝洞明毫不吝啬地称赞道："薛岭这小伙子，真不错，少有的热心人。而且我对他的情商非常佩服。"

公司门口，薛岭见到闹事的母子俩，就做起和事佬来。两人的大嗓门终于停止了，奇迹般地离开，而薛岭从头到尾才说了两分钟。可以的，真牛。

郝洞明把窗户关上，回到办公桌前坐下，对席桐道："抱歉，现在可以开始采访了。"

两个小时后，席桐走出大楼。

她对郝洞明的印象噌噌地上了几个台阶，搞贸易、金融、投资的大佬普遍都很高冷，郝洞明的平易近人和幽默风趣简直是一枝独秀。他不止讲了这些年的得失，还声情并茂地讲述了自己的故乡和家庭，最后很严肃地说：

"席记者，说不定有人会把今天的事往我身上泼脏水，上天可鉴——我虽然当年是入赘的，以前也确实结过婚，可我一直姓郝不姓牛，前妻十几年前就病死了，我年年清明给她烧纸呢，哪里多出个儿子来？如果有人问起，你可要替我说话。"

席桐也很严肃地回答:"作为老乡,我一定会帮郝总澄清的。郝总是我们荣城的骄傲。"

席桐还没走到门卫处,保安就叫住了她:"席小姐,闻小姐给你留了东西。"

就是周五说的见面礼了,这些有钱人真够大方。席桐打开盒子,是纪梵希的丝质披肩,附带印着"很高兴见到你"字样的香水小卡片。

这条披肩没什么机会戴,因为孟峄给她买过一条同款。她还是挺高兴的,收进包里,突然想起一事,问保安:

"下午薛先生是怎么劝那两人走的?"

保安小哥兴奋地道:"他就很肯定地说咱们公司没牛建生这个人,然后,哎,我也不知道怎么跟你形容,就是简单讲了几句,但是听起来又不简单……他把那女人拉到一旁谈,我也没听清楚。反正就是很厉害,他们谈完,那女人就带着儿子走了。"

席桐想象了一下那个场景,薛教授在说话,其他人像她的学妹们一样崇拜地围观,不由扑哧一笑。

她谢过保安,打车回了杂志社。

席桐喜欢手写的记录方式,回单位把采访结果整理到电脑上,想了个稿子结构和开头发给宋汀审,回去已经是晚上九点半了。

屋里没开灯,孟峄应该还在公司加班,被管家洗成一身飘柔的金毛听到动静,兴高采烈地跑来蹭她,要上楼跟她睡。

她破例让它上了床,洗漱完拉开抽屉,一拍脑袋——

糟糕,药吃完了,准备今天买的。她内分泌失调,医生让她吃短效避孕药调节激素,这药得连吃二十一天,不能停。

席桐抱着毛茸茸的狗,全身犯懒,给孟峄打电话,想叫他下班后去二十四小时营业的药店带一瓶,可按完号码,又作罢。

算了吧,他那么忙。

她唉声叹气地重新套上衣服,撸了两把狗耳朵:"可可啊,姐姐出门买药哦,一会儿就回来。"顿了顿又补了句,"要怪就怪你爸。"

席桐愤愤然腹诽着,出门找了三条街,就一家开门的,药剂师大妈看她脸色憔悴精神不振,还问是不是碰上麻烦了。她有口难言,刚拿了几盒药出店,天上就轰隆隆打起雷来,眨眼的工夫,倾盆大雨哗啦啦浇下,把她淋成一只落汤鸡。

这初夏的天气真见鬼,她没带伞,也打不到车,只能撒开腿在雨中沿着大路跑回去。

狂风撕扯着花园里的桃树，天上的乌云漆黑一团，几道闪电映得人脸如僵尸般惨白诡异。

他来不及擦去手上的血，推开那人，飞也似的逃出院子，奔跑在空旷的街道上。

雨水将满世界泡得发皱，模糊的视线里没有车，没有人，雨珠宛如千百颗子弹击中他，背上传来皮开肉绽的剧痛。

他从没见过这么大的雨。

跑出那栋房子已经用完了他所有的力气，只是凭一股求生的本能在支撑打战的双腿，朝看不清的前方跑。

突如其来的雪亮刀光让他猝不及防倒在泥地上，大雨延迟了对方的敏捷性，他翻滚挣扎着，躲过快如流星的刀尖，一脚狠命地蹬出去，听到叫痛，趁机拖着伤痕累累的身子爬起来，一瘸一拐地逃。

能逃多远是多远，他不要死在那里。

站起的那一瞬他看清了追兵，是个又高又瘦的男人，肤色偏黑，五官端正，却透着一股叫人不寒而栗的冰冷匪气，挥刀杀人时就像砍瓜切菜，凶狠而娴熟。

他跑出几米，听到"嗖"一声。

这声音在暴雨中十分轻微，可他还是听到了，他甚至听出这是某种老款刀，在他待过的地方，大人们用它来处理笼子里见不得光、失去价值的货物。

轰隆隆！一声炸雷在头顶响起，掩去了飞刀的声音。杀手不习惯用刀，打偏了，这给了他足够的时间跑过街角。他大叫着，企图吸引周围的注意，可是根本没有人，他看不见一个人——

一把黑伞蓦然出现在不远处的石板路上，犹如一束光照亮了混沌黑暗，好像只有短短几秒钟，就到了跟前。

伞下是两张陌生的面孔，一男一女。

救救我。

他张合着皲裂的嘴唇，无声地吐出三个字。

"孩子，你遇上抢劫了吗？不用怕，叔叔带你去警察局。"

这人有一张刚正温和的脸，身材高大挺拔，明朗地微笑着，穿着蓝色制服。

男人向他伸出手，他知道自己得救了，回头一望，杀手已经不见了。

他正要松口气，对男人说谢谢，侧面突然有刺眼的光打过来，伴随尖锐的喇叭声，下一瞬，鲜血飞溅，刚才还冲他笑的男人转眼就在车轮下变成了无数碎片！

轰隆隆。

雷声滚滚，大雨瓢泼，他茫然地环顾四周，依旧只有他一个人。

深重的恐惧如蚕茧般把他牢牢包裹住,他听到雷声中还有别的声音,是他们在找他,在追他。他的心狂跳起来,默念着祷告,可是雷声太大,上帝听不见。

身心达到承受痛苦的极限值,最绝望之时,眼前又一亮——

闪电。

当孟峰意识到那是闪电的时候,他已经从床上坐了起来。

屋里被电光照得雪白,他额角青筋抽动,豆大的汗珠从发际滑下。

轰隆隆。

手掌一阵疼痛,原来是抓得太紧,被子在手心勒出一道深深的痕迹。

下雨了。

只是下雨了,很普通的雷雨,他对自己说。

孟峰拿过床头的保温杯,水洒在被子上,才发现手腕脱力,细微地抖。

他盯了一会儿自己干净的手。

这时,电话突然响起,是陈瑜。

"先生,那母子俩离开东岳后,回到丰化区的桃源招待所,住的是一百九十九块钱一晚的标间。他们七点钟出门吃晚饭,去的是老城区的青湘阁,价位人均两百。"陈瑜顿了顿,"不知道和谁吃的,没看见其他人和他们一起从正门进出。"

孟峰喝水润嗓,嗯了一下。

陈瑜又说:"东岳确实没有'牛建生'这个人,连姓牛的清洁工都没有,我查了郝洞明的东岳贸易,也没结果。所以我觉得他们跑来闹,是走错了地方,或者是收了东岳竞争对手的钱,故意破坏公司名誉。"

孟峰不想听这个,问:"原野制药的情况呢?"

陈瑜的声音感慨起来:"杜辉他岳父,原野制药 CEO 梁玥的父亲,最近惹了麻烦,被上头约谈了。原野的股价持续一个季度下跌,梁女士多次召开董事会,发布收购几个化工厂的消息,企图把股价拉上来。那几个工厂的名字我发您邮箱了,是鹏程集团旗下的子公司,法人代表是杨敬的老朋友。"

梁玥近来通过各种渠道向公众透露,郝洞明有意把东岳资本卖给 ME,这是在给 ME 树敌,让它在东岳的董事会上成为众矢之的。杜辉事事听他妻子的,反对 ME 增持股权,也是她的意思。这样一来,市场对原野制药不良经营状况的注意力就转移到了 ME 身上。

"郝洞明想功成身退,梁家和杨敬已经开始斗了,梁家想要杜辉当东岳的下一任决策人。"

孟峰把温水喝完。窗外又劈下一道银光,在他黑亮的眸中闪过。

陈瑜禀报第三件事："我打听到，薛教授经常去郝洞明在郊外的别墅，我觉得郝总很中意他，他最近还被拍到和闻澄一起去探望闻家老爷子。"

闷雷把电话里的声音盖过，孟峄走下床，倚在窗边注视着暴雨中黑幽幽的城市，手指拨弄着绿萝的叶子。

"那薛岭有得忙了。"他淡淡道，随后挂了电话。

孟峄把那盆绿萝从窗台搬到床头，打开台灯，明黄的光线洒在碧绿的嫩叶上，生机勃勃，很好看。

那种有它陪着就不会做噩梦的好看。

水里的铁钉附着在玻璃花瓶底部，锈迹暗红，如同凝着陈年血迹，死气沉沉。孟峄想了想，从抽屉里找出一根新钉子，扔了进去。他盯着花瓶看了会儿，忽然想起什么，又低头望了眼手表，时间显示十一点，他睡了四个小时。今天他从东岳开完会出来，不知为何感觉特别累，大脑不能正常工作，六点多就回家休息了，但席桐还在单位。

现在她应该在隔壁睡觉。

孟峄穿过浴室，按开指纹锁进到席桐的卧室，卧室里黑黢黢的，窗帘半开，透进几缕昏沉暧昧的光。床上的被子隆起一块，他小心翼翼地俯下身，嗅到一股枕巾的淡淡清香——

然后亲了一嘴狗毛。

金毛："汪汪汪汪汪汪！汪汪！汪汪汪汪！汪！"

他把灯一开，被子一掀，七十斤重的大金毛四仰八叉地躺在床上，狗脸惊恐，吓到夹尾。

孟峄用格外和善的眼神看着它，金毛一骨碌滚下床，讨好地围着他转圈。孟峄一脚踹了个空，等金毛飞速溜出门去后，当即打了个越洋电话。

"杰森，尽快将丽萨送过来。"

杰森是他在加拿大的管家，丽萨是他养了四年的纯种边境牧羊犬，特长是狗遛狗。

孟峄已经迫不及待让它来遛这只得寸进尺、无法无天的金毛了。三天不打，上房揭瓦，他都没上席桐的床，它倒抢先占了位置。想到这里，孟峄怒从心起，她上哪儿去了？包都没带，不会是下班回来一趟，又去喝酒了吧！

他在家里等了她六分之一天，还在打雷下雨的恶劣环境下做了噩梦，她居然还没回来？她居然把他一个人丢在家里不管？她宁愿抱着狗睡，都不抱着他睡。孟峄越想越气，啪地关上大灯，自己躺进她被子里，睡觉。狗下午洗过澡，倒没有异味儿，把被窝焐得暖烘烘的，在二十三摄氏度恒温的房间里十分舒适。孟峄又睡了过去。

这次他睡得很浅，为了听席桐回来的脚步声。没过多久，咚咚声就从楼梯传来，他立刻清醒了，却仍然闭着眼。

席桐的自言自语在房门外响起："……好大的雨。垃圾孟峰，狗男人，让我一个人淋雨找药店。"

孟峰的眼睫抖了一下。

席桐在桌上放下钱包，又喃喃道："我为什么要自己去啊，为什么不打他电话啊，我傻了？不对，我不傻，是他的问题，他老是凶巴巴的，没素质，没道德。宇宙超级无敌大垃圾，良心被狗吃了。不对，我们可可才不吃他那颗黑心。"

孟峰被子下的手指捏紧。

席桐又低声说："我真不想继续吃药了，老是忘……可可，还是你爱我，宝贝儿，等姐姐洗个澡就过来陪你哦，头发也淋湿了，要重洗，唉！"

她打开台灯。

孟峰感觉到空气凝固了一刹。

席桐看到床上的人，牙齿都打战了，狗怎么变成狗男人了？他，他没醒吧？没听到刚才她说的那些话吧？

她咽了口唾沫，没空计较他什么时候回来的又为什么闯她房间，战战兢兢地推他："孟峰，喂，孟峰？"

然后舒了长长一口气。

孟峰听见她窸窸窣窣地脱去湿透的衣物，穿着塑料拖鞋啪嗒啪嗒走到浴室里，又折返回来，给他把被角掖上。

"睡吧。"

不一会儿，淋浴声响起。草莓沐浴液的香气混着水汽飘到孟峰鼻子里，他在床上翻个身，耳畔回响着她轻轻的两个字，忽然一点也不生气了。

窗外的大雨还在下，雷还在打，可世界就是那么恬静。连同记忆深处的黑洞，也缩小至虚无，消失在温柔的白光里。

席桐在街上跑了十分钟，肌肉微酸，洗完头发把浴缸蓄了水，打算泡一刻钟澡。

孟峰这个房子是请人装修的，席桐也不知道他请了谁，反正应该很牛就是了。最初进这浴室，感觉淋浴、马桶都和酒店差不多，整洁低调，就是空间大，光衣帽间就有十五平方米，唯一让她感觉可能要花很多钱的就是这浴缸。

她后来上网一查，贫穷限制了她的想象力，孟峰搞来的这个意大利的水晶岩圆形浴缸，由于材质特殊只能少量生产，售价八十万美元，折合人民币五百多万。

席桐也不能说他脑子有坑，毕竟这数字就是房子的零头。可他从来没用过，她就很为这个土豪浴缸打抱不平了，简直是侮辱他花的钱。她躺到热水里的那一瞬，全身毛孔舒张,舒服得令她情不自禁地呼出一口气。在金子里泡澡,好爽啊!

她闭上眼,在钞票的海洋里遨游,一条腿搭在浴缸沿上晃荡,忽地脚心一热,被人握住。

孟峄不知什么时候出现在浴缸边,把她有些凉的脚放回水里。

席桐泡澡泡懵了:"哦,谢谢,我不冷。"

孟峄单手解开睡袍扣子,很认真地说:"不用谢,我冷。"

他的手真好看。

席桐忽然想。

她甩甩头,把脑袋里的水撇出去,目光不由自主地从他修长的手指移到他身上,蒸汽慢慢熏红了脸。

他穿的是件意大利牌子的男款丝质紫红睡袍,颜色很艳,却把他衬得像古典主义油画里那些矜骄禁欲的贵族,胸膛一根隐约的线,顺着两片开襟的滑落向下延伸,勾勒出匀称紧实的腹肌,再往下,两条曲度魅惑的人鱼线露出来,把腰收得更窄。

袍子垂落在水晶岩浴缸边缘,像漫过火山的岩浆。离她不过一只手掌的距离。席桐欣赏完了,就不敢动了。

孟峄垂眸,隔着水汽,漆黑的瞳仁中秋星微闪。

她有些呆愣地坐在浴缸里,不晓得在想什么,黑发一半散在水中,一半贴在乳酪般洁白柔滑的肌肤上,还有几丝黏住丰满的唇瓣。

"你冷就回去睡觉啊?在这里站着干吗。"

半天她才冒出这么一句,说完就觉得自己很傻。

"我睡觉的时候仿佛听到有人说话。"

席桐明白了,他这是找她算账来了。

居然装睡!

她淋了雨脾气不好,被他这高高在上地一问,脾气更差了:"你全听见了是吧?你就是凶,没素质,没道德,我胆小,都不敢让你顺手买个东西。"

孟峄瞪着她,神情居然有点无辜。

席桐看他愣愣的,火冒三丈,干脆把糟心事一股脑全吐出来:"你都不知道反省吗?国外的约会对象每次走程序也要问问意愿吧?除了第一次你问过吗?问过吗?"

孟峄寻思:她不都挺享受的。

不对,也有几次她生气了,但他也很生气啊?是不是他看起来真的很凶?

他陷入思考,席桐以为他正在酝酿阴谋诡计,迅速把他袍子扒下来,将自己裹得严严实实,一只脚迈出浴缸,回头鄙视他:"你就只顾自己舒服,哪想得到我啊,讨厌死了！我还大晚上一个人跑出去买药……"

孟峰没法光明正大回她这句话，他觉得自己太卑劣了。

这一埋怨就停不住了："说了多少次，不想不想，你非得逼我，世界上怎么会有你这么渣的人，霸总小说果然都是骗人的——哎哟！"

浴室瓷砖有水，她光脚踩着，一个不注意就滑了一跤。孟峰眼疾手快把她抄起来，拎到洗手台上。

两人大眼瞪小眼。

席桐被水汽呛到了，咳嗽了好几声，看他还杵着不走，就崩溃了，打开水龙头，掬了捧水往他脸上兜头一浇。

孟峰静默着，破天荒没有生气，睫毛上挂着水珠，一滴滴往下淌。

席桐还不过瘾，又浇了几把，看他也淋得和落汤鸡似的，心理平衡了一点："我说完了，你滚吧。"

孟峰突然紧贴住她，肌肤滚烫灼人。她吓了一大跳，以为他又要用武力手段，头发丝都竖起来了，下意识一巴掌挥了出去。

"啪！"

清脆的一声回荡在浴室里。

席桐打完就蒙了，她她她……干了什么大逆不道的事？他不会找人把她五马分尸吧？

这一巴掌打得孟峰也蒙了。他活了快三十年，还是头一次被人扇脸，虽则她没用多大力气，但手上沾着水，这一耳光听上去就特别响亮。

"你！"

席桐扭着身子想下来，被孟峰按在台子上，那双眼睛怎么看怎么恐怖，里面好像全是沸腾的怒火，能把她烧成骨灰。

果然，孟峰捏住她的下巴，逼迫她抬起一双水雾迷蒙的眼。席桐屏住呼吸，攥着睡袍边缘，精神紧绷，已经做好了全速逃跑的准备——

"对不起。"他垂眸道。

孟峰看见她的表情变了又变，从惊惧变成诧异，从诧异变成愤怒，从愤怒变成悲哀，张开嘴，却没说出话来。

"对不起，我以后不会再让你淋雨了。"他认真想了想，又补了一句，"也不会强迫你。"

席桐怔了一下，鼻尖一酸，眼泪突然毫无征兆地滚落出来，用力捶打他："现在道歉有用吗？都多少次了，你有管过我的感受吗？我说我疼，是真的疼，说我怕，是真的怕，说难受是真难受，你就不听，从来不听……"

孟峥手忙脚乱把她搂进怀里，出了一头汗："不哭了，不哭了好不好，桐桐，是我不对，以后不这样了。"

他在安慰人上没什么经验，哄着哄着就凑过来，细密地吻她的脸，被她躲过，又去亲她微凉的唇。

孟峥的嘴唇很柔软，动作很轻，与往常不太一样。

理智和本能彼此厮杀，席桐绝望地察觉到，自己完了。她太喜欢孟峥这样吻她了，温柔得令人发指，热情得让她想哭。好像他愿意全身心地臣服于她。

她太暖了，太软了，孟峥贴合着她，像拥住一块天鹅绒的毯子，四肢在蒸腾的水汽中发沉，耳朵听不到任何多余的声音，只有他和她的呼吸。

风雨雷电都消失了。

世界静得像大雪后的黄昏。

夜静得像幽深遥远的海底。

极致的静谧中，浓稠的空气生了一丝波动，孟峥睁开眼，见她在怀中不安地蹭，唇急切地寻找他，又轻又快地掠过他眉梢鼻梁，表情是他从未见过的妩媚。

"你知道你在干什么吗？"他忽然轻声问。

席桐像被惊醒，霍然睁开眼。

过了很久，她小声开口，像是说给自己听："你放心，我很规矩，不会和你产生感情纠葛。我只是，只是你让我太投入了。"

孟峥不急，他看到光了。所以他想让她更投入。

CHAPTER 4 第四章 初稿给我

席桐是被十点钟的闹铃吵醒的。

孟峰早就走了,她照例去晒洗衣机里的东西,迟钝的神经终于发现了不对:她工作日闹铃什么时候变成十点钟了?那她的工作?

似曾相识的一幕又来了,铃声响起,是宋汀。

"孟总既然给了机会今天采访,那你就不用来单位了,随叫随到。他日程表不知道怎么安排,我们得就着他时间。东岳的专刊加上新来中国的大股东,锦上添花啊!好好干,我看他很赏识你。"

赏识?在他家赏识吗?

"是,师父。"她干巴巴道。

席桐没好气地打电话给孟峰,两次都没接,估计在开会。好吧,让她采访,那他今天怎么也得抽出空来,又不是她求着他的。

她又打给陈瑜,对方在外面,马路车辆的喧嚣声很大:"不好意思,陈秘书,孟总有没有说他今天什么时候有空?是专访的事。"

陈瑜关上车门,周围一下子静下来:"您稍等,我给您回过去。"

他从副驾驶向后探头:"先生,您和杂志社约了今天?"

孟峰左手解着右腕的袖扣,眼睫低垂,稍扬下巴,淡淡应了一声。刚在外面走几分钟就出汗了,多伦多住久了,银城湿热的气候让他很不适应。

这个简单的动作甚至让陈瑜都感叹了一下——刚才那女人整个身子都快倚上去了,不是没道理的。

陈瑜翻开日程表,准备在下午的董事会议后添上一笔,孟峰突然问:"你和女朋友平时去什么餐厅？"

陈瑜习惯性想多了，他问一句能回三句："先生，我和我前女友上个月就分手了，不会因为这个影响到工作。您可以带席小姐去以下几家……"他边说边打开美食软件的收藏列表，孟峥看见一家店，修长的手指在图片上点了点。

陈瑜很尽职："您是想订工作日还是周末？工作日的话，您只有周四晚上有空。"

孟峥直接打了店家电话："今天中午，两个人，一点钟。"

挂了之后对陈瑜道："叫她准时到，我给她一个半小时。你也跟我去那边。"

陈瑜："好的。"

您用得着用这种语气吗？

席桐十二点半就到了老城区河边。

雨过天晴，河岸杨柳依依，熏风习习。这一片是新建的，开发商是银湖地产，要把这里打造成传统和现代交融的小资风格。

席桐没来过这片地，东张西望地找了一圈无果，最后打电话给九樽的服务员，让人来接。

一路经过几家餐厅，中西都有，价格不一。九樽在价位上傲视群雄，请日本老师傅剖河豚做怀石料理，对席桐来说不是个能大快朵颐的地方，但环境优美。

要她选，她宁愿去对面那家做湖南菜的青湘阁，她曾在软件上看了一眼，很亲民，适合吃饭。

虽然孟峥给了她这个采访机会，可她没指望他能说出什么干货来。相处这么久，席桐对他的个人工作、朋友、家庭，甚至以前养的狗，都一无所知。

她知道得最清楚的，就是媒体给他安排过多少个绯闻女友。

漂亮的和服妹子把她引进包厢，她坐在榻榻米上，就不替孟峥省了，点了杯贵得匪夷所思的可尔必思。

差不多喝完的时候，一点一刻，孟峥姗姗来迟，没带秘书。

席桐鼻子尖，闻到一股幽幽的香水味，和他常用的古龙水不同。她看都没看他，径直用热毛巾擦去唇上奶渍，询问道："孟先生，先吃饭还是先开始？"

她跟快递员讲话的语气都比这熟稔。

孟峥按捺住想往她唇角伸的手，那儿有一点白色的泡沫。

他开口，语气比她更生疏："先上菜吧。我下午三点半有个会，不能迟，请你尽量控制一下时间。"

席桐才知道他已经点过菜了，放下杯子，看窗外，看布置，看手机，就是不看他。

服务员把一份河豚料理和一份鳗鱼饭端上来，她才屈尊降贵瞟了他一眼。

这家店的招牌是河豚，又是当季，但她不喜欢吃河豚，要是给她上了一份，她会因为不舍得浪费金钱而吃得非常痛苦。还好他给她点的是鳗鱼，看起来还蛮不错。

孟崒看着她从浅尝辄止到吃得稀里呼噜。他早上走的时候在微波炉里放了三明治，她是不是又没吃？饿成这个样子。

席桐看着孟崒从慢条斯理地品尝到放下筷子。

她都饿死了，这会儿吃得停不下来。家里饼干面包吃完了，其实她醒来之后在微波炉里发现了三明治，可每次都是那个三明治，就差贴着"约会专属安慰餐"的标签，叫她怎么有胃口吃？最后涮掉油喂狗了。

她晚上和他吵架，早上饿着肚子，中午还要看他这张扑克脸。

好气啊！

席桐把鳗鱼饭风卷残云一扫而光，又去了趟洗手间，回来才一点四十五分。

她拧开钢笔盖，用公事公办、近乎生硬的口吻说："孟先生，您下午还有会，如果不介意，我就开始了？"

孟崒不想吃了，让服务员收餐，优雅地擦拭嘴角："在此之前，我得先问一句——席记者，你做我的专访是否会有心理障碍？我看你并不积极。早上我给宋主任打电话，他十分推荐你，现在我对你的态度产生了一些疑问，我并没有特别要求你来采访我，如果你不想，完全可以请其他人代替你。"

席桐忽然笑了。

她很少对他笑，孟崒理所当然地怔了一下，目光微闪。

席桐从包里拿出一个文件夹，啪地一下丢在他面前。

"如果您质疑我的专业能力，我无法用证据反驳，因为我确实没有像我师父那样拿过韬奋奖，有十页百度百科的介绍，在某个大学当专硕导师。但如果您是在质疑我的工作态度，认为我今天是来糊弄任务的——"席桐把文件夹摊开，让他把里面的资料看得清清楚楚，"那么，向我道歉。"

孟崒在看到文件夹的那一瞬，端着茶杯的手指僵住了。

震惊，还有别的什么神情，从他脸上浮现出来。

席桐还在说："孟先生，这是从杂志社安排我第一次采访您开始，我搜集的关于您本人和 ME 集团的所有新闻报道，国外国内，直接间接，一共包括七家中文媒体、十家外国媒体。三个月前 ME 加入东岳资本的那场新闻发布会，我为了和您面对面说话的一分钟，做了整整一周的功课，但您的一些回答和反问不在我的考虑范围内，这证明我的准备还有疏漏之处。"

摆在桌上的，是打印出来的阅读资料：照片、密密麻麻的中文英文、ME 的年报、东岳的年报，还有她字迹娟秀的批注。

单看这些，说她是个记者没人信，说她是个研究员，倒很像。

孟峥知道宋汀为何如此器重这个资历很浅的年轻女孩了。然而更令他动容的，是她那句话——

我为了和您面对面说话的一分钟，做了整整一周的功课。

刹那间，他仿佛看见了她在电脑前捧着咖啡杯认真思考的样子，她在办公室和老师讨论的样子，她在采访前夕紧张得睡不着觉的样子。

这些都是因为他。

因为，他。

孟峥紧紧握住杯子，狂跳的心脏几欲冲破胸膛，极力垂下眼，敛住眸中情绪。这谁受得了啊。

席桐看他无动于衷，以为他对自己的陈述不屑一顾，舔舔牙根，冷静道：

"所以，我不想再让自己出现不能跟上采访对象节奏的情况。ME 的发布会后，主编对您产生了做专访的想法，之后陈秘书联系宋主任，正好与我们的期望不谋而合。我跟您说这些，是想让您明白，我并非脑子一热答应，用它当借口翘班，而是从二月开始就有充分准备，因为拿到您的专访对我十分重要，从个人经验和职业发展两个层面来说。"

拿到您的专访对我十分重要。

四舍五入，就是——您对我十分重要。

孟峥的睫毛颤了颤。

"孟先生，请您不要质疑我的专业态度。您给我一个半小时，我不想浪费任何一秒钟，可能我刚才有点急了，情绪化，我很抱歉。但我没有不耐烦，也请您不要用其他话来搪塞我——既然是您这方提出的采访需求。这些资料是我的诚意，我之后也会把终稿给您看，可以吗？"席桐说完，抿了口大麦茶润嗓，坦然直视他。

孟峥望着那双清澈明亮的眼睛，低声说："你可以开始了。"

他有什么不可以的？别说专访，就是她要天上的星星，他也能集资造个火箭把它轰下来。

席桐开始第一个问题的同时，孟峥在桌子下飞快地给陈瑜发微信。

1. 最新几个还没公布的董事会决议，发邮件给她。
2. 中国子公司近五年的大事件，编份材料给她。

3. 让秦立给我建个领英页面，越详细越好，头像照片让他女儿挑，建完把链接发给她。确定她看完了，然后注销。

4. 叫公关团队删热搜，我不认识那几个女明星。另，我不想看见任何一张我和梁玥在原野制药的照片。

正在对面餐厅和老板交涉的陈瑜收到微信，眼睛都直了。

秦立的女儿？哦，就是那个偷拍了他不少照片的初中小姑娘，拍摄水平和审美很可以。

现在谈恋爱都这么复杂吗？陈瑜感慨。

九樽的包厢里，席桐觉得孟峄今天太好说话了，肯定是他昨晚上很开心。

她问什么，他就答什么，详详细细，乖得不像话，谈吐和平时判若两人，很适合纪录片的镜头。中途他提了句"你的提问顺序和采访薛岭好像是一样的"，她照实承认了，他也没生气。还在笑，笑得风度翩翩，和风细雨。

可能是被她那番话振聋发聩了。

早点配合不就完事了？非要跟他长篇大论讲道理。狗男人！

一半个小时很快过去，三点一刻时，孟峄还有故事没讲完。

他转了转手表，席桐意犹未尽，呼出一口气："谢谢孟先生配合，我今天的收获已经足够支撑一篇两万字的稿子了。我送您？"

最后三个字纯粹是职业习惯，脱口而出。

孟峄在榻榻米上支起一条长腿，预备站起身的姿势，席桐自然而然就拎起包，往榻沿挪膝盖，忽然右臂传来一股大力，她失去平衡向旁边倒去。

"哎哟！"

她后脑勺磕在软硬适中的东西上，懵然对上他戏谑的眼睛。

孟峄嘴唇微微一动，那笑容当真是极为勾人，几根指头轻而易举按住她发力的腰。

席桐刚要坐起来就被他摁下去，仰面躺着，头枕着他大腿。

她有点搞不明白怎么一下子就变成这个危险的相对位置了。

"你不是赶时间？"她撇撇嘴，防备地盯着他。

那只手慢悠悠地摸上她的裙子，手的主人完全不像有会要开，席桐愣愣地看着他，突然，腰间的痒痒肉猝不及防被他掐了一下。席桐最怕痒了，一把抓住他的手，低叫起来："你干什么？放开放开！"声音小得跟撒娇似的。

包厢私密性很好，服务员进来前都会报告，再说他也没对她做什么。孟峄瞧她这瑟瑟发抖的模样，怪不忍心的，俯身贴近她的脸，脑子一时间又回荡起那句要了他命的话，越看就越欢喜，恨不得给她丢台电脑，叫她在这里写，对着他写，不写完不准走。

但这样是不是太过分了？又会显得他很凶吧。而且资料还没发给她呢。

孟峰做了一番心理斗争，看她咬着唇，眼圈都红了，才说："席记者，你问了我这么多问题，我都诚实回答了，我也问你一个。"

她视死如归地闭了闭眼："快问！"

"我记得你昨晚打了我一巴掌，舒服吗？"

她的脸唰地红了，又一白，孟峰最喜欢看她害羞又生气的样子，不禁对着她晶莹的唇吻下去，被她躲过。

"这是工作时间。"她强打精神。

他就爱她牙尖嘴利下柔软的诚实。

他放开她，整了整领带，那股挥之不去的香水味直往席桐鼻子里钻，她狼狈地理着裙子坐直了，敷衍地咕哝："舒服啊，我估计你女朋友们打你的时候也挺舒服的。"

又是这句话，把孟峰的火给挑起来了。不过他闻着身上这股味儿也挺恼。

手机铃声打破了僵持，孟峰接起，那头陈瑜碰到了困难。

他拎着席桐往外走，边走边对陈瑜道："我现在过去。叫司机把席大记送回去。"

陈瑜问送到哪里，孟峰觉得他这助理秘书有时候特不解人意，没好气道："她住哪儿就往哪儿送。"说完就直接挂了机。

他斜睨了身旁的席桐一眼，开口道："把饭做了狗喂了花浇了，等我回来。"

他往她耳朵里灌了两个字，手一松，让她跑远了。

陈瑜走出青湘阁的后门，看见一个穿黑色连衣裙的影子跑出九樽，从阶下飞闪过去，赶紧对司机招招手。孟峰朝他走过来，看起来心情甚好，嘴角挂着若有若无的笑意。

"先生，录像不让带回去。"

孟峰进了包厢，青湘阁的老板娘是个三十来岁的女人，一颦一笑都是风情，两只媚眼舔着他的脸。

"是您丢了东西？"

孟峰点头，指着监控录像上打扮土气的两个人："可以借看吗？"

老板娘双手负胸："我们要保护客人隐私，给您看已经违规了。您也只是怀疑他们是小偷，如果您想拿走，那得让警察来问我们要。"

孟峰一言不发，抽出一张温泉会所的金卡，压在U盘上递给她，手指不经意拂过皮夹里其余的卡，纯黑的。

老板娘笑着接过："稍等，看您面善，给您办个贵宾卡。"

"贵宾服务？"他闲闲地倚在柜台上，指尖随意点了两瓶干红，眼睫被风吹动，"酒我也要了。"

老板娘捂嘴："下次您过来，打六折，送酒水。"

全程旁观的陈瑜惊叹不已。他讲得口干舌燥都拿不到的东西，他老板三分钟就搞定了。

这看脸的世界真残酷。

孟峥等她拷完了录像，接过精心包装的酒，才点了支烟："谢谢，我下次会带女朋友过来，她应该很喜欢这里。"

老板娘的脸绿了。

陈瑜很想安慰她，啥女朋友，就是他老板吹牛，姑娘只当他是工具人。可怜见的。

孟峥今天很高兴，饭吃了，专访做了，油也揩了，还拿到了东西，精神抖擞地打道回公司。

孟峥一高兴，就把三点半的会推到了四点，给自己泡了杯柠檬水，边喝边看，还给席桐发微信：记得把初稿也给我。

面前电脑屏幕上的录像放了第三遍。

来东岳闹事的母子俩好像没见过这么一大桌精致的菜肴，闷头大嚼，像两只旱灾过境的蝗虫。一个男人坐在他们对面，吃得很少，在说话。

孟峥不知道他在说什么，却能看清他的西装、身形和面容。

那是一张让人一看，就忍不住生出友好心思的脸，温煦、儒雅、善良，不是薛岭是谁？

只见薛岭说着话，黑瘦青年连连点头，他母亲满面尴尬，愧疚地低头，仿佛对昨天剽悍的行为幡然悔悟。

孟峥的目光扫过薛岭的脸、手、脚。录像里的薛岭整个人呈现出一种非常松弛的状态，两腿距离稍开，怜悯微笑的同时，左手在西装内袋摸出一个带着银闪闪链条的小东西，看了一眼，然后把红酒喝完，身子向椅背倾靠，十指交握。

这一连串动作让孟峥莫名眼熟。

在这之后不久，母子二人就吃饱喝足离开了，薛岭也出了门。再之后，服务员来收拾残羹剩饭。

孟峥意识到那东西是怀表，薛岭在看时间，催他们走，而他是从正对九樽的后门走的，陈瑜要到了九樽的监控。

他又把这段录像看了一遍，熟悉感越来越明显。

太像了。这个二十多岁的农村青年。气质、容貌、身形，太像出现在他梦魇里的杀手了。可年龄对不上，那个人也已经凉透了。

至于薛岭，金融界和学术界新星，履历和他的外貌一样体面干净。

这个人只比他大两岁而已，虽然同在加拿大生活，他们此前却从未见过。

席桐态度坚决地让司机载她回了自己公寓。

她受不了了，让他吃冰箱里的三明治去。花一天不浇不会枯，狗一顿不吃会找他要狗粮，她待在那里干吗？她不要工作啊？

到了家，短信叮一响：初稿也发给我。

发发发，发个鬼！

好不容易正经一回做她采访对象，还要额外提要求，他又不是她上司！今天她自认为表现超常，在他面前保持了专业形象，可他轻轻松松用一句话把她打回原形。

"把饭做了狗喂了花浇了，等我回来。"

后面那两个字她都不想提。她就是一签了霸王条款的工具人，孟峰使唤她就跟使唤他家金毛一样。他才不会管她愿不愿意，喜不喜欢。

席桐噼里啪啦敲着键盘，好像那是孟峰的脸，敲着敲着，鼻子就有点酸，就转移注意力去刷微博。

本市热搜前十，一张拼成九宫格的大照片，角度刁钻。穿红礼裙的女人风韵犹存，神态骄傲自信，挽着男人的胳膊。

营销号的标题惨不忍睹："原野制药董事长为股价献身 ME 掌门人"。

浓郁的香水味隔着手机屏刺得她眼睛疼，让她胸口也开始跟着憋闷。

那个叫梁玥的，背景很深，红顶商人，听说她公司最近财务吃紧。

都五十的人了，愣是整得和三十多岁的一样，身边嗷嗷待哺的小奶狗没断过，就这种女人孟峰也能跟她走一块儿去。而且她还是东岳董事杜辉的老婆，不管孟峰出于什么原因让她挽着，席桐都觉得，狗男女好不要脸。

她下意识保存图片，也不知道出于什么目的，结果下一秒，那热搜就没了。删得好快。

刷微博的后果是更没心情写稿子。她手贱。

中午吃得迟，鳗鱼饭油脂含量高，席桐到晚上七点钟都不饿，省了做晚饭的工夫。她窝在床上发了一会儿呆，突然想起孟峰有她家钥匙。

席桐跟个女鬼似的，顶着两个黑眼圈披头散发滚下床，穿衣服，打车换地方。

她躲她妈那儿，狗男人有本事来找她啊。教职工公寓住着一帮热心老师，会帮她抵御外虏的。

叶碧晚自习给学生考试，接到一个电话，没看就掐了。

八点半，小朋友们交了卷，走读的回家，住校的回宿舍，她在教室外走廊抱着卷子才想起来，掏出手机一看号码，哎哟不得了，是女儿的男朋友，赶紧回过去，占线。

教学楼顶层的灯还亮着，初三的老师陆续走出校门，互相抱怨学生的顽劣、这次班级的月考成绩。叶碧把手机放在耳边，清了清刚吼过青春期小男生的嗓门，刚接通那边就挂了。

前方有个男人从树下走出，摁灭烟头，递进分类垃圾桶。

叶碧在心中发挥了一下金牌语文老师的修辞能力，运用拟人手法，他这个动作就像在给成精的垃圾桶客户递名片。怎么就那么有格调呢？

孟峰没想什么格调不格调，他只是听席桐抱怨过，她家太后是个环保主义者，最看不起随地吐痰乱扔垃圾的人。

于是他扔个烟头都小心翼翼。

他小心翼翼、彬彬有礼地开口："叶老师，桐桐回来了吗？"

旁边有老师颇有兴致地瞅着他们："叶老师，这是桐桐的？"

"男朋友。"孟峰说。

叶碧的目光在他完美无缺的脸上转了一圈，笑道："没呢，我给她打个电话，告诉她你过来了。小孟你吃过了吗？"

孟峰没吃，但他不能直说，提了提手中的酱牛肉："我今天下班早，顺路买了些卤菜，给您送过来。"

"你真是，太客气了。"叶碧接过。

围观的女老师们用艳羡的目光看着叶碧。

"桐桐都找男朋友啦？"

"叶老师，你看你，女儿学习好工作好，还找了个这么帅的男朋友。"

"就是啊，我女儿比桐桐大三岁，八字还没一撇呢。"

叶碧不为所动，三言两语把八卦的同事们说散了，领着孟峰走到几百米外的公寓，边走边问："你工作忙，桐桐最近也挺忙的，你们处得还好吧？"

孟峰喜欢和聪明人说话，用一副平实诚恳的口吻道："我和她之间有些误会，她生气了，我找不到她，就过来了。"

小伙子人倒实在，没花言巧语。

叶碧正准备问他为什么和女儿起矛盾，楼下响起一个女孩子细细的声音："叶老师。"

孟峰就着路灯的光线看清了，是个扎麻花辫的女学生，瘦瘦小小，穿着洗得发白的六中校服，眼睛在营养不良的脸上显得特别大。

"杏杏？你不是在宿舍休息吗？"

叶碧把手放在她额头上："你这孩子，还有点烧。来，咱们上楼。"

叶碧领着他们来到自家门口，打开家门，牛杏杏就从衣服口袋里拿出一张叠起来的语文卷子。

今晚同学们都在考试，她生病在宿舍休息，叶老师把卷子给她，让她看看题目就行。但她闲不住，在宿舍里把卷子写完了，怕大家说她拼命搏班主任欢心，不敢去教室交卷，就直接来公寓等她了。

小姑娘特意说："叶老师，保安叔叔知道我一刻钟前就出来了，我是在考试时间内做完题的，和同学们一样。"

学霸就是学霸，叶碧还能说什么，把她一顿夸，又一顿心疼。

孟峰端着切好的水果从厨房出来的时候，叶碧正坐在沙发上，手指轻点着小姑娘的额头："你要考个好大学呀，以后帮助更多和你一样的孩子。长大了想做什么？"

"医生，救人。"

暖色的灯光披在一大一小身上，历久弥新的一幅画。孟峰放下果盘，目光柔和，神思飘远了。

席桐走到楼下，一楼的王老师在防盗窗里冲她挥手："桐桐回来啦，你们家来客人了。"

她走到二楼，准备搬家的李老师正在把一辆学步车扔出门外，见她就笑："哎哟，我孙子这车说不定可以留着，扔早了。"

席桐莫名其妙，走到三楼，赵老师家养的大黄正在呼哧呼哧吃晚饭，她瞄了眼，加餐了，一看就是学校对面那家酱牛肉。

等她走到四楼，叫她妈开门，她妈开了门就转身回去，留她一个人在门口风中凌乱。

这个母慈子孝、三代同堂的画面是怎么回事？

席桐瞪大眼睛，看见她要躲的人就坐在她家沙发上，把牛肉和剥好的鸡蛋夹到孩子碗里，要多亲切有多亲切。

不是，孟峰怎么找来了？他怎么猜到她要来这里？为什么连学生看起来都和他这么亲？还有，一楼的王老师、二楼的李老师，还有三楼赵老师家的狗，是不是都被他这副虚伪的面貌给欺骗了？

好可怕！席桐打了个寒战。

他一定是找不到她，来拎人了。

她勉强往好处想，看这样子，他还在她妈面前维持着假男朋友的形象，没把真实情况说出来。嗯，那就是给她面子，有商量余地。

孟峰看着席桐换拖鞋换了半天，问道："晚上吃什么了？我买了些卤菜。"

席桐头发丝都竖起来了。他在暗示她，她没给他做饭！

他生气了！

孟峰看她面露惊恐，觉得可能是自己语气太公式化，想调节一下气氛："你过来吃，坐这儿。我去把蛋壳放花盆里。"

席桐脸色就变了。

他还在暗示她没给一屋子植物浇水！

孟峰见她表情越来越不对，不知道哪里出问题了，也许是这句给她家客厅茉莉花施肥的话太家常了？

他轻咳一声，放柔语气："过来歇歇吧，今天工作辛苦了。我看你不在家，就知道你过来了，阳台上晒好的衣服我收起来了，可可也喂过了，你想在这儿睡就在这儿睡，我来看看你。"

天啊，这已经不是暗示，是明示说她没有喂狗了！

席桐咽了口唾沫，怀着壮士断腕的心情走到沙发边，膝盖都软了。

"孟峰，我错了，你不要生气！"她看起来要哭了。

牛杏杏很有眼色，赶忙咽下鸡蛋和酱牛肉，乖巧地给她腾出空间去厨房，说不打扰老师了要回宿舍。

叶碧叮嘱了几句，送她出家门，回来时不明所以地啧啧道："情侣吵架是常有的事，这不就好了嘛。小孟，我家桐桐被我惯得有点任性，但她是个讲道理的人，你们说会儿话，把误会解开。"

席桐张大嘴："妈？"

这一刻的叶碧不是她妈，是孟峰他妈，恨铁不成钢地瞪了席桐一眼，洗碗去了。

孟峰看起来很诚恳地说："桐桐，我和梁玥没什么，网上的照片处理过。"

席桐忍不住了，脱口道："你身上都是香水味！还说没挽着她！"

叶碧在厨房里听到了，原来是这么件小事，她为孟峰打抱不平："不就挽一下吗？亏你还留过学，那是礼节啊。"

席桐气死了，她妈胳膊肘往外拐。她摇着孟峰肩膀："你就是让她抱了！你抱完她还来跟我吃饭，还要来抱我！"

她说完就感觉不对头，话题怎么转移到这上面了？她分明是气孟峄对她挥之即去啊！怎么还扯上梁玥了？

这不符合她约会对象的道德规范啊。

她眼睛滴溜溜转，有点心虚的样子，压低嗓音："合约里写了甲方应保持身体干净。"

孟峄被她醋得心花怒放，学她压低嗓音："那是特定时段。"

席桐把他推开，发火："讨厌！"

叶碧洗完碗出来，看到的就是这个打情骂俏的场景，无奈地叉腰站了一会儿，去卧室从柜子里抱出一床新被子，然后打着哈欠出来，很困的样子：

"桐桐，妈妈明天要盯早读课，洗洗睡了啊，你们俩该聊天聊天，该干啥干啥。小孟，你今晚要是没事就也在这儿休息吧，我刚拿了床空调被，让桐桐给你安排。"

这是亲妈？安排什么？睡床床还是睡沙发床？

席桐硬邦邦地说："你睡沙发，你肯定睡沙发，我们家沙发摊开一米九，够长。"

孟峄笑了："好啊。"

然后席桐就想起来，他并没说要在这儿留宿。

她，是个智障。

孟峄，是个钓鱼王。

两人互相瞪着，席桐眼睛没他大，脸皮也没他厚，最终把被子抱到沙发上。

她一直没说话，等她妈洗完澡回房，再不出来，才捂着额头叹了长长一口气："孟峄，你到底想干吗？我承认你叫我做的事都是协议上写的，我不想做就回家了，这是我不对。你不满，就打电话给我啊，为什么来找我妈？还让那么多人看见你？"

孟峄的笑容渐渐消失，眼里的光也冷下来。

"你不知道为什么？"

席桐依言想了一会儿，说："你是为了威胁我，让他们都认为你是我男朋友，所以你就能轻松地把我带回去。你其实不用这样，我们既然签了合同，我会承担自己那部分义务，下次一定不会不履行条款了，就算因为别的事很生气。"

孟峄的神情更冷。他觉得自己陷入了死循环，对她好，是吃饱喝足的约会对象，对她差，是脾气糟糕的约会对象，这四个字就像嚼没了味儿的口香糖一样黏着他。可他不能甩，他想要她，身和心总得先拿一样。

他真贱啊！

席桐也觉得自己陷入了死循环。她偶尔觉得孟峄好，哪里都好，大部分时候觉得孟峄真狗，哪里都狗，可到头来她总是会对他投降，对他的掠夺和亲吻毫无招架之力。

她是不是贱啊！

两个觉得自己贱到泥里去的人恶狠狠地盯着对方。

最后是孟峥打破沉默，往后靠了靠："你说得对。我是很不满，你不在你该在的地方。这次是警告，下一次我不会手软，也许把我们的真实关系告诉他们，你就会长个记性。"

"你！"

席桐倒吸一口凉气，努力抑制住声线抖动："不会有下次。"

她像是在自言自语说服自己："三个月很快就过了，我很快就跟你没关系了。"

这话就跟刀子似的，孟峥的心被她捅出好大一个洞。

他面上没什么表情，去浴室冲了个澡冷静，出来后发现沙发床摆好了，被子也整齐铺好，茶几上放着旅行装洗漱用品。

孟峥走到席桐房间门口，门虚掩着，传出隐约的抽泣。

滔天的火气被这几滴水一浇，灭得彻彻底底。他甚至还没看到她哭。

席桐坐在床上抽面巾纸，见他走过来，警觉地站起身，擦擦鼻子，又感到好笑——这是她自己家，她为什么要如坐针毡？

怕他一把火烧了这里不成？

她目不斜视地与他擦肩而过，去洗漱。

房间散发着一股清淡的香薰烛芬芳，棉质窗帘印着蓝色的小碎花，床单被子枕头也是小碎花，书柜摆着近百本书，还有以前的荣誉奖状。

孟峥的目光落在床头柜的照片上，高大稳重的男人穿着警服，站在老屋的秋千前，抱着梳羊角辫的小女孩儿，在台灯下笑得温柔。

左下角有时间，2004年7月16日，她八岁生日。

可能是他们拍的最后一张合影。

孟峥看了很久。

之后他去厨房洗漱完，在客厅踱步，发现这个家里有不少席越留下的痕迹——在警校时的照片、用过的笔记本，还有阳台上那把公安局发的、陈旧沉重的黑伞。

席桐洗完出来时，看到的就是他蹲在墙角看雨伞的诡异画面。

她咳了一声："你是不是要走？天气预报说今晚有雨。这伞是我爸的，我给你再拿一把。"

孟峥不走。他直起腰走过来，把她打横一抱，往卧室走。

席桐和炸了毛的猫似的打他，没用，他用脚带上门，身子一压，她仰面朝天摔在床上。

薄荷牙膏味的吻急促如雨点落下，堵住她的嘴唇，孟峥想用她来暖他这颗冰凉的心，是她让他这么冷的，她要负责。

席桐不敢叫，咬着指头，哭得肩膀一抖一抖，声音像绷到极致快断的弦："你不要碰我，孟峰，我不想。"

"行了。"

他终于吐出一口气，拉开她。席桐眼睛里那种让他生气的神色又浮现出来了，她就那么怕他？

孟峰把她捞进怀里，紧紧抱着，他感到她还在抖，还在哭，她怎么就那么能哭？

席桐哭着说："你，你到底要怎么样啊？我想睡觉，好累，你让我一个人清静清静。"

孟峰可以让她清静，但一个人，不行。

他开始吻她，那双蝶羽般的睫毛在他额头上划过，酥酥地痒。

"睡吧。"他伏在她的颈窝里，呼吸相闻。

席桐觉得自己很难在这种血脉被压迫的环境中入睡，结果低估了困倦的程度。他的鼻息好像带着某种有催眠功效的化学物质，她吸进去，没几下就沉入了梦境。

孟峰知道她是适应这种温度，冬天早上从她公寓离开的时候怕她冷，就把电热毯开最小档，她能睡到大中午。

这会儿她睡着了，手不自觉地抱着他，依赖的姿势，抚平了他所有带刺的情绪。

他抬头看了看床头的照片，低声承诺："我会照顾好她。"

席桐醒来快八点，脑袋晕乎乎的，孟峰居然还在，睡得很沉。

他果真没动她，只是维持着拥抱的姿势，让她枕在胳膊上，席桐想想就手麻。

昨天窗帘没拉紧，可能是初夏的阳光太明朗，把他隽永深邃的五官照出一种前所未有的柔和，她还是第一次看见他睡着的样子。

嘴角微微抿着，露出一个朦胧的笑。像片羽毛搔着胸口。她忽然什么都不去想了。

席桐试着从他怀里挪出去，一动，他就睁开眼睛，目光清明得好像没睡过觉："去哪儿？"

还能去哪儿，去刷牙洗脸上班啊。

席桐在他面前换衣服早就没心理障碍了，勾过内衣正要穿，温热结实的胸肌从后面贴上来，两只手拎住肩带往上套。

"喂！"她手臂一紧，被拉着坐在他大腿上。

孟峰吻她："我给你穿。"

席桐看他分明口是心非，赶紧挣脱，抓着衣服溜去浴室，十分钟后叫他："我好了，你过来刷牙吧。"

她在厨房煎了几个原味松饼，三个荷包蛋，用胶囊机煮了杯咖啡，和面包一起拿托盘端到桌上。

孟崅从浴室出来，看她正在给面包涂黄油，放到他装着两个煎蛋的盘子里，眼神就软得和棉花似的。

想天天抱着她睡，让她天天给他做早餐。

席桐像是跟他有心灵感应，突然抬头："你是不是想让我每天给你做早饭？"

孟崅还没说话，她就抬高下巴，从鼻子里哼出一声："你想得美！协议上说的是做午餐晚餐，我这是本着人道主义精神接济你。"

接济就接济吧。

松饼香甜可口，浇了槐花蜂蜜和榛子碎，带着白脱牛奶的天然酸味，唇齿留香。

孟崅用餐习惯好，不浪费，全吃了，黑咖啡也喝完。

公寓离杂志社很远，要穿过大半个市区，席桐来不及洗碗了，盘子放到水池里，拎起包就要走："我要迟到了。"

孟崅垂眼看表，八点二十五，她上班九点多到不算迟。

"你是不是忘了什么？"他用餐巾优雅地擦擦嘴。

席桐很自信："没啊，我东西都带了。"

孟崅把她拽过来："没忘？"

身下木头椅子承受着两人的重量，晃得吱呀作响。

她很肯定地点头，眨眨眼："手机、钥匙、钱包、充电宝、雨伞……唔——"

孟崅用唇堵住她。

"你忘了，和我说再见。我送你去公司。"

席桐晚上做了好几个梦，没睡好，在车上补了一觉，睁眼的时候身上盖着条披肩。

孟崅把手刹拉起，等红灯，听到动静转头，看她脸颊恢复了几丝血色。他剥了颗牛奶巧克力，担心她没劲儿咬，用手焐到半融化，给她喂下去，又喂她喝温水。

他问："还去上班吗？"

席桐困倦地点头。

孟崅把车开到杂志社，看她下了地，走得东倒西歪，遇见同事又强撑笑脸打招呼，心中不由生出几丝自责。

陈瑜的电话打进来："先生，我到机场了。一个子公司的人想尽快和您会面，我问过，有一班早一个小时的飞机，还剩个头等舱。"

"改签。我现在过来。"

喜欢你

CHAPTER 5　第五章

席桐变成了一只自由的小鸟。

她每天元气满满地上班写稿子，下班回家喂狗养花做饭拖地，累了就在钞票做成的浴缸里泡澡，泡完了觉得自己比石原里美还美，要多自在有多自在。

孟峄不知道去西北干什么，待了一周，耽误了后面的行程，直接飞回加拿大主持总部会议，一走就是半个月。

席桐知道他忙起来的状况，三天睡不到十二个小时，赶进度跟救火一样。可他就算在救火，也记得给她发邮件，让她把初稿发给他看。还抄送了宋汀、主编。

席桐被领导寄予厚望地叮嘱一番后，敲着英文回他工作邮件，对此感到非常绝望。这男人怎么就那么装呢？

他邮件下的签名是"顺颂商祺"，这词儿都会用，说明中文不差，跟她日常交流也不蹦英文单词，直接跟她微信问问不就完了？现在搞得整个单位都知道，席大记要写他孟总的专访，ME集团对此极其重视。

席桐甚至听到有实习生在茶水间说："孟总是不是对我们不放心啊，主编给他打了好几个电话。"

另一个实习生故作深沉："孟总可能是看上我们小姐姐了，霸道总裁和清纯小记者，我可以在粉网写十万字的车。"

席桐觉得她太不了解市场了，哪个作者这么写，肯定没收藏冷到死。现在流行的是霸道总裁和演艺圈影后，与霸道总裁重追校园初恋。

下了班回到家，席桐才发现手机有个未接电话，北美长途，她懒得回，好贵。

玄关处两只狗扑上来迎接她，其中一只是刚从多伦多空运来的，叫丽萨，是只成精的四岁边牧，有很强的管理意识。

它来之后，席桐都不用遛金毛了，它一到六点钟就把金毛赶到花园里溜达，让她少了一项人生乐趣。

席桐慢悠悠地烧水，系围裙，哼着小曲儿做减脂餐。孟峥不在的这阵子，她吃得好睡得好，都胖了两斤。

她做完饭拍照修图发朋友圈，屏蔽孟峥。刚发出去，一条微信跳出来，备注名是"泡泡油"，头像是一只狗的图案。

点开来，她手腕一抖，手机砰地一下砸在桌面上。

席桐，你是不是认为我的房子没有装监控？

天啊！

那一瞬席桐鸡皮疙瘩都起来了，四处环顾，仿佛置身在一座全透明的房子中，自己这些天的所作所为都被千里之外的人看得一清二楚。

网上那句恐怖的话怎么说来着？我有一根长长的望远镜，能一直伸到你家里。

别找了，在你头顶。

席桐咽了口唾沫，发丝针立，不敢动了，眼睛往上翻，果不其然，天花板的吊灯上有个小黑点。

摄像头。太狗了。

这么大的房子不可能不安装监控防小偷，她是傻吗？

把裤子穿上！

席桐捂脸。

她不喜欢穿裤子，觉得勒腰，平时坐班都是连衣裙。孟峥不在家，她嫌单洗一两件衣裳浪费水，积了一堆裙子泡着，今天拿洗衣机一块儿洗了，没得穿才穿牛仔裤。

她进家门就把裤子一脱，一身轻松地跟两只狗在九十平方米的客厅玩飞盘，地板上堆满了玩具、线团、报纸、果冻、零食，搞得跟龙卷风过境一样，她准备吃完饭再收拾的。

这场面，从摄像头里看，是有点儿惨。

西半球的会议室里，孟峥把手机放在桌子底下，皱眉看她支着两条光溜溜的腿爬上桌，用一个九天揽月的高难度姿势站在小板凳上去捞摄像头。

小身板还危险地晃了晃，看得他胸口一紧，差点拍案而起。

"老板，有什么建议吗？"放着幻灯片的外国助理注意到他奇怪的神色。

"没问题，请继续。"

孟峰腾出一只手握住咖啡杯，抿了一口，头痛欲裂，对参会的董事们平静无波地笑笑，左手在下面恶狠狠地打字：

给我下来！砸了也没用，不止这一个。

监控软件画面上的人僵住了，跳下桌，冲镜头做了个鄙视的手势。

微信里也多了几行字：我就不，急死你，嘿嘿……

孟峰在董事会上很少走神，今天不知怎么搞的，可能是从法国新聘来的助理英语口音太难听，他听了几分钟就心不在焉，思绪顺着早晨七点半的阳光越过大西洋，穿过欧亚大陆的白昼，到了夜幕降临的银城。

忽然就想知道她在做什么。会议开始前给她打了个电话，没接，他越来越走神，突然想起手机上安了个防盗监控，说不定可以看到她。

这一看，差点把他给惊得从椅子上跳起来——客厅满地凌乱怎么搞的？遭到抢劫了吗？她人呢？有没有受伤？再定睛一看，哦，在跟两条狗拆家呢。

拆家！

等到孟峰把这几天的监控录像都飞快地过了一遍，他就觉得，"山中无老虎，猴子称大王"这句谚语，真是生动形象。

席桐把他冰箱里没开封的三明治都给扔了。

席桐把他藏起来不让她喝的威士忌都给喝了。

席桐洗完澡裹着浴巾在沙发上蹦蹦跳跳唱卡拉OK，对瓶吹。

席桐脱了裤子陪狗玩，在客厅里疯跑，差点推倒了博古架。

席桐还嫌新衣服勒得紧，一边煮饭一边扔背心，防盗镜头拍得清楚。

他不在家，她就这么爽？

孟峰的脸色急转直下，恨不得长双翅膀飞过去，把她按在料理台上教训得眼泪鼻涕糊一脸，再也不敢扔三明治喝烈酒拆监控把他屋子弄得和闹贼了似的。

更让他气闷的，是她在他面前那副时而乖巧时而硬气的面孔，竟然能如此鲜活，而这一切变化都是因为——他不在她身边。

他如果不存在，她能过得更好。

这个想法一冒出，孟峰如同被兜头浇了盆冰水，血液都冻僵了，会上董事们说什么，他一个字也听不进去，倏然站起身：

"散会。"

席桐把屋子收拾完，有点不踏实。她得意忘形了，竟然敢给孟峰发一串嘲讽表情那句话撤不回来，她想了想，躺在床上继续给他发：

我每天都会把屋子打扫干净，是你让我养狗的，养狗怎么能不陪它们玩？

你要是我金主，别说让我穿裤子，让我干什么都行。但我什么时候找你要过钱？买菜买药买狗的零食都用的我工资，你还不知足。

你还监控我，怕我偷你东西？约会对象有你这样把人当贼的吗？

对话框显示正在打字，孟崿反复几次，把"你除了约会对象还会说什么""我看监控是为了看你"删掉，发送：

那你为什么扔三明治、喝酒？

席桐很快回：对不起，是我损害了你的财产，我给你重新买吧。

她不想说看到安慰餐三明治不顺眼故意扔的，又气他说她酒品不好，故意喝的。

孟崿一拳打在棉花上。

她算得太清楚，觉得他做了不对的事，就理直气壮地反驳，自己做了错事，就毫无包袱地跟他道歉。

孟崿知道她自尊心强，从来没给过她信用卡，只给她买过一条披肩，当作合同开始的见面礼。还给她订过一双鞋，上面写了卡片，本来想等关系转正就送给她。

可她压根就没想过让他转正。

她太公平了，公平到让他觉得她的心是石头做的。

沉默几分钟后，席桐发了一串淘宝订单过来：我已经下单了。

微信提示收到一笔银行卡转账，备注是赠款。

他什么时候添加了她银行卡？不要输入验证码吗？

席桐愣了一瞬，转而一想，兴许是他良心发现。三明治加一瓶威士忌才五百多块，对他来说啥也不是，就把下单的钱补给她了，结果一看，差点心脏病发作。

六万加元，折合人民币三十多万。

孟崿打字：家庭行政管理费：2020.1—2020.6。

席桐："什么？"

六个月的家庭行政管理费，好冠冕堂皇啊，好严肃啊。

孟崿想起临走前那天晚上，她在他怀里睡得可香了，捏脸都不醒，他睡不着，就用她指纹开了锁，从备忘录翻出卡号加到自己手机上。她要是遇上麻烦，他能及时照应。

就离开一周，他都不放心，惦记她能不能吃好睡好，会不会走夜路被流氓欺负。

事实证明，他想多了。

席桐刚要说"我把钱给你转回去，我买那些东西就当交你房租了"，他就堵死了她的路。

你要是转回来，跨境手续费 0.2%。

席桐："什么？"那就是说她除了倒贴那些钱，还要多交六百多块人民币。

那你想怎么样？

孟峰还真没想怎么样，他刚才给她转钱，就是单纯觉得让她买这买那有点亏欠。要是转她下单的五百多块，未免显得他太小气，索性把六个月合同期的已发生和未发生杂费一起交了。他真没想要她回报什么。

可席桐这么认真，他也不能辜负她的态度，打字：

都半个月了，初稿给我。

你是我上司吗？

稿子给我。

你是我上司吗？

稿子给我。

你是我上司吗？

稿子。

孟峰，你是狗。

然后，一个 word 文档发了过来。

孟峰从那一秒开始就不知道他办公桌上的收购协议是什么了，他眼里只有《聚焦中国市场：ME 集团掌舵人进军交通建材行业》的专访标题。

"作为孟氏的继承人，这位具有金融和法律双学位的新起之秀从保险领域开始，逐渐执掌地产、化工、建筑等各大板块。在 2017 年多伦多召开的全球第五届金融科技论坛开幕式上，他第一次以首席执行官的身份公开了集团未来十年的发展方向。"

董事秦立抱着资料走到办公室外，以为自己幻听了，这笑声是他老板的吗？

他跟着孟峰多少年都没见他这么开心过啊？要结婚了？生孩子了？

他满腹狐疑地敲门，里面说了声"进来"，秦立就看见他老板捧着笔记本站在窗前，笑得春光烂漫灿若朝阳。

秦立一个激灵，把资料放办公桌上，很识相地离开。

没哪个男人经得住喜欢的姑娘用专业口吻把自己诚心诚意夸上一万多字。

孟峰也不例外。他把稿子连看五遍，差不多都能背了，目光落在附的照片上，愈发自得——她用的是陈瑜发给她领英链接里的头像。

千挑万选，他觉得秦立女儿把他拍得太好看了。

就配她的稿子。

要是跟她的头像放在一起就完美了，红底的那种。

这一刻的孟峥爽上了天，给她发消息：写得还行。

席桐觉得这个"还行"太敷衍，她这稿子连宋师父都只小修了一下，让她再加点内容完善。

她不想跟他在工作方面扯太多：你给我600块钱，我把30万转回你账户。

孟峥觉得她写得这么好，把他夸得这么舒坦，给她一千万都不止，但这话绝不能跟她说。

他往上翻对话框，找到她一句话，按下视频通话。

席桐以为他要谈这笔钱，就点了接受，发现他在办公室里："你开完会了？"

孟峥以手支颐，身后是窗外的蓝天白云绿茵毯："我的账户可以拒收，你转几次，我就拒几次。你考虑一下，除去采购费和稿费，剩下的钱让我做你一天金主，够吗？"

席桐僵住了。

他声音压低，磁性充分显出来，听上去特别邪恶："你说的金主，是那种我要你干什么就得干什么的身份吧。"

席桐对他笑了一下，甜得他头皮发麻。

然后她说："你做梦。"就把通话挂了。

隔了几分钟，席桐给他发了张法国奥赛美术馆的著名油画，*l'origine du monde*（《世界起源》）：你看这个缓一缓。

又隔了几分钟，给他发了某个链接：缓不了就上这个网。

又过了一会儿，发来一张丽萨的艳照，很模糊，看起来逮狗拍照花了不少力气：我还是觉得你看狗比较合适。

孟峥被拐弯抹角地骂了，脸色发青。

他不在家，她要上天了。都是他惯的。

等他过两天回去，得好好治。

孟峥又开了一个会，食不知味地吃了午饭，把专访意犹未尽看了更多遍，看得秦立都觉得过分了，怕他忘事儿，提醒：

"金斯顿医生去中国几所大学办讲座，您这个月心理咨询的日子快到了，得回国见他，我已经让陈瑜联系，看看他日程安排。"

弗雷德里克·金斯顿是孟家的私人心理医生，水平很高，以前为孟鼎和靳荣夫妇服务，他们死后，就成了孟峰的医生，孟峰会按时去见他。

"知道了。"

微信电话突然响了，他接起来，等听到里头的声音，抛下喝了一半的咖啡和一脸懵的秦立就走，大步流星进了办公室，把门一踹，锁上了，咬牙问："你在干什么？"

一个男人的声音从手机里传来，有些模糊。

"周末出去吃饭吗？"

"就那家餐馆，嗯，我请你。爱你哟。"

"宝贝我也爱你哦。"

孟峰仿佛挨了当头一锤，思维完全不能运转，眼前闪过的第一个画面就是陌生男人搂着席桐说情话，他心脏就跟冷不防栽进沸水里似的，烫得皮开肉绽鲜血淋漓。

"你在哪儿？"他眼睛赤红，对着手机大吼。

"在家呀，嗯？"

她把人带到家里来了？她怎么敢！

孟峰居然抑制住了杀人的冲动，奇迹般地冷静下来："你让他接电话，或者开免提。"

"好的呀！"

她糯糯地嗯了好长一声，像是舒服得飘起来了，孟峰手指抠着桌面，指骨绷得发白，青筋毕露。

然后，他就听到了清晰的对话。

还有一个女人。

原来是在放电视剧。

"原来你没在房间里安摄像头呀。"席桐的声音忽然放大，带着一丝笑，小狐狸似的，"孟先生，好听吗？"

孟峰的心情就像坐过火箭，从马里亚纳海沟冲上珠穆朗玛峰，又掉下来，他觉得他真能被她给活活玩死。

席桐忍笑忍得特辛苦。刚才叫的那几嗓子就是装的，她憋着一股气，想整整孟峰，看他什么反应。席桐觉得自己的劣根性全被挖掘出来了，孟峰急得要死，以为她听不出他想杀人吗？

想到孟峰被她耍得气急败坏的样子，席桐喝了口酒，嘴角疯狂上扬："好听吗？满意吗？现在是北京时间零点零一分，一天已经过了呢，你不是我金主了呢。"

"不满意。"孟峰从牙缝里挤出几个字。

席桐太想看他的表情了，开了视频，趴在枕头上跟他笑眯眯地招手："嗨！孟先生，中午好呀！吃过了吗？"

孟崢没开视频，她耐心等着，过了一会儿，孟崢终于把视频开了，脸色已经不能用难看来形容。

席桐有一种翻身农奴把歌唱的胜利感，看着资本家被压在脚下，那种舒坦已经不是幸灾乐祸可以描述的了。

她爽了，飘了，膨胀了，连自己要做什么都不是大脑能控制的了。

她把手机横着放在枕头上，靠着墙，披着空调被屈膝坐着，刚泡完澡的苹果脸红扑扑的，又娇又媚地望着他："不满意呀……那我再告诉你，我喝酒了哦？我对着镜头喝哦？"

席桐忽然捂嘴打了个嗝，孟崢眉头一皱，看见床边凳子上放着瓶威士忌。

原来已经喝上了。

睡裙的肩带歪歪斜斜地滑落，她脸上红晕更浓，眨眨眼，拎过酒瓶子，又灌了一口。

"你不是不让我喝酒嘛，来打我呀？"她笑得更开心，浑然不知自己这副懒洋洋的模样有多勾魂。

孟崢觉得她醉了，语气稍稍缓和："别喝了，快去睡觉，不然明天头疼起不来。"

席桐听他又要管她，不干了："我就要喝，你烦死了，别管我。"

"你又喝酒做什么？"

孟崢看她咕嘟咕嘟灌下去小半瓶，心都提起来了。他还记得上次她喝完蹲火锅店门口半个小时，怎么拉都不起来，非要跟他说她是一朵蒲公英，毛毛还没长好，叫他不要吹她，弄得满大街人都在看。

席桐认真思考了一下这个问题，大着舌头说："我壮胆啊。"

睡裙又往下滑了一点。

孟崢不说话了。

席桐的杏眼波光潋滟，露出一点纯真的好奇："你怎么不生气了呀，你不生气就不好玩了呀。"

孟崢压抑着说："我生气。"想了想，又补了一句，"我气得不得了，都不想上班了，你继续。"

五月的银城已经入了夏，海风带着连绵细雨刮进市区，湿热黏腻。

《日月》杂志社记者部，宋汀正在茶水间接热水，抬头看见一人踩着高跟跑进来，边咳边喘，眉毛上挂着汗珠。

"小席，你慢点，不急。"宋汀无奈地摇摇头，"没人跟你抢工位。"

席桐迟到了一个多小时，还和上司撞个正着，原本心有戚戚，一听这温言细语，不由生出疑惑。

宋汀接着道："我还以为你上午不来，陈秘书跟我说孟总直接联系你改稿子，有几处要依他的意思做点修改。你们聊得怎么样？"

席桐的脸唰地红了，支支吾吾："还，还好。"

宋汀没在意："你歇歇，喝口水，等会儿来我办公室拿讲座入场函。"

席桐应下，在工位上放下包，长长舒了口气。

旁边关系要好的同事凑过来："劳模，你就跟我说实话，我发誓不告诉别人——你跟孟总是不是有那么一点不正常啊？"

席桐喝水呛到了，第一个念头是他们关系曝光了，而后立马意识到孟峰口风紧，不可能认她这个平平无奇的约会对象，于是装出一副淡定的神情："没有啊，就工作关系。"

同事不死心："我听说孟总为人超级傲，来中国后拒接了好几个名社的专访，你就没觉得他对咱们社特别优待吗？"

这话席桐不爱听了，孟峰不就一有钱的华裔商人吗："咱们社百年历史，在位的民国总统、退休的总理书记、校长、富豪、技术大牛都采访过，他孟峰有什么可傲的？就凭他长得好看？"

同事一脸懵。

席桐一说就停不下来："傲是挺傲的，帅也是真帅。但是你跟他讲话，就很难产生一种愉悦的心情，就比方说吧，我问他家庭情况，他避而不谈就算了，还反问我'你父母感情是不是很和谐'这种话。"

同事："打住，你再说，我真的要想歪了。"

"我是实话实说啊！"

全办公室的人都以一种异样的目光看着她。

席桐不觉得自己这番话有哪里不对劲，忽然手机叮一响，收到短信。

文件我发到你邮箱，你在家改，我和宋主任说过了。维C泡腾片在我房间，泡水喝醒酒。

"你脸怎么那么红啊？孟总的消息？"同事凑过来。

席桐赶紧把手机压在杂志下："我跑急了。快递短信，维生素到了……对了，宋主任让我过去。"

她趁机跑到洗手间，对着镜子发现脸真的很红，想起今天早上起来的场面，更是整个人都要烧起来：

一掀被子，满床狼藉，酒洒得到处都是，枕头上的手机没电关机了。她当场就呆住了。

这这这，都是她一个人干的？

床边放着酒瓶，席桐没喝断片儿，仔细想一想，连说了什么话她都记得。例如她借着酒劲儿隔着屏幕撩他，结果被他撩得走投无路、孤注一掷、另辟蹊径。例如她倦怠地陷在软绵绵的云朵里，叫了他好多遍，纯粹只是想叫他的名字，他问她是不是想要抱抱。他还说回来抱她，让她等他回来。

她心情复杂地看着眼前，床单、被套、枕巾、睡衣，一股酒气，什么都得换。好烦啊，还要上班。这时候席桐就觉得孟峰不渣了，每次床单都是他换他洗，她起来晾一下就行。

好想让他干这些活。

席桐蔫了吧唧地去宋汀办公室，宋汀递给她一张Ａ大的讲座邀请函，道："生活部今天和一个外国教授约了采访，主题是'现代社会青年人的心理压力'，但记者临时请假，他们部又抽不出人手。这教授在业界知名度很高，稿子挺重要，但不是很难，主编向我借人，你要是替他们去，我就给你减点手头的任务。"

席桐说："我手头任务不紧，不用减。心理学我还蛮感兴趣，而且又是回母校，挺好的。几点钟？"

"讲座下午三点，采访是五点半，一个小时。"宋汀给了她张单位附近餐馆的代金券当餐补，"提纲都是拟好的。我想来想去，还是觉得这儿你英语最好，可以和采访对象直接交流。"

席桐拿着邀请函回工位，上网搜了一下采访对象，定居北美的六十三岁的英国人，医学博士，获奖无数，常春藤大学终身教授，教精神病理和心理学，专长是治疗创伤后应激障碍。果真是业界大牛。

下午雨停了，单位的车送她去Ａ大北校区。Ａ大是所文科名校，林荫大道在午后的阳光下庄严肃穆，透露出浓重的文化氛围，路上都是赶往大礼堂参加讲座的学生。

礼堂外面架起了牌子——《弗雷德里克·金斯顿：年轻人缓解日常压力的方法》。附带教授充满学术气息的半身照。

一个志愿者看她拿着邀请函，热情道："同学，入口往这边走，随便坐。"

席桐刚要开口，一道温和的声音从旁边插过来："她是你们学姐，都上班了。"

志愿者妹子不好意思地吐吐舌头，眼睛亮了："薛老师，你也来听讲座呀！"

薛岭笑道："我虽然没你们年轻，平时压力也挺大的，趁课间过来听半个小时。席桐，你怎么有空过来？"

"替同事来采访的。"席桐看见他就立刻产生一种轻松感，瞧他穿着休闲款格子衬衫，打趣道，"我还以为你上课和上班一样呢。"

"西装革履？"薛岭和她往礼堂里走，"我本来想穿上次商场买的那件，但天太热了，在学校里能懒就懒。其实我在教师办公室都穿拖鞋——你看这个位置可以吗？"

"我从来没坐过这么前面，今天沾薛老师的光了。"

席桐高兴地和他在第二排坐下，邀请函上没有座位号，但前排默认留给老师和学生会干部。

旁边几个老师都穿得挺正经，打着领带，薛岭和他们攀谈起来，还不忘介绍："这是《日月》的席记者，等会儿和金斯顿教授有个采访。她是2018届新闻系毕业的，财经传媒方向，之前采访过我。"

他真的好周到啊，席桐想。

讲座准时开始，台子左侧走来一个灰卷发的魁梧男人，很高，大概有一米九，一张冷白的方脸，戴着圆眼镜，黑皮鞋擦得锃亮，这身精神焕发的打扮让他看上去比实际年龄至少年轻十岁。

看外貌是席桐最怕的严肃教授类型。但他一开口，整张脸的神情就瞬间变得柔和，声音也暖暖的，牛津腔从容不迫，一点也不端架子。

他拿起话筒，深绿色的眼睛在观众席极快地扫了一圈，可能是错觉，席桐觉得他的目光在自己这边停留了一秒。

"他真有范儿啊。"她悄悄对薛岭说。

"嗯？"薛岭一直望着台上，反应过来，"嗯，确实。"

席桐觉得自己打扰他了："继续听吧。"

讲座开始后，听众们都被教授不疾不徐的语速和幽默的案例俘获了心神，不愧是学心理的，控场能力特别好，说得引人入胜。席桐唰唰在本子上做记录，不时甩甩酸痛的手腕。等她再抬头看薛岭时，他不知何时已经走了。

对，他说他还有课。

两小时过后，教授致完辞离场，同学们也鱼贯而出。和席桐联系的校方人员说教授要休息半小时，然后在礼堂三楼的办公室接受采访。

席桐出去透风，傍晚的天空呈现出漂亮的橘粉色，云彩悠闲地飘在天幕上，几只鸟儿掠过池塘。她在池子边掰面包喂天鹅，喂完了就百无聊赖地顺着小路走回礼堂。

这条路在篮球场后面，十分僻静，樟树叶子落了满地，踩在脚下沙沙响，她没走几步，就听见树丛后有人在激动地用英文交谈。

"瑞安，你不能那样做！你欠我的，我告诉过你。"

席桐本来没有听墙角的习惯，可是人听到熟悉的名字，都会下意识停住脚步。

这一停，她就发现竟然是金斯顿教授在说话。

孟峰英文名就是 Ryan(瑞安)，但金斯顿面前的人显然不是他。这人被茂盛的树丛挡住，一言不发，露出一双棕色皮鞋，阴影被夕阳拉得狭长。

"为什么你不想回到多伦多，请听我说，我求你了！"

金斯顿的声音十分急切，到最后竟是在求他。席桐不想再继续听隐私，轻手轻脚原路返回，风中捎来那人隐约的回话。

"对不起，弗雷德。"

声音有点耳熟，可是太模糊了。

一刻钟后，席桐已经坐在办公室里。五点半，助理把金斯顿引进来，他又恢复了和蔼疏朗的面貌，沉静的声音压根听不出刚刚吵过架："晚上好，我亲爱的小姐。"

席桐站起来跟他握手，不经意在窗户里瞥到她走回礼堂的那条小路上有一人独自走过，休闲格子衬衫镀着余晖的淡金。

也许他只是下了课偶然走过。

她回神，用英文问候了教授几句，摊开本子。

金斯顿喝了口红茶，往沙发背靠了靠，两条长腿分开，用一种很放松的姿势回答她的问题，后来十指交握，目光犀利起来，一连反问了席桐几个问题。

成功把采访变成了心理咨询。

席桐火候不到家，连有没有男朋友、对婚姻家庭的态度都被他套出来了，正倾吐到兴头上，教授从兜里掏出一块坠着银链的怀表，看了一眼。

一个小时到了。

席桐翻翻记录，差不多了，加上他今天的讲座内容，可以凑篇稿子。她和他聊天感觉很好，受益匪浅。大牛就是大牛。

出了学校，席桐回单位附近，用宋汀给的代金券在餐馆点了四菜一汤一碗饭。不用做饭的感觉还是爽。吃着吃着就收到微信，孟峰截了机票图，说后天回来，让她等着，别想跑回去找她妈。嘴里的鱼香肉丝立刻没味儿了。

关于弗雷德里克·金斯顿教授的采访稿不用很专业，所以席桐写得很快，两天后就交了。

ME 总裁的专访初稿也做了改动，应要求把关于家庭的部分删了。其实孟峰在采访中说得很客套，席桐只象征性提了两句"特殊的家庭环境给了了他敏锐的商业嗅觉"云云，但孟峰要她删。

这男人确实傲，不愿意跟他那个全球富豪榜前十的爸爸沾边，给的参考材料也是他当了 CEO 后自己做的项目。

孟峰说好过两天回来，又拖了一周，还是出差，换成东半球。他这一走大半个月都过去了，席桐二稿都交了，他还没回来。

管家度假消失很久，她养花养狗，时不时去新开的餐厅拔草，去电影院看看新片，一个人过得美滋滋，悠闲久了却莫名觉得这日子像流水账，少了点什么。大概是被压迫久了，压力突然消失，有种不真实感。

席桐破天荒给孟峄发消息，问他在忙什么，几号回来，孟峄看起来懒得理她，隔了很久才回个"不确定"。连"尽快"都不说。

当席桐在网上看到他和最近风头正劲的流量女明星一起出现在某个欧洲国际电影节的红毯上，就觉得他简直在侮辱狗。

可可和丽萨多贴心啊。每天都在家里等她回来，给她叼报纸叼拖鞋，还陪吃陪睡陪逛街。

绝育手术真是人类的一项伟大发明。

社里的专刊做得差不多了，她想给自己找点事做。这天她上班，单位门口正好走了辆车，东岳的。

"版子内容已经定了，郝总想改？"席桐问宋汀。

宋汀刚和主编谈完话，告诉她："不是改，是加。下个月不仅是东岳资本成立十周年，还是蔚梦基金会成立十六周年，我们专刊不是七月的嘛，在这两个活动之后出来，所以郝总想加块内容，宣传一下基金会。"

席桐有点不清楚："蔚梦不是ME的吗？跟东岳资本有什么关系？"

"郝总本人曾经就是蔚梦的管理人。他和孟鼎关系很好，ME当初建了这个机构，千挑万选挑中他来管，后来他跟闻家来到银城，基金会才渐渐移交给别人。东岳每年会给一笔钱到基金会资助贫困农户，这些年很低调，十周年庆是重大活动，所以郝总想办个暑期志愿，发动一些职工带薪离岗去东阳省的山区支教两个月，提高机构的社会知名度，这算是积极响应国家政策，对他们的声誉很有好处。"

简而言之，就是用做公益来提升形象，当前流行的做法。

"郝总想请几个记者跟去做前期报道，写两篇稿子加在专刊里，公司很大方，一个月补助有一万，还包吃住。"宋汀啧啧道。

"真的呀？"席桐十分感兴趣，"我妈一直说今年要带我回老家呢，她准备等学生中考完就走，正好是那几天。要是部门事情不多，我想跟着去一个月，基金会在我家那边有个分部，郝总不就是荣城人嘛。"

她虽然知道自己和郝洞明是老乡，却还是第一次知道他管过基金会。

宋汀笑道："那你年假就算在里面了，我可不多放你的假。到时候看事情多不多，不多我就让你过去。"

席桐干劲十足地点点头。她好久没回荣城了。

席桐回家后跟叶碧说了这事儿,她很高兴:"这些年我们都没怎么回去过,待久一点,上山陪陪你爸。"

席桐也想家了,虽然她在银城上学工作,可仍是眷恋故乡的风景。要不是那次火灾,她妈是不会带着她背井离乡,来银城投奔远房亲戚的。

社里批了她一个月的假,把去年没休的年假也给算上了,支教活动是6月18号,她7月20号回来。

那个时候她和孟峄的协议也结束了。想到这里,她觉得日子过得好快。一转眼,认识这个男人都快半年了。

孟峄很少给她发消息,也不打电话,席桐最后真懒得管他了,差点拉黑,让他和代言集团品牌的女明星光鲜出镜去。

她毫不怀疑孟峄能一直在外面浪到她回老家。

这晚她睡得正沉,床一陷,腰被人捞了起来。席桐被外力突然弄醒,昏沉间以为屋子遭贼了,劫财劫色,刚拿起枕头和防狼喷雾,手就被人攥住。

仓促细密的吻落在她脸上,孟峄急匆匆道:"是我,我回来了。"

席桐冷不防听见他声音,还以为在做梦,又立刻醒了,火气噌噌往上蹿:"我要睡觉……呜……"

孟峄下了飞机直奔市中心的家,本来应该顺路去公司放个文件,可他忍不住了。

她有气无力地推他,耳边是他疾速的心跳声,他的声音灌入耳,急不可耐:"把上次的话再说一遍,桐桐,再说一遍!"

"我不知道。"席桐快被他烦死了,委屈道,"我不知道你在说什么?"

孟峄拍拍她的脸:"别睡。"

席桐用最后的力气发飙:"你有完没完,我要睡觉,喂!"

孟峄把她放平在床上,双手撑在她身侧,直直望着她:"你说,你——"

"那天我喝醉了,不记得了。"她斩钉截铁地说。

孟峄笑了,好,不记得就不记得,他会让她再说一遍的。

灯光把她的五官照得柔和,小鼻子小嘴巴,衬着两团红晕,看起来可怜又可爱,她抓过被子盖在脸上,不看他。

孟峄拽走:"不许遮。"

他突然压下来,胳膊肘撑在她身侧,双手捧住她热乎乎的脸:"我不在家,你很开心？"

"这还用问？"她叫道，"你怎么这么早就回来了？"

这句话无异于一颗炸弹，效果剧烈，孟峰的脸色眼看着就沉下来，眸子里酝酿着一场暴风雨。

席桐慌了，下意识扑腾起来，越扑腾孟峰抱得越紧，目光越执着，像是非要她今天说个明白。混乱中她莫名生了一丝心虚，想到那天的醉话，脸上烧得更厉害，不知道哪来的力气，抬起一脚就踹在他膝盖上。可没想到他骨头这么硬，一屈膝，反作用力倒把自己给蹬开了，后脑勺"咚"的一声撞在床头，腿也重重磕在柜子上。

孟峰："小心！"他只是稍微用了一丁点力气啊？

他眼中的神色变幻几番，终归无奈，握着她的腿，往磕红了的皮肤上吹了几口气，冷冷道："行了，睡觉吧，我累了。"

然后抬手关了灯，把被子一拉，背朝她缩在床上。

席桐摸索了半天，被子全给他抢走了，黑暗中的脸色更黑。她小声骂了几句，孟峰一直没反应，不知道是装睡还是真的太累睡着了。

她脑壳疼，腿也疼，心里又不好受，用力拽了半天才揪起一角被子，脚丫子往里踢了两下，他还是纹丝不动。空调关上会闷，席桐权衡了一下，没出息地顺着揪开的口子挪腾进去，先是脚，再是腰，最后整个人都贴在他背上了。

温度正好。

她维持着最后一点尊严，双手紧紧笼着自己那半边被子，和他背对背靠着，可是脑子里都是他那张可恶的脸。

挂钟的指针在不知疲倦地走，时间过得很快。

席桐累了，耷拉着嘴角，呼吸渐渐匀长。

空旷的宁静中，孟峰睁开眼，轻轻翻了个身，手臂悄悄环住她的腰。

他面对面抱着她，只要一闭上眼，就能听到她在屏幕前拿着酒瓶迷迷糊糊地说："孟峰，我好喜欢你啊！"

他吻她翘起的眼睫毛，半晌，叹出一口气："我也喜欢你啊。"

席桐做了个噩梦，孟峰从欧洲回来了，要跟她算账，醒来后发现现实比噩梦还可怕。

她是在孟峰的房间饿醒的，时间下午两点。

光起床就费了她吃奶的劲儿，半死不活地去上厕所，坐在马桶上发出一声凄厉哀号。

皮肤上有一点擦破，乌青中透了血丝出来，昨晚在床头柜上磕得太狠了。

要不要去医院打破伤风？可是和医生怎么说啊？

楼梯传来脚步声，还有狗叫，她第一反应是挪回床上装死，但一连串动作难度太大，在即将平地摔时被孟峰及时接住。

"你回来了？"

孟峰把她抱回床上躺着，放下手中的塑料袋，然后开始脱西装。

席桐惊恐地往后退，叫道："我受伤了，我受伤了，你不要强人所难！"

她叫了一晚上，嗓子哑得出奇，跟唐老鸭似的。

孟峰把黑西装挂起来，领带塞口袋里，左手慢条斯理解着袖扣，手指修长灵活，被午后的阳光一照，洁白得几乎透明。

席桐无心欣赏，差点给他磕头："孟先生，你天赋异禀，我是凡夫俗子，你就放过我吧！"

孟峰这才抬眼看她，说："躺好，衣服脱了。"

他自己也脱得差不多了，换了条丝绸睡裤，宽肩窄腰，匀称结实的肌肉印着几道划痕。他刚才在公司健完身，跟员工说是猫挠的。

席桐望着他拼命摇头，孟峰看她不脱，就自己给她脱，一碰她就一抖，还抽抽噎噎地哭了："孟峰，我流血了，好多血，疼死了，你欺负我。"

"好多血，去医院？"他问。这明摆着夸大事实碰瓷呢？

席桐就不吭声了。

孟峰把买来的碘酒和红霉素软膏拿出来，用棉签蘸了，给她一点点涂。席桐没说话，捂着眼睛，涂到擦破的地方，她就细细地颤。

孟峰按住她的肩："马上就好，忍一忍。"

他声音低下来，席桐一愣，眼泪水瞬间哗哗的，拿他手背擦："你，你还知道我疼，你当时怎么不知道呢，我都疼死了。"

孟峰嗯了一下，继续给她涂药。

席桐说："孟峰，你不讲规矩。"

孟峰又嗯了一下，拿出清凉药膏给她涂身上的擦痕："我不讲规矩。"

席桐又说："孟峰，你没有道德。"

孟峰涂到她大腿，蹲下来："我没有道德。"

席桐用手摸摸他的额头，温度正常。孟峰拿开她的小手，把她翻过来，涂她背上的咬痕。

"孟峰，你是狗。"

他俯下身，席桐感觉到他的呼吸喷在脖子后。

孟峥涂完了，撩开她凉丝丝的黑发，在她脸颊吮了一口，雪白的肌肤印上暧昧的红，分外显眼。

他满意了："我是狗。"说完，他直起腰，下楼去做饭，不一会儿端上来两碗面。他把窗子开了，清爽的风吹进来，席桐才觉得屋里弥漫着一股憋闷的气息。

孟峥让她先喝点水，水里加了维C泡腾片，酸酸甜甜，缓解了喉咙的焦渴干疼。叉子搅着面送到嘴边，她偏了偏头，孟峥道："十几个小时不吃东西，胃要搞坏了。"

她望着他，水汪汪的眼睛里闪烁着难解的光，好像在思考为什么他总是在生气后的第二天变了个人，是道歉？弥补？还是心情太好大方施舍？

孟峥看她不吃，想了想，说："农民伯伯种粮食很辛苦，不要浪费。"

这跟幼儿园小朋友说话的语气让她打了个寒战。

这个人好可怕啊。明明凶得和北美大灰狼似的，可要装起来，说他是抱着小羊羔的基督徒都有人信。

不管怎么样，席桐是真饿，便就着他的叉子一口接一口地吃面。他煮的是她买的彩色意面，拿蔬菜汁染成红橙黄绿的颜色，她突然想起他赔给她的七彩口红礼盒，嘴角一动，又绷住了。

孟峥心头一松，装作没看见，接着喂了半碗，又给她塞下一只荷包蛋和清淡的水煮鸡胸肉，并几颗剥好皮的葡萄和切成丁的黄桃。

"我要吃巧克力。"既然他这么有服务意识，席桐就不客气地跟他提要求。

"不许吃巧克力。"孟峥说，"现在刺激性的东西都不要吃。"

"我想吃水果。"席桐改口。

孟峥把水果递到她跟前，她撇过脑袋，下巴扬起来："我不想吃这个，我想吃提子味的葡萄。"

什么，提子味的葡萄？

席桐看他僵滞了一秒，在心里偷笑，嘟着嘴很不开心的样子："我还想吃草莓味的西瓜。"

孟峥看她是来劲了，回道："抱歉，买不到。你吃饱了？那这些都给我了。"说完就把她碗里的东西都倒进自己那份里，认认真真吃起来，不管她了。

他也饿了，中午去公司嘱咐了陈瑜几件事，上机器跑了十公里变速，然后匆匆赶回来照顾病人，什么都没吃。

昨晚他不小心把她弄伤了，第一次出现这种情况。所幸只是皮外擦伤，养几天就能好，可是她皱皱眉头，他就跟着疼，这种感觉并不好受。

那句中文怎么说来着？自作孽，不可活。

孟峤边自责边吃面，席桐见他头也不抬，不知道为什么心态突然崩溃了，泪珠噼里啪啦掉下来，委屈得要死："我就是想吃提子味的葡萄，你不是有钱吗，连这个都买不到。"

孟峤也很想知道那玩意儿要上哪儿去买，上她充满创造力的脑袋里吗？

他吃完了，把她搬回原处躺着，盖好空调被，关了窗，把自己平板给她拿手里玩，然后下楼去了。

没几分钟，两条狗就奉命上来安慰她，席桐抱着它们把孟峤骂了个狗血淋头。

席桐玩了会儿连连看，刷了几集剧，又困了，倒头就睡，睡醒已经是晚上八点多。她的精神好了一些，便到楼下找吃的，发现孟峤在沙发上睡着了，膝头放着叠了一半的床单，电脑在茶几上开着，桌面邮箱塞满了各种语言的邮件。

席桐轻轻走到餐桌旁，然后就瞠目结舌地发现了她这辈子从来没见过的两种水果：提子味的葡萄，和草莓味的西瓜。

孟峤在她睡觉的这段时间里，以一种令人惊叹的创新能力把这两种东西弄出来了。玫瑰提子拿小刀削了皮剔了籽，塞进完整的葡萄皮里；西瓜一剖两半，果肉和草莓放榨汁机里打成汁，和吉利丁粉一起倒回瓜皮里，静置过后切出来就是草莓西瓜味的水果布丁。

这一定得了高人指点。

她甘拜下风，吃着提子，咬着布丁，心里头有点复杂。好像拿钱也买不到这些。不得不承认，脑子聪明的人，学什么都快，做什么都好。

孟峤被短信声吵醒，是秦立的女儿："哥，怎么样？小姐姐还满意吗？"

他按了按太阳穴，抬头看向餐桌，眉毛一竖："不要吃那么多，都几点了？放冰箱明天再吃。"

席桐正和西瓜布丁战斗得其乐融融，手上还抓着俩假葡萄，看起来非常满意这顿加餐。

孟峤给秦立的女儿回了个谢。

"孟峤，原来你会做饭呀。"席桐瞟了他一眼。

会做饭还天天让她做，他又不是没时间，就在客厅里看着新闻当老爷，等着她忙好把菜端上桌。当然了，他只会做基本款，可她也不挑食啊……

席桐这一刻都忘了协议上写明是谁负责一日两餐。

孟峤见她说话的尾音又变回去了，就知道她没那么生气了，把膝头的床单和衣服叠好，边抱着上楼边道："一个人生活，总得会一点。"

席桐往后靠，椅子"吱呀"一声在木地板上滑出老远，她托着腮奇怪道："不会吧，你那么有钱，没请厨师？还有那些女明星女律师国际名媛，她们都不给你做饭吗？"

孟峄已经听惯她这么说话了。之前还生气，现在眼皮都不掀一下。

"我吃不惯别人做的东西。"

席桐又加了一句："也不喜欢让她们住你家？"

孟峄回头，她歪着脑袋望他，黑发有些乱地垂在肩上，绕着那只撑住下巴的手。餐桌上方的灯有些暗，柔和地洒在她的唇角，那里还沾着粉红色的布丁屑，一闪一闪，好像她刚刚吃了几颗星星。

"是。"他说。

"真是有个性啊。是不是总裁都这么高冷？"

孟峄觉得他一点都不高冷，他在她跟前一点面子都没了。

席桐说："你吃得下我做的饭，也允许我住在你家，看起来你还挺满意我这个约会对象的。那么我可不可以提个意见，你不要每次花这么大力气来安慰我，你的时间精力都很宝贵，刷刷邮件开开会不是很好吗？只要你之前控制一下，别搞成这样，我就不会占用你太多时间。"

这话太扎心了。半晌，孟峄道："我不想看邮件，也不想开会。"

很熟练的冷静。简直熟练得让人心疼。

孟峄认为他言下之意很明确，他愿意花时间在照顾她弥补过错上。

席桐也认为他的意思很明确，他就是想自我满足，每次事后投入这么多精力也觉得值。

她垂下头，用勺子搅着吃剩的布丁，果冻状的固体被她搅成了碎渣渣："你这周都不要碰我。"

孟峄抱着怀里的衣服，烘干之后很暖很轻，可他觉得又冷又重，两只手都脱力了。理智告诉他不能再站着不动，便抬脚上了楼。

席桐有些恍惚地看着他的身影消失在楼梯上，有那么一刻，她以为这个场景不应该出现在这里。

太居家了。就好像她已经跟他在一起生活了很长时间似的。

席桐摇摇头，把不切实际的小心思从脑袋里甩出去。

第六章 甜粽子

如席桐所愿，孟峄一周都没碰她，甚至没回家。

她依旧不知道他在忙什么，总之就是吃睡都在公司，今天往北飞明天往南飞，脚不沾地，两个人见面的机会甚少。

他的创意料理做得太多，席桐吃到最后就喂狗了，丽萨还挺爱吃的。边牧智商高，感情细腻，精力充沛，非常需要主人陪伴，孟峄那么忙，很难想象他能养四年。

到了六月，席桐也忙起来，计划表上先是东岳的十周年，再是几个活动，她还要帮她妈采买东西，带回老家去。

周年庆是9号，端午节前一天，席桐换上正装，和一帮媒体同行坐在装扮一新的大厅里听致辞。邀请来的行业大牛讲完话，到了高管讲话的环节，郝洞明一马当先上了台，他的头发特意染黑了，显得精神抖擞。他接过主持人手里的话筒，对着大屏幕骄傲地宣布十年来的业绩成果，然后公布了今年对蔚梦基金会的支持力度，并表彰东岳资本员工自愿报名暑期支教、为社会做贡献的行为。

席桐觉得这样虽然作秀，却的确能为那些贫困线下的孩子带来机遇，对于消息闭塞的村民来说，获得资源的结果是最重要的。

郝洞明讲话之后就是两个大股东致辞，鹏程化工和原野制药的代表：杨敬以及杜辉的助理。

杨、杜二人的股权都占百分之十三，并列第三。

令她意外的是，ME集团今年刚持股，又占百分之十五的大头，是东岳第二大股东，孟峄理应在郝洞明之后、杨敬和杜辉之前出场，但他却没来。孟峄三天都没给她打电话，鬼知道他到哪里混去了。

席桐撇了撇嘴，听到邻座的报社实习生和摄像小哥嚼舌头：

"哎，杜董是什么意思啊？他不是在台下坐着嘛，竟然还让助理代他发言。"

摄像小哥压低声音："嘻，正常。你初来乍到，不晓得他就是个……说好听点叫妻管严，难听点就是草包，连绣花枕头都不如。他就是原野制药放在东岳的标志，任何事情都要听他老婆梁玥的，这助理就是他老婆临时给他找来的——杜董那脑子，背不出讲话稿。"

实习生妹子惋惜道："梁总是个女强人，当初怎么看上他的。"

"听说他年轻的时候长得挺帅，没现在这么胖。"摄像小哥憧憬地握拳，"梁阿姨，我不想努力了，也考虑考虑我吧！"

"梁总看上去那么年轻，你得叫她姐姐好吧？"

席桐一头黑线。她也听说过杜辉干啥啥不行，听老婆话第一名，社里都没采访过他。至于梁玥，三十多岁就在商场崭露头角，为她那个在市里当官的爸挣了不少面子。

媒体十年前就说她是美女企业家，梁玥顶着这个名号把生意做得风生水起。但席桐觉得，主动接受这个名号的女人都不是真正的企业家。企业家又不靠脸。就连孟峄也不靠脸，没有一家媒体敢在正统报道里说他长得好看、含着金汤勺出身。

否则，要被 ME 打电话公关的。

不对，怎么又想到孟峄了？

旁边的实习生妹子悄悄拽她袖子："小姐姐，你是不是日月社的，姓席？"

席桐点点头，疑惑："你怎么知道？"

妹子一副八卦的表情："我听到别人喊你席记。小姐姐，你知道孟总今天会来吗？好想见他喔。"

"我为什么会知道孟总今天会不会来？"

妹子眨眨眼："你不是做他专访嘛。"

席桐默默起身："我做过，但我不知道。不好意思，我去下洗手间。"

在去二楼洗手间冷静的路上，她不断地反思怎么是个人都知道她和孟峄走得近。这可不得了，不正当关系被揭穿，她就在圈里混不下去了，别人会认为她不择手段搞到专访。

推开洗手间的门，她的步子就停了。

有人在对镜补妆，一身明黄的长裙包裹着前凸后翘的身材，手机开着免提，用纸巾垫着放在洗手台上。

"孟先生，你什么时候到？要我的司机顺路来接你吗？"

那头的男人道了句谢谢。

"嗯,好,五分钟。"

她的声音年轻而热情,镜子里的脸乍一看也是年轻的,仔细瞧,却能找出岁月的痕迹。

梁玥在镜子里发现有人盯着自己看,回头冲她笑笑:"你好。"

席桐硬着头皮跟她打招呼。

她觉得她可以支持一下刚才那个不想努力的摄像小哥。孟峰什么都有了,还是不要贪心,就把这机会让给别人呗。

她上完厕所,不想回会场了,在二楼趴着栏杆看了一会儿下面的盛况。董事们讲完话,就是蔚梦基金会的现任负责人上台,带着几个山区小学的校长感谢东岳给予的资金援助,这是文艺表演前最后的环节。

一个纤细耳熟的声音突然抓住了她的耳朵。

"在这里,我要感谢在座的叔叔阿姨,是你们捐献的书本和午餐,让我能在山里念完小学,并有机会走出瓶县,来到这座处在现代化前沿的一线城市。"

席桐伸长脖子,定睛一看,站在台上讲话的学生代表不就是牛杏杏嘛!

小姑娘穿着六中校服,麻花辫梳得整整齐齐,第一次面对镜头,黄黄的瓜子脸格外紧张,声音也在抖,双手不安地攥着裙边。

她是个受益人的典范,一看就是农村出身,土里土气,成绩好,听话,最适合上新闻报道。

还有一周就中考了,席桐希望她不要受外界影响,上个微博热搜什么的。她做这行的,知道无良媒体为了爆点煽情什么都能做出来。

眼看牛杏杏的稿子要背完了,席桐走下楼,想等结束后跟她打个招呼,鼓励鼓励她,却发现她哭了。

因为台上不是高管企业家,记者们大着胆子涌到前排,无数闪光灯对着牛杏杏猛拍,记录这感人肺腑的一幕。小姑娘手足无措,基金负责人把她揽到身前,熟练地对着摄像机笑容满面地说了一长串客套话。

牛杏杏抹着眼泪,像是被面前无数陌生面孔和高举的话筒吓到了,四处张望,目光仿佛在寻找什么,突然窘促地推开负责人,咬着唇往台下逃去,经过第二排董事会席位时,有人伸出半只胳膊,又立刻缩回去。

牛杏杏捂着脸跑出大厅,带她来的六中老师急忙追上去。主持人刚准备笑着解释这个小小的、无伤大雅的插曲,就知道没必要了——

门口正好走来一人,跟小丫头撞上了,还伸手扶了一下,以防她摔倒。这一幕被记者们以光速拍下。

转眼间，全场的视线都集中在这个男人身上，他大步流星走入厅中，周身的气场令人生畏。

郝洞明站起来，惊喜地迎上去，和他来了个西式拥抱。

孟峥落座，不露痕迹地从兜里抽出湿纸巾，擦了擦被他碰过的手。他垂下眼，半轮黑瞳在睫毛下微动，余光扫过一旁耷拉着脑袋的杜辉。

刚才那个下意识伸手阻拦牛杏杏的动作，他看见了。

"孟先生，路上还顺利吧？"

梁玥踩着高跟鞋从走廊款款走来，跟他握手，杜辉本想站起来，被妻子一瞪，又坐了下去。

孟峥礼貌地颔首："晚高峰有些堵，谢谢你的车。"

他目光忽然凝在梁玥背后，不远处有个小脑袋在张望，手指头愤愤然揪着脖子上的蓝丝巾，眼里能喷出火。

孟峥勾唇，声音没刚才那么公式化："梁女士等下有空吗？我有些事情想跟你谈谈。"

他笑起来，很少有女人抵挡得住，何况是觊觎他已久的梁玥，管他要谈合作还是谈咖啡，一口应下就是了。

"当然。"梁玥抿起艳丽的红唇。

整场歌舞表演席桐都没看，等到七点半钟冷餐会开始。她抱臂坐在休息区的沙发上，衣香鬓影纷扰，香水味蒸腾在空气中，让她很想打喷嚏。女士们穿着优雅的礼裙穿梭在餐车间，到了下半场，都往一个地方涌，好像人群中有块磁石。席桐啃着苹果，看着女人堆里走出一个牛哄哄的孟峥来。这一刻她的内心完全被洪世贤表情包占据。骚成这个样子，品如的衣柜都给他扛走了。

和她坐一起的实习生妹子小心翼翼递给她一块小蛋糕："小姐姐，你吃点东西心情会好一点。"

席桐把小蛋糕吞下，黑巧克力好苦，她脸都皱了："我哪里看起来心情不好了？"

实习生："哪里看起来都不好。"

席桐深吸了口气，她刚喝了半杯香槟，酒劲儿上来，头有点晕："可能是昨天没睡好。我看你平时八卦看得不少啊，那你给我分析分析，孟总是喜欢梁总这类商界精英，还是闻小姐这种官家千金？"

聊起八卦，妹子可就不困了，两眼放光，一把搂过她："小姐姐，我觉得你有充分的可能性为我们记者行业挣口气啊。梁总都多大岁数了,孟总他缺爱吗?非要找个年上人妻?至于闻小姐,你看她今天都没来,都传她和薛教授是一对。"

席桐把剩下的香槟喝完,说:"根据我的观察,孟总可能真的缺爱,在某次遭遇绑架后性情大变,以压榨别人为乐,以勾引……算了,我不能泄露采访对象个人隐私,虽然我特别想吐槽他这个狗。"

实习生就差黏她身上了:"小姐姐你再说详细一点吧,他是怎么压榨怎么勾引怎么狗的,我一定不告诉别人。"

席桐作为专业记者,是有职业道德的:"我不能说,但我个人对他很有意见,他超——坏的。"

实习生严肃且同情地点点头。

"你说,这么大的场合,闻小姐怎么没来?东岳的活动她不是经常代表郝总出席的吗?"

要是闻澄代替梁玥站在那儿,她的心情也许不会像现在这么差。

实习生果然消息灵通,附耳道:"这次上头狙了一批贪官,闻家大儿子、郝总大舅子不是在省里嘛,也牵扯进去了,最近正在到处疏通呢,闻小姐应该也挺忙的。哎,要我说,郝总这么大张旗鼓地办十周年,不如低调点,别给闻家添乱。不过我还听说,郝总和闻家关系并不好……"

这个席桐也知道。闻家在银城风光的那几年,郝洞明用女婿的身份捞了不少肥项目,但后来他一门心思做贸易公司、做投资,发话要搞健康透明的业务,拒绝和官场上的人往来,据传闻老爷子在家宴上破口大骂,说他利用完闻家就一脚踢开,好几年不让他进闻家门了。

想了一会儿这些乱七八糟的关系,席桐头更晕了,站起来活动沉甸甸的腿脚,结果正前方的画面更碍眼。

孟峄不会真的偏好大龄人妻吧?

这口味重的,啧啧。

席桐复杂的目光被正在说话的梁玥尽收眼底,后者想起来在洗手间碰到过这丫头,浅笑:"孟先生,听说你破例接受《日月》的专访,还亲自和他们总编沟通,到底是哪位名记让你这么重视?"

孟峄啜了口咖啡:"名记不敢当,可造之才罢了。"

"哦?"梁玥感兴趣地眯起眼。

"未来ME在中国市场要发展公共关系和政府关系部门,我正在寻找宣传和品牌策略的人才,其中就有我背后十米远、你一直盯着看的那位。"

梁玥知道被他发现了，捂嘴："那可是宋大记的爱徒，你也敢挖墙脚。"

孟峰想，挖墙脚算什么，他还敢进她的公寓呢。

"对于专业人才，ME不吝给予最好的福利，我相信她会满意。"

比如说董事长夫人待遇。

孟峰觉得自己最好了，各方面都好，世界上还有比他更适合她的男人吗？

他转移话题："可惜今天闻小姐没来，我本来还想借机与她身边的薛教授聊聊，他新任银湖地产首席财务官后着手的几个项目让我深感钦佩。他也是个难得的人才，以前在加拿大没见过他，我非常遗憾。"

梁玥立即道："这个不难，我老公和他关系不错，最近经常一起吃饭，改天让我老公给你们组一局！"

孟峰获得了可靠信息，微笑："谢谢，我如果需要会和你说。梁女士，我还得回公司一趟，恕我失陪。"说着，他把咖啡杯放在服务生的托盘上，不顾梁玥惊讶不甘的神色，毫不犹豫地转身离去。

杜辉和薛岭因为某个原因走得近。

为什么呢？

孟峰隐隐感到一种不安，今晚的宴会接触了太多熟面孔，让这种压制的焦躁越来越浓，有控制不住的趋势。

他又撕开一包消毒纸巾，擦手。恨不得擦下一层皮。

孟峰想着事情，擦得太投入，双眼紧盯着大厅门口，拥挤人潮中终于有那么一丝流动的清新空气钻过来。

有人在背后叫了他一声，声音不大。

孟峰回头，眼神瞬间柔和："席记者，有事吗？"

他看着她冷静从容的面具裂开一条细微的缝，睫毛颤了颤，嘴唇动几下，像是有话要说。

周围的人看过来，孟峰等了十秒钟，她还是沉默，他看了眼表："抱歉，我现在没时间，如果是关于专访，请给我发邮件。"

席桐最终吐出几个字："对不起，没事。"然后走开了。

席桐先是走，然后就变成小跑，从侧门跑出了大楼。

一辆车在那里等她，是孟峰的司机，看见她，赶紧摇下车窗："席小姐，回单位还是回家？"

他问了几遍,踩下油门跟着她,却发现她不是没看见,是哭了。

司机就不敢追了。

席桐按着胸口,不知道怎么会这么难过,总算找到一棵无人的树后,踢了几脚树干,叶子落了她满头。她酒喝多了,这个酒不好,喝下去烧心烧肺的,小蛋糕也不好吃,苦得喉管发涩,舌头都麻了,连说话都不会了。

……她想问他,明天是端午节,回来吃饭吧?

她叫了他两声,他才听到,不耐烦地告诉她没时间。

没时间。

他在冷餐会上谈笑风生,穿得人模狗样,两只眼望着别人都笑开花了,然后告诉她,没时间。

席桐哭得更凶了,她觉得自己误入歧途相当长一段时间,这样一点也不好,这个男人一点也不好,他根本就不知道。不知道什么呢?她也不应该期待什么,私下是约会对象,公开场合就是工作关系,他处理得没错啊。可她就是难受。对自己绝望的难受。

孟峥觉得自己今天表现特别好。他都没有在公开场合抱她亲她,他要是忍不住这样做,席桐肯定会生气,不让他碰。他也确实赶时间,所以"发邮件"是脱口而出的,席桐突然在人堆里叫住他,他只能想起专访这件事。

难道她想跟他说"早点回来,我在家等你吃饭"吗?

做梦吧。

如果是这样他还费什么劲啊,用得着来找心理医生出谋划策吗?

孟峥在车上把追女朋友的问题清单都列好了,准备给心理医生看。

金斯顿在中国做巡回讲座,很忙,陈瑜约了三次才约上。

孟峥不喜欢这个为养父母服务了很多年的医生,金斯顿身上有种气质,让他捉摸不透,他本应该有规律地去做心理咨询,但他只偶尔去。

不可否认,金斯顿水平过硬,已经把他从噩梦的深渊里拉出来了,提的建议都很有效。既然金斯顿就在这里,那么不如就近求助一下。

一个半小时之后,他从四季酒店的套房出来,电梯灯正好亮了,走出一个穿格子衬衫的男人,双手插在口袋里,没带包。

"孟总,你也在。"薛岭和他打了声招呼。

"薛先生。"孟峥向他点点头,与他擦肩而过,走进电梯。门缓缓关上,薛岭的背影消失在走廊尽头。

十四秒钟,电梯疾速下坠,到达底层车库,脚底轻微一震。这一震,倒把什么似曾相识的东西从脑海里撞了出来。孟峥忽然睁开眼，看向手中写满医生建议的纸。他从手机上调出专访那天从青湘阁拷贝的监控录像，看了一遍。薛岭给他的那种熟悉感，就在刚才，他在其他人身上体会到了。他上车后给酒店前台打了个电话，问顶层空房，得知只有一间住了人。那么薛岭应该是去见金斯顿。

孟峥回神，发现有个席桐的电话，刚刚占线没接到。他打过去，席桐没接，可能是有事。她是不是想表扬他今天很规矩？想到这里，他的嘴角止不住上扬，加了一脚油门，回家。

席桐在超市里，推车塞满了东西。

心情不好，就想花钱，事实证明很有用。看着车子一点点被面粉、糯米、豆沙、鲜肉香肠、各种饼干果酱填满，她又活蹦乱跳了。

她买到兴头上，甚至给孟峥打了个电话，问他吃什么馅的粽子。刚响起占线音就反应过来，孟峥他配吃粽子吗？

他只配喝西北风。

席桐结了账，拎着两个大塑料袋，吭哧吭哧回了家。过节嘛，总要有点氛围，她每年都会和妈妈包一堆粽子送人，剩下的当早饭吃。

网购的箬叶到了，她洗干净放水里泡着，把二刀肉煮上，电视开着，边听新闻边干活。两只狗闻到肉香，在她脚边转悠，席桐给它们喂了两个蛋黄。

孟峥一进家门，看到的就是她蹲在地上喂狗的画面。她系着粉色的花边围裙，扎着丸子头，雪白的腮帮微微鼓起来，眼眸又黑又亮，像只生气的布偶猫。

"饭好了？"

席桐就跟没听到他声音似的，给可可和丽萨擦嘴，站起来揭开锅盖，撇去焯水的浮沫。

孟峥放下公文包，走到她身后，凑近锅看："这是在煮什么？"

席桐还是不说话，看都不看他，换水加葱姜酱油炖肉。

财经新闻里正好传来主持人的播报："日前，原野制药的首席执行官梁玥同ME集团董事长孟峥会面，洽谈合作。"

席桐手里的汤勺抖了一下。

孟峥看见了，问："什么时候开饭？"

席桐往锅里加叉烧酱，加了半罐，才慢吞吞道："不是吃过了吗？这是明天用的。你自己榨点果蔬汁。"

孟峥不满意："我没在会场用餐。"

席桐从冰箱里拿出一块三明治丢给他。

孟峰觉得她这态度一点也不像要表扬自己今天理性的行为，反而是在赶人，他不开心了，把三明治放回去："我想吃你做的。"

席桐从善如流，甩给他一罐自己腌的小黄瓜。孟峰拧开盖，一股味儿飘出来，好酸。他又看看不远处吃完蛋黄撒欢的狗，连狗都吃得比他好。

孟峰放下酸黄瓜，从身后环抱住她，声音有点不平："吃外卖也行。"

席桐被他啃在脖子上，回手就是一爪子，被他攥住，往怀里揉："席记者，我在会场哪里惹了你？做得不对吗？"

席桐回了他一个字："呸。"

孟峰特别为她考虑，无辜道："照你看来，约会对象在公开场合不应该是这样的？"

这个词太烫嘴了，孟峰假装若无其事地说出来，心都在揪。他做了多大的牺牲啊，都顺着她的意思承认自己是她约会对象了，她就不能别哭丧着脸吗？

席桐听了他的话，眉心宛如扎进一根刺，抽动几下，险险地忍住泪意。她鼻尖酸得发慌，没什么力气地推了他一下，垂首摆弄灶台上的刀具。

孟峰按住她无措的手，掌心的热度传来："别弄了。"

席桐就要弄，扭着身子要脱离他，低声道："我给你下碗面。"

孟峰看着她找出面条，把炖肉的汤盛了些出来，另开一锅。

空气有片刻僵凝，他一直站在身后，不走，呼出的温热气息喷在席桐的耳郭，好像会猝不及防一口咬下去。

锅子里咕嘟咕嘟，水开了第一遍，面条散开，变软，瘫软地滑入沸水。

她就是其中一根。

水开第二遍，她听到背后窸窸窣窣，有什么东西落在瓷砖上，清脆的一声响。

他的手臂再次环上来，力气很大，让她伸不开手调小火，锅子升腾滚滚蒸汽，迷住她的眼。

"孟峰……"

他说："我饿了。"话落，手一举，把她抱到宽敞的料理台上。

台子并不凉，席桐发现自己躺在他的衬衫上，布料带着他的体温。

她忽然说："我对你，就是这个作用。"

他俯视她一会儿，什么都没说，瞪了眼旁边的狗，边牧吐掉嘴里的玩具，忙不迭把金毛赶进屋了。

孟峰问："你还想当我什么人？发挥什么作用？"

心理医生建议他直接一些。所以他很真诚地问她，够直白了，够坦率了，期望她说出"我想当你女朋友""我不只想发挥约会对象的作用"这样的话，可她的脸色越来越苍白，眼眸漆黑无光，像潭死水。

孟峄催她："你说啊？"

席桐的睫毛抖动着，很快整张脸都抖起来，然后是身子。

他看出来了吗？所以才这么严肃地反问她，叫她不要奢望，死了这条心。

他一定是看出来了。

她感到一种居高临下的轻视，撑起上半身："孟峄，我知道我比不上你别的女伴，可你也不用这样来侮辱我。我没有做错什么，也不欠你什么，你说要三个月，我就给你三个月，下个月合同就终止了，之后我不会再来骚扰你，咱们一了百了。"

孟峄怔了一瞬。随即感觉世界都颠倒了。

侮辱？

她是怎么得出这个结论的？她的脑子是怎么长的？他怎么就看上她了呢？他瞎了？

孟峄凝视着她，在席桐看来，目光很凶："你什么时候见过我别的女伴？"

席桐眼里，他完全是一副被戳到痛点的模样，渣男来问小三什么时候和小四小五见面通气了。

她扬着下巴："你放心，我不会去打扰她们，也没空。"

"我和梁玥、闻澄没关系，你要我重复多少次？"孟峄又恼火又无奈，"你认为我有多龌龊？和已婚妇女和马上订婚的女人？我见她们谈的都是工作，我不能保证我在工作中不遇到女性，况且我的私生活你不是最了解吗？"

席桐脱口叫道："我了解？你十天半个月不回来，电话都不打几个，梁玥和闻澄就算了，我天天看你和这个女人那个女人的热搜，你需要亲自和女明星女律师谈工作吗？家里那么大，不知道都进过几个女人了！"

孟峄彻底被她激怒了："房子面积和我有几个女人有什么关系？你做个线性量化模型给我看？席桐，你听好，我没有别的女伴，在你之前都没有过。你做传媒工作，竟然信营销号？"

他被愤怒冲昏了头，说完才感觉这话不对。他孟峄是那么大方的人吗？给约会对象拖地洗床单刷马桶，让约会对象住在自己家，想方设法给约会对象做提子味的葡萄，还费尽心思贿赂约会对象她妈？

这能叫约会对象吗？这分明是他祖宗啊！

在你之前都没有过。

席桐的心突然漏跳了一秒，愣愣地看着他。

她把话翻来覆去嚼了三四遍，心情就和坐升降机一样，飞上去再坠下来。

她不想当他约会对象啊。可他认为她就是这个身份,还警告她不要妄想转正。

发怔时,一股焦味钻入鼻子,席桐惊叫一声,孟峰比她快,及时关了火,只见面条在褐色的浓汤里翻卷,下层的粘锅了。

"你先吃面吧,吃完我们再谈。"

她抽了张厨房纸擦眼睛,试图收回腿,脚踝被他握住,蹬了几下,没用,便心如死灰地向后倒在料理台上。

孟峰确实饿了。

料理台上放着几个篮子,鲜红的番茄、碧绿的箬叶、雪白的糯米,她躺在中间,旁边就是冒着香气的炖肉的锅,这顿盛筵显得无比美味。

他吃完也不想谈,想一直抱着她,让她清空满脑袋匪夷所思的想法。

餐点很快被热度烤得彤红。

席桐在烤箱中热到爆裂。

孟峰吻她的额头,她偏过头,闭上眼躲他,他喃喃:"乖一点,我不会伤到你。"

席桐恍惚间觉得这话耳熟,想了一会儿她才记起来,第一次的时候他说了相同的话。

那晚她很怕,又好奇,夹着点别样的心思。这个男人的外形和气质是女人梦寐以求的类型,让她第一眼就什么也顾不上,穿过纷涌人潮来到他面前。

他说他会帮她,但不白帮。事前他打电话找医生,事后又以雷霆手段处理了给她下药的人。他的要求,是要和她维持两年的关系。

她最终还是答应了。私心,是有的。然后越来越大,无法控制。

当他吻她的时候,她不可自拔。

当他抱着她睡的时候,她睡得沉。

当他喂她吃饭的时候,她吃得香。

当她半梦半醒间看到他把熨好的裙子叠齐放在枕边,迎着熹微晨光对她低眉微笑,她以为做了美梦。

她想,自己被他给驯服了,可是梦不能当现实来过日子啊。

他大部分时间是温柔的,但这种温柔只局限于例行公事的前中后几个小时,是习惯性的,这也不是她想要的关系。然而他说他之前没有过女伴,她感到高兴,又悲哀,她竟然在为一段不正常的关系沾沾自喜。

在她的认知里,正常的男女关系是名正言顺地恋爱,结婚,然后生孩子。约会对象算什么?长辈没教过她,老师也没教过她。可她心甘情愿跟他签约会合同,留在他身边快半年,为他和别的女人走得近而焦躁不安。

孟峰，你知道我为你逾越了我的底线吗？我变得脆弱、贪婪、易怒、卑微。书上都说健康的爱情会让人变得勇敢、闪耀、优秀、有信仰，如重生涅槃。

所以这是不正常的。逆风执炬，回头是岸。

"愿意吗？"孟峰握住她的腰，追问，"跟我在一起，你愿意吗？"

一句话，几个字，却像原子弹，把她刚刚建设好的心理防线炸得溃败千里。

席桐在那一刻知道自己完了。

她愿意。

孟峰温柔起来，她能忘掉所有，他烙在她眉心的吻像块封印，她飞不出他的掌心。她绝望地哭出来，瞳孔盛满他的脸，鼻腔盈满他的呼吸，心脏塞满他的名字，塞不下就从喉咙溢出来。

眼中不过彼此，疆场不过方寸。

孟峰有些怕，上次看到她擦伤，掏空精力都没睡着，回来给她上药，觉得就是席桐想把他用铁锅炖了喝汤也不是不可以，怎么也得把她想吃的东西做出来。他跟她在一起总是忍不住，宁愿眼不见为净，用出差开会转移注意。他忍了这么长时间，快憋出毛病了，却时刻提醒自己小心。

炉子上的锅盖噗的一声跳起来，当啷啷响，浓郁的叉烧香气弥漫在屋里，酱汁从锅沿流出。

没有人管。

孟峰衔住她的唇，喃喃："打电话找我什么事？在会场想跟我说什么？"

她抱着他眯起眼，水润的唇瓣微张，有点儿委屈地说："你，你吃甜粽子还是咸粽子呀……"

孟峰睫底的眸光化成一汪暖水："想要我回来过节，是不是？"

他厮磨着她光滑滚烫的耳后，交颈缠绵："我明天哪里都不去。我想吃甜粽子，和你一样甜的。"

"嗯，叉烧煮好了。"

她被他弄得倦怠慵懒，把一切都忘了："抱抱。"

孟峰把火关了，把她抱到沙发上，拥了半晌，自己去收拾台子，吃了半碗早就坨了的面。

席桐翻个身，看他在灶台前收拾，清理台面，又把糯米泡在水盆里。

又来这套，事后献殷勤。哼。

孟峰弄完，看眼挂钟，快到十一点，就让她洗澡上床。

席桐窝在沙发上不想动，他清楚她时不时会有点猫脾气，就耐心地把她抱到楼上浴室，打开莲蓬头："可以洗了。"

她坐在凳子上，被水温一激："好凉！"

伸手把水龙头调到红色那边，觉得可以了，孟峥立刻倒退三步。

"怎么了？"她眨着眼睛。

孟峥皱眉："烫。"那水温要把他烫破皮了，她看起来皮薄肉嫩的，怎么就不怕烫呢？

席桐用一种看娇生惯养小男生的眼神看着他，孟峥若无其事去另一头冲澡了。他冲好了，席桐在抹护发素，他去浴缸泡了会儿，席桐还在慢吞吞地搽精油。

女孩子洗澡的程序都这么复杂吗？好慢。

席桐浑然不觉，洗完后四肢乏力，靠在玻璃上，裹着浴巾伸手让他抱到房间里去。

孟峥看她完全不长记性，而且懒出毛病来了，把他使唤得异常熟练。浴室到她房间才几步路，她都走不动？

他应了一声，没把人抱房间里，而是扔自己床上。

席桐往被子里一缩，将自己裹成个球："你要是跟我睡，只能抱抱我，不许干别的，我明天要早起包粽子。"

孟峥嗯了一下，在桌上的公文包里翻着，没找到，想起放在楼下了。

几分钟后，他拿着新买的礼盒回来，被子隆起的小丘朝台灯旁挪动，露出一双黑溜溜的眼睛，好奇："什么呀？"

他作势要把盒子收到抽屉里，席桐又往他身边挪了挪："给我看看嘛，看一眼嘛。"

孟峥说："你让我抱一下，我就让你看一眼。"

席桐松开被子，双臂大大地张开，见他不为所动，就鼓起勇气去抱他，头发上幽幽的香味撩动他眼睑，像夏天傍晚荷塘边的风。

她抱了只一秒钟，就发现上当了。

孟峥按住她的背，压下来。却什么也没做，只是静静地抱着她。

挂钟在深夜里嘀嗒嘀嗒地走。台灯一直没关，床头的绿萝在摇晃的视线中舒展叶片，两根铁钉在水里静静躺着，红褐色的锈迹冒着泡泡。

席桐看着它们，忽然醒了几分神："盒子……给我看。"

孟峥掐了下她腰上的痒痒肉，她一下子笑着蜷起来。他腾出一只手，把床头柜的小礼盒拿来。

席桐看见他拎出一对小香囊，挺古风的，朱红缎面，绣着莲叶和两只五彩鸟，看上去很精致，是送人的那种端午节伴手礼。

"这是鸳鸯？"她的眼珠被灯光照得很亮。

孟崝昨天顺路去商场，跟售货员说拿个寓意好的送女朋友，赶时间，买完就提走了。

他对中国式图案没有研究，不能肯定："应该是吧。"

席桐的目光暗了暗："你买的？"

其实她心里已经有数，这么敷衍的语气，说不定是叫陈瑜给她买的小玩意儿当过节福利。

果然，孟崝咳了一声："别人送的。喜欢吗？"

怪不好意思的，他从来没给她买过节日礼，而且又是个鸳鸯花纹，要是承认了，她不就知道他动机不纯了？

得等她先给他摘掉约会对象这顶帽子。这是原则问题，女士优先。

孟崝眼看着席桐眼里的光熄灭，突然意识到她误会了，忙道："不是别的女人送的。"

这不是此地无银三百两是什么？

席桐憋了一肚子气，冲他吼："我不要！你自己供着！"又推他，"你出去！我要睡觉！"

孟崝没想到气氛又搞成这样了，他得把局面救回来，左想右想，硬是没想出个法子。

两只菖蒲香囊放在枕边，席桐看都不想看，狠狠挠他的背，碰到凹凸不平的伤疤，又收了爪子。到最后她已经不想看到他了，赶又赶不走，干脆眼睛一闭，被子一蒙，沉沉睡过去。

孟崝趴在床上拿过香囊，挺漂亮的，她不要实在可惜了。在手里摩挲一阵，他把其中一只香囊拆开，里头放着一根绳子。

香喷喷的，很鲜艳，有点俗。

雨声在窗外淅淅沥沥响起。

孟崝握住她的左脚，捣鼓一阵，关了灯，叹出一口气。

大体上是很好的：明天不用上班，家里有两条狗陪伴，绿萝也养得好，此刻抱着他喜欢的姑娘入睡，她还说要给他包叉烧粽子。

其实没什么可抱怨。就是他喜欢的人有点不开窍。

席桐醒的时候，雨已经停了。

刚一动，孟崝就手脚并用把她抱紧了，眼睛还闭着，嘴角微微下垂，像是梦见了不愉快的事。

行吧。

她由他抱着，阳光慢慢从白纱窗帘外透进来，照亮了他的眉峰。

席桐静静看了一会儿，伸出一根手指头，在他高挺的鼻梁上戳了一下，没反应，又捏住他浓密长翘的睫毛，扯啊扯。

就这样都没把他弄醒。睡得跟金毛一样死。

她费了好大劲儿从他怀里钻出来，眼疾手快塞了个枕头，孟峄就抱着枕头睡，一绺黑发耷拉在额前，很无害的一张脸。好幼稚！

席桐忍不住在心里吐槽。她轻手轻脚去洗漱，弄完回来看一眼，他换了个姿势，被子全扒拉到腰以上，两条长腿露在外面。

这神似鸵鸟的睡相真不怎么好。

她去隔壁拿手机，起得太迟，错过了九点多妈妈的两个电话。拨回去，她妈问端午节怎么过。

"买了糯米，准备包白米粽和叉烧粽中午吃，昨天已经把馅做得差不多了。"

"不出去，就在家。对，他今天不去公司，还在睡呢……可能是加班太累了。"

"嗯，送了一个小香包，蛮漂亮的。"

孟峄其实早就醒了，就是想赖个床，听见她在那边屋里讲电话，两条狗咚咚跑上楼梯，争先恐后地叫她。

他又听见席桐崩溃地说："爸爸在睡觉，你们不要再吵啦……"

孟峄忽然拉过被子蒙住头。

好开心。

她要给他包粽子了。

好开心啊。

席桐如火如荼地开工，切好叉烧，把泡好的糯米和箬叶端到茶几上，解锁孟峄的平板电脑，找到一部早期韩剧，一边刷剧一边包粽子。

她动作利索，两集刷完，一盆小水晶粽就包好了，先搬到锅里煮熟，十二点出头，另一盆大的叉烧粽也完工，客厅里弥漫着浓郁的米香。

活儿干了大半，孟峄才换了睡袍走下楼，去倒了杯柠檬水，刚要揭锅盖，席桐吐掉嘴里的丝线，瞄他一眼："还没好呢！"又小声嘟囔，"就知道吃。"

孟峄今天就等着她的甜粽子，说他只知道吃，这话也没错，所以他没反驳。

他站在灶台边，神态和20世纪澡堂看煤炉的大爷有得一拼。席桐放下手头的粽叶，在第一锅放凉的粽子里挑了一个长相优秀的，丢给他："拿着呀，先垫垫肚子。"

孟峄捧着手心里的小粽子，好像捧着一朵玫瑰花。

席桐觉得他今天反应特别迟钝，蹙眉："不是饿了吗？蘸糖吃。"说着从洗碗机里翻出一个小碗，哗啦啦倒了一半白糖，放在桌上，才走回去继续包。

孟峄在膝头铺了三角餐巾，喝一口柠檬水，小心翼翼剪了线。深绿的箬叶随着手指剥落，露出晶莹剔透的白米粽，只有她半个手掌大，可爱极了。

他用叉子叉着，在糖碗里蘸一蘸，一整个送进嘴里，黏黏的糯米在舌尖伴着糖分融化，甜得他心跳加速，柠檬水都不酸了。

席桐看他煞有介事地吃完一个粽子，好笑道："吃米其林呢？就是让你尝尝，拿手里就行了，还铺餐巾。"

孟峄觉得这比米其林好吃多了，把餐巾收起来，盘子泡进水池，坐到沙发上。席桐给他挪出位置，屈起膝盖，奶油般光洁的大腿从蓝睡裙下伸出来，明晃晃地勾着他的眼。为了转移注意力，他只能把目光集中在她灵巧的手指上。

席桐瞥他一眼，见他看得专注，随口道："你不会这个吧？"又想起那两个别人送的、被他借花献佛的香囊，眼珠一转，唇角微扬，"想学吗？给学费，包教包会。"

孟峄低头，凑得更近，只见她左手两指一压，粽叶就包裹住装糯米的口，右手的细棉线把粽子五花大绑，最后用牙齿叼着打了个结，整个过程二十秒不到。

他点点头，想了想，道："学费交过了。"

席桐可不能让他占便宜："这不算在你上次给我的家庭行政管理费里，再说那些钱已经不在我手上了。"

孟峄笃定："昨天晚上，我交了三次。"

席桐无法跟他继续学费这个话题了，脸一红："算了算了，看你是国际友人就免——"

孟峄指指她的脚腕。

她垂眼一看，起床这么长时间居然没发现，左脚踝上多了一条细细的五彩绳。

"哎？"

"我给你戴了三次才戴上，你睡着老是动。你想到哪里去了？"孟峄含笑望着她。

席桐无语了，他在哪个地摊上淘来的？或者又是谁送给他的？

孟峄仿佛看出她在想什么，立即说："这是我买的，不是别人送的。"

好嘛，别人送的礼物都比他买的要贵！就一根绳子，太小气了吧。

她无奈道："孟峄，五彩绳是端午节给小朋友系的，我还没看过十岁以上的人戴这个。"

他一本正经地说："我倒是没有见过关于年龄的阐述，百科上还说要戴到端午节后的第一个雨天，扔到水里。东方玄学。"

他还信这个？席桐扶额。

席桐收回脚,给他塞了两片叶子,手把手教他:"用筷子把米塞严实,不要太满,然后……"

她的声音如夏日溪水流进耳朵,柔若无骨的小手覆在他手背上,像一块缩小的羽绒被。孟峥随着她的指导用叶子封口,她拉着线的一头,他捏住另一头,绕着绕着,他突然开口:

"你的手真软。"

席桐立刻警惕地离他三尺远。

孟峥继续捆粽子,又道:"有人跟我说过,手软的人有福气。"

席桐愣了一下,心猝不及防就化了。

"我妈也跟我说过这句话。"席桐好奇,"你居然也知道,中国通啊。"

孟峥不置可否地笑笑,扯过她手里的线,把粽子包好丢进盆里。他学得很快,第二个就不要她教了,剩余的粽叶都被他承包了。

孟峥把最后一盆粽子端到料理台上,席桐跟过来:"我再炒两个菜就开饭。"

他无所谓,道:"吃粽子就行了。"

席桐抿嘴笑一下,露出两个酒窝,把火开大:"我就想做菜呀。"

孟峥就没话说了,乖乖地站在一旁,给她打下手。席桐动作很快,十分钟弄了一碟青菜两块西冷牛排,熬了黑椒酱,倒了两杯应景的黄酒,主食就是叉烧粽。

两人都饿了,吃得胃口大开,席桐摸着圆滚滚的肚皮,感慨:"下周去山区,就吃不到这么好的东西了,学校里的营养午餐仅限于营养。"

孟峥忽想起一事:"我转给你的钱你花到哪儿去了?"

六万加元,看不出她那么能花。

"捐给基金会了。"她打了个饱嗝。

"什么基金会?"

"ME的蔚梦啊,让你自产自销。说起来你们真该好好注意一下这个机构僧多粥少的情况。"

"全捐了?"

席桐擦擦嘴,完全不心虚:"又不是我的钱,我可不心疼。"想了想,又补上一句,"是你不让我转回去的。"

孟峥凝视她良久,笑容很明亮。

席桐看他莫名其妙地笑,只得出一个他心情不错的结论,心里莫名生出几丝惆怅:"我7月20号才回来,那个时候就搬回公寓去了,你饿了的话自己做点东西吃,别把胃弄坏了。"

协议是中旬结束，她不能再耽误了，一定要悬崖勒马浪子回头。

她一定可以做到。

孟峥垂眸，淡淡嗯了一声。

搬回去？想得美。

"我明天出差，去拉美和欧洲，可能要走半个月。你的东西不急着搬走，等你从东阳省回来再收拾不迟。"孟峥恢复了工作时客气礼貌的语气，她听了心里挺不是滋味。

"有什么东西想让我带吗？"孟峥问她。

席桐其实并不想让他代购，但他态度这么好，便认真想了一会儿，还是没想出来。

孟峥就当她没有了，准备买点女孩子都喜欢的香水和包之类的。

然后，就听到她很小声地说："你平安回来就好了。"

孟峥在那一刻忘了呼吸。半天，才应道："好。"

孟峥的行李很简单，三套西装五条领带几件内衣，洗完穿穿完洗，比席桐出门轻便多了。

他把登机箱放地上，衣服叠得整整齐齐，收完了，一抬头看见席桐倚在门框上，跟小学生罚站似的，目光犹犹豫豫。

"什么事？"孟峥问。

席桐从身后变出一个透明塑料盒，里面装着五颜六色的水果，刚切的，插着牙签，放了一次性手套。

孟峥平静地接过盒子，放在竖起的箱子上："谢谢，还有事吗？"

快点说句话吧，说"你带着路上吃""我会想你的""注意安全"，他好想听！

席桐一愣，他不用这么着急赶人吧？她没事就不能给他递个水果盒了？

他硬要问，席桐没道理不答，心里憋着股气，嘴上又客气又礼貌："孟峥，这可能是我们私下最后一次见面，这几个月我对你的感觉大致不错，虽然有不愉快的地方，你的表现整体上还是可圈可点的，我非常感谢你对这件事的保密。祝你以后能找到更合适的约会对象，身体健康，工作顺利。"

"啊！"孟峥的话卡在嗓子里。

更合适的约会对象？还身体健康工作顺利？她怎么不给他发个邮件把他辞退呢？

孟峥不明白，为什么他和席桐都这程度了，他还是在原地徘徊升不了级。

他想了一会儿，不认为自己有哪里做错了，临别时刻也不想扫兴苛责她，对着落地镜默默叹了口气："承你吉言。过来帮我弄一下领带。"

席桐不情不愿地走过去，一句"你自己没手啊"卡在嗓子眼，抬手替他整理衣领。

他个子很高，有一米八五，她举着胳膊挺累的，但还是细致入微地捋平每一根褶皱。

她的手指有些凉，擦过他的喉结，咫尺的距离，剔透的瞳仁倒映出他的脸，孟崚望着镜子，她就在自己怀里，一伸手就能抱住。于是他这样做了。

席桐的身体有些僵硬："你要赶飞机，现在不太好吧。"

然而他没有更进一步，也没有放开，而是注视着她的眼睛，问出一个储存已久的问题："你觉得标准的约会对象应该是什么样的？"

衬衫传来舒适熟悉的温度，席桐居然静下心来，认真想了想："约会对象具有解压性、时效性和契合性，就是一段时间内在性关系上能互相满足，在性关系外能为对方做一些不影响到日常生活、让对方开心也能够解压的小事，比如说打扫卫生、洗衣服、做饭、养狗，属于附加服务的范围。"

孟崚一听，明白了。

原来问题出在这儿。她压根没和男人相处过，价值观就不对。这能叫约会对象？真要说，还是他给了她"约会对象应该亲亲抱抱举高高并做家务"的错误认知。

孟崚千言万语汇成一句话："你以前是不是没有谈过恋爱？"

席桐把他的问题理解为占有欲，男人不都想成为女人的第一个嘛。

她很自信："虽然我没有谈过恋爱，但是我看了很多关于两性关系的书，我懂。我相信这段关系结束后我可以找到男朋友的。"

孟崚意味深长地看着席桐。懂个西瓜！你的书读到金毛肚子里去了？

席桐从他的怀抱里出来，整整裙子，想到他马上就要走，什么顾忌都没了，有点恶劣地一笑："根据我的观察，你一定也没有谈过恋爱，所以才这么不近人情、自以为是、不懂女性心理。当然，作为约会对象我没资格像女朋友那样去要求你，但是我还是得说——亏你在西方名校读了那么多年书，书都读到狗肚子里去了！"

说完她就噔噔噔飞也似跑下楼，留孟崚愕然站在原地。

第七章 山区支教

端午之后是连日的阴雨。

席桐出发那天拖着行李箱走出房子，回望一眼，花园里青翠葱茏，高大的凤凰木早早绽开了火红的花朵，在绵绵细雨中灿若骄阳。

她把脚腕上的五彩绳取下来，扔进下水道，长长呼出一口气。

"戴到端午节后的第一个雨天，扔到水里。"迟点就迟点吧。扔掉就不要再想它了。

从银城到东阳省会的高铁要开十二小时，东岳订的票，一车厢都是基金会志愿者，到了晚上六点，席桐去餐车排队买盒饭，叶碧打来电话，周遭环境太嘈杂，她只好去过道接。

叶碧刚到荷花圩，给她爸和奶奶烧了纸，叫她不忙，安心做志愿者，有时间再回去，到支教学校后告诉她一声。

学生们中考完，叶碧就拖着大包小包回老家了，和牛杏杏一起。基金会只报销普通火车票，叶碧嫌硬座太难受，自己出钱让小姑娘跟她坐高铁回去，然后送她上大巴回瓶县。

"唉，你不知道她多惨，住在山村里，哥哥是个赌棍，母亲没工作，两个人不晓得跑到哪里去了，她家门窗都挂蜘蛛网了。我猜她每次在食堂只吃素菜，是因为基金会给的钱都被她哥抢了。"叶碧在电话那头叹息道。

席桐也颇为感慨："希望她能正常发挥考上一中。"

"肯定没问题的。"

席桐和母亲又闲聊了几句就挂了电话，手中盒饭一个没拿稳，差点泼人家一身。

对方是个女的，俏模俏样，穿着志愿队服，眉头一皱："你没长眼睛啊！"

"对不起。"席桐有点不开心，她也没真泼上去，这人眼珠子瞪得和要吃了她似的。

回到车厢才发现她们就隔着一排座位，那女的又皱皱眉，好像碰见只苍蝇，说了声"晦气"，声音不大，却足够让席桐听见。

领座姑娘刚好也从餐车回来，看在眼里，悄悄跟她说："席记者，你别跟她一般见识。她仗着自己有几分姿色，和上司有一腿，妄想靠这个升职呢，结果人家翻脸不认，她只好忍痛报名参加志愿活动，因为这个可以算业绩指标。她最受不了憋屈，这会儿正在气头上，见谁都咬。"

席桐笑笑："没事儿。"

晚上十一点到荣城，五十名志愿者被安排在江边的豪华酒店。住得太好，反而没那个雪中送炭的意思了。

近乡情更怯，席桐睡不着觉，出去透风。她上次回来还是高考后，十八岁成人了，跟她爸说一声。她爸和奶奶的骨灰埋在玉兰县的荷花圩，就在老房子后面的山丘上，那天是下葬十年整。

酒店花园在江滩，万籁俱寂，黑黢黢的树影随风摇曳。盛夏的深夜，星月当空，萤火缭绕，如果没有突然响起的尖锐人声，本该是个恬静美好的时刻。

"你不用假惺惺地推老李出来挡箭，跟我上过床的是你！我跟老李没有任何关系，我眼界还不至于这么低，看上一个小小的部门经理。我不怕把这事抖出来，反正我的名声已经臭了，可你呢，要是你老婆知道，会怎么样？"

席桐一头黑线，居然在这里也能狭路相逢。

不远处的树丛后，餐车里那女人焦躁地来回踱步，激动地讲着电话："你不是好男人吗，妻管严吗？你的女人可不止我一个。我放屁？你当我瞎啊，你连学生都不放过！不就是十周年上台讲话的那个吗？谁让你那么不小心，在楼道里搂着她，我都看见了。杜辉，你可真能下得去手。不过，只要我今年能升主管，就可以当这些破事儿从来没发生过。"

杜辉？

席桐如遭雷击，待了片刻，转身就走，到了房间里，立即给她妈打电话。

"什么？有这种事？"叶碧从家里的床上坐起来，揉揉眼睛，"你先不要跟别人说，我明天找杏杏证实一下，如果是真的，我来处理。你先回去睡觉，明天还要早起呢。"

席桐更加睡不着了，牛杏杏那天站在台上哭，她当时以为是小姑娘紧张，现在想想，鸡皮疙瘩都起来了。

第二天她顶着两个黑眼圈起来，看到她妈妈的微信，牛杏杏家没电话，她妈刚从瓶县回来，又去那儿了，势必要把话问出来。

天底下有这种遭遇的小女孩太多了，没几个会说出来，尤其是这种自卑文弱的，有权有势的男人装模作样地威胁几句话，就能扑灭她所有希望。

志愿者们去二楼吃早餐，顺便把任务给分了。蔚梦基金会在东阳省设了十个办事处，分部在不同的县。东岳派出的人去其中六个办事处，有些办事处设立的县发达一些，有些办事处设立的县穷得叮当响。

席桐喝着牛奶，冷眼旁观一帮志愿者抢地点。

名单是事先排好的，可谁也不愿意去最落后的地方，各种借口轮番上阵。

争了快一个小时，领队和大部分成员达成一致，不出所料，昨天坏脾气的女人被排挤到生产总值倒数第一的县，嗓门简直要冲破天。

领队被她吵得没办法，无奈道："那你找个人替你。"

女人撩着烫染精致的大波浪，眼睛在全场转了一圈，毫不犹豫地指向席桐："喏，她是记者，记者就是负责报道实情的，不去亲身体验能写出好新闻吗？"

说着向席桐走过来，用一种看似客气实则尖酸的语气说："我们是带薪离岗，你是加薪，公司请你来做报道，你得对得起我们给你发的一万块钱啊。"

席桐运气好，被排到荣城旁边一个县，宿舍条件不错。她端着杯子走到领队那儿，和和气气地道："我看看你分在哪里。"

女人看她没有拒绝的意思，忙不迭在纸上给她指："这里——哎哟！"

哗啦一下，牛奶洒了她一身。

"不好意思，我手滑。"席桐看都没看她，跟领队说："瓶县是吧，我去了。"

女人还没来得及发飙就被领队拽了回去，原来那一组的员工们都哭丧着脸。席桐五个新队友都是男的，这下很高兴，瘟神走了，来了个记者妹子，看起来挺软萌的。

领队安慰道："席记者，你别担心，我联系那边的学校，给你单独弄间房，有什么问题就打我电话。"

席桐其实没把地点放在心上，她之前看过校舍图片，比她在坦桑尼亚支教的时候条件好。但领队这么说，她还是认真地谢了领队。

回房后，席桐跟叶碧打了个电话，她已经坐上车出发了，两人都忧心忡忡。

午后，志愿者六人组收拾行李，风风火火往瓶县去。先坐大巴，再坐汽车，然后坐小三轮，最后小三轮陷在泥里出不来，找村民帮忙抬，到了学校，已经是深更半夜了。

这地方属于瓶县外围的苍水镇，基金会的办事处设在镇中心。下午席桐提议先去办事处看看，拍点照片，可几人到的时候却发现原本的办公室被一家服装店取代了，老板一问三不知。何家村小学的校长打电话催，他们只好趁太阳落山前赶到镇上车站让人来接，又走了好长一段路，才进到深窈的大山里。

小学不大，管两个村的六十个学生，加上校长一共四个老师，教职工宿舍很破旧，看不出近年修缮过。

五个男人挤一间平房，睡上下铺，席桐的性别优势让她独占西边一间，还有个电插头可以给手机充电。但洗澡是不行了，只能提井水到厕所擦身子，还好是夏天，不冷。

目前老师们正常教学，虽然下个月就放暑假，但学生们也要隔三岔五过来上课，据说是建立小学的基金会规定的，防止学生父母在停课期间把小孩子送去做童工，有去无回。

志愿者们有的负责后勤，有的负责教课，第二天去办公室，席桐拿着照相机要拍，被校长止住。

校长是个秃顶的中年男人，黑瘦干瘪，戴着副眼镜，有股读书人的斯文劲儿，是村里唯一上过高中的。

"席记者，别拍了，这太难看了，还是去教室吧，学生们都准备好迎接你们了。"

席桐心里挺不是滋味，大张旗鼓地，搞得和领导视察一样。

出了门，她问校长："昨天我们根据地址没找到基金会的办事处，这是怎么回事？学校发给学生的补贴按规矩不都是从办事处拿吗？"

校长笑了："席记者，你不了解，规矩是人定的嘛。刚建校头几年是从办事处拿，后来就是机构派人来学校发现金，我们也不用去镇上了，还省路费。"

席桐略一思索："您在这儿干了十五年吧，我想找个时间去您家采访，可以吗？"

校长是个聪明人，和蔼道："你不要误会，我家徒四壁，也穷，但克扣学生补助这种事，我绝不会做。席记者，我想请你给我们多做做报道，让社会能真正重视到落后地区的教育问题。"

席桐听出来他话里有话："您想说什么就直说吧。"

校长把她拉到一旁，低声道："这些志愿者是东岳公司的人，但你不是，我想问问你，基金会这些年把钱都给了东岳，是不是真的？自从郝洞明先生离开荣城，去南方做生意，我们的补助就越来越不够用了，虽然现金在增加，可物价涨得比这快啊！"

席桐愣了一瞬，随即道："我不清楚，我帮你问问。"

校长忙说："算了算了，别问了，传出去不好，我们老师还要这份工资的。"

席桐想弄清楚，坚决道："在没有证实之前我不会乱说，但如果是真的，那我会想办法帮助你们。"

那边几个男志愿者等不及，喊道："校长，我们可以进教室了吗？"

校长带着席桐走过去，赔笑："可以的，孩子们正等着呢。"

孟峄走出大楼，傍晚的阳光把巴黎拉德芳斯商业区的高楼大厦照得金光灿烂。

一辆加长黑车停在面前，他坐到左后座："请去香榭丽舍大街。"

陈瑜听见"香榭丽舍"这个专有名词，疑惑道："先生，您晚上还有饭局，现在去那儿干什么？"

"买点东西，明天就走了。"孟峄道。

陈瑜失笑："法国您经常来，没看您买过东西。"

忽然，他意识到什么，建议道："旅游季，这会儿去香榭丽舍大街，路易威登的队能排一百米，不如明天去戴高乐机场买。"

孟峄觉得有道理，让司机改道。车沿着塞纳河开，埃菲尔铁塔在夕阳下撑起一片橘粉色的天空，他心中微动，问司机："先生，哪里能买到漂亮的钥匙圈？"

"给谁买？"

"我妻子。"

"啊！别去机场，那儿都是宰游客的，我知道一家上好的礼品店……"

司机有些惊讶，他载的亚裔看上去很年轻，没想到已经结婚了，随即又想到他不同凡响的身份，一定是隐婚吧……果然，孟峄请他保守秘密。可为什么要买钥匙圈呢，难道有钱人都追求返璞归真的廉价礼品？

要是陈瑜懂法语，此刻肯定得笑掉大牙，什么妻子啊！连女朋友都不是，他老板在人家姑娘眼里就是个工具人。

孟峄刚记下店铺地址，一个电话打进来，是秦立："先生，材料都齐了，收购那几家工厂的计划随时可以开始。至于增持股权，董事们也没有异议。"

ME 的董事们不敢有异议，在孟鼎夫妇去世的三年里，孟峄把集团的裁决权牢牢掌控在自己手中。

作为多年亲信，秦立觉得孟峄对权力有一种特殊的渴求，对孟峄来说，不能拥有完整的权力远比被指控为独裁来得痛苦。在当上 CEO 之前，他经常会在私下表现出躁郁倾向和间歇性的厌食、长期的失眠和烟瘾，以至于需要找金斯顿医生问诊。

"收购先不急，等新闻发布会之后再进行。"孟峄回道。

他又想起什么，对陈瑜道："我现在有更要紧的事情做。替我查十六年来蔚梦基金会的账目，我要明确数字。"

陈瑜有些摸不着脑："您怎么突然关注起这个基金会了？"难道是因为席记者去支教了？

孟峰看着窗外，轻轨从桥上疾速驶过，车尾露出一轮落日，半边西天都染着血红。

"不是我不关注。"他低声道，"是我如今才有精力管。"

养父母死后，他拼了命地工作，用最短的时间把集团人员洗牌，待坐稳了位置，就立刻回到中国，着手准备这件事。

陈瑜很精，听上司这么说，就明白不是因为席桐。基金会让他想起东岳资本，他知道东岳成立十周年援助基金会的活动。

"基金会的账目有问题，郝先生是第一任管理者，您在怀疑他。"陈瑜语气肯定，越说越深，"此前我们对东岳的调查很详尽，分析师的结论是，这是一家 β 系数异常高的高风险企业，杠杆率高于一般的投资公司，它曾经的项目收益来源于裙带关系和赌运，不值得我们下注。现在官场上，闻家江河日下，东岳的处境十分危险，而运气总有一天是会用完的。既然郝先生不值得信任，您此前为何坚持要入股东岳资本，并说服反对的董事们，花费高价增持股份？"

孟峰被他逗笑了，唇角勾着，眼里一片冰冷："你不用说得这么委婉。郝洞明这些年把 ME 给蔚梦的拨款不断注入自己名下的公司，现在还拿它当工具促成东岳转型，他敢这么做，就要想到后果。"

陈瑜懂了，面带震惊："您增持股份，是想……"

"东岳吸 ME 的血发展到今天的规模，是时候把它拿回来了。"孟峰拧开保温杯，喝了口白开水。

堵了一小时车，九点钟，车子在第九区的一栋老公寓外停下。

孟峰下了车，门口的服务生等候多时。房子是 19 世纪拿破仑时期建的，布置老旧，楼梯扶手雕镂着哥特式花纹。

餐厅在三层，隐蔽清净，主厨是勃艮第人，周末晚餐价位人均上千欧，做东的人订了六个位置，显示出对来客的重视。

孟峰走到桌边，男人站起来同他握手，墙上映出又瘦又高的影子，像根竹竿。

竟是在东岳董事会上与他不睦的杨敬。

夏天的暴雨总是突如其来。

席桐去镇上买了些必需品，没带伞，被淋了个透湿，和她同行的男志愿者拦了辆小三轮，才得以回村。

来何家村小学三天，她对这里的一切都很感慨，穷成这个样子，看来离过上温饱生活还有相当长一段时日。她教语文和英语，学生们都很认真，上课都没人开小差，隔壁村的孩子每天上下学要走十里山路，很辛苦，她上课都怕孩子们会累，所以讲得很慢。

席桐打了几盆井水冲澡，洗完了和她妈通话，得知牛杏杏矢口否认遭到杜辉的侵犯，态度不像是假的。但她觉得那女人打电话时的语气也不像假的，这件事有待商榷，便留了个心眼，想找机会去牛杏杏家，问她是否在东岳十周年庆之前就见过杜辉。

想到东岳，就不自觉地想到校长那番话。

基金会的钱都暗中给了郝洞明，几个老师都这么说。席桐向志愿者侧面打听，他们觉得 ME 的钱肯定是被郝洞明之后的管理者独吞了。

说到底是 ME 的基金会，她坐在床上犹豫一阵，给孟峄发微信：

我在瓶县，这边管理很混乱，老师们对郝总有意见，建议你查下基金会历任管理层。

睡了一觉醒来，孟峄回她：谢谢，知道了。

就五个字，冷冰冰的。

席桐掬捧凉水拍醒自己，她在期望什么呀。日子总得继续下去，她不能总这样浑浑噩噩的。

宿雨新停，清晨的太阳从屋前的老槐上升起，热浪扑面而来。

上课铃拉响，席桐站在教室门口，抱着课本看学生们陆续进屋。今天她上英语，去年来这儿支教的英语老师定下规矩，每个小朋友进门时都要说问候语，老师要挨个回答请进。

一个班二十几个人，席桐舌头都打结了，总算开始上课。今天教这些六年级的学生写作文，向虚拟的外国笔友简单介绍自己的家庭和梦想。

作文不长，很快就收上来批改打分，有个勤学好问的女生举手："老师，能不能给范文让我们抄一下？"

席桐手上没有范文，不过这难不倒她，当下就在黑板上写了一篇中式英语考试短文。

唰唰抄作文的声音在下面响起，衬得教室愈发静。一束明朗的阳光透过树叶和窗户投射在格子纸上，她笔尖一顿，鲜红的分数只打了半边。

席桐抬头看自己的作文，她对文字很敏感，见过、写过的东西都有印象，不会忘。

亲爱的林，

我非常高兴给你写信。我的名字叫桐，在中文里是指一种大树。我是家里唯一的孩子，我的母亲是一名教师，我的父亲曾经是一名警察。我的梦想是将来成为一名医生，因为我想拯救人们，使他们免受痛苦，就像我父亲那样……

她小时候也写过这样一封类似的英文信，挺长的。

当时爸爸已经去世，她搬去银城，晚上老是哭，妈妈叫她跟别的小朋友多交流。她写作文被英语老师在全班朗读，她妈很欣慰，为了哄她高兴，就把信寄出去了。当然，没有收到回信。

"林"（Lyn）是她自己拼出来的英文名。席桐只记得对方的名字好像是这么念的，不知道他姓什么。那个漂亮的小哥哥来家里住了很短的时间，没怎么开口说过话，分开时给她写了个地址，后来叶碧查谷歌地图，发现那地址是假的——是个小卖部，还在温哥华东区的贫民窟边上。

也不知道他现在怎么样了。

可惜了那封信，她删删改改写了许多字，仔细想想，还能回忆起自己在台灯下一边哭一边写："爸爸和奶奶去世了我很伤心""我会振作起来好好学习的""我想当医生救人，还想挣大钱在世界各地买房子，每天早上在五百平方米的别墅里醒来""希望你一切安好，可以实现自己的梦想"……

结果只有好好学习实现了，挣大钱买别墅，等下辈子吧。

席桐无奈地摇摇头，把改完的作业发下去，学生们拉着她问来问去，她很快就把这茬事儿忘了。

下课后她去校长办公室，问了牛杏杏的家庭情况——小姑娘也是这所小学出来的。校长说她家比别的村民都要穷，没有爹，由母亲拉扯哥哥和她长大，幸亏她争气，成绩优秀，拿到了基金会的名额，去银城念书。

牛杏杏住牛家村，离这里隔了一座山头。席桐准备下午去看她，却从叶碧那里得知牛杏杏的母亲回来了，把牛杏杏带到亲戚家住到下个月，说是有什么重要的事商量。

席桐只好待在宿舍里写支教日记，这个得发到杂志社微信公众号上，给东岳的十周年专刊当期宣传。可一想到校长和老师们的疑问，她就没动力了，很想尽快知道这件事的真假，如果东岳真的挪用了蔚梦的资金，那她为东岳做文宣简直良心不安。

可孟峥一直没给她回话。大概是准备提前结束关系了。

几场雨过后，山花欲燃，蝉鸣聒噪。

一年中最热的时节，太阳火炉般炙烤着屋外的黄土地，教室里的学生个个满头大汗，奋笔疾书。

席桐抬头看看天花板上的电扇，垃圾，根本转不动。幸亏早晚温度低，不然她一个待惯了空调房的人得活活热死在这个山旮旯儿。

英语是期末考试的最后一科，一个半小时后收卷，学生们背起书包向老师告别。暑假长达两个月，但每个学生都会轮流来学校参加一些文化类活动，避免被家长带到外面打工，如果不来，得由家长和老师说明情况并写承诺书。

席桐收了几张承诺书，把卷子放到宿舍，坐上小三轮去镇上查分。

今年银城的中考成绩出来得特别晚，说是7月6号零点可以进网页，到现在都卡着，电话也占线。叶碧觉得可能是手机网速不够，便让女儿周末去镇上买东西时顺便去趟网吧。

牛杏杏考完就说没发挥好，对完答案心态都崩了，愣是不敢自己查。叶碧从别的老师那里听来，查分是有讲究的，如果心里没底，就让一个运气好的人当锦鲤帮忙查，蹭蹭好运。叶碧觉得女儿运气一直不错，就让她代劳了。

席桐认为她妈实在太乐观。她算哪门子锦鲤啊，童年遇上飞来横祸，成年遇上飞来横狗，简直倒霉得不要不要，她成绩好工作顺利都是自己努力出来的好吗？

村里就一条小土路，小三轮吭哧吭哧拉了一个多小时，终于到了镇子口。席桐去超市买完东西就直奔网吧，里头乌烟瘴气，全是打游戏的油头小青年，难得看到女人进来，都叼着烟斜眼瞟她。

她屏住呼吸打开网页，数字出现在屏幕上的那一刻，她睁大眼睛。

牛杏杏考了全市前一百，统招上一中没问题。

所以学霸说自己考得不好，是一种百试不爽的方法——反着立目标。

席桐把好消息告诉叶碧，叶碧特别高兴，小朋友争气，以后有大出息。叶碧又让她一连查了好几个同学的分，个个上重点，最后，竟然还查出一个全市前五。

席桐不免怀疑人生，难道她真的是锦鲤体质吗？

查完分就要本人上网填志愿，截止日期是13号，得尽快告诉牛杏杏。牛杏杏家没有电话，她母亲的手机也一直打不通，所以需要去牛家村当面跟她说。

希望她已经从亲戚家回来了。

席桐又刷了一会儿微博，在财经版块看到一个大消息——三天前，ME中国子公司经过东岳董事会同意，把股份增持到百分之二十，次日市场股价飙升。

孟峄站在公司前与郝洞明合影，笑容优雅得体，完美地诠释了"春风得意"四个字。

原来他已经从欧洲回来了，都没跟她说。

席桐有点不开心地想着，鼠标往下拉，满屏的"ME中国""ME加拿大"，满眼的"孟峄和女明星""黑西装和大白腿"。

微博有毛病，她肯定没查那么频繁，就是偶尔瞄一眼孟峄又去哪里浪了，怎么给她推送的全是这些新闻？

这哪是人工智能，简直就是人工智障！

席桐没好气地关了电脑，去前台结账，一个男人排在她前面。

她很少注意观察陌生人，但这人的打扮在一群短袖衫大裤衩里格外醒目，穿着一尘不染的白色长款防晒服，戴着口罩和墨镜，也不嫌热。

男人交了钱，手指纤长白皙，等她交完钱，才意识到有什么更加格格不入的地方——他喷了很淡的古龙水，看起来不是这镇上的人。

席桐拎着塑料袋出门，百米开外人声鼎沸。今天是农历十五，有集市，她回忆起小时候和奶奶在村里赶集的情景，不由自主往那儿走。宽阔的土路两侧摆着流水摊，有卖糖葫芦的，有卖头绳的，许多两三岁的小孩子拿着风车遍地跑，还有几条中华田园犬在打群架，好不热闹。

忽然，一声尖锐的哭叫撕破嘈杂的背景音，她目光一顿，扔了袋子就往前冲。

不远处，男人看着她的背影消失在人群中，眉头微皱。他转过巷口，一辆无牌照的新车停在树下，上了车，手机就响了。

"我在外地，明天回来。"

"明晚七点半，在上次那家饭店，希望你不要迟到。"

"别找借口，我知道你有办法出来，如果你不想让她知道，就别放我鸽子。我帮了你多少，你心里清楚。"

电话那头的话音很急切，男人缓和语气："ME 都拿到了百分之二十的股份，这个时候你不争，东岳就要姓孟了。你不用有心理负担，我都计划好了，等我回去再说。"

轿车绝尘而去的同时，席桐从集市尾巴冲到了头，从路边捞起一块板砖慨然砸出去，好巧不巧砸在青年脚前，隔开了距离，一眨眼的工夫，被追赶的少女就朝她狂奔过来。

"杏杏！怎么回事？"

那个在土路上奔跑的瘦小少女竟然是牛杏杏，她的瓜子脸上布满泪水，见到席桐，步子一乱跌了跤，连滚带爬扑上前，满身满脸的沙土："姐姐救我！"

牛杏杏身后紧跟着几个五大三粗、凶神恶煞的青年，操着方言破口大骂，眼看就要追上来，席桐没工夫问，拽过牛杏杏撒腿就跑。

席桐平常不锻炼，跑了一阵就气喘吁吁，牛杏杏中考体育测验八百米优秀，趁集市里人多，拖着席桐七拐八绕，躲到一栋废弃的老楼后面，十米外是个旱厕，连着化粪池，臭气熏天。

两人惊魂未定地蹲在墙根，追兵暂时没跟来。席桐拿出手机准备报警，压低声音问牛杏杏:"他们为什么追你?"

牛杏杏捂着脸哭起来:"我哥要把我卖给一家人抵债!我以为我妈要带我去见远房亲戚,在镇上住了半个月,那家人一开始对我还算客气,后来知道我要继续在外地念书,就硬要我在纸上按手印签字,然后就办定亲礼,办完要我和一个瘸子睡一屋。他们请客人吃酒席,我逃出来了,这些人要把我抓回去,我回去就完了,我好怕!"

这都是什么封建余孽!

席桐在大城市待久了,头一次看到电影里演的这种民国乡村逼亲戏码,震惊了片刻,正要打110,牛杏杏按住她的手,绝望道:"没用的,他们认识这里的村干部。你带我回银城吧!"

席桐点头,给叶碧飞速发了条短信,刚打完最后一个字,匆匆的脚步声响起来,有个女人在远处扯着尖厉的嗓门恳求:"她跑不远,抓回来打一顿就乖顺了,你们消消气。"

牛杏杏忍不住发出一声痛苦的呜咽:"妈!"

她们躲的墙根有个小洞,可以看见外面,两人屏气凝神,生怕被经过的人发现。只见几个光膀子的男人骂骂咧咧地走了过去,后面跟着个中年妇女,他们似是觉得这里太脏太臭不可能藏人,并未停留。

出于记者的职业习惯,席桐录了一段视频当证据,画面声音俱全。录完,席桐便对牛杏杏做了个"走"的手势。

两人轻悄悄地猫着腰,从化粪池边的草丛里经过,忽闻一声不知从哪儿传来的狗叫,席桐一个激灵,手机跳出汗湿的掌心,扑通一下砸进坑里。

她眼睁睁看着自己新买的华为P40落在一块溅满污物的木板上,周围又黑又黄又绿,苍蝇绕着一坨坨排泄物嗡嗡乱飞,脏得不忍直视,差点恶心吐了,唯一庆幸的就是手机没沉下去。

"姐,快走吧!"牛杏杏焦急地扯扯她。

不行,证据不能丢!

席桐咬咬牙,当机立断,趴在池边俯下身。这池子并不很深,木板靠近石壁,她屏住呼吸伸长胳膊去捞,半个身子悬空,低头望去,废弃的塑料餐盒、养蛆的矿泉水瓶、沾满血的卫生巾、带屎的纸团近在咫尺,刺鼻的气味把她眼泪都熏出来了,可是还差一点才能碰到。

都做到这一步了,她拿不回手机就不甘心。席桐憋住一口气,身体伸展到极限,牛杏杏紧张地瞧着,怕她掉进粪坑,干脆一屁股坐在她腿上压住重心。

五厘米、三厘米、一厘米……

席桐从兜里掏出面巾纸，左手隔着纸撑住滑溜溜的石壁，右手终于摸到了手机屏，就在大喜之时，她心中大叫不妙，失去重心往下栽去，饶是牛杏杏拽得快，她胳膊还是一沉——

扑！

陷进沼泽的可怕声音。席桐整个人都僵住了。

她撑在壁上的左手，为了保持平衡，下意识、义无反顾地插进了下方稀巴烂的半固体里。从手掌到半截小臂。空气凝固了一秒。天旋地转。

一秒之后，席桐被拉了上来，幸存的右手握着沾有秽物的手机。

她也不知道自己为何能这么冷静，用纸巾把弄脏的手机壳给下了。"诸事皆顺"的红壳，本命年专门买的，上面还印着两条锦鲤。

顺个鬼！

席桐把手机壳扔进池子，觉得自己今年如果真有运气，全都补贴给那帮考试的学生了。

她冷静地扔完，又冷静地走到楼前，那里有个生锈的水龙头，拧开，居然有水，那种喷发性的水。

席桐被溅了一身。

她就着水把左手的脏东西冲掉了，可那股惨烈的味儿随着水沾得全身都是。

有那么一瞬间，席桐想跳楼。

"有人来了！"牛杏杏突然惊慌地叫道。

席桐一凛，抬头见一伙人浩浩荡荡冲过来，想是没找到她们，就原路折回了。为首的青年指着牛杏杏骂了一句，后面蹿出个穿花衣裳的黄瘦女人，颧骨凸出，手上拎着捆粗麻绳，一张脸很是厉害，让她莫名眼熟。

"我不嫁瘸子！我还要上学！"牛杏杏悲愤地大吼。

那女人气势汹汹地跑过来："死丫头！走个过场，又不是真叫你现在和他睡一张炕。他家好吃好喝，这几天委屈你了？不让你念书了？就是让你上完学回来而已！野成这样，看我不扒了你的皮！给我过来！"

席桐领着牛杏杏后退几步："你配当她妈？她才十五岁，你们已经涉嫌侵害未成年人，这是犯法，我已经报过警了。"

黄瘦女人嘲讽地笑了一声，不以为意："这丫头是我生的，我就要管她，你算什么东西？不撒泡尿自己照照，野鸡也来管家务事！"

说着，女人又将绳子在手中绕了几圈，对牛杏杏说："未成年人？你告诉她你今年几岁！我也不是不讲道理，把小女娃卖给人家。你是我身上掉下来的肉，我盼着你好，有个着落，不识好歹的东西！"

席桐蹙眉，低头问牛杏杏："她什么意思？"

豆大的泪珠从小姑娘眼角滑下，她死死拉住席桐的衣角，脸上是恐惧万分而羞愧的神情："对不起，我不是故意谎报年龄的……我真的想出来上学……我，我十八岁了，上学迟，他们只给十五岁以下的学生名额，我要是不骗人就出不去村子。我能读好书的，我一直很努力，对不起！"

村里的孩子，营养差，十八岁看起来和十五岁没两样。

席桐压下诧异，深呼吸几下："别哭了，你考得很好，我查过分，能上一中。"

不知是哪句话戳痛了黄瘦女人的神经，她双眼圆瞪，歇斯底里地喊起来："出村子，跟你那折寿的死鬼爹一模一样！过来！"

这副狰狞撒泼的模样拨动了席桐脑子里某根弦，电光石火间，她想起来了——这不就是那个来东岳公司闹事的女人吗？

世界还真小！

来不及多想，女人已经牢牢抓住牛杏杏的肩膀，席桐大力把小姑娘往身后一拉，用她刚经过灾难洗礼的神之左手一巴掌甩过去，啪的一声，女人松开手捂着脸，尖叫："你敢？"

席桐很敢，又一耳光扇过去，与此同时和牛杏杏对视一眼，迈开腿竭尽全力向来路跑。

围观的人群像被摩西分开的红海，自动让出一条道，两人一边跑一边大喊"绑架了家暴了逼婚了寻衅滋事了"，可镇上的人都饶有兴趣地指指点点，交头接耳地讨论这桩新鲜事，没有一个愿意出手帮忙。

席桐有些绝望，她只能祈祷载她来镇上的三轮车司机还在车站，带她们回村子，老师和志愿者都是身强力壮的男性，会帮她们的。

车站不远，大概跑了五分钟，她实在跑不动了，但追来的女人和青年们没有丝毫松懈，越来越近，但三轮车不见踪影。

说时迟那时快，两辆奔驰从省道疾速驶来，后面跟着辆锃亮的黑色大车，三点呈V字形，都是外地牌照。席桐眼睛一亮，撒腿跑到道上，双臂骤然张开，灰头土脸地大喊：

"停——停一下！停！"

奔驰司机被突然冒出的人吓到了，一脚踩住刹车，惊魂未定地摇下车窗："你不要命啊！挡道干什么？"

车子性能好，就刹在两米远的地方。刚才脑子一热的行为让席桐无比后怕，腿也软了，声音也抖，她把工作证拿出来："我是日月社的记者，有人在追我们，要绑架这孩子，请你帮下忙！"

司机一愣，随即看到尘土飞扬处一伙人追赶而来，打开车门，走到后面停着的那辆大车前，微弯腰，和后座说了几句。

席桐其实刚才第一眼看到的不是轿车，而是无比熟悉的大G车型，她来不及思考，肢体就率先做出了反应，好像里面的人认识她也会帮她似的。

这车牌号她没见过，又不是银城的车。

她懊恼自己被狗啃了的逻辑，但无论如何，这两辆车停下了，她的目的达到了。

席桐清清嗓子，立马进入职业状态，带着牛杏杏从容大方地来到大G前，还没开口，车门就开了，走下一个戴墨镜的男人。

明朗的阳光照在他脸上，漫天的沙尘好像在这一刻消失了。

他摘下墨镜，脱了西装挽在手中，一双眼犹如在泉水中浸泡过的月亮，清冷生辉。

席桐刹那间失去了声音。

"孟叔叔！"牛杏杏高兴地叫道。

孟峰走上前，风吹起席桐凌乱的头发和裙子，她微微张嘴，可还未说出半个字，泪水就从眼眶里滑落，沾湿了脸庞。

"怎么了？"他问。

她看上去委屈得要死，哪还有刚才拦车的一丝英勇无畏，哭得上气不接下气，半晌才抽抽噎噎地说："孟峰，有人追我，他们好凶，我好怕！"

孟峰的心给她哭得一揪，顾不上那股难以描述的气味，伸手去拉她，她却猛地往后一退："不要碰我！"

他一怔，脸色沉下来："他们把你怎么了？"

席桐哭得更凶了，拼命摇头："你不要碰我，我好脏！"

孟峰脑中一炸，全身的血都冷了。

来到苍水镇的三个小时内，孟峰做完了五件事：迫使那群追兵垂头丧气打道回府；让司机把席桐和牛杏杏带回酒店安顿；叫后者上网把志愿填了；给基金会名下各学校发现金；询问牛杏杏当年那届学生现在的状况，该补偿就补偿。

谎报年龄损害了公平，那届孩子现在都外出务工，不知去向。孟峰对牛杏杏没有苛责，如果想上学需要说谎才能达到目的，那一定不是学生的问题。

孟崢来瓶县是为了调查情况，ME 即将整顿这个搁置已久的基金会，瘦死的骆驼比马大，现在重拾，是项浩大工程，做起来不简单。

正因人多事杂，当年孟鼎和靳荣才不想自己管，每年把钱打到中国账户就满足了心愿，他们并不在乎机构负责人是否中饱私囊。

这辆车是在孟崢飞到省会后临时买的，越野车还是大 G 性能好，在山区跑得快，他想快点赶到村里见席桐，没想到快得出乎意料，她把自己送到车前，差点被轮胎压扁。

她有时候做事不过脑子，挺气人，今天要是换了辆车，不一定能救她们。孟崢庆幸自己来得及时，走进酒店电梯。

小镇就这一家条件过得去的宾馆，顶层房间还算干净。孟崢刷了房卡，屋里没开灯，浴室传来水声。

孟崢脱了外套，解下领带，耳中传来一线微弱的哭泣。浴室的门虚掩着，他走进去，一股沐浴液和消毒水混杂的诡异气味扑面而来，浴缸正在放水，一个小影子抱膝缩在淋浴下，眼圈红肿，活像只兔子。

"怎么还在哭？"孟崢蹲下身，西裤被水打湿，低声问，"哪里受伤了？给我看看。"

席桐躲开他的手，动作幅度太大，后脑勺撞到瓷砖，疼得耳膜嗡嗡，可即使这样，她仍然不让他碰，一边哭一边往后挪："我不干净，你别碰我！"

孟崢的心顿时沉到谷底。

那些人发誓没碰过她，难道有所隐瞒？可他们都跪下求饶了，不像说假话。

席桐还在抽泣："我好脏，怎么洗不干净呢，好脏啊！"

孟崢死死抑制住杀人的冲动，柔声道："桐桐，跟我说，谁欺负你了？"

她摇头，布满泪痕的小脸埋在膝盖间，肩膀瑟瑟抖动。

孟崢感到一阵撕心裂肺的痛苦，喉咙发紧，声线也在颤："桐桐是世界上最干净的人，怎么会脏呢？让我抱抱，好不好？"

席桐揩了把鼻涕，莲蓬头里洒出的水把皮肤冲得苍白，印着几道刺目的划痕。孟崢心都碎了，执着而诚恳地望着她的眼睛。

良久，席桐爆发出号啕大哭："孟崢，我掉粪坑里去了！"

她哭着张开手："你抱抱我，我好难受。"

孟崢："这……"这女朋友不能要了。

"你抱抱我啊，你是不是嫌我脏？"席桐见他不动，抽噎着。

孟崢叹了口气，而后把衬衫脱了，垫在地上坐着，抱住光溜溜的小兔子。

往死里搓了三个小时，黑兔子也给漂白了，她身上只有沐浴液的淡淡香气。孟崢摸着她凸出的锁骨，瘦了不少，想来这段时间吃不好睡不好。

席桐趴在他肩上，眼泪哗啦啦的，娇气得不行。孟峄心软得跟棉花似的，轻声道："不脏，洗干净了，冲太久会头晕，去睡觉吧。"

席桐一闭眼就是犹如地狱的化粪池，指尖还残留着扎进去的触感，紧紧攥住他的手不放。孟峄很干净，她抓着他，就觉得自己也干净。

孟峄握住她的脚，十个脚指头都泡皱了，再这样下去不行。他站起身，她树袋熊一样手脚并用扒着他，孟峄搂住她的背："出去吧，我给你抹润肤露。"

席桐嗯了一声，终于想起来问："你怎么来这儿了呀？"

"工作，基金会的事。"

孟峄用浴巾给她擦干，把她抱上床，从行李箱里翻出保湿霜，单膝跪下，从脚心开始抹，抹了一半记起她洗了太久需要喝水，又把保温杯送到她嘴边。

席桐不客气地往胃里咕嘟咕嘟灌水，舒服地呼出一口气，仰面躺倒，脚踏在他肩上："往左边一点，那边没抹到，嗯，就是那儿。抹多一点嘛，好少，哎，太多了太多了。"

孟峄手一停。

"别停呀。"席桐轻蹬他一下，见他仍旧没动作，两手撑起身子，却立刻后悔了。她不应该得寸进尺的。

"孟……"

孟峄倾身，堵住她喋喋不休的嘴。好好的女孩子，怎么就长了张扫兴的嘴呢？

他吮着她的唇，把多日以来的想念和渴望用舌尖渡给她，他实在想得厉害，忍不住了。

不知为何席桐这次很乖，鼻子发出轻哼，双臂环住他劲瘦的腰。

"有没有想我？"

她小声嘟囔："不……"

孟峄又问了一遍，她不说话了。

"想不想？"

席桐最后还是被迫说了各种他想听的话。

"晚餐想吃什么？"

孟峄问了三遍，她才撑开眼皮，原来窗外的天已经黑了。

隔壁传来电视里新闻联播的声音，七点了。

第八章 杜董的秘密

孟峰出门半小时，拎了两碗牛肉面上来。

镇子小而穷，街上有不少卖特色汤面的，他买完才知道汤面其实就是米面。掌勺师傅是个女的，牛肉给他放得特别多，他把筋筋拉拉的挑到自己碗里，牛腩牛肚拨给席桐。

席桐今天精力消耗过多，上午监考，下午长跑，又被他揪过去运动，这会儿吃得狼吞虎咽。米面顺滑，牛肉炖得软烂入味，口感弹牙，加上一点点辣椒粉，太香了。

她吃完了，问他："那帮人怎么处理？我拍了视频作证，为这个视频都在坑里海底捞月了，牺牲好大。"

孟峰拿来她用高度酒精消毒过二十遍的手机，点开视频，目光停在其中一个女人身上须臾。

他把手机还给她："我让他们吃了亏，他们不会再来找麻烦。视频没什么用，你发到网上，别人就会认为你在伸张正义？几个人带一带节奏，风向就变成哗众取宠、制造热点新闻了。报警也行不通，视频太短，他们并没有和你们直接对话，你的证据不够充足。当地的村干部熟悉他们，是不会管闲事的，越级或跨地区申诉更难，再说，就算报警，牛杏杏名义上是未成年人，她没有受到外伤，这件事很可能会被作为家庭暴力或普通的寻衅滋事处理。家庭暴力的大部分处理方式，不就是劝和吗？"

席桐想想，确实是这样，不甘地道："好多落后地区都这样。"

"全球很多地区都这样，甚至是西方。"孟峰的声音冷下来。

"看不出你还挺关心这个社会问题的，孟总准备做慈善？"她调侃。

孟峰忽然问："你见过温哥华的贫民窟吗？"

席桐不说话了，孟峥意识到扯远了，没有继续这个话题："下次不许这么莽撞，不是每一次都有我在。"

席桐明白这样做很危险，可当时没有别的选择了："我从小受到的教育就是要帮助别人，抵制暴力，这种行为出于潜意识，但经过思考我依然会这样做。我是个外地人，只要掏出钱，他们顶多揍我一顿。"

孟峥听了，语气很凶地道："不要再假设，没发生的事情无法判定结果。把牛杏杏带回银城后，你不要管她家里。"

揍她一顿？她在想什么呢？如果他是那些人，看到这么漂亮天真的姑娘，只有摧毁她的欲望。孟峥还记得自己看见她衣衫不整地出现在路上拦车的心情，他差点把手套箱里的安全锤掏出来，让她后面那群虎视眈眈的男人脑袋开花。

席桐不服气："吃瓜群众谁也不站出来帮忙，杏杏如果被抓回去，这辈子就毁了。"

孟峥沉默片刻，道："毁掉一个意志坚定的人并不容易。好了，不要再说了。"

她耸耸肩，把塑料碗放到一边："你快吃啊。"

孟峥才发现自己没吃两口，他习惯了看着她香喷喷地吃饭。

安安稳稳地睡了一晚，第二天孟峥很早就出去办事，晚上九点多才回酒店。

他忙一天也累了，草草吃完盒饭，把一个塑料袋递给席桐："试试衣服，将就一下。"

席桐把裙子和内衣都扔了，光着身子出不了房间，孟峥回来前在一家小店买了几件，那女店主看到他一个人挑文胸内裤，眼珠子都转不动了。

衣服都是棉质的，虽然便宜，但穿起来挺舒服。席桐换完衣服，下楼去看牛杏杏，孟峥跟着她。

小姑娘和保镖在房里聊天，保镖是个年轻的话痨，跟她叽叽咕咕讲了半天，从好好学习天天向上讲到劝人学医天打雷劈，见上司来了，赶紧立正站好。

席桐想，孟峥给人的第一印象是冷，可他身边的人话都多，他倒也不排斥。一般大佬都喜欢沉默寡言的属下，陈瑜和这保镖放别的总裁身边，可能撑不过一个月。

牛杏杏被保镖开解一通，心情比昨天好多了，站起来鞠躬："谢谢姐姐和孟叔叔帮我，如果不是你们，我肯定叫他们打死了。"

孟峥纠正牛杏杏："叫阿姨。"

"啊？"席桐一脸蒙地看着孟峥。

孟峥很不愉快地解释："我只比你大四岁。"

他和席桐是一辈，怎么就成叔叔了？他是叔叔，那她就得是阿姨，没得商量。

席桐被他气得要死，四舍五入她二十他三十好吗！难道他有怪癖，就喜欢听人叫哥哥？

牛杏杏连忙改口："对不起，孟先生。"她知道孟峰在暗示自己把他叫老了，但十岁是一个很尴尬的年龄差，叫哥哥也不太像话。

好在孟峰没有深究，拉着席桐坐下来，语气温和："基金会将支付你高中时期的学费和生活费，在你上大学之后，我个人会视具体情况给予你资金援助。这些捐助的前提是，你在大学毕业前，不能与家里有任何联系。此外我还需要问你一些问题，了解捐助对象的背景，这是常规流程。"

牛杏杏黯然半晌，点了点头。

孟峰问了第一个问题："三年前你是怎样拿到六中入学名额的？我不会告诉别人，但你要说实话。"

席桐奇怪道："还能怎么拿到，当然是考试考出来的呀。她一个小姑娘，身无分文，自然不可能贿赂——"可看到牛杏杏的脸色骤然一白，她闭了嘴。这一闭嘴，脑子就飞速转起来，在省会酒店深夜听到的秘密霎时回响在耳边。席桐的脸跟着她一起白了，寒毛也竖起来，难道是真的？

果然，牛杏杏开始发抖。

"我，我，我是考了试，但是，基金会的人帮了我，校长知道我九岁才上小学，我本来没资格参加入选考试，那次发挥得也不好。在考试前，有一批银城的老板来瓶县捐款，他们事先在酒店看过报名的学生。"

席桐忍不住叫出来："是杜辉？他和基金会打招呼让你去银城？你们早就见过？"

东岳 CEO 郝洞明是基金会前负责人，杜辉是东岳的大股东，他想把一个山区孩子名正言顺接到银城上学，跟郝洞明说一声就行了，很容易。

牛杏杏低头嗯了一声。

席桐一时间竟不知要说什么，心疼、失望和对世道的愤慨交杂在一起，胸中如烧了一锅沸水，翻滚不休。

孟峰略一思索："我知道了。既然你能考上一中，证明你的能力很出色，我不会让你回村子。"他平静道，"作为资助者，我对你的家庭做了背调。我了解到，你母亲原先在县城一家服装厂做临时工，脾气暴躁，没有朋友，哥哥曾经在屠宰场工作，因为酗酒闹事被辞退，染上赌瘾，进过拘留所。你竭力说服母亲让你上学，拼命读书，是不想活得和他们一样。"

牛杏杏又点点头，咬住嘴唇，脸颊泛起羞愧的红晕。一提到她的家人，她恨不得找条地缝钻进去。

以前在村里不觉得他们有多粗俗，可一旦见识过大城市的风景，接受过良好的教育，他们的嘴脸就变得根本无法忍受。

孟峰继续说："你母亲去银城找过你三次，第一次是元旦放假期间。你拒绝见她，她在银城待了五天。"

牛杏杏惊讶道："我以为她见不到我就回家了。"

"她还有人要见。"孟峰的目光犀利起来，"我的调查里缺失了一个部分，我能问一问，你父亲是个什么样的人吗？"

提到"父亲"这个词，牛杏杏脸色更苍白，内心挣扎数次，最终小声开口："我爸叫——"

"牛建生？"席桐插嘴。

她妈带儿子来东岳闹的时候，把这现代版陈世美的名字嚎得整个公司都听得见。

"对，就叫这个！他是个种地的农民，当过兵，我不记得他以前长什么样，我两岁的时候他就失踪了，我妈一提他，就说他早死了。"

"怎么从来没听你提过他？当过兵，那是很光荣的一件事啊。"席桐也没爹，但别人如果问她，她从不避讳，叶碧跟她说爸爸希望让人记住他。

"他除了种地和当兵，还做过其他谋生的职业吗？"孟峰问。

牛杏杏的目光聚在桌角，双手握在一起不安地绞着。

孟峰平静道："我需要把你家的情况弄清楚，如果你愿意接受帮助，就有义务告诉我。"

牛杏杏摇摇头："他没有做过别的。"

孟峰往椅背靠了靠，交握十指，气质霎时变了，居高临下的威压让牛杏杏不敢直视，一味垂着脑袋。

对峙了片刻，孟峰道："我得到一些消息，但无法证实，所以想让你亲口说。叶老师经常对我称赞你是个诚实的孩子，我直到刚才，都是这样想的。"

他叹了口气，就在站起来的那一瞬，牛杏杏突然抬起头，泪流满面："对不起！孟先生，我，我跟你说！我爸他，我不知道他有没有做过别的，村里的人都忘了他，我妈也很少提他，都是骂他。"

"因为抛妻弃子？"席桐问。

孟峰坐下来，示意牛杏杏继续。

牛杏杏咬咬牙，声音越来越弱："我爸他……"她顿了一下，脸上浮出恐惧的神情，"我妈说，他杀过人。"

"杜董，我知道你杀过人。"

面前的男人用一种轻松的姿势端起红茶，啜了一口。

包间里空调温度适宜，杜辉却在他开口之时打了个寒战，后脑勺和脖颈相连的那块皮肤如同有千百只蚂蚁噬咬，麻得他心惊胆战，冷汗一滴滴下坠。

丰盛的菜肴摆在桌上，泛着冷腻的油光，他胃里泛起恶心，撑着桌子猛地站起，一张照片忽然压住他手背。

那轻飘飘的东西仿佛是只榔头，把他白胖的身躯一下子敲回座位。

杜辉僵硬地盯着照片，上面的男人高、瘦、黑，五官周正，穿着军装，有一张英俊痞气的脸，揽着一个和他长得很像的小男孩，八九岁。

屋里静得几乎能听见表针的嘀嗒声。

薛岭掏出怀表看了眼，八点了，他还有事，得快点。

"我还知道，你杀的是郝总的手下，在十三年前，郝总刚从东阳省来银城的时候。我也知道，你早就金盆洗手了，不吃荤，所以我让老板配了一桌素菜。你看，你当初多精神，难怪从瓶县失踪后能到夜总会上班，俘获梁总芳心。这些年梁总应该对你很满意，虽然你享了太多福，没注意身材管理，但你很听话，这就够了。"

每说一句话，杜辉松垮的面皮就颤抖一下，他握紧手里的茶杯，几乎要把它捏碎。

梁玥替他隐瞒了他犯过的罪，她需要一个百依百顺、没有半点野心的男人，在她淘遍银城都没找出这样一个人时，就随便挑了只"外地鸭"，让杜辉从夜总会住进梁家大宅。她不需要男人有权有势有钱，这些她自己都有，她只要一张符合她审美标准的脸、一具健壮的身躯和一双只听她命令的耳朵。前两样会随着时间的流逝而衰老，她可以找新玩物，可后一样对她来说很难得，关系处久了总会有野心，但杜辉就是没有。

梁玥满意他的笨拙，也满意丈夫的身份带给她的便利。有些场合她走不开，就让杜辉去，有些男人她不想要，就让杜辉挡。她知道杜辉做过的事，但她不在意，她看出偏远农村出身的杜辉在这座布满监控的大城市犹如一把生锈的刀，他不敢造次，甚至连正常生活都成问题。而且自从他向她坦言需要一把保护伞后，就真真正正放下屠刀，吃斋念佛。他把自己的把柄交给了她，如果他不忠诚，她随时可以把这事抖出来。

梁玥不清楚的是，他曾经结过婚，还有孩子。她性格高傲，在外面养了许多男人，却不准杜辉看一眼别的女人。她不许自己的男人心里有别的牵挂，更不容许欺骗，当初就是看杜辉没有感情经历才会选中他。

但只有杜辉自己知道，百密总有一疏，和梁玥结婚十几年，他用服帖赢得了信任，也获得了一些自由。譬如他和东岳公司里一个女员工擦枪走火，又譬如他趁外出办公的机会处理个人私事。

野心是没有，可本能的欲望和私心磨不掉。

所以，当杜辉看到这张写着他隐瞒的过去、可能成为暴露他私心导火索的照片时，会无比慌张。

"你想要什么？"他警惕地问，防备地看着薛岭。

"杜董，你不用对我抱有敌意，我已经替你解决三次麻烦了。你前妻元旦后第一次来银城找你，本来是要去原野制药闹的，被我偶然发现劝住了，是我给她钱还高利贷。第二次我给了她更多的钱，没想到你儿子花得那么快。第三次她贪心不足，竟带着儿子来东岳，幸亏我碰巧赶到，让你避免成为全公司的笑话。作为回报，她跟我说了些你曾经的事。"

杜辉灌了半杯铁观音，舌头烫得发麻。

"我猜郝总知道你在外有妻室吧？他很聪明，一直不说，他需要让你为他在梁家说好话，但他不知道他的属下就死在你手上，否则不管梁家怎么争取，你都会被赶出董事会。"薛岭淡淡道，"当然，我不会告诉任何人，我会帮你继续瞒下去——条件是，你必须和杨敬争夺东岳的管理权，就算梁玥让你按兵不动，你也得听我的。郝总马上就要退休了，孟峰想要东岳，我也想要，他已经拿到百分之二十的股权，我不能把管理权也让给他。"

杜辉忍不住道："你不是快和闻澄订婚了吗？郝总就闻澄一个女儿，退休后肯定会把东岳资本和东岳贸易的控股权留给你们俩，怎么可能给孟峰？"

薛岭意味深长地笑笑："管理权和控股权在东岳可不是一回事。就算我拿到百分之五十一，也不放心，孟峰这个人，胃口太大了，股权根本满足不了他。"

"你和孟总有过节？"杜辉疑惑。

薛岭笑得更愉快："没有，我就是嫉妒他年轻有为、资产雄厚、有私人飞机还要偶尔坐坐民航经济舱体会民生疾苦。杜董，我可没骗你，我今天请你吃饭，是很真诚地向你寻求帮助。合作吗？"

杜辉眼角一抽，这都是什么屁话！他还有选择吗？

他被迫和薛岭握手："薛教授，你知道我完全没有业务能力，不会这些……"

"别紧张，我会告诉你怎么做。"

薛岭又看了眼表，把红茶喝完，临走前留了张金卡在桌上："这家店的会员卡，可以用它刷电梯到顶楼。你的小情人在房间等你。"

"你……"杜辉大惊，冷汗直下。

薛岭礼貌地道："祝你们度过一个愉快的夜晚，我先失陪了。"

薛岭走出餐厅的时候，车已经到了。后窗摇下，露出闻澄笑眯眯的脸："你这么早就结束啦？"

薛岭坐进车，闻澄亲昵地挽住他的胳膊，涂着西柚色口红的嘴唇状似无意地凑近他的右颊，他忽然弯下腰："有餐巾纸吗？鞋蹭到墙了。"

闻澄掩去眸中一丝失望，掏出纸巾给他。

薛岭擦完了，摸了摸她的头发，温柔道："谢谢。"

"你等下和爸爸要谈什么事呀？"闻澄问。

"谈一些，你想不到的事。"薛岭往嘴里送了一颗口香糖，"可能是和银湖地产有关吧。"

车子经过隧道，光线暗下来，快车道的车灯一束束划过他的侧脸，光影斑驳中有种干净疏冷的魅惑。

"你吃饱了吗？每次你们都要谈很久，我爸那儿又没厨师，要不我给你送点夜宵？我学会做蓝莓芝士蛋糕了，很好吃的！"闻澄兴致勃勃地说。

薛岭刚在包厢里点了一桌菜，只喝了汤和茶，汤里的菌菇豆腐都没碰。可他并不饿："我吃过了，你别等我，早点回家休息。"

司机先把闻澄送回别墅，然后往城郊开。郝洞明在那里有一块地，一半卖给银湖地产，开发做疗养院，一半是他自己的仿江南式园林建筑群，闲暇时去住住。

薛岭走进园林正门，一面雕刻着夔龙的琉璃照壁正对着他，在灯下熠熠生辉。不远处绵延着黛瓦云墙，月洞门里是茂盛的翠竹林，不知从哪儿冒出的孩子哭声把夜色衬得极静。

一只瘦骨嶙峋的黑猫从草丛中溜过去，深绿的双眸瞪着他。

薛岭也望着它，忽然想起杜辉的妻子和儿子，人和人之间的差别真是大。闻澄这样从小生活在别墅里的，想象不到山村和贫民窟是什么样，杜辉这样从山村到城市的，即使多年浸淫于纸醉金迷，也难以用一副心宽体胖的皮囊养出上流社会机警多疑的心。

他只不过说了一个小时，杜辉就同意了。

其实薛岭对牛建生所闻不多。杜辉前妻酒后骂到兴头上说漏了嘴，讲牛建生和某个同乡有矛盾，冲动之下就把对方给杀了，然后远走他乡，杳无音信。死的那个人薛岭正好听过名字，是郝洞明十年前一个很信任、但级别不高的手下，也是瓶县农村出来的。尸体被发现在一个地下赌场里，一刀毙命，钱包被抢，警方没找到凶手和凶器，成了桩悬案。

这一桩劫财杀人案，因为证据不足，按照疑罪从无原则且时间过去太久，并不好起诉，可杜辉显然吓破了胆。

这个杀手不太冷。

薛岭哼着电影的片尾曲，消失在黑黢黢的回廊拐角。风飒飒吹过竹林，孩子的哭声停了，几声猫叫在墙头幽幽响起。

深夜十点整。

叮咚。

邮件的事件提示音响了，十点整，一刻钟后孟峰有个视频会议要开。

牛杏杏捧着茶杯，手指轻微地颤："求求你们，不要告诉别人……我不想当杀人犯的女儿。"

"你说你爸在你两岁的时候失踪了，那不就是畏罪潜逃？"席桐问。

牛杏杏露出难以启齿的表情，许久才道："我们那个时候都以为他死了。"

席桐丈二和尚摸不着头脑："死了就是死了，没死就是没死，这怎么能以为？"

"我妈说，十五年前村民在另一个县的悬崖下发现了他，他挂在树上，一根树枝把他的腰穿透了，胸口还有伤，但脸能认出来。当时县里推行火葬，不许占用林地耕地私埋，村主任就把他火化了，骨灰埋在镇上的公墓里。"牛杏杏说。

"你们一直以为他死了，可是有一天，他回来了。"孟峰开口。

牛杏杏愕然："孟先生……"

孟峰知道自己猜对了，继续说下去："三年前，东岳资本回馈社会，派几个代表去瓶县的蔚梦基金会挑选成绩优秀的学生，让他们去银城读初中。你母亲认出了代表团中的你父亲——杜辉。"

"当啷"一声，席桐手机没拿稳，砸在茶几上。

她睁大眼睛，道："你爸是杜董？"这个新闻比"她爸是李刚"还劲爆！

牛建生，那个现代版陈世美，死而复生，金蝉脱壳，从一个乡野村夫杀人犯摇身一变，成了商界女强人的丈夫、东岳资本的大股东！

谁能想到，牛杏杏她妈口中的"小贱人"，就是五十多岁、养了一群小奶狗的阔老板梁玥！

"东岳十周年那天，他在楼梯间抱了你，所以不是侵犯啊！"席桐恍然大悟。叶碧告诉她，牛杏杏很决然地否定了，还让叶老师不要听信别人的话。

"姐姐你看见了？"牛杏杏慌张地问。

"没，我听说的。你放心，这件事应该不会泄露出去。"她下意识看向孟峰。

孟峰颔首。

"我也是三年前才知道他是我爸。周年庆我作为学生代表上台讲话，他在入场前跟我说，很高兴看到我有出息，还跟我道歉，想让我叫他一声爸。我听说他杀过人，又气他从来没看望过我，心里太乱了，庆典还没结束，我就从会场跑出去了。"牛杏杏小声地说。

原来三年前，东岳组织人员去山区慰问，杜辉十年都没回过家，正好梁玥去国外出差，就自告奋勇参加了代表团，想偷偷看一眼妻子儿女。一行人先参观了瓶县某家扶贫服装厂，牛杏杏的母亲正好在里面打工，迎面和杜辉撞上，当即觉得他面熟。

杜辉本以为能装成陌生人无动于衷，但自己心中有愧，先露了怯，回头看了她两眼，就是这饱含深意的两眼叫牛杏杏她妈更加怀疑了。若是一般女人，断然不敢拉着大城市的领导问东问西，可这女人是当地出了名的悍妇，又极为眼尖，纵然杜辉与从前形貌差异甚大，还是盯着杜辉左瞧右瞧。她光瞧还不够，趁人不注意把他拉到角落里，剥了衣服看胎记，那股剽悍泼辣的劲儿叫杜辉如同坐了时光机回到从前，一时被她镇住，竟承认了，两人对着哭了一通。

哭完了，牛杏杏她妈就开始骂，要讨债，叫他把这些年欠她的都还回来。

杜辉为了弥补，就把女儿的名字加进了去银城的学生名单里，给家里每个月添两千块补助费，苦苦哀求前妻不要来找他，钱的事后面可以慢慢商量，否则梁玥知道这事儿得把他休了，家里就更没资源了。

"我妈妈说，坠崖死的那个是我爸的双胞胎弟弟。我有个二叔，十几岁就去省城打工了，独来独往，我和我妈、我哥都没见过他，但他以前和我爸感情很好。我爸说，二叔和一个开小卖铺的老板有矛盾，那老板是个地头蛇，二叔被他杀了。我爸当时也在那个县，要给二叔报仇，却被人抓住，连腿都打断了，最后拼死逃出去，怕连累我们，没敢回家。过了两年，他终于找机会杀掉了那个地头蛇，可县里在通缉杀人犯，他只能离开东阳省。后来他流浪到银城，有个女老板看上了他，他又结了婚，更没脸见我们，索性让所有人以为他死了。"

牛杏杏一口气说完，抹了抹眼泪，"电视上说，私自杀人是不对的，应该交给法律审判。我妈妈说的，我有时候在想，是不是她因为恨我爸爸才编的，难以理解，但他在银城过上好日子，我们却在山里吃糠咽菜，这不公平。我爸除了良心发现给我一个名额去六中念书，对家里再也没有别的接济，他不配做一个父亲和丈夫。我对我妈已经很失望了，为什么爸爸也这样？我总预感，有一天他会遭到报应。"

席桐听得感慨万千。杜辉看起来懦弱和气，没想到居然敢做这样的事。他也够吝啬，每月就给两千，还是让基金会出，难怪前妻三番两次要来银城找他，真是穷得走投无路了。

孟峰听完，拍了拍牛杏杏的肩膀："父母是父母，你是你，不管怎么说，你抓住了这个机会，能走出一条路，是很好的。"

"孟先生，姐姐，你们不会告诉别人吧？"牛杏杏紧张地问。

席桐接受的是普法教育，但这事儿太复杂了！

孟峰道："我不喜欢多管闲事。我让你不要与家里联系，也包括你父亲，至于杜辉有没有杀人，交给法律处理，在没有确凿证据之前，我们是不好随便说的。"说到这里，看向席桐，"她也一样。"

牛杏杏叹了口气。

席桐却觉得，他只是在安慰小孩儿。

孟峰站起来："我还有事，你早点休息，不要熬夜，明天我让人带你先回银城安顿。"说完，把发呆的席桐拖出去，上楼开会。

到了房间里，席桐往床上一摊，道："这事儿太戏剧性了，真离奇。"

孟峰打开衣柜挑西装，选了件黑色的，听见她问："你相信杏杏说的话吗？"

他背着她系领带，头微微低下，盯着镜子里平静无波的自己。

席桐当他默认了："好吧，你信我就信了。作为一个记者，我觉得她说得很真实。哎，我想这么多干啥，世界上好多复杂的案件……而且杀人的动机各不相同，不是还有正当防卫，杏杏她爸如果杀了一个杀人犯，那要怎么判呢？这案子就算爆出来，梁玥会怎么做，可免梁家名声扫地。我是门外汉，孟总，孟大律，你作为专家谈谈看法嘛。"

孟峰回身，俯身啄了一下她额头，打开电脑，坐到书桌边："乖，大律要开会，你自己想。"

席桐愣了。这个动作。好熟练啊。他们又不是那种关系。

但是，好喜欢啊。

席桐捂住被他亲过的地方，耳朵慢慢红了，埋在被子里一会儿，冒出脑袋，小声说："你不要随便亲我。"

"嗯？"孟峰打开 Skype（一款即时通信软件）。

"不好。"她嘟着嘴。这样一点也不好，会让她逾矩的。

"哪里不好？"

席桐支支吾吾半天，没说上来。

孟峰刚戴上耳机，就看到她用手肘撑着挪过来，上半身在床边悬空，伸长右手拉住他的领带尖，食指放在耳朵旁做了个拿开的姿势。

他摘下左耳机，她凑过来，趴住椅背，两只眼睛黑葡萄似的，更小声地说："领带不好，衣服不好，讲话的语气也不好。"

她松开领带，戳了一下他的喉结，歪头望着他："你就是不好，哪里都不好。"

在孟峄眼里，那张脸简直写满了"好无聊快来陪我玩"几个大字。他深吸一口气，把她乱动的手拉开。

会议是和魁北克那边，说法语。席桐听不懂，百无聊赖地在椅背后扯他的衬衫领子，用气音碎碎念："深红色领带配黑色外套，好老气……总穿白衬衫，也穿件粉色的嘛，肯定很好看的。"

她软乎乎的小手在他颈后一戳一戳，孟峄丝毫不受干扰，修长的十指敲击着键盘，文档很快多了半页。

席桐得寸进尺，摸了几把他后脑勺下端的青色发茬，短短硬硬的，有些时日没剃了。她撩起一绺稍长的发丝，乌黑的，顺顺滑滑，跟他的脾气完全不同，到底怎么长出来的啊！

孟峄把内容记录完，依次问了高管几个问题，翻了十几页带有财报数据的文档，又把几个网页链接发到对话框里，仿佛她不存在。席桐看他工作起来要多认真有多认真，撇撇嘴，不玩他头发了，向后撤回身子，不料胳膊却蓦地一软。

扑通！人掉床底下了。

"什么声音？"那边的秘书听到异响。

孟峄很淡定："捡了只猫。"

席桐揉揉撞疼的膝盖，蹲在地上拍灰，孟峄穿着拖鞋的脚横过来，生硬地把她往床边推，她气上心头，啪地打了下他脚背，也没用多大力气，可那只白皙的脚立马就泛起一片红色，都把她看傻了，又是摸摸又是吹吹的，还用眼神紧张地询问他："没事吧？"

孟峄正在做最后的会议总结，嗓音一顿，努力把目光移回屏幕，用最快的速度把任务分配出去，远在魁北克的秘书觉得他面色有些奇怪："先生，您不舒服？"

他忍不下去了，脚上酥酥痒痒的触感快把他逼疯了，连"谢谢"都没说，直接散会退出软件，把电脑屏往下一压："席桐！"

席桐被他吼得一抖，两只手还搂着他的左脚，跪在地毯上委屈巴巴地说："对不起，我错了，你这个脚是不是对灰尘过敏啊，我都吹好久了还是这么红……"

孟峄领带都来不及解，把她扔回床上，凶狠地扑下来："乱动什么？"

席桐后悔已经晚了。他是真的凶。不知过了多久，神志才重新聚拢。

孟峥吻她的眼帘："我哪里不好？"

她嘴很硬，躲他的唇，含糊地道："你就是，就是不好！"

孟峥解下她认为老气的领带，甩了西装外套，又把她嫌单调的白衬衫脱了，换上一副她喜欢的温和语调："现在呢？"

席桐抱住他，突然就情绪失控了，哭得好伤心："你都让我这样了，都这样了，你好讨厌啊！"

孟峥没理解她口中的"这样"是哪样，抱着她哄："饿不饿？我去弄点东西吃，好不好？累了就睡觉。"

"饿死了，快点去。"

孟峥午夜出门找药店，没有开门的，酒店厨房也歇了。他只好从保镖那里借了一袋全麦饼干，又问有没有药。

保镖："啊！"

老板这么惨吗？被赶出来还要亲自买避孕药？

孟峥不觉得自己惨，他反而觉得席桐被他弄得有点惨。她现在激素分泌不稳定，医生说还是得吃这个调节。

孟峥带着饼干回屋，准备好接受她的语言攻击，却发现席桐裹在被子里睡得不省人事。

孟峥洗完澡上床，小心翼翼地把她挪到胸口，听到她说："孟峥……"他应了一声，等了很久，她都没回答。孟峥把手指放在她眼皮上，感到她的眼珠在转，原来是说梦话。

"你不好！"她还在念叨。

孟峥可不这么认为，赌气地搂住她的腰，轻轻哼了声："我好得很。"

"你怎么能让我这么喜欢呢，讨厌死了！"

孟峥的呼吸停了，心跳也差点停了。他终于明白她说的"这样"是什么了。

他很高兴，赞同地点点头，陪她说话："我不好，我讨厌，我是狗。"

席桐委屈地"嗯"了一声，过了好久，口齿不清地说："你喜不喜欢我呀？……快说喜欢，喜欢嘛。"

孟峥快要死了，想把她摇醒，又止住，打开手机录音。

"桐桐，我喜欢你，你喜不喜欢我？"

她不说话了。

孟峥又问了好几遍，以为她的梦停了，就在有些沮丧地放弃时，她突然说："孟峥，我爱你呀。"

席桐一连做了好几个梦，最后梦见五年前。

那年她大二，暑假跟学校的志愿者团去非洲坦桑尼亚支教六周。

她和室友在达累斯萨拉姆市郊的小学教英语，那小学是个著名的支教点，外国慈善家、记者都喜欢往这儿跑，一周能见到三次欧美"旅游团"。

席桐走出教室，本是旱季，阴灰的天空竟飘下雨，杧果树的叶子被雨水洗得碧绿莹润，猫眼石般泛着光泽。

她摘了个青杧果，坐在屋檐下用小刀慢慢地削皮，看一群下课的小朋友在院子里踢球。微风拂过树梢，卷起阵阵涛声，也将不远处说英语的人声送到耳畔：

"小姐，请小心。"

足球在操场上激起沙尘，她用长长的裙角掩住口鼻，目光穿过灰尘，落在五米开外的人身上。

那是个年轻的东方男人，左手持一把黑伞，半蹲在树下扶起一个跌倒的黑人小女孩。他穿着一身裁剪考究的黑西装，微微侧身，把伞遮在孩子头顶，半边身子被雨淋湿，裤脚浸在泥里。

席桐从来没有见过男孩子打伞的姿势这么潇洒。

他似有感应投来一瞥，隔着斜飞的雨幕和落叶，她并未看清他的脸，只听见他温润的嗓音让哭泣的孩子回教室。那孩子抓着伞柄不放，他揪了下她的小辫子，把伞送给她，转身离去。

孩子破涕为笑，喊着谢谢跑上台阶，兴高采烈地把伞给她看："老师，别人送我一把伞！"

她摸摸孩子的头，望着那人独自走向校门口，连同车子一起消失在雨中。

席桐有种直觉，他不是来作秀的，他就是喜欢小孩子。

之后她回到宿舍，室友兴奋地说："ME集团的太子今天下午来学校捐款了，你有没有看到啊，听说长得特别帅。"

席桐知道那是个很大的加拿大集团，至于继承人，没关注过，好像是个华裔。

是他吗？

雨忽然大了起来，杧果树婆娑摇曳，沙沙作响，她的胸腔里似乎也有什么东西在动。像被惊蛰的雨水唤醒的小虫子。

她捂住心口，那里越来越痒，越来越酸，带着一丝丝疼，很难受，眼前浮现出一张时而模糊时而清晰的脸，她对自己说，他一点也不好，不要再想他了，这样不好，会伤到自己的。

哗啦啦……

雨声逐渐变得狂躁，世界充满杂音，席桐蓦然睁开眼，黯淡的天光被浓黑吸走。

房间昏暗，盛夏的暴雨敲击在窗玻璃上，密如子弹。

几点了？

她动了动，脑袋下不是枕头，而是孟峰的手。他侧躺着，左臂垫在她颈下，右手搭在她腰上，咫尺的距离，温热宁静的呼吸触着脸颊，像梦里的风。

湿润的，和煦的，带着雨水和栌果花的气息，搔着她的耳郭。

窗帘透进几缕朦胧的光，她迎着光，看见一点微聚的眉峰，如云雾后起伏的山峦。

怎么皱着眉头呢？

席桐很轻很慢地握住他的指尖，闭上眼。

再睡一会儿吧。

何家村小学的校长接到电话，放了心，前天席桐去镇上买东西没回来，他差点以为她在镇上出事了。

午饭过后，一辆奔驰越野车从坑坑洼洼的山路上驶来，司机打开后备厢，装着满满的书籍和零食干果。

席桐从后座下来，对校长介绍："这是 ME 的负责人，来查看基金会的状况，您有什么问题可以同他说。"

校长当她口中的"负责人"代指普通的特派专员，和老百姓见了解放军似的，热情地握住孟峰的手："可算来了，里边请，里边请。"

孟峰要拉着她进办公室，席桐不动声色地甩开他的手，去教室改英语卷子。她觉得今天孟峰特别黏人，恨不得连她上厕所都跟着，有点烦。

卷子很快改完，有几个邻村的学生昨天考完试没走，在学校仅有的两间宿舍里等三轮车来接，因为他们暑假要跟父母去城市住。

小朋友们都很关心成绩，围着老师问考得怎么样，多少分，席桐给他们把卷子先订正了。分数都不高，但都及格了，他们已经学得很努力，连午餐时间都在背单词。

教育是一件相当拼财力、看家庭、比环境的事，和住房一样最能体现贫富差距，不是每个孩子都有资格说"我想当画家"。

志愿者的任务，就是告诉他们每个人都有权利陈述自己的理想，尽管实现它非常难。要做到公平，必须从思想源头上确立一个平等的观念。

席桐上大学时做过几次志愿活动，结束后都挺无奈的，她觉得自己并不能帮上什么忙。许多志愿者都是为了保研、刷简历、写留学动机信、体验乡村生活，孩子们脏兮兮却明媚的笑脸成为微信朋友圈里一道亮丽的风景线。

但不可否认这些项目是有用的，量变产生质变，客观上能给落后地区带来革新和商机就够了，这也是她屡次参加支教活动的原因。

孟峥和校长谈完，走到屋外抽烟。山巅乌云沉凝，雨丝还在落，空气中飘着泥土的腥气。

他点燃指间的烟头，隔着烟雾望向院子里，席桐正带着小女孩们在旗杆下跳皮筋。她四体不勤，跳得很差，绊了好几次，依然玩得很开心，眉眼弯成两轮月牙。

这情景叫他恍惚了须臾。

席桐体力不支，跳一阵就累了，气喘吁吁地向他走过来："不要在小朋友面前抽烟。"

孟峥把烟掐了，扔竹筐里，掏出张纸巾给她擦汗。

席桐看着精力充沛的孩子们，突然想起他昨天的话："虽然我没见过温哥华的贫民窟，但我去过非洲的农村，那地方连电都没通。不过我想，西方国家的贫民窟看起来更加触目惊心，因为有对比，可能十公里之外就是摩天大楼，穷人家的孩子可以看见它，却一辈子都无法进去上班。"

孟峥"嗯"了一下，唇角不可见地扬起来："我知道你去过非洲的农村。"

席桐摊手："我也知道你调查过我。总裁不都要对身边的人做背调吗，防止别有用心的人接触你，小说里都这么写的。"

孟峥很想跟她说时代变了，这种俗套的小说现在的总裁是不会投资的。

别有用心的人是他。

席桐用他的保温杯喝了两口水，见雨下大了，就把小朋友都叫回教室看书。孟峥带来很多彩色绘本，还有纽伯瑞金奖系列丛书，她挑了一本《银顶针的夏天》，坐在学生中间认真看，嘴角抿着笑。

淅淅沥沥的雨水从瓦片上滴下，墙角的水缸泛起涟漪。孟峥站在旁边，透过水面照见从前。

记忆深处的学校也有一个大水缸，用陶土做的，放在院子中央做装饰，里面养着五颜六色的鲜花。下课铃响后，有个女孩子带着一帮黑皮肤的小娃娃玩捉人，蒙着眼睛，手里拿着充气棒四处挥打。

午后的阳光晴朗静好，他走进院门，前一天得了雨伞的学生看到他，带着一群伙伴往他身后藏，脚步声和咯咯的笑声让女孩转过身，高高举起狼牙棒，三步并作两步向声源冲来。

他没避开，任由她直直撞进自己怀里，把白皙娇嫩的脸颊送到他唇边。被她撞到的地方迅速热起来，一股细小的电流从心口猝不及防蹿进大脑，他眼睫一动，嘴唇无声地张开。

小孩子们大叫着"女士，你认错人了！"跑开，笑闹成一团。

"啊，非常抱歉！"

她知道打错了人，正要拉下蒙住眼睛的布条，他及时握住她的手腕。

她的手真软。

"没关系，请继续。"

她朝他笑笑，酒窝露出来，唇瓣嫣红水润，像樱桃。

孟峰忽然想起一个汉语词，叫作"心悸"。

下一秒，怀里空了。女孩重新挥舞起棒子，去追那群得意扬扬的小萝卜头，他茫然若失地站了片刻，走出学校。

助理为他打开车门，调侃："真是个可爱的女孩！您已经知道她的名字了？"

他笑："她的名字叫桐，在中国话里是一种大树的意思。昨天我在这里遇见过她。"

摇下车窗，学生们的欢笑远远传来，孟峰看见她摘下蒙眼布，和昨天一样坐在台阶上，手里拿着一个刚摘下的青柠果。

即使过去了好几年，他闭上眼就能回想起那个雨天的画面——

风在轻轻地吹，柠果树叶轻轻地摇，天上的云朵飘得很慢，足球激起的沙尘像印度电影里古旧昏黄的灯光，笼罩住屋檐下的人。

她穿着一身当地少女的红色棉麻长裙，鲜艳堪比初绽的石榴花，左手牵着裙裾遮住半张脸，露在外面的一双眼泉水般澄净，带着几分天真和好奇，像个戴着面纱不胜娇羞的新娘。

那一刻，雨似乎停了。

她身后的老墙爬满了盛开的九重葛，金黄彤红，如云如瀑，交织成一个辉煌灿烂的梦境。

她在梦里。

开门红

第九章

　　傍晚时分，学生们坐着三轮车离开学校，席桐在厨房吃过饭，把教室打扫一遍，抹着汗回宿舍，热水已经烧好了。

　　地上放着一个木桶，这么一桶水得分三次烧，很麻烦，所以到目前为止她都是冲凉，见到热水有点惊喜。

　　孟峥坐在椅子上看英文绘本，画的是只小兔子，背着个萝卜筐，用毛茸茸的爪子对小狼狗比画："我有这——么爱你。"

　　席桐凑过来，兴致勃勃道："你居然看绘本？"

　　孟峥给她解释："绘本面向的读者只有年龄下限，就像中国的《儿童文学》面向9—99岁的受众。"

　　席桐撇撇嘴："2007年以后的《儿童文学》就没以前好看了，我这种年龄都看不下去……我说，这热水谁烧的？"

　　孟峥合上书，往椅背靠了靠，抱臂看着她。

　　这淡淡的表情叫席桐拿不准，她老觉得他有点生气，为什么呢？

　　她想了想，打了个响指："我去谢谢人家。你不要误会，我和小张就是打游戏组队的关系，前天顺嘴提了一句，没想到他今天值班这么热心。"

　　就是有关系也没必要跟他说，但三个月合约还在期限内，得给他个面子。他一定是在气她对甲方不专一。

　　孟峥眼皮一跳。

　　没等到表扬却等到意外。小张？她还敢拈花惹草了是吧？

　　他把她拉到腿上，一边剥糖纸似的剥她裙子，一边没好气道："我烧的水。"

席桐惊了:"你居然会用那个土灶烧水!等下,停停停,你别动我,这边没地方给你洗澡啊,除非你跳河里去。"

孟峄屈指敲一下她额头,剥完衣服,用毛巾蘸湿水给她擦身子。

房间里弥漫着浓郁的蚊香味儿,把她熏得眯眼,热腾腾的毛巾从脖子擦到锁骨,反而又出汗了。看起来还是要冲澡啊。

席桐欲哭无泪,把那桶余温尚存的水全用了,一点也没给他留,洗完抬起左手指门口:"你走,出门左转三公里,有条近路回镇子。"

"我不回镇子。"孟峄说,"我要跟你睡一块儿。"

席桐黑着脸,换右手指门口:"右转五公里,第一个岔路口右拐,有条河很干净,你洗完再回来,不要浪费学校的柴火。这个点其他人都在后面排队打井水,你有车,别占用公共资源。"

孟峄洗凉水澡习惯了,下河不是个事儿,可她这赶人的态度就不端正,拿外套把她一裹,拎兔子似的往门外提:"你给我指路。"

席桐挣了两下,没用,又不敢大声喧哗,被他扔上副驾驶。

他的车停在院子里,前天还锃光瓦亮,现在挡风玻璃上又是鸟粪又是香樟果,脏得要命,她觉得他脑子出问题才来村里视察慰问,县里不好吗?

于是她问:"你什么时候走?"

夕阳落在山谷里,光线渐暗,崎岖的山路不好开,他全副注意力都在方向盘和刹车上,她催命般问了好几遍,才抽空瞟她一眼,答非所问:"安全带系上。"

席桐本来就不愿跟着他,这会儿脾气上来:"是你在开车嘛,而且十分钟就到了。"

因为是他,所以她信任。

孟峄心神一荡,差点把刹车踩成油门,语气沉下来:"系上。"

"好凶!"她撇嘴。

孟峄又说了一遍:"乖,系安全带。"

带子"咔嗒"插上,席桐轻哼一声,把窗玻璃摇下来,扭头看外面的景色。

紫红的火烧云如被打翻的葡萄酒,倾泻半幅西天,远处青山苍茫,河流如带,晚风送来野蔷薇若有若无的幽香,一行归鸟划破夕阳。

孟峄开过几个急转弯,听不到她说话,斟酌片刻,开口问:"席桐,你觉得……我怎么样?"

"真好看。"

孟峄点头:"谢谢,我是问内在。"

车子在卵石滩上剧烈地颠了几下,轰隆轰隆,席桐被晃得屁股挨不到座椅,扒住窗口，兴奋地指着绿树成荫的河对岸，眉开眼笑地回头："好看吧，还有小松鼠呢！"

孟峰："哈哈！"原来是说风景。

席桐："你刚刚讲什么？"

"我在这儿待到志愿活动结束，和你一起回银城。"孟峰道。

她立刻沮丧起来："你不要工作吗？"

"做完了，休个假。"

再过几天，那该死的合同就到期了，他怎么也得第一时间转个正。

席桐很不解："你休假去爬珠穆朗玛峰啊，去潜马里亚纳海沟啊，去智利飞钓啊！非得在这儿干什么？我们的协议还有一周就到期了，你不用这么努力发挥资本家精神压榨我的剩余价值吧。"

他在这里，肯定天天压榨她，高强度高频率，她可不想顶着黑眼圈和学生打招呼。

孟峰把车停在河边，气上心头，狠狠拍了一掌方向盘，嘹亮的喇叭声响彻山谷。

席桐条件反射般往后一缩，眼中盛着疑惑。

他顿时觉得自己吓到她了，正要说话，她抱怨道："你干吗要吓小松鼠呀，它松果都被你吓掉了。"

车前几米的小松鼠捡了松果，鄙视地瞅他一眼，甩甩蓬松的尾巴溜上树。

孟峰下车透风，抽根烟冷静。

席桐像只掏蜂窝的熊，在后备厢里七翻八找，还有空好心提醒："放火烧山，牢底坐穿，烟头不要乱扔。"

他看起来真的要在这儿住上一段时间了，连烧烤架、折叠床、避蚊胺都有。她把沐浴露和浴巾递给他，自己在河滩上逛来逛去，鼻子嗅到一股浓郁的芳香，跑到那边一看，原来是薰衣草开花了。

以前有志愿者带来种子，上自然课发给学生们种了一小片，她上次来的时候还没长好。淡金的余晖洒在紫色的花穗上，有种纯天然的华丽质感，她拿着手机左拍右拍，等到西边的红云变成焦黑，金星在天幕上一闪一闪，才把图修好。

孟峰已经洗好了，披着浴巾点燃一堆割下的绿草。篝火的烟雾袅袅升起，一股类柠檬的清香随风飘来。

席桐走过去，好奇道："这是什么？"

他报了个单词，从车里拿了一张野餐布铺在幽深的草丛上。席桐盘腿坐下，捧着手机查，念叨："美式发音我听得很困难……怎么拼？"

孟峰给她在词典里输入，她恍然大悟："原来这个就是菖蒲啊，好香。"

席桐从火堆里扒拉出一根长长的草，放在嘴里嚼嚼，有点辛辣，看在孟峄眼里，和一只吃晚餐的兔子没区别。

兔子吐掉草，喝口矿泉水，惬意闲适地坐着，两只眼睛往小溪看，往树丛看，往天上看，就是不往他脸上看。孟峄把她的手拽过来，按在浴巾上："帮我擦。"

席桐腹诽一句，想想他也帮她烧了热水，便跪立起身，拿毛巾包住他湿透的头发，搓啊搓。

他的脖子微微弯下，鼻息喷在她脸上，带着薄荷牙膏味，一粒晶莹的水珠从发际滑落，掠过飞扬的眉尾，淡色的唇角，来到下颌骨处，摇摇欲坠。

那颗水珠离她只有一丁点距离，她鬼使神差地停下动作，挨近了些，在里面看到闪烁的火光。

她用指腹揉上去，水珠消失了，皮肤散发着温热的湿气。树上的宿鸟低叫了一声。

席桐的手覆住他的右颊，他的掌心覆住她手背，浴巾掉下去。

两人无言地对视着。

很久之后，孟峄打破沉默："你在想什么？"

席桐手一缩，离开那片磁石般的皮肤，有些慌张地看向明亮的篝火。

"山上一缕烟，拘留十五天。"她捡脑子里最先冒出来的句子说，说完就差点咬了舌头。

孟峄习惯了她跳跃的思维，波澜不惊，换了个问法："你觉得我为什么要在这里铺一张毯子，烧一堆驱虫草？"

席桐沉着冷静地推测："你想看星星。我手机里有 *Counting Stars*（《数星星》），你要不要听歌应个景？"

孟峄抬起她的下巴，让她看："你看见星星了吗？"

金星被云遮住，天上只有一轮月亮，分外圆。

席桐有了充分的理由："哦，那么你想看月亮。"

孟峄把她拉到怀里："那你想不想陪我看？"

席桐眨了眨眼，如实说："我想睡觉。"

孟峄咬着她耳垂："明天睡个懒觉，我让他们都不来吵你。"

菖蒲幽幽的香气好像更浓了，从四面八方涌入七窍，缠绕住魂魄，她抽了一口气。

月亮落在他的肩头，她伸手握了握，抓住一丝低回的风。他的睫毛在风里颤，长眉舒展开，轮廓被火光和月辉交映得鲜明，像流过松石的曲折山涧，带着一种清冷的柔软。

草烧完，风乍起，火挣扎着熄灭了。

孟峰在烟雾和月光中拂开她微乱的头发，让那双泉水般的眼睛正对自己，用手遮住她下半张脸。就像这样。

在那个久远的雨天，穿着红裙子，蒙着面纱，坐在屋檐下等他的新娘。

他吻下去，义无反顾。

草丛沙沙地窃窃私语，地上没有灯，天上的满月亮得刺眼，仿佛能照出空气中微小的尘粒，一切无从遁形。她用手臂盖住眼睛，不去看他的脸，听觉却愈发敏锐，林子里树枝"咔嚓"一响，她呼吸立时一紧。

孟峰用嘴唇抚慰她的额头："是风。"

他拉开她遮挡的手："别怕，没人会来这儿。"

"我想回去。"她不安地偏过脑袋，被月光映得剔透的眼珠朝发出声音的方向转，却什么也看不见，太黑了。

一片云蒙住月亮，席桐连孟峰的脸也看不清了。这样近的距离，他急促的呼吸塞满了耳朵，她把头埋在他伏下的肩窝里。

孟峰忽然伸手在她散落的发尾一拂，蓝色光点被捉进五指做的笼子，他抚了抚她的后脑勺："你看。"

她眯开一条缝，眉头立刻展平了："萤火虫？"

他把那只萤火虫放了，莹蓝的光在她面前舞了个圈，流星般蹿入草丛。她的视线追逐着它，这才发现周围有许许多多萤火虫飘浮在空中，像被晚风揉碎的万千星尘。

月亮离得很近，破开云纱悬在他头顶，潋滟的清光捻成千万条晶莹的丝线，拴住她的身体往上升，她感觉自己飞上太空，在宁静璀璨的银河里沉浮飘荡。

席桐攥住他的手，心脏像萤火虫一样在玻璃瓶里乱撞。月光忽明忽暗，眼前忽黑忽白，她闭上眼，听见风声。

山谷里的风温存地回荡在林间，掠过坚硬的崖壁，触摸溪流中的岩石，撩起巢中幼鸟的羽毛，薰衣草和菖蒲的香气在月下织成流动的网，笼罩住河滩上的生灵。远方和近处交叠响起潺潺水声，随着汹涌的浪潮飘到月亮上。

风停了，橘子花静悄悄地落在她发间。

孟峰嗅着花香，听见她喃喃抱怨着什么，问她："月亮好看吗？"

"好看，好看行了吧，你都没看！"

"我一直在看。"

——她就是他的月亮。

孟峰终于良心发现，收拾东西踩灭火星，抱着她回车上。

回去的路上,孟峥为了减少颠簸开得很慢,她在后座还是不舒服,娇气得直哼哼,坏脾气完全显出来了。他一边哄她一边开窗,让清爽的气流涌进来。

十分钟的路开了一刻钟,夜深人静,学校里的灯已经灭了,看门的黑狗汪汪叫起来。

席桐下了车,膝盖软软的,撑不住腿。孟峥锁了车门过来扶,正要碰到她的胳膊,黑暗里突然看到极轻微的闪光,随即"嗖"的一声,什么东西呼啸着飞了过来。

下一瞬,她被孟峥推到了地上。

"嚓!"

席桐倒地的同时,玻璃发出碎裂音。

院子里的狗狂吠起来,树丛窸窣攒动,有人跑了。

席桐撑起身,手臂被石子划破,隐隐作痛。她一摸,满手温热滑腻,正疑惑自己怎么出了这么多血,旁边传来低低的闷哼。

她彻底清醒了,连滚带爬站起来找孟峥:"孟峥!你受伤了?"

校舍里的人被惊动,窗户依次亮起灯,一人打着电筒跑出来,惊慌大叫:"怎么回事?有贼?"

强烈的光束射过来,席桐下意识偏过头,眼角余光扫到身后倚着车前盖的人,心一凉,扑上去:"伤到哪里了?说话呀!"

孟峥脸色苍白,弯了下嘴角:"不碍事,擦伤。"

他左手扯开衣服,压住伤口上方,轻轻皱了下眉,这个动作把席桐疼得眼泪都出来了,看到鲜血呼呼往外冒,朝后面颤声喊:"快去拿医药箱!"

车子的左后视镜被飞刀击碎,她刚才正站在镜子前,要不是孟峥把她推开,她现在就完了。

那志愿者听到她喊,先奔过来看情况。

手电筒照过来的同时,孟峥已经完成了思考。对方在暗中伤人,不可能简单。但那人只在第一次袭击后,狗叫的第一时间就逃了,明摆着是来恐吓他的。

男志愿者已经到了近前,匆匆拉开席桐,扶住孟峥:"孟先生,怎么搞的?需要送你去医院吗?"

"不用,车里有止血药。刚才有个小偷,想偷车里的东西,他应该盯了我一阵,知道我没带保镖。"他语气缓和。

志愿者"哎哟"一声:"孟先生,要报警吗?"

孟峥摇头:"算了,不方便传出去。"

志愿者想想也是,孟峥这个身份,遭到袭击就要上热搜了,到时候媒体再一夸张,不利于集团经营。不过他也真是心大,不带保镖就敢出门。

孟峰被搀进席桐的宿舍，席桐打来水给他清洗。说是擦伤实在太轻，他右肩被削掉一小块肉，所幸伤口不深，就是出血很多。

　　他自己熟练地包扎完，校长不放心，让人去请村医。村医是个老头儿，骑着三轮过来都凌晨两点了，看眼整齐的纱布，打了个哈欠，拍拍孟峰的背道："小伙子当兵的吧，你这背上咋这么多疤？"

　　席桐急了："你别拍他！他出了好多血！"

　　村医瞟她一眼，道："没事儿，瞧他这身子骨，养十天半个月就差不多了。女朋友吧，记得给他吃点好的补补，部队里伙食哪有家里好。"

　　席桐正急着，没争辩女朋友不女朋友："他有什么东西不能吃啊？爷爷你写张忌口的条子给我。"

　　村医懒得写字，口头报了一串发物，席桐拿手机记下来。他又道："我再跟你说几个滋补的方子，你去镇上抓药。"

　　席桐记完，他指点道："这个是补肝的，这个是补肺的，这个是补肾的。"

　　席桐："什么玩意……"

　　庸医，肯定在药店拿回扣。

　　孟峰需要补肾吗？

　　需要吗？他只需要补补脑子。

　　送走村医，席桐呼出一口气，心落进肚子里。转头看孟峰，他已经靠在枕头上睡着了，嘴唇干燥发白，眉梢带着疲惫。

　　床铺太小，90×190cm的规格，他几乎占满了。她拿了他车钥匙，懒得从后备厢里搬折叠床，抱了床毯子打地铺，一沾枕头就沉入梦乡。

　　孟峰醒来的时候，席桐不在。

　　伤口敷了药，一阵阵钝痛，中午的太阳透过窗户照进来，屋里很快变得炎热。

　　床头放着温水和消炎药片，地上有一堆蚊子的尸体，被电蚊拍烤焦了，没来得及扫。他去厕所，洗漱用的水也给他打好了，满满一桶。

　　他给陈瑜打电话，吩咐了几件事，又叫保镖留在镇上，不要打草惊蛇。正说着，席桐端着午饭进来了，马尾辫有点乱，额前的发汗湿成一缕缕，脸颊红扑扑的，看起来干了许多活。

　　"你吃完就回酒店，伤口发炎就不好了，得有空调。"席桐道。

　　孟峰倦怠地躺回床上，垂眸看着自己的右肩，抬抬手，"嘶"地吸了口凉气。

　　"你别动啊！"席桐一看他这不老实的样子，赶紧把他按住，舀了一勺猪肝汤，吹了吹,送到他嘴边,声音轻柔,"不烫,快点喝。"

孟峰顿时觉得自己还能再挨三刀。

但他表现得很稳重,死气沉沉地靠在垫子上,跟她说:"疼。"

她嗯了一声,眼皮耷拉下来,安静地给他喂了半碗汤,又打开瓦罐,戴上一次性手套撕药膳蒸鸡,当归黄芪的药味飘得满屋都是。她把鸡腿肉撕得很细,沾点醋,放在盛着白米饭的碗里,把勺子放进他左手。

孟峰偏了一下头:"谢谢,胃口不好,我吃饱了。"

席桐蹙眉:"太少了,再吃一点,这时候抵抗力最重要。"见他依然不想吃,强硬地盛满一勺,带饭带菜:"张嘴,张嘴嘛。"

孟峰压住唇角,依言张口,舌尖一碰鸡肉,就尝出是她做的,她喜欢塞半个柠檬在鸡肚子里,吃起来清爽不腻。

可山村里哪有柠檬?

最后孟峰把她喂的饭吃得一干二净,让她帮自己拭去油渍,问:"你去镇上了?"

"早上去抓了些药,买了点水果,吃慢点,小心噎着了。"

孟峰没听过她这么温柔体贴地讲话,费了好大劲儿才按捺住坐起来的欲望,千言万语到了嘴边,还是一个字:"疼。"

席桐叹口气,褪下手套,抽出湿纸巾在他淌着汗的胸膛上擦,手劲很轻,又细致,一直擦到纱布边缘:"忍一忍好不好,养几天就愈合了。"

孟峰说:"我就在这里养,反正是休假。"他想通了,这几天努力培养感情,冲一冲各项好感度 KPI(关键绩效指标),如果她还是藏着掖着对他的心思不说,等下周合同一结束他就先声夺人速战速决,势必让她接受他的新身份。不过他对接下来的几天十分有信心,今天她的态度已经有巨大转变了,他流的血简直就是开门红,特吉利。

席桐瞪他:"不行,你得回镇上,要不就回银城。你干吗不带保镖就来这儿?多危险啊,那个人再来怎么办?"

"我经受过逃生训练,而且这边很安全。"孟峰淡淡道。

是很安全没错,席桐活了这么大,还是第一次在电视外碰到这种事情。但再安全的地方也有疏漏,昨晚他不就受伤了吗?

她抿唇望着神色自若的孟峰,有些赌气地想:他父母肯定送他去学过防身术,全球富豪榜上的人,哪能被轻易暗杀掉。既然如此,她用不着这么担心。

孟峰敏锐地察觉到她情绪不太好,一时摸不着头脑,便转移话题:"昨晚的人应该是对我最近的动向不满,来示威。"

当时月光很亮,能看清男女衣着,他站在席桐右边,刀朝她左手方向飞来,击中了后视镜。那人并不想杀他，也不是专门冲着席桐去的，只是想给他个教训，让他意识到惹人了。席桐没有在外面结仇，他仔细想过，不会有女人为了他去伤害她。他并未接触过多少有能力雇杀手的女性，她们有钱有势，根本不缺男人，不屑于做这种争风吃醋的事。

"最近的动向？"席桐被他引导，脱口道，"难道是看不惯你收购了东岳百分之二十的股权？百分之二十好像是条标准线。"

孟峰有些惊讶，笑了："没想到你这么关心 ME 的动态。"

席桐底气十足："谁关心了？网上全是这个，刷刷微博就知道。"

孟峰给她解释："持股百分之二十以下算投资一项金融资产，百分之二十到百分之五十之间就是联营了，ME 对东岳资本可以产生重大影响，但没有控制权。"

她听懂了："那你是看好东岳吗？你有没有查基金会的事？郝总他……"

孟峰道："我现在不就在查吗？有结果会告诉你。你是记者，好好写稿子就行，没必要管基金会，你的职责不是它。"

席桐立刻炸毛了，把碗一收："你什么意思？我关注这件事还错了吗？我看你是吃饱了撑的来管我。你手机呢？我给保镖打电话，你下午就回镇上。"

孟峰可高兴了，循循善诱："你为什么要叫我把我的手机给你，你是我什么人？"

席桐碗都端不稳，当着他的面眼圈一红，从牙缝里挤出几个字："我是你约会对象。"说完，就蹬噔噔跑出去。

孟峰想了半天，觉得自己说错话了，他不该这么急。

他刚要出门找她，席桐又蹬蹬蹬从厨房跑回来，指着他横眉竖眼："即使你是我约会对象，我也要督促你！这里条件这么差，你怎么休养？"

孟峰头痛欲裂，顺嘴道："约会对象是吧，你得按合同来，我现在就想住在这儿，你要照顾我。我会让保镖过来，在教室里打地铺，不占用学校的生活资源，这样可以吗？"

他认为自己很人道主义，等她说好，结果等了半分钟都没得到答复。

烈日当空，火辣辣地照在席桐脸上，她看着微笑的孟峰，觉得他就不是个人。

"可以。"她低低道，吸了吸鼻子，"好。"

孟峰很满意，满意到把心里话说了出来："合同下周就要结束了，到时候我就不是你约会对象，可以做想做的事，不用再受约束。"

席桐听到他这句毫无人性的话，望着他迫不及待的眼睛，站在门口，"哇"的一声哭了出来。

住旁边的几个志愿者听到声音，从窗户里探头，哦，家务事，无妨无妨。

席桐一哭就停不下来，生动形象地诠释了可怜弱小又无助。孟峄手忙脚乱地给她抹眼泪："别哭了，我知道你累了，去睡一会儿吧，我给你扇风。"

她边哭边跺脚："孟峄，你没人性！你受什么约束？受约束的是我好不好！你说，你想做什么？你老实说！你是不是早就觉得我烦想去找别的女人了？那你当初就不要白纸黑字写双方一对一啊，你开条件我有能力拒绝吗？你就是个仗势欺人的玩意儿！你是狗！狗！"

孟峄怕她脱水，好言相劝："我是，我是，你别哭了，黑眼圈都出来了。"

席桐愣了一下，而后哭得那叫一个六月飞雪、天崩地裂。

隔壁志愿者都听不下去了，高声道："妹子，算了算了，别往心里去，你眼睛漂亮得和雅诗兰黛小棕瓶广告似的，哪有黑眼圈，那是卧蚕。"

她揪着孟峄的衬衫，费了九牛二虎之力才止住眼泪，呼吸一抽一抽，半天说不出一个字。

孟峄单手把她拉进屋，抱到床上去，左手拿蒲扇给她扇风降温："你误会了，我不想找别的女人。"

席桐咬着唇安静下来，等他继续说。

他说："我就是不想再当你约会对象了。我不喜欢这个词，也不喜欢这个合同，虽然它是我拟的。不过我还是要征求一下你的意见，你想继续这个合同吗？如果你想。"

"我不想。"席桐虚弱而坚定地说服自己，这种非男女朋友的关系是不健康的。

孟峄如释重负，舒了口气："那就行了。"

他悠闲地给她扇扇子，又娴熟地喂她喝水，席桐拿过杯子，脑中忽然闪过一丝异样的想法。

她问出了和他昨天一模一样的问题："孟峄，你觉得，我怎么样？"

孟峄多聪明啊，他举一反三："好看，眼睛最好看。"

"我是问内在。"

"整体很好，就是有点笨。"

席桐瞬间拉下脸，要问什么都忘了。

孟峄如实道："你太，含蓄了，当然，只是某些时候。比方说你刚才骂人的时候就不含蓄，我认为你可以把这种特质推广一下，我其实很欣赏你的坦率直白。"

席桐震惊得都忘了沮丧："你，你居然喜欢玩这个？"

她真应该在进行某种活动时边骂边抽他几鞭子，不过她怎么没看出来？

席桐的想象力犹如脱缰的野马，伸手去摸他背后的伤痕："这些疤不会是……"

孟峄无力地辩解："我不是受虐狂，别动！"

他握住她作乱的手,声音低沉。席桐抬头一看,他眉头皱成"川"字,明显生气了。

席桐讪讪收回手,这些陈年旧伤怎么看也不是小皮鞭打出的,一个金尊玉贵的大少爷,肯定遭遇了非人的折磨。她不知道曾经发生了什么,但这个不好问,谁愿意回想恐怖片一般的经历啊。

于是她宽慰地拍拍他胸口:"好了好了,都过去了,你不要想那些。你看你现在什么都有,不是很好吗?"

她的手像一阵风驱散了心头阴霾,孟峰恢复平静:"谁说我什么都有?"

席桐叹了口气,了然道:"我知道你对钱没兴趣,长了张平平无奇的脸,在普通家庭一出生就完成了一个亿的小目标,上了所还行的常春藤,不知道自己身边的名媛美不美,甚至有时候还后悔创立了 ME 保险……但是,你这样说,我们平民百姓实在压抑不住揭竿而起、打土豪分田地的欲望。"

"我没有女朋友。"他说。

席桐说到兴头上,噌地站起来,痛心疾首:"你看看!你看看!有钱你还不满足,还要女朋友!什么叫资源的稀缺性,就是人的欲望无限而资源有限,你太贪心了吧。我要是有钱,就带几个朋友去歌舞伎町会所找罗兰,两万小费我连费一周,五万七的香槟我买一卡车,让东大高才生陪着聊天可舒服了,要什么男朋友?"

反了天了!孟峰一阵晕眩。他不想在去日本会所这事上纠缠,加重语气:"我没女朋友,我现在只有约会对象。"

这不是暗示,是明示,够清楚了。

席桐用一种鄙视的眼光看着他:"祝你以后的女朋友跟你处三天就分手。"

孟峰就算气得要命,还必须衷心祝愿她男朋友跟她长长久久,携手迈入婚姻殿堂,早生贵子白头偕老。所以他不说话了。

席桐这个小兔崽子看他恹恹的,还扒拉他:"你说话呀,理亏了?知道不对了?"

孟峰实在想不出要说什么,长长呼出一口气,把脑袋靠在她肩上,还是那个万能的字:"疼。"

席桐的手僵了一下,坏了,她没碰到伤口吧?

孟峰垂着眼睫,虚弱地说:"好疼,我想吃水果。"

"我给你剥葡萄。"她很积极。

"我想吃提子味的葡萄。"

席桐送了他一个字:"滚。"

孟峰没等到提子味的葡萄，也没等到草莓味的西瓜，但他依旧很开心。

席桐每天换着水果给他吃，葡萄都剔了籽，枇杷都剥了皮，他嚷嚷疼，她就送到他嘴里，大葡萄还撕成两半，怕他呛到。

一日三餐也换着花样给他补，今天茶树菇炖老鸭，明天萝卜黑鱼汤，补得孟峰乐不思蜀。他原本不吃牛蛙，席桐拿柴锅红烧的他就吃，觉得鲜美至极无比下饭，他原也不想吃那个长得像生姜一样叫"三七"的东西，但席桐说这种中药补血，他就连汤带水嚼得津津有味，保镖都对他竖大拇指。

席桐不忙，所以有时间给他做饭。她只有三天有课，带小朋友听听音乐看看书，也不让孟峰太闲，叫他指点小男孩们踢足球。不得不说他带孩子没有违和感，学生们都很喜欢他——他不龇牙不露爪的时候，绅士到无可挑剔，和其他志愿者也聊得来。

两人在山村里待了一周，他的伤结痂了，终于到了离开的时候。席桐要回老家待四天，然后再回银城，14 号晚上在宿舍里收拾东西，问孟峰："明天下午你能把我送到镇上车站吗？我坐大巴去荣城。"

都认识多久了，跟他讲话还这么生分。

孟峰很不高兴："明天仍然在合同范围内，我们彼此之间有互助义务，我当然会送你。"

席桐怔了一下，问："明天就是最后一天了？"

提到这个，孟峰神采奕奕，笃定道："明天就是最后一天。"

他这几天被席桐养懒了，衣来伸手饭来张口，还是没等到进展，只能选择方案 B。

席桐"哦"了一声，低头看书，过了几分钟都没翻页。

孟峰发现了，用蒲扇拍她的小脑瓜子，逗她："你是不是不想解约？我表现太好，让你产生了不舍的心情？"

他这一拍，席桐突然就炸了，把扇子一夺，小狮子似的朝他吼："你别拍我头！"

孟峰被她吼得往墙壁上靠："那你在想什么？"

"我是，我是在想明天中午吃什么。"席桐用一种淡定从容的口吻回答。

孟峰看她红着眼圈都快掉眼泪了，心想这丫头怎么如此能忍，她是锯嘴葫芦吗？死都不说？

"随便。"他戴上耳机听音乐，假装没看见她不自然的神色。

席桐拉了灯，屋里陷入黑暗。

夜很静，仔细听来又极热闹。蝈蝈在欢快地唱曲，檐下的双燕在窝里扑腾翅膀，池塘边的草丛有青蛙呱呱叫，银子般的月光带着栀子花的香气从窗纱洒进来，在枕上泻了一汪皓水。

好吵，好亮！席桐捂住湿润的眼睛。

她躺在折叠床上，辗转反侧，草席又黏又热，很久都没睡着，死活熬到临界点时，一股清风拂过背后，她一下子睡了过去。

孟峰给她打着扇子，等她呼吸变得匀长，俯身吻了吻她的额头。

翌日上午孟峰起迟了，找到厨房去，席桐果然在灶前做饭。

平时学校里的学生吃的是镇上送来的营养午餐，灶是给教职工用的，但锅太大不方便，还要烧柴，老师们都从家里带饭，给志愿者多带一份。席桐给孟峰开小灶，起初不熟练，点火扇风弄得一脸灰，后来就找到了窍门，觉得土锅烧出来的东西就是香。

孟峰轻轻走到门口，她正坐在小马扎上拿水管冲洗一盆黑色的东西，头发利落地扎起来，垂落的发丝一荡一荡地撩着白里透红的脸颊，像熟透的苹果，看得他想弯下腰咬一口。

那盆东西很难洗，席桐洗了三四次，又挤又漂，直到水变清，沥干了端到灶台上去，挑了两个青红椒切块。

"这是什么？"孟峰冷不丁地问。

席桐被他吓了一跳，刀差点切到指头："你怎么过来了！……这个是地衣。"

孟峰捏了捏盆里的地衣，滑滑的，黑不溜秋，有点……恶心。他拿手机查，是种藻类和真菌的共生生物，石头和树皮上会长。

"买的？"

"我在院子里刮的。"

这几天下过雨，树根的石头上长了许多，席桐瞧着不吃浪费，就刮来了。地衣本身没有味道，炒起来要多放盐、酱油和辣椒才好吃，孟峰这阵子吃得特别清淡，她寻思着激活一下他的味蕾。

孟峰又看墙角，有一盆活泥鳅。

席桐拿了根丝瓜切，见他游手好闲地站着，使唤他："锅热了，倒油。"

孟峰舀了几瓢油，席桐啧啧："我妈要看到你这么浪费，得打死你。放点盐，用那个石杵捣点姜蒜末。"

他乖乖照做，然后心惊胆战地看她把活蹦乱跳的小泥鳅往热油锅里倒，噼里啪啦，没一会儿就全炸得七扭八歪，焦黄冒烟。

席桐瞟他面露不忍欲言又止的模样，笑了声："我就问你香不香。"

"香。"他承认。

她把多的油舀出来，行云流水地往锅沿倒黄酒，滋啦一声，香气四溢，又放酱油和桂皮香叶，加开水盖盖焖上，这时旁边灶上的汤也炖好了，孟峥凑过去看，是鸽子和几种蘑菇。

席桐盛了两碗汤，把鸽子腿和胸脯肉夹给他。

"合同开始的时候你送了我一条丝巾，我没什么可送你的，就送你一顿分手餐吧，肯定比飞机餐好吃。"

孟峥差点呛住。

席桐把汤一饮而尽，认为自己颇有武侠小说中洒脱豪放的大侠之风，喝完用碗"当啷"碰了一下他的："你也喝啊。"

孟峥觉得她表演了一个教科书式的"举杯消愁愁更愁"，为了安慰她喝完了，野山菌味道很鲜。

席桐擦擦嘴，转过身放下汤碗，借着灶上的水蒸气遮挡，飞快地抹抹眼睛，另起一锅炒蔬菜，孟峥一直在旁边看着。

十二点整，三菜一汤端上桌，毛豆丝瓜清甜解暑，辣炒地衣咸香可口，红烧泥鳅酥而不烂，老豆腐吸满了浓郁的汤汁。一顿饭老远就能闻到香味，几个保镖在院子里蠢蠢欲动，被孟峥用眼神一一驱散。席桐用白水涮了几条泥鳅要喂土狗，孟峥不让，抢在狗之前把盘子清空了，骨头都没吐，嚼碎了吞下去。

两个人坐在老槐树下，无言地扒饭，吃得很慢，最后把所有菜都光盘了。

席桐先打破沉默："你送我去车站之后，就忙你的事去吧。你家里，我的私人物品都打包好了，叫司机送到我公寓就好。"

孟峥装模作样地点点头。他倒想看看她要同他撇得多干净。

下午三点出发，席桐抱着行李箱，在后座给司机指路："前面右拐就是车站，停那儿就行了。"

司机瞥一眼副驾驶的孟峥，兢兢业业背台词："先生，我刚刚查了导航，有条高速刚通车，可以从瓶县到荣城。如果您在县里的行程结束早，七点钟上高速，今晚十二点前就能到，您可以在荣城的酒店休息，参加第二天早上的会议，这样不那么累。"

真难为他这脑子，一大段台词其实就一个主旨：孟总也要去荣城，席小姐你搭不搭顺风车？

孟峥在手机上打开地图："确实是，昨天还没发现，本来打算夜里过去。席桐，我在荣城有工作要做，但瓶县这边还有些事，你要是不想浪费买的车票，我就把你留在这儿等巴士。"

这话说得特别绕，席桐想了一下才反应过来："我不急，你先去办事吧。"

孟峰回头看她。

席桐摸摸头发："谢谢你的顺风车了。"

他淡淡道："不客气。"

车开了半小时，离开苍水镇，到达瓶县政府楼，孟峰下车后不走，又盯着她看，把她看得有点发毛，不知道他到底什么意思。

她绞尽脑汁都没想出来，索性不想了："你慢点，小心别被人碰到伤口，我在车上等你回来。"

这才像话。孟峰扬唇，挟着公文包走远。

席桐环住膝盖，对自己说她只是贪图享受，有舒服的私人越野车就不想坐人多吵闹的大巴，才不是因为想跟他多待一会儿。

孟峰去县政府开了个会，当地招商引资，要留他吃饭，好容易婉拒推掉，出来时新闻联播都放完了。

车在原地等着，席桐和司机聊得热火朝天，不知道在讲什么，冷不丁门一开，两人赶紧闭了嘴。

哦，说他坏话呢。

"吃过了？"孟峰问。

司机点头："我买了点面包，席小姐说不饿就没吃。"

中午她一句话也不说，闷着头吃，想来撑得难受。

何必呢。

孟峰剥开一颗薄荷糖，放进嘴里："节省时间，尽量在午夜前到酒店。"

事实证明他们估计错误。高速新通车，车子出乎意料地多，九点多前面两公里追尾，路上堵得水泄不通，许多男的趁着夜色在高速边撒尿。

还好席桐没喝很多水，就顺了孟峰几颗抹茶巧克力，偏他爱管闲事，说晚上吃甜食怎么怎么不好，不许她吃太多，她只好气鼓鼓地闭目养神，一闭眼就睡过去了。

不知过了多久，有人扯她的睫毛，她迷迷糊糊地嗯了声，揉揉眼睛："到了？"

窗外是明亮的灯火，夜晚的三线城市显得比白天繁华，酒店大楼矗立在十字路口，马路上车流稀少，行人寥寥。

门童殷勤地迎上来，孟峰做了个拒绝的手势，自己打开后门，弯腰问她："在这里睡还是回你家睡？"

席桐从宽敞的皮椅上撑起身子："几点了？"

"一点零五。"

合同期过了。

她无辜地望着他，眼睛水汪汪的，懒洋洋地窝在座位上。

孟峰知道她不想动，道："身份证给我。"

席桐一边找证件一边想，她太困了，要立刻睡觉，来不及回家，必须得在这儿将就一晚上。

于是她表现出困得连眼皮都撑不开的样子，走路东倒西歪，孟峰只好牵着她去办入住，到了前台把她搂在怀里，正大光明地递信用卡过去：

"两间房，谢谢。"

前台经理："嗯？"现在的总裁都这么正人君子吗？微博推送的玛丽苏文果然是假的！

前台想着要学雷锋做好事，刚要开两间相邻的套房，只见被总裁搂着的姑娘瞬间清醒，把信用卡一抽，拿出支付宝，豪气干云地让她扫码：

"一间套房一间普通大床房，高层安静的，钱我来付。"

说着，又转头对孟峰说："当车费了。"

前台："哈哈！"这又是什么套路？果然是她跟不上时代潮流了！

席桐付了钱，不忍心看余额，心滴血的同时觉得自己很牛。大床房在 15 层，套房在 16 层，她先拖着行李箱出电梯，冲了澡躺上床，困意反而消匿得一干二净，总觉得还有什么事没做。

躺到三点钟还没睡着，脑子里灵光一现，对，合同！合同结束时甲乙方必须在场啊！

她揣着这个充分的理由，理直气壮地乘电梯上楼去。

还担心孟峰已经睡了，便孤零零地站门外给他发微信：

我有事情跟你说。

你要是睡了就算了。

你是不是还没睡啊。

很重要的事情。

真的。

你不回我那我就睡了哦。

我回房间了。

晚安。

然后看着一连串的"撤回",觉得自己不是牛,是傻。

孟峄肯定已经睡了,他早上要开会。但如果错过今晚,她可能就不能再单独和他说话了,她上午就得回家,跟他分道扬镳。

可是打扰别人睡觉很不礼貌啊。

席桐在门口纠结了五分钟,盯着走廊尽头昏暗的灯光,正准备打道回府,房门突然开了。

孟峄披着丝绸睡袍倚在门框上,抱臂道:"什么事?"

席桐在那一刻居然忘了要说什么,和他对视将近半分钟,才紧张开口:"合同你带着吗?"

他让她进来,从包里找出一个文件袋,抽出两张纸给她。

席桐终于想起来腹稿:"合同开始的时候双方都在场,那么结束的时候也应该都在场,一起把它的电子版删除。电子版在你那儿,我没有。"

孟峄态度很好地打开电脑,找出她要的文件,拖到垃圾箱,彻底粉碎。

粉碎的时候席桐垂下眼,没有看屏幕。

孟峄好心提醒:"还有纸质版,你是不是觉得在纸质版撕毁之前,合同都有效?"

她心里很乱,嗯了一声,手上捏着纸,抖啊抖。

孟峄觉得她抖到天亮都撕不下去。

正这么想着,席桐骤然抬头,两手将他大力一推。

她动作太猛太快,孟峄毫无防备,身体骤然往后一倾,条件反射护住裹着纱布的右肩,坐在床上皱眉:"你干什么?"

席桐紧跟着就爬了上来,拽住他睡袍带子。

孟峄大脑空白了两秒,左手按住她的肩,把她往外推了推:"不是结束了吗?"

她赖在他大腿上不走,耳朵红透了,仍然硬气得很:"你别紧张,你身上有伤,我不会欺负你。就是,就是做事不能虎头蛇尾,要善始善终。"

孟峄抽了口气,喉结滑动,眼神逐渐变得凶狠。

席桐继续镇定地说:"所以,所以你就再给我当一晚枕头,然后,然后我就把合同撕了,咱们以后井水,井水不犯河水。你放心,我一定不会对你做什么。"

孟峄:"你真厉害。"

"过奖。"她扬起下巴。

他语塞,望着她片刻,手一抬,把台灯灭了。

CHAPTER 10 第十章 小老鼠与玫瑰花

好像没过多久，孟峄就醒了，揽着她的胳膊松开。

窗外传来钟声，悠悠敲了七下。

席桐睡得很浅，在他怀里动了一下。他还没睡的时候她就睡着了，眉心有一缕折痕，挺不好看的。

孟峄用拇指抚平那丝褶皱，专注地看了大约十分钟，终于挪动身子，准备起床。

他也没休息好，打算开会开一半就回来陪她，可这会儿席桐树袋熊似的抱着他，他稍微一动就皱起小脸，委屈死了。

孟峄轻声道："桐桐，我要去开会，快迟到了。"

她抱着他，浓密的眼睫渗出一滴水珠，鼻音拖得长长的。

"真的要迟到了，你下来好不好？"

她抽泣起来，嘴里叽里咕噜讲着什么，孟峄看她还没完全醒，抚着她的头发，仔细听："嗯？不让我走？"

席桐在他胸口蹭了蹭，含糊地说："不要，不要走嘛！"

撒娇撒得孟峄心都化了。可是他一定得出去，便握住她的手捏啊捏："迟到不好，我等下回来，给你带早餐。"

她哭得肩膀微抖，很小声地说："你骗人，你不要我了，孟峄，你不要我了？"

到底是谁不要谁？

孟峄很无辜，端起床头柜上的水递到席桐嘴前，哄道："没有不要你。乖，喝点水再睡一会儿。"

席桐喉咙里焦渴欲裂，对于水杯毫无招架之力，咕咚咕咚喝了整整一杯。

孟峥让她搂住自己脖子，单手抱着她去浴室，仔细地洗了一遍，洗着洗着她眼睛就睁不开了。

他洗漱完把她抱到干净的沙发上，给她换上自己的衬衫，吻了吻她略肿的眼皮："乖，等会把柠檬水喝完。"

席桐攥住他的领带，哭："你不要我了，你把我丢在这里，你把纸给我。"

她总算想起合同，孟峥想看看她到底要怎么做，顺从地捡给她，席桐手腕使不上劲，撕了好几次才撕掉。然后抬起头很认真很骄傲地对他说："你走吧，是我不要你了。"

孟峥："啊？"他无话可说，拎包走了，下楼前给叶碧打了个电话。

席桐本来坐隔夜大巴，上午十一点她妈来车站接，但这个身体状况实在没法按时到。正要找个借口，短信叮咚一响：

宝贝，你和小孟不急，等他工作完，直接带他来乡下，妈妈不来接你了。玩得开心。

她脑子里乱糟糟的，无法思考，看着垃圾桶里撕碎的纸，眼泪涌出来。

再睡一会儿吧。

她对自己说，他会回来给她带早餐的，这是国际礼仪，分手后给个三明治当安慰餐。

她窝在沙发上睡回笼觉，做了好几个梦，梦见孟峥把三明治里的金枪鱼火腿吃掉了，只留菜叶子和面包片给她。她气得跳脚，摔了门出去，却听见别墅里传来女人的声音。梦里的雨下得比依萍找她爸要钱那天还大，她学电视剧里的雪姨砸门，声嘶力竭地喊："孟峥你不要脸，你有本事偷女人，你就有本事开门啊！"

骂着骂着就醒了，孟峥已经回来了，正坐在她面前，茶几上放着加热过的早餐和一个印着法文的盒子。

"醒了就吃点东西。"他说。

席桐看着盘子里切成两半的金枪鱼三明治，崩溃地哭出声。

孟峥根本不知道她在哭什么，只当她不想离开这儿，忙道："这是你订的房间，我不会赶你走，你想待多久都可以。"

席桐抽噎着都说不出话了。

孟峥拿起三明治："张嘴。"

"我不要吃这个！"

孟峥明白了，原来是不合胃口，好在他带了一堆早餐。打开盒子，红枣八宝粥、蟹粉小笼包、牛肉烧卖、叉烧肠粉、冰糖燕窝，应有尽有。他怕她不喜欢吃，所以每样都让司机买了一点。

席桐夹了一筷子肠粉，吃不出味道，但是她饿了，就囫囵塞进胃里。孟峥给她往碗里夹烧卖，时不时舀一勺燕窝，吹凉了喂她喝。

她把茶几上的东西吃得差不多，打了个饱嗝儿："我吃完了，你走吧，十一点前要退房。"

"我续了一天，今天在这儿休息，我们明天回荷花圩。"
席桐觉得有点不对劲。我们？

孟峄又说："我买了上山用的纸，你妈叫我在市里买好，直接带过去。"
席桐疑惑："纸？"
孟峄描述："她跟我说了你祖父母、曾祖父母的名字，我写在纸上，要分别烧给他们。店主还送了我纸做的手机和车子，还有小瓶的茅台酒，特别有意思。"
"等等，你要干什么？"席桐张大嘴。
"给你爸扫墓啊。"孟峄理所当然地说，"还要按中国传统习俗给他磕三个头。"

席桐完全懵了。
半响，她呆呆道："那个，其实你素质不用这么高，百度百科没告诉你吗？祭奠祖宗不是约会对象的义务，事实上……"
孟峄平静道："我知道这不是约会对象的义务，事实上我们现在不是约会对象了，我已经把电子版删除，你也把合同撕了。"
她费解地看着他，所以这算售后服务？

"席桐。"
孟峄深吸一口气，直视她的眼睛，神情无比郑重："我认真问你，你到底让不让我给你爸磕头？"
席桐觉得这个问题好奇怪，但她又不能说"你是外国籍，这个就免了"，他表现得十分诚心，对购买的祭奠用品很感兴趣，看起来一定要跟她去扫墓长长见识。
"这个，你硬要磕头，我还能拦着你吗？"她愣愣地说。
孟峄霍然站起来，眼里刹那间升起的光辉把整张脸都点亮了，眉宇长长一舒，唇角肆意的笑容灿若骄阳，扬声道："你答应了。"
席桐："我答应什么了？"
"你答应做我女朋友。"
席桐此刻思维极其混乱，瞠目结舌地看着他。

孟峰觉得她在装，问："难道给你爸上坟这件事还不够证明我们的关系吗？你妈早上跟我讲得很清楚，如果有下一步发展的打算，就陪你回老家，让长辈们都看看我。"

席桐好容易拾掇起一丝理智，不可置信地抖着声音问："你，你说什么关系？不是，怎么就……"

孟峰望着她。他刚才已经说过了，她听见了。

席桐忽然捂住嘴，指缝间露出的脸通红。她六神无主地站起来，踱了两步，膝盖一软。他忙伸手扶住，可她使劲推开他，没头苍蝇似的往玄关走，抓着门把手，怎么都打不开，急得汗都出来了，咣当咣当晃着门，最后发现有个插销插在上面，她拔掉就往外冲。

孟峰拽住她："席桐！"

她口干舌燥，声带僵硬，发不出声音，两只眼睛睁得大大的，圆溜溜的瞳孔映出他略紧张的面孔。

孟峰说："我没有女朋友，我们第一次的时候你就知道；我没有别的女伴，这个你也知道；我不想让你当我约会对象，我想让你当我女朋友，我想跟你结婚，我让你住到我家就是这个意思。所有人都认为你是我女朋友，只有你不这么想。"

孟峰把她拉进屋，把垃圾桶里撕碎的合同捡出来，拼在她面前："你看看，这上面哪里写了'约会对象'几个字？之前两年的合同哪里出现了这个词？"

席桐被他问傻了，眨巴着眼睛，眼里蓄着两泡泪。

孟峰继续说："你说约会对象具有解压性、时效性和契合性，你觉得恋爱和婚姻关系不是这样吗？我们能互相满足，会为对方做一些不影响日常工作、让对方开心也能够解压的事，比如打扫卫生、洗衣服、做饭、养狗。在你提出的这个定义里，只有时效性具有划分概念的功能，那么如果我把这个时效无限延长呢？这样一来，你觉得我还是你的约会对象吗？"他捧起她的脸："我可以给你洗一辈子的衣服。"

"我一直在等你开口，我忍不住了，我承认我这半年做得很离谱，也不知道该怎么和你说话，对不起，请你原谅我。"

孟峰的话让席桐大脑一片空白，她怔怔地注视着他。

两人对视很久，她才艰难地张嘴，带着哭腔："可是，可是你还没有说喜欢我。"

"我喜欢你。"孟峰满足她的要求，问，"桐桐，你喜不喜欢我？"

听到问话，她好像没回过神，眼泪从睫毛上一滴滴坠下，滑进上翘的唇角，咸咸的。

孟峰抓住她的手，十指扣得紧紧的："你喜欢我吗？"

席桐抹抹眼睛，头一低："你好烦人。"

"你喜欢我吗？"

"你放开，我要下楼。"

"桐桐，你喜不喜欢我？"

"孟峰，你不要说话！"

孟峰没说话，放她走出几步到门口，然后席桐就听见一个熟悉的声音。

"孟峰，我爱你呀！"

"孟峰，我爱你呀！"

"孟峰，我爱你呀！"

手机录音循环播放，音量调到最大。

走廊上的清洁工阿姨循声看来，面带讶异。她回身猛地跳起来，去夺他的手机，孟峰把手机高举过头顶，将她抱了个满怀。

"关掉！快点关掉！"席桐扑腾着欲哭无泪，"你这是黑科技！后期做的！"

"这是你做梦说的话，那天在镇上。你还说要嫁给我，给我生宝宝，每天早上在五百平方米的别墅里醒来。"孟峰添油加醋地逗她，"我录像了，你看不看？"

席桐觉得没脸见人了，把头埋在他颈窝里："不看不看！删掉，你删掉！"

孟峰扑哧笑出来，揉着她的头发："下楼做什么去？没穿裤子就走，你不怕别人看见，我还担心呢。"

她这才想起自己穿的是他的短袖衫，衣摆堪堪遮到大腿。

"我退房啊，马上过十一点了，不退要再交一天钱——你住的酒店好贵。"

"今天怎么能让你花钱？房费我转到你卡里了。"

见她不明所以地歪着脑袋，孟峰让她坐在床上，打开茶几上的鞋盒，拿出一双崭新的红色高跟鞋来，贴了个防磨后跟贴，给她穿上，托住左脚踝轻轻一吻：

"桐桐，生日快乐。"

席桐"啊"了一声，她差点忘了今天是自己的生日！

他的嘴唇在皮肤上激起细暖的电流，让心脏都麻痹了。

克里斯提·鲁布托的定制鞋，果冻质感的正红色莹润剔透，衬得脚背雪白纤嫩。七厘米高的细跟踏在地上，没有走红毯的女星那样傲气凌人，足弓的弧度如船帆，撑起一片经典款的朱红底，熟女气质和圆尖呈现的少女感结合得天衣无缝。

"喜欢吗？"

"真漂亮。"席桐不禁感叹，轻轻抚摸光滑的鞋面。

孟峰半跪在地上抬头，问："喜欢我吗？"

席桐捂住脸，好热："你能不能不要老是问？"

他一定早就看出来了，而且晚上她那么主动。

"喜不喜欢我？"

他吻上她绯红的腮："看着我，说话。"

她的新鞋子在地毯上磨来磨去，忽然意识到这个很贵，要爱惜的，转而捏着手指头一根根拽过去，骨节发出"咔吧咔吧"的轻响，孟峄觉得她简直要紧张得窒息了。

怎么开个口就这么害羞？

他说："不说喜欢，就没有别的礼物。"

席桐想起小时候去麦当劳，一定要说"我最喜欢麦当劳"，才有免费甜筒吃。

孟峄诱惑她："我出差的时候买了好多东西，你不要，我就送给别人当见面礼了。"

不是她想承认，实在是他给得太多了呀。

席桐说："你过来点。"

孟峄把左耳凑过来，对准她的嘴唇。

她"叭"地亲了他一口。

"这是什么意思？"孟峄问。

"哎呀！"她叫了一嗓子，推他，推着推着就抱住他的腰，脑袋在衬衫上蹭来蹭去，"你不要这样嘛！"

孟峄不吃这套，精准地掐住她腰间的痒痒肉，一下子把她放倒在床上，席桐笑得眼泪都出来了："孟峄！你欺负我！你不准动，我都累死了，孟峄！好了好了！我跟你说。"

他停下动作，撑在她上方，漆黑的眸子像海面的旋涡，固执地要把她吸进去。

席桐的手掌按在他胸口，感到他的心跳比她还快，噗地笑了，揉着酸痛的腰："不要这样看我，你还想吃了我呀？"

孟峄确实想吃了她，眼睛都红了。

她拉住他垂下的领带，扯一扯："我，不讨厌你。"

这是人说的话？

眼看他迅猛地扑下来，她顺势搂住他的背，对着他的脸一通乱亲："我喜欢你！行了吧？"

孟峄抱着她翻身，胸腔震出沉沉的笑，她的下巴搭在他温暖的脖子上，对着他的耳朵吹气，学着绘本上的小兔子说："我有这——么喜欢你。"

她的胳膊从上到下比画出一道圆弧，然后落在床上，平摊着伸开，罩住他的身子。

"那是多喜欢？"

"就是非常非常喜欢。"

"要一直喜欢我。"他闭着眼睛说。
"嗯。"
"爱我。"
"爱你。"
"亲我。"
她亲亲他的唇角。
孟峥回吻她,说:"我现在什么都有了。"
他有整个世界了,整个世界都在对他灿烂地笑。

席桐在酒店吃了睡睡了吃,这一天过得和泰国小香猪一样,她妈问她孟峥带她去哪里愉快地玩耍了,她胡诌先去游乐园再去逛街最后看电影,心有点虚。

昨天睡眠不足,今天要是不好好休息,怕是明天给她爸磕头腿都会软。

同样,孟峥这一天只做了开会、喂猪、抱着猪睡觉、陪猪看电影四件事。晚上给猪喂了点蔬菜沙拉,揉着猪肚子上的五花腩,收到百里加急送来的贡品。

六寸的覆盆子蛋糕,在省城的法国店提前定做的,覆盆子酱淋面图案是一只坐在玫瑰花心的小老鼠,漂亮得像艺术品。司机用冰袋裹着小心翼翼放在副驾驶,紧赶慢赶回到荣城。

孟峥让她拿蜡烛,席桐往红色的布袋里一摸,袋子里还有别的什么东西,像是金属。她一个个拿出来,原来是五个钥匙圈。

她奇怪:"你已经给我买过包啊香水之类的了,花钱买这些干什么?都是旅游区小店用来宰客的。"

"你看看。"孟峥捧着钥匙圈放在她眼前,"喜不喜欢?"殷勤得就像一只把自己的狗粮叼到她跟前的德牧。

"很喜欢,谢谢。"只要是他送的,她都很喜欢。

孟峥把钥匙圈放在茶几上,依次给她介绍:"这是在智利买的,上面有聂鲁达的肖像;这个是阿根廷的,有伊瓜苏瀑布。"

就是他这次去出差的五个国家的标志。

席桐表现出感兴趣的模样:"所以呢?"

孟峥说:"你可以把钥匙挂在钥匙圈上。"

"我知道钥匙圈是用来挂钥匙的。"

"然后你可以用钥匙开门。"

"我也知道钥匙是用来开门的。"

席桐莫名其妙地盯着他几秒，孟峥觉得她没抓住他的点，提醒："对，开门。"

她摸摸头发，正要说话，张嘴的刹那似是想到什么，眼睛逐渐睁大。

孟峥把五个钥匙圈套在她左手，一根指头套一个："我以前总是在外面飞，每年住在加拿大的时间很短，所以到一个国家就买一个钥匙圈，这样在陌生的地方，就好像有一个家。"

"那你在买了钥匙圈的国家都有房子吗？"

"大部分有，但我从来没住过，租给别人了。"孟峥看她露出一种难以言喻的表情，想了想，着重强调，"都是五百平方米的。"符合她的要求。

难道她说梦话真把这个说出来啦？

席桐感动之余哭笑不得："我开玩笑的好吗，谁没事天天换地方住，你继续出租吧。"

她摩挲着钥匙圈，四个国家的标志她都认识，只有法国的不知道是哪里，挂坠是枚金色的纪念币，印着一座城堡。

"这是什么意思？"她指着硬币边缘刻的法文问。

孟峥握着她的手指，一个词一个词念出来：

"我从梦中，带出了这个世界的王后。"

"这座城堡是理想宫，在法国东南部里昂附近的一个村子里。一百多年前有个邮递员用石头搭建了一座他梦想中的小型宫殿，从四十三岁开始，独自建造了三十三年。19世纪末明信片刚发明不久，他从明信片上看到世界各地的景观，所以宫殿里有很多不同风格的雕塑，很美。"

席桐不想上网查，就想听他说。

"理想宫北面有扇窗，游客可以登上楼，从窗户俯瞰，窗下的门楣刻着这句话。"

他在四月清晨的阳光下看到这句雕刻的时候，上面的窗子上仿佛出现了她的脸。

莴苣公主解开长长的头发，对他明媚而羞涩地笑，让他拽着头发爬上去。

那一刻他连婚礼要穿什么牌子的西装、请哪些朋友参加、玫瑰捧花要多少朵、孩子上什么幼儿园都想好了，但回了国，还得安安心心当工具人。

"一定很震撼，三十三年，建了三分之一个世纪啊。"席桐把硬币贴在眼前。

孟峥亲一下她的头发。

"我把你从梦里带出来了。"

他的声音又低又沉，像一把古老的大提琴，每个音符都在她柔软的心脏上踏出浅浅的足印，酥酥痒痒的。

席桐靠在他怀里，抬眸看他："国王，快点给王后插生日蜡烛。"

孟崼很听话地把两个红色的数字插到蛋糕中央，关灯点燃，席桐闭着眼睛许愿，一口气吹灭。

屋里静静的，蜡烛淡淡的烟雾飘散在空中，微微甜，将黑暗渲染成融化的巧克力。

"许了什么愿？"他问。

席桐没理他，使唤道："国王，把蛋糕切了。"

孟崼很听话地切蛋糕。

"国王，把四块蛋糕送出去，我们要注意身材管理。"

孟崼很听话地把蛋糕送了四块出去，给司机和保镖，只留了两块，把小老鼠的图案给她。

"这淋面挺有意思的，从来没见过。"席桐一边吃一边说，"要是中国老板，绝对不会把老鼠画在玫瑰花里。"

孟崼说："这家是法国连锁店，我跟店主说蛋糕是送本命年的女朋友，他就做了一只雌性老鼠，你看，头上有红色的蝴蝶结。"

要不要给他鼓鼓掌？就不能说得好听一点吗！

孟崼解释："这是法国的民间传说，'女孩子是从玫瑰花里生出来的，男孩子是从卷心菜里生出来的'，所以这只老鼠坐在玫瑰花上。"

类似于"你是垃圾桶里捡来的""你是充话费送的"。

这样解释好像还挺浪漫……

席桐叹了口气："你对法国很熟啊，从小就学法语吗？"

"我七岁之前住在魁北克，法语是母语，英语和中文是后来学的。"

"你不是在多伦多长大？"她奇怪。

"孟鼎和靳荣不是我的亲生父母，我是被他们收养的。"孟崼言简意赅地道。

席桐恍然大悟地点头，她从来没听说过这个爆炸性新闻。

他迟疑了片刻："你不问我过去的事吗？"

她翻了个白眼："我哪敢问啊，做采访的时候你都不让我提，只知道孟氏夫妇对你高标准严要求，我猜你被收养之后肯定少了很多自由和乐趣。不过，比上不足比下有余嘛，至少衣食无忧。关于你被收养之前的经历，要是你愿意说，会主动和我坦白的，是吧？"

孟崼扣住她的下巴，舔去她唇上的奶油。

"等结婚时，就告诉你。"

他的舌尖探进来，带着草莓的甜味，席桐被他吻得晕头转向，好半天才觉得不对劲——不是才确定恋爱关系吗，怎么一下子就跳到结婚了？

第二天上午退房，前台小姐收了房卡，露出复杂的表情。

前天还泾渭分明，今天就如胶似漆了。

孟峰开车，载着满车的祭奠用品回乡下，保镖随行。席桐总觉得自己像电影里黑社会老大衣锦还乡的女朋友，就差大金链子貂皮袄。

从荣城市区到玉兰县的荷花圩要两个小时，走省道堵车，中午一行人在县政府附近吃饭。孟峰嫌油水重，没吃几口，去外面抽烟。

席桐吃完了，去外头找他，看见他站在花坛边，望着远处的有警徽标志的楼。

"那个是县公安局，我爸原来在那儿上班。"

孟峰想起她过年拿自己的支付宝扫"福"字，老是扫不到那个敬业福。

"我听说过，他是因公殉职。"

席桐摇头："其实不算。他是在从单位回来的路上出车祸的，不是你想的那样在和歹徒搏斗的过程中受伤身亡。"

她八岁的时候，她爸休假，一家人到荷花圩的奶奶家避暑，她爸临时有事回公安局一趟，就没能再回来。肇事车无牌照，是从一个废弃的仓库开出来的，司机撞人后逃逸。那天下了暴雨，路上没有目击者，也没有监控录像，更没留下指纹，这案子就不了了之，局长很愧疚，按因公殉职给席家办补助。

叶碧认为丈夫死得蹊跷，但也无可奈何。她觉得大城市好，对单亲妈妈来说工作机会也多，就拿着补助带孩子义无反顾地离开了北方。

孟峰听完，道："你妈是个很明智的人。"

"是啊。而且我有时候觉得她真顽强，远房亲戚根本不管我们，她一边照顾我，一边考教师编制，把户口落下来了。我大学的绩点够不上英美名校的交换名额，去的是瑞士，我们家虽然在小康线上，但你知道瑞士吃住特别贵，即使有奖学金，我也不敢大手大脚花钱，超市里的荔枝罐头、750克的灰蘑菇和芦笋这些很贵的食物根本就不碰，留基委订的机票可以托运四个行李箱，但我什么衣服都没买，所以只用了两个。我妈说在日内瓦上学可以省，但出去玩不能省，叫我把钱都用在旅游上，她说在外面要穷家富路，什么都要看一看，以后才不会轻易被男生的小伎俩骗走。"

孟峰想了想："你是心甘情愿跟我走的，我没有骗你。"

"还说没有骗！"席桐哼了声，挽起他的胳膊上车。

装得和什么似的，难道等她撕了合同他才发现自己喜欢她啊？

荷花圩在玉兰县外围，十六年过去，红土路还是很不好走，磕磕绊绊的，孟峰怕把上坟用的茅台酒瓶颠碎，几十公里的距离硬是开了两个多小时。

叶碧在村口和一个白发苍苍的老奶奶说话，老奶奶眼睛可尖，瞅到车停在田埂边，上头走下来个挺精神的小伙子，问："这是你女婿？"

叶碧摇头："还早呢。"

她欣慰地看着孟峰亲自把几大袋东西从后备厢里拎出来，老奶奶觉得那眼神跟看女婿也没差别。

席桐拉着孟峰蹦蹦跳跳过来："妈！"

孟峰先叫了声"阿姨"，又喊"奶奶好"，乖得只能让人想起"尊老爱幼、孝顺长辈"八个字。

老奶奶笑呵呵地摸席桐的脑袋，像从前那样给了她一小块炒米糖："桐桐啊，好久没回来，都长这么大了！这是你对象？"

席桐脸红了，点点头。

孟峰准备周全，从纸袋里抽出一条小丝巾，不是太名贵却很漂亮的那种，送给奶奶。

老奶奶很爱俏，当场就系上了，拍着叶碧的手："你真有福气。"

然后给了孟峰两大块炒米糖，比席桐还多一块。

以前怎么没看出来他这么会做人？

叶碧面带微笑地把两个孩子领回老屋，一路上心想这小伙子不由分说把她当丈母娘对待，事儿先做全了再求个名分，看起来踏踏实实，实则心里不晓得有多精明，这急得哟，恨不得让全村人都知道他是陪女儿回来祭祖的。

席家原来在荷花圩枝繁叶茂，席桐爷爷有五个兄弟，砖瓦房盖了好几座，但三个大爷在饥荒年饿死了，两个早早过世，都没有子女，所以她爷爷占了所有房子，死后留给她奶奶和她爸。她奶奶心善，把三间房低价卖给村里的寡妇，自己留了两间。

孟峰走在田埂上，两旁是青翠葱茏的稻田，白鹭轻盈地飞舞。他一直牵着席桐的手，望见远处炊烟袅袅，夕阳落在半山腰，照得屋顶金红。

"那两座平房是我们家的。"席桐指给他看，"有一座烧焦了。知道我爸出车祸后，我妈就立刻去县城医院，第二天晚上家里突然着了火，奶奶让我们先跑，她舍不得值钱的东西，没跑出来。"

席桐的声音低下来，即使记忆已经模糊，当年的惊慌和恐惧还是给她留下了后遗症，她做噩梦的时候总是会梦见火灾。

孟峰问："我们？"

"哦，我记得我爸临时回单位办事，我妈开车去接他，他们半路上把一个走失儿童带到家里来了。火灾之后，他找到父母回家了。是吧，妈？"

叶碧没回头，嗯了一声。

席桐说："都过去好多年了。"

两座房子建在小山坡上，与村里其他房子隔了一段距离。山坡上的树不密不高，是近年新种的，一条小溪从门前流过。

房子平时没有人住，叶碧这些年请村主任的母亲帮忙打理，就是刚才说话的老太太。

"你爸和奶奶的骨灰盒得移到县城公墓里去。县里下了指示，这块地要用来种苹果，房子也要拆。我寻思这两个屋子太旧，搁这儿也没用，就叫村主任在公墓看了个风水好的位置，明早动土，村民们七点半过来帮忙。"叶碧对女儿说。

当年席家奶奶死在大火里，和席越葬在一起，村主任建议没死人的屋子得重新收拾成原来的模样，院子种菜种树，添点儿人气，如此这般老人家在地下才能安心。

"小孟，明天可以借用一下你的车搬东西吗？村主任他们也跟去公墓。"叶碧问。

"当然可以，我……"孟峰想出一个成语，"我入乡随俗。"

晚饭已经焖在灶上，叶碧一个人做的，一条大黄守在桌下流口水。

三碗槐花饭，一碟蒜苗回锅肉，一碟炒南瓜藤，一盆筒子骨海带汤，孟峰不浪费，把碗里的东西全部吃完。

之前孟峰跟叶碧说自己是孟鼎的亲戚，叶碧只当他是个有钱的管理层，后来在电视上看见他，才知道女儿找了个大款中的大款，精英中的精英。这种人很容易让凡人产生戒备和拘谨的心态，但孟峰表现得和上辈子欠了她似的，洗碗擦桌子扫地喂狗做得麻溜极了，要不是叶碧拦着，他连旱厕也能冲一冲水。

小小的农家院落养了鸡鸭鹅和狗，菜畦里种着芝麻、萝卜和小青菜，都是村主任家老太太弄的，席家奶奶生前和她关系好，姐妹相称，她不忍心看这院子荒掉。

屋里两个房间，用花布帘隔开，明天要早起，不到十点钟叶碧就先睡了。

孟峰给村里捐了修路钱，村民们很热情，不忍心看保镖睡车上，请他们去有空调的家里住。孟峰乐得没人打扰，把席桐一拉，坐在屋檐下乘凉。

两个小孩儿靠在一起，脚下趴着狗，头顶悬着星，夜暖风静。

银河宽阔浩渺，无数星辰在里面漂流闪烁，像盛夏阳光下泛着光泽的海滩。北斗七星离得很近，慢慢地旋转，清辉柔和地洒在田野山川间，好像一眨眼就过去了很多很多年。

物换星移，春秋几度。

"你从什么时候开始喜欢我的？为什么喜欢我？"席桐问。

果然是这两道送分题！

孟峥清清嗓子，正要回答，她一把抓住他衣兜里的手，以迅雷不及掩耳之速抢了他手机。

刚才就看他鬼鬼祟祟的，不知道在搞什么。

席桐低头，只见 WhatsApp（是一款用于智能手机之间通讯的应用程序）对话框里一连串的"哥你加油啊啊啊""星空下最适合表白"，手指再往上滑——

"小姐姐生日一定要送蛋糕""搞定丈母娘万事大吉""做家务的男人最有魅力""如果问为什么喜欢她就照下面背诵"……

席桐嘴角抽搐，直到看见"草莓味西瓜布丁的做法"，终于一嗓子叫出来："孟峥！你竟然请外援？这是哪个情感大师啊？"

孟峥被她扒出来作弊，耳朵都红了，夺过手机："不是。"

"你老实说！我就讲你这两天怎么风格突变，原来是有高人指点！"

"我原来在加拿大的秘书秦立，他女儿。"孟峥绷不住，只能照实跟她说，"领英照片也是她帮忙选的。"想了想，又急忙补充，"才上初中，你不要多想。"

席桐很鄙视地看着他："孟峥，你已经沦落到要向未成年人求经验了吗？"

孟峥用同样的目光看着她："席桐，你已经沦落到进未成年人设的套了吗？"

"我不管，扯远了，你快点回答刚才的问题，不许背答案。"

孟峥不背就不背："我不知道从什么时候开始喜欢你，我只是在肯尼亚那所小学一见到你，就想娶你。"

在一月份的记者会上，他对着她的话筒，有那么一瞬想当场告诉她他喜欢她，可是怕吓到她。

对她来说，他就是个纯粹的陌生人。

所以就循序渐进，可后来贪心了，飘了，铆足了劲儿想让她先说。

席桐的心漏跳一拍，呆了一瞬："你那个时候就注意到我了？不对，我连你的脸都没看清啊。"

孟峰没说太多，笑了下："这不要紧。"真的不要紧。

"为什么？你难道没有遇到比我漂亮比我可爱比我善解人意的女生吗？"她不依不饶地问。

孟峰想得很认真，然后说："没有。"

风撩起她的头发，迷住那双蕴含着水汽的眼睛，他用指尖攥住发丝上一根蒲公英的茸毛，吹走。他想说点别的什么，却发现自己想不出那么多言辞，又怕说错话，只能重复一遍：

"没有。"

真的没有。

漂亮的很多，但不是他喜欢的漂亮，可爱的不少，但都没有她可爱。

善解人意，她一家都善解人意，这多好啊。

他为什么还要看别的女孩子呢？

他好想快点结婚，这样就不是一个人了。他就有家了。

席桐把头靠在他肩上，闷闷地道："你这样说话不是很好吗，以后不许再那么气人了，说你是狗，丽萨和可可都不答应。你就是想让我先表白，满足男人奇葩的虚荣心和自豪感，怎么能那么幼稚呢？你过生日我本来打算送领结袖扣，现在看来还不如送变形金刚。"

孟峰立刻说："我想要擎天柱。"

重点果然在手办上。

"好好好，给你买，擎天柱、大黄蜂都买，咱们不差钱啊。"席桐无奈地道。

孟峰很开心，又问："我看过鲁迅先生写的文章，明天迁坟，我是不是应该端个盆走在前面，然后把它摔碎？"

席桐彻底无语了："你瞎看什么科普啊，我们现在都很文明的好吗，太封建迷信的东西都剔除了。摔泥盆那是死者刚去世的时候，明天你就站在旁边观摩一下传统习俗，不要你干活，你就负责开车把我们送到县里去。"

"我要给你爸扫墓，"他说，"这个是中国传统，不能省。"

席桐真想知道她妈到底是怎么跟他说的，他怎么就对扫墓执念这么深呢？

孟峰心里想的是，这个墓扫完，他就是席家的女婿了，她不能不要他。以后要是离婚，她得拽着他再回她爸坟前说明理由，到时候凭他的逻辑性，她一定说不过他。

不对，怎么可能离婚？他们还要生宝宝呢。

生几个？独生子女太孤单了，但这个还是由她决定。

她不会不想生吧？可是她平时很喜欢小孩子。只生一个的话他希望是女儿，长得像他，好看。

要是不生当然也行，看看能不能收养一个福利院里的孩子，无论资质如何，他们都会很爱他。

"我爸要是知道我找了男朋友，肯定很感慨。"

一句话把孟峥拉回现实。

哦，他们还没结婚呢。

溪中星影东移，槐花飞落如雪。小鱼趁夜色跃出水面，发出轻微的哗啦声响，蝉和蝈蝈的嘶鸣也低下来，仿佛怕打扰这一幅安恬如梦的画面。

不知坐了多久，孟峥抱起睡着的席桐回去。

屋里复原的陈设和记忆中没有两样，床单图案是粉色的牡丹花，架子上放着鲤鱼水盆，桌上的搪瓷杯上印着大大的宋体"囍"字。这里被村主任母亲打扫得很干净，连台灯罩子都没有落灰尘。

山中的夏夜并不炎热。躺在凉席上，关了灯，耳畔是浅浅的呼吸。席桐翻了个身，面朝墙壁，孟峥睁着眼，注视着黑暗，角落里仿佛有什么东西在森然窥视他。

但他现在已经不怕了。

雨是后半夜开始下的，黎明时越下越大，天空团着一堆浓墨似的乌云，倾盆如注，狂风呼啸，给人一种要掀翻屋顶的错觉。

席桐整晚睡得很香，起床推开门被暴雨吓了一跳。孟峥早已起来了，和她妈在厨房里煮东西，灶台上放着半熟的肉和鲫鱼，几个纸碟子上摆着豆腐饺子和金橘。

村民们都准点到，村主任也来了。

"今天是黄道吉日？"席桐很怀疑。

村主任家儿子对传统文化颇有研究的，在乡里名气挺大，说了一气，很自信，意思就是他选的日子时辰不会错。她和她妈都不是很信这套，由着村主任他们布置了。

村主任儿子很敬业，不打伞，在坟前走了一遍荷花圩的传统，把吃的喝的都给逝者奉上，还有两条中华烟，接着操着浓重乡音代表全村致辞，然后让家属来拜。

摆了一溜的鱼肉瓜果和茅台酒被雨淋湿，样子不大好看，席家就剩席桐一根独苗，她和她妈行了大礼，然后轮到跃跃欲试的孟峥。

村主任儿子看了孟峄一眼，就跟磕完头的席桐说："小伙子今年不太顺啊。"

席桐心想他眼睛还蛮尖的："他刚受伤，挺重的。"

村主任儿子摇摇头："我说的是将来。后面几个月，就看造化了。"又笑笑："他运气好，谁让你旺他呢？"

席桐："我们才刚处关系。"

村主任儿子古怪地瞥着她："看他烧纸磕头那架势，是要把你祖宗烧成他祖宗，把你爹磕成他爹，你们领个证就全了。"

他不是收了孟峄的贿赂吧？

孟峄跪在坟前，嘴唇微动，瓢泼大雨把他从头到脚浇得透湿，衬衫紧贴在皮肤上，透出一丝冷气。

他跪了很久，直起身，前额在石板上碰红了，一张脸上水痕交错。

一声轻轻地呼唤让他回神，抬起头，雨停了。

席桐撑着黑伞，挡住了雨水，他一直看着她，伞外暗淡的天光射进眸子，瞳仁乌黑湛亮，锋芒未收。

她的手覆上他额头，好凉。

孟峄站起身，接过伞，揽着她走回车上。

"你和我爸说了什么呀？"

"照顾好你。"

"就这个？"她看见他默念了一分钟。

"还有，保佑我。"

"保佑你什么？他可照顾不到你的生意。"

"保佑我快点和你结婚。"

当真是一点都不收敛。席桐哼了一声："看你表现。"

孟峄笑了笑，望着窗外。

无根水倾泻而下，像是天在哭，哭得万物凋敝，轮廓模糊，大地苍白一片，世间干干净净。

可是有什么用呢？

雨一停，人就出来了，老鼠也出来了。

第十一章 真男朋友

银城，郊外的园林别墅。

这个阳光灿烂的下午，郝洞明从卧室出来，舒舒服服地伸了个懒腰，走进二楼书房。

他最近感到自己愈发衰老，身心兼有之，染了黑头发也没用，精力不如从前，时不时需要吃一片药。

用人递来温水，他拉开上锁的抽屉，拿出一个小瓶子，就着水嚼了半粒，晚上还有一批货要来，得提提神验看。

离退休的日子越来越近，他这几日没去公司，在别墅休养得心神松弛，打了个电话给薛岭，叫他过来，对方正忙着银湖地产和一个电视剧的合作项目，推说明天。又打电话给秘书，秘书在忙着准备开会。再打给杜辉，杜辉竟然也在办公室里看材料，有几处不懂的还问了他。

大家都在努力工作，倒叫他有些惭愧起来，把温水一饮而尽，打开电脑查邮件。

私人邮箱他不常用，一两周才查么一次，大多是会议邀请函和广告，这下又多了不止99封。

郝洞明太闲了，闲到把广告邮件一个个打开看之后再删除，邀请函也看两眼，不客气地评价某公司糟糕的设计审美。

从今天往前，邮箱里的东西渐次减少，最后他点开7月7号14：03的一封，脸上闲适的神态崩了一秒，而后毫不犹豫地删掉。

他继续刷页面，发现这是上次查完后发来的第一封，后面没有了。

郝洞明关了电脑，在窗边抽了根烟，越抽手指越抖，火星在指间颤，烟屑掉在茉莉花盆里。

他按铃："给我一瓶酒。"

用人很快端着香槟进来，很规矩地没看电脑，郝洞明把酒瓶往他脸上一摔，鼻翼翕张："谁要这个？"

那年轻用人面生，管家新安排进主楼伺候的，摸不清他的喜好，被砸了也不敢叫痛，战战兢兢地垂着脑袋，捂住腮帮含糊道："我再给您拿一瓶。"

不一会儿，托盘上换成一大杯高度威士忌，还体贴地加了冰。

这次没送错，郝洞明笑着摸摸用人青了一块的脸，慈眉善目："对不起，我刚才手重了。孩子，你叫什么名字？刚来的？"

两人说了几句话，郝洞明挥手让他走了："记得涂药膏。"

郝洞明重新坐到旋转皮椅上，交叉手指盯着待机的电脑屏，表情从容不迫。

过了五分钟，他从垃圾箱里把那封邮件拖了出来，看第二遍。

他扬起嘴角，摸摸下巴，现在的骗子怪有手段，能得到他的邮箱，不过他邮箱也很好猜，就是姓名拼音加公司后缀。

郝洞明看了第三遍。

窗外的太阳被云遮住，光线暗下来，他的笑容消失了。

郝洞明拿起电话："叫技术员来一趟，嘴要严，给我查一封邮件发出的地址。"又补充，"就在我书房里查。"

挂了机，他在房中来回踱步，额上渗出汗，把空调调低几度，还是热。

那种热是由内而外的，从心底升上来，滚烫的蒸汽一般蒙住心，让他胸口闷得发慌，咬紧牙关，呼吸急促。

怎么会呢？

一定是有人用这件事来敲诈勒索。

他冷不丁在书橱透明的玻璃中看见自己，被那副惊慌失措的焦灼模样吓了一跳，好像瞬间老了十岁。

不能慌，得调查清楚。

他对自己说。

闻澄下了车，走进院门，一个男用人在影壁后礼貌地拦住她。

"闻小姐，郝先生有急事，马上要出去，不让人拜访。"

闻澄笑了笑。

拜访？

她掀起眼皮，眸光动人："你是新来的？以前没见过你。"

用人穿着深青色的马褂长衫，她爸喜欢的那种，说有中国风，是定制的，料子很贵，但这张见过就忘的脸倒不怎么配这衣服。

"是。"用人低头。

走廊响起脚步声，闻澄望去，是薛岭从主屋的西侧门出来了，白衬衫牛仔裤，背影在阳光下清澈得像一枚水晶挂件，怎么看都不像三十岁的人。

用人也在看他，两人拉回视线时，目光有一瞬碰撞。

闻澄道："你等下要出门？在屋里照应的人没事儿都不来前院。"

用人点点头："陈妈生病了，我替她买点菜。"

"我周末再过来。"

她转身，两人出了门，方向相反。

"薛岭！"闻澄喊。

男人在门口转身，眉眼攒着温存的笑："你怎么来了？"

"来找我爸，外公想和他吃个饭。你呢？"

"公司的事，挺无聊的。"

"我爸等会儿要去哪儿？这么急。"

薛岭说："看样子是公司有紧急事务，他换了正装。"

就是也没跟他说的意思。闻澄了然："肯定又是鹏程化工和原野制药，杨董和杜董最近争得可凶了，真没看出来，杜董那么一尊弥勒佛，竟然敢在董事会上公然挑衅杨董。"

薛岭略一思索："城里有风声，梁家可能要被查。梁总这是急了，想找条后路，东岳资本每年带给她的利润很多，她想增持股份，加大对东岳的管理权。"

闻澄一哂："她又不是本人在董事会里，杜辉还差点火候。我爸快要退休了，人人都眼红 CEO 的位置，怎么也轮不到梁家。"

"你爸就你一个女儿，自然会把股份留给你。"薛岭笑道。

"你怎么也像其他人一样想？"闻澄有点不乐意，"他给我，我还不愿意要呢。我想自己办公司，就做时装、化妆品，气死他。"

薛岭把她垂下的头发捋到耳后:"别气你爸,他心脏不好。"

闻澄吐吐舌头,顺势捉住他的手,把他往车里拉。薛岭无奈道:"我要回公司,开车来的,你不能叫这里的用人帮我开回银湖地产吧?"

"那你到底什么时候才能回家,想跟你吃个饭都总是没时间。"她不满地说。

薛岭安慰大小姐几句,好容易把她送上车。闻澄透过窗玻璃看他目送自己走远,高挑的身影消失在巷子里,才从粉色普拉达包里拿出贴着加菲猫图案的手机,拨了个号码,占线。

到了公寓,打了三次,电话终于通了。

男人嗓音比平日低沉,声线微哑:"什么事?"

闻澄开门见山:"孟峥,不好意思打扰你了。你给我的东西我收到了,你什么时候回银城?"

"明天。"

男人应了一声就挂了,很急。

孟峥急匆匆把手机一扔。

他皱眉:"想让人听到?"

"你给闻澄送什么了?"席桐摸着枕头旁边绽线的裙子,无比心疼。

孟峥唇角掩不住笑意:"吃醋了?"

"你脑补挺在行的。"

席桐还真没吃醋,她就是试图转移他的注意力,结果起到了反作用。

这男人怎么就能急成这样?刚到省城机场旁边的酒店,把她妈送到房间,门一关,就抱着她啃了。

他好像特别喜欢亲她。

孟峥觉得她被他亲得舒服了就翻脸不认人,不太开心,解释:"我和闻澄是合作互利关系,不存在送什么的概念,也不可能给她珠宝礼服香水这种过于私人的物品。我送你蛋糕和钥匙圈,是不要求回报的,但我给别人东西,他们就得付我同等或更高价值的酬劳。"

席桐觉得他太不要脸了,懒得从被子里出来,匪夷所思地一字一顿:"你——不——要——回——报?"

孟峥反驳:"你想想,这不算,大部分情况下都是我付出劳动,你接受服务。"

席桐无奈："好好，你说不算就不算。你不觉得这个服务进行多了就会边际效益递减吗？"

这话太打击人了。

孟峄的脸色瞬间沉下来，这才六个月，她就边际效益递减了？他对自己向来很有信心，看她的样子也根本不像递减，至少是恒定吧。

他掀开被子，抱着她走进浴室："你要跟我谈经济学原理？"

席桐随口一说，她只是坐车很累，明早还要赶回银城的飞机，今天不想再劳动了，跟他这个注册金融分析师谈经济学，是她想不开。

她扭着身子："不谈不谈。但是我昨天忘记吃药了。"

孟峄的下巴搁在她肩上："那就生下来。"

席桐愣了几秒，而后狠狠打了他一下："你说生就生？生宝宝不疼吗？养孩子和养狗能一样吗？我才工作两年你就让我生？你这个思想太落后了吧！"

孟峄早已肖想了千万遍，一时嘴快说了出来，听她这么咄咄逼人地问，想了一想，觉得确实是自己太冲动了，不由后悔。

"不想生就不生。我只是想告诉你，如果有了宝宝，不要担心。"孟峄说，"我会很爱他，你相信我，我一定能当好他爸爸。"

她的心房有些暖暖的酸胀，小小地"嗯"了一声，突然醒悟："你这是在诱导证词！我们还没结婚，谈什么生孩子？你想得倒美，唔！"

他满意地松开她的唇瓣，抚摸着她滚烫的脸："我是谁？"

她趴在他胸前："孟峄。"

"我是你什么人？"

"嗯，男朋友啊。"

终于不是约会对象了。

孟峄无声地笑，她气急，一口咬住他颈侧，却又使不上劲，牙齿松松地滑开，留下浅浅的痕印，像只不专心的吸血鬼。

"我是你什么人？"他又问了一遍。

她搂着他的脖子，喃喃地重复着一个词，他偏头听清了：

"爱人！"

孟峄知道爱人是什么意思。

不少上了年纪的中国人，在酒会上向他介绍伴侣的时候，会说"这是我爱人"。年轻人不这么说，他们会介绍"这是我媳妇""这是我老公"。

"像你爸爸对你妈妈那样的？"

"嗯！"

孟峄想，这个汉语词真是太美妙了。

他在她的眉心亲了一下："和爱人做这种事，是不会边际效益递减的。爱人从来就不是理性人，至少在某些时候不是。"

用集邮的反例类比才恰当，因为每一次体验都是不同的。

他和她在一起，每一天都是崭新的。

翌日一大早，席桐果然没起得来，被孟峄拉拉扯扯地刷牙洗脸完扛到候机楼，叶碧装作没看见，一直低头玩手机。

享受了一次头等舱的待遇，席桐一路睡到银城。

把别墅里打包好的东西重新物归原位，她回杂志社报到。

席桐在支教期间除了写单位公众号，还出了一篇纪实类稿子，安排在七月底东岳专刊的最后。因为部门少了个劳动力，宋汀最近很忙，她一回来上班，就立马丢来几个任务，又把终审完的专访稿给她看。

"小席，你来看看这个稿子，孟总那边要是满意，就这么发了，要是他不满意……"

席桐本以为她师父会说"不满意就再按孟总的要求改一改"。

"如果他不满意，你就发挥一下优势，劝劝他。这稿子主编都审过了，严谨又有卖点，孟总可比郝总上镜多了，财务部门预计下月创收能翻倍。"

席桐目瞪口呆："我发挥什么优势？"

宋汀用一种"你懂的"眼神望着她："你俩谈好久了吧？还瞒着我呢。"

"你不要有心理压力，只要不影响工作，找谁当男朋友是你的权利。好了，发你邮箱，拿回家给他看。"

"哦。"她神游物外地出了办公室。

席桐把终稿发到孟峄邮箱，在工位上发了好长时间的呆，然后扒拉一下邻座的同事，试探着开口："那个，我有男朋友，你们都知道了吗？"

同事盯着电脑码字，目不斜视："你和孟总什么时候结婚？你跟他说一下，我们这些人没啥钱，喝喜酒包五百的红包可以吗？"

她不死心，跑到洗手间打电话给她妈："妈，孟峄是我男朋友。"

叶碧很烦："我三个月前就知道，不用每天跟我秀恩爱。"

席桐小心翼翼："其实我们那时候有点像，那个，泡泡油，我觉得恋爱关系是刚刚……"

泡泡油？

哦，谐音梗。

叶碧打断她："我不要你觉得，我要我觉得。你当我不懂泡泡油是什么意思还是当我瞎？我叫你在大学多谈点恋爱你就是不谈，基本概念都搞不明白。没事别打扰我给杏杏做心理辅导。"

然后挂了。

席桐又打电话给她本市工作的室友，就是和她一起去坦桑尼亚支教的，人称约会专家，想问她"约会对象"这个词到底应该怎么解释。

室友接到电话，一开口就是："哇桐桐你终于想起我啦！苟富贵，毋相忘！我表嫂的同事的小姨子在 ME 干人力资源，你知道她们这个职位消息最灵通嘛，听说孟峰要把决策部门从加拿大搬到中国来，因为他要在银城结婚了。你知道吗？你和孟峰在山村支教的照片上了热搜又给撤了，ME 公司里面现在全等着吃你和孟总的瓜，哦对，你最近刷没刷粉网啊，有篇清纯小记者和霸道总裁的文都搞到一万多收藏了，很好看的，我逢人就安利，你要不要长一长知识？"

席桐："啊我老板突然叫我，下班再聊，回见。"

她长长吐出一口气，搞不明白为什么全世界都知道了，就自己刚知道。

狗叫铃声响起，她接起来，有点郁闷："喂？"

"邮件我收到了，没有问题。"孟峰含笑道。

席桐看了眼洗手间外，有人经过，她做贼似的捂着手机："孟峰！你这几个月到底背着我干什么了？为什么他们都知道我是你女朋友啊！"

孟峰说："因为你傻，我让你把戒指戴中指你就戴，还不摘下来。晚上我来接你，家里有什么用品要买？"

席桐看看手上的戒指，觉得自己的智商在过去的三个月根本没起作用。

"厨房的海绵擦还有洗衣液，对，我看了一眼，可可的狗粮不够了。你顺便再买瓶酱油，要生抽，海天牌的。蒸鱼豉油也带一瓶。"

"什么齿？"孟峰没听懂。

席桐才想起他作为一个外国人，生僻字都认不全："'豉'字是左边一个'绿豆'的'豆'，右边一个'支持'的'支'，要李锦记的，找不到的话你在货架旁问问人。"

"嗯，好。还有事吗？"

席桐想了想："有！东岳的专刊月底出了，你有没有查清楚郝总和基金会的事？"

电话那边顿了一下："桐桐,如果郝洞明挪用了 ME 给基金会的拨款,我作为 ME 的负责人,会向社会公开这件事,让他付出代价。你的稿子我看了,侧重点并不是称赞东岳,而是宣传贫困山区的教育问题,那么这篇稿子发出来,无论东岳有没有污点,你的目的已经达到了,对不对?"

"嗯!"

虽然是这个理,但她依然有些不舒服。孟峰看似什么都说了,可实际上什么都没说。

他好像很忙,和别人说了几句英文,又对她说:"我下周需要回一趟多伦多,周五到周一四天时间,希望你和我一起去,我来和宋主任请假。"

"别!"席桐急忙道,"如果没有什么重要的事,我还是想上班,已经快一个月没来单位了,刚回来就请假很不好。"

孟峰的语气有些失落:"我想把你介绍给我的朋友,你要是不想去就算了,在家等我回来。"

介绍给朋友,这是谈恋爱后的常规流程吧。

席桐精神一振,顿时感觉自己很没有原则:"我想想啊。"

孟峰放下手机,再看向陈瑜时,柔和的眼神已变得犀利。

陈瑜刚才见他在和总部开远程会议,抱着材料走进办公室,他做了个噤声的手势,原来是开会谈情两不误。

向女朋友献殷勤呢,酱油都要亲自买,管家要失业了。

陈瑜清清嗓子:"我打听到郝洞明下周要去加拿大,可能是周三周四,因为东岳下周二有个重要的会,讨论管理权移交分配问题。"

"他是快退休了。"孟峰淡淡道,"去加拿大干什么?东岳在那里没有产业。"

陈瑜觉得自己是个合格的秘书,信息搜集能力过硬,兴冲冲道:"东岳资本没有,可东岳贸易有,闻小姐刚刚顺路过来送东西,我旁敲侧击问了她,郝总是过去看厂子的,打算做药品进口。"

孟峰笑:"真是老当益壮。"

陈瑜把闻澄给的纸袋放在紫檀桌上,孟峰拿出来,是本铜版纸图册,各种戒指的设计款型,都是最新的名牌,附带设计师的联系方式,属于行业内部资料。

"替我谢谢她。"

低成本的礼物,能投其所好,就价值千金。

孟峰把册子放进离右手最近的抽屉,叫陈瑜订两张往返多伦多的机票,阿联酋航空的酒店舱。

又问他:"你给你女朋友买过戒指吗?"

陈瑜:"先生,我上次说我已经分手了。"

孟峰就是想知道买戒指要不要问女朋友,便换了个词:"对不起,你给你前女友买过戒指吗?"

陈瑜受到了二次伤害:"没有,抱歉我帮不了您,先生您一个人挑吧。"

孟峰六点钟就下了班,买完东西去杂志社,大G停在公用停车场,吸引了不少男人的目光。

等了五分钟,席桐从大楼小跑出来,拿包挡着脸,一溜烟蹿上副驾驶:"快走快走。"

"有人追你?"孟峰问。

"太显眼了,你刚才没被人发现吧?"

说得好像他是见不得人的小三。

孟峰掏出兜里的巧克力糖纸,一个抛物线,精准地扔进垃圾箱。几个被抛物线挡住路的白领朝这儿看来,他飞快地在她唇上落下一吻,然后关上窗子,行注目礼的那几人瞬间变成柠檬。

幼稚得令人发指。他是不是觉得开着越野车亲吻女朋友是最高人生理想啊?

"拐角那儿有个狗仔!"席桐急了,"我都看到相机了!"

孟峰:"是吗?我刚才没看见。"

语气不能再敷衍了。

席桐就不理他了,一直到回家都没说话。孟峰把酱油放到灶台上,从锅里捞出两个煮熟的鸡蛋,正要剥壳,席桐夺过来摆弄几下,蛋黄和水煮鸡胸肉给狗,蛋白和生菜放沙拉酱搅一搅给孟峰。

孟峰觉得自己在家的地位越来越低,可他又不能和两条狗抢东西吃,就从酒柜里拿了瓶酒,又想起私人医生说过,备孕最好戒酒戒烟,就不喝了,坐在桌子边看席桐榨果汁。

席桐把剩下的一个苹果一个橙子榨了,觉得有点少,只够自己喝的,就丢给他一个削了皮的博洋蜜,让他抓着啃,自己一边喝果汁一边写文档。

孟峰的病人光环没有了,他吃着草,啃着瓜,问她:"晚上吃什么?"

席桐听他问这个有点烦,一回家就知道吃:"你不是晚上都吃沙拉吗,饿就拿微波炉热两个粽子,高火叮一分钟。"

孟峥又凑过来："你在写什么？"

这一看，眉头就舒展开了，从身后搂住她，声音藏不住笑："我就知道你会陪我去。"

席桐敲完请假报告，试图扒开身上的大型犬，对上他黑溜溜亮闪闪的眸子，坚持不到三秒钟就败下阵来："孟峥，你能不能不要这样看着我？"

一米八五的大男人搁这儿撒娇，到底是道德的沦丧，还是人性的泯灭？

"周一就回来，你要是有事，我就先走。"她咳了一声，"我好不容易才在宋主任那里请了假，这几天得加班。"

孟峥抱着她摇啊摇："我错了，你要是不想被人看到，我下次就换辆车，在地下车库等你。"

席桐被他摇得头晕，又听他说："可是我好想让所有人都知道你是我女朋友，桐桐，你对我真好。"

然后在她额头上亲了一口。

席桐兵败如山倒。

她站起来，打开冰箱看看，还剩一块鸡胸，是可可明天的晚餐。

孟峥还扒着她，黏人得出奇，就不想放开她的腰，她只好拖着大沙包做料理，把鸡胸拿胡椒盐、蜂蜜蛋清腌了，放平底锅盖上盖子煎两分钟，又拿面包机烤了两片面包。

这两分钟就由他摸摸揉揉挠痒痒了。

加餐端上桌，金毛和边牧闻到香味，摇着尾巴蹿过来，孟峥得意地拿起叉子，瞟它们一眼，叠好餐巾，往嘴里送了一口，很香。

丽萨：爸，你把咱们狗界的脸都丢光了。

席桐中午吃多了，晚上不吃，托腮看着他斯斯文文地进食，看了那么一会儿，忽然道："孟峥，我怎么觉得跟原来没区别呢？"

当约会对象的时候和谈恋爱的时候，做的事情都一样。

孟峥问："你要什么区别？"

席桐一时也说不上来："就，一起去看电影、逛街、吃火锅，做一些情侣应该做的事。"

"这些事情你和朋友一起做，得到的满足感会比和我一起做多得多。再说，我看你很享受一个人看电影、逛街、吃火锅，我出差的时候你不是都要上天了？"

孟峥又说："至于情侣应该做、朋友不能代替的事，如果你觉得不够，我还可以继续努力。"

"你快给我闭嘴吧！"席桐捂住脑门。

说归说，虽然孟峄对看电影、逛街、吃火锅不感兴趣，还是在这几日下班后依次带她做了一遍。

席桐得出的结论是：跟男朋友一起逛街的感觉比跟闺蜜压马路差远了。

所以男朋友能比得上闺蜜的，好像确实只有一项？

几个情侣经典活动项目中只有去餐厅吃双人套餐比较有氛围。

周三晚餐订的九点一刻，席桐在单位加班，八点钟收到消息，孟峄已经在地下车库等了。她不想让他等太久，写了半小时稿子就去B1层，没写完的打算明天继续，结果找到了那辆帕拉梅拉，驾驶室却没人。

她以为孟峄出去抽烟了，打电话没人接，在楼外找了一圈，仍然无果。她只好走回去，靠着车门，冷不丁看到窗玻璃后面有什么闪了一下——原来他就在车里，躺在后座睡着了，左手握着亮屏的手机。

席桐看表，八点五十。

五分钟后，手机闹铃响了，孟峄掏出湿纸巾擦了擦脸，直起身，隔着车窗看到她大大的笑脸，唇角不禁扬起。

他打开车门，席桐把他按住："你继续睡，别去餐厅了，我回家给你下碗面。"

孟峄摇头："我不累。"

"嘴硬。"席桐不客气地说，"疲劳驾驶不好，我来开吧。"

今晚餐厅的做客大厨是巴黎乔治五世大街四季酒店的主厨，孟峄记得她上次说想吃这个厨师做的樱桃浆球，所以提前三天订了位，要是回去不免遗憾。

席桐看他欲言又止，从包里找出驾照丢给他，倚着车身笑："怎么，不舍得让我开你的车？我车感很好的，科目二三一次性满分通过，就是速度比较慢。"

"人都给了你，车怎么舍不得？"孟峄重新躺了回去，告诉她，"如果临时取消预订，要向餐厅交百分之十五的套餐费。"

席桐："那还是去吧。"

餐厅在三环，已经过了晚高峰，过去二十分钟。席桐开得很稳，但孟峄还是看出她有点紧张，通过路口时左右张望的频率很高。

"车蹭到了有保险，不要担心。"

孟峄屈起一条腿，懒洋洋地望着她。从他的角度，只能看见她小巧的耳朵和密长的睫毛，几道色彩绚丽的光从窗外打进来，她松开方向盘，抬手把乌发拨到肩后，露出的侧脸在斑驳光影里秀气得像朵百合花，恬静，又安然。

真好看。

席桐头一次开豪车，踩油门启动的时候车身微微往下一沉，和她家的小丰田很不一样，孟峄看她开得不亦乐乎，就让她去停车，自己在酒店大门口先下来，去餐厅看酒单。

酒店的地下车库都停满了，席桐只好掉个头，去对面的商业广场车库。

九点出头，商业广场人来人往，路面车水马龙，霓虹灯照地夜色如昼。

为了去高级餐厅吃饭，席桐穿了孟峄赔给她的白裙子，停车后又换上车里放的小红鞋，鞋跟太高，走起来有点不稳当。

斑马线的绿灯亮了，她慢慢地走到马路中央，可能是开车精力太集中，一束灯光从左方射来，她揉揉眼睛，有点疲倦，就在放下手的刹那，一辆轿车风驰电掣呼啸而来。

席桐条件反射地往后退，可脚下一滑，要不是右边冲出的人把她一推，那辆车就要撞到她身上！

尖锐的喇叭声远去，她吓出一身冷汗，后怕地拍拍胸口。

这是辆新车，还没上牌照，没法找司机赔。

刚才把她推开的男人因为惯性摔在地上，一片血迹从白衬衫的肘部透了出来，席桐赶紧扶起他："谢谢，你没事吧？"

男人回过头，捋起袖子捂住擦伤，指缝溢出血迹，温文尔雅地笑笑："席桐，我没事，就是被那辆车擦到了。刚才实在太危险了。"

"薛教授！"

席桐没想到居然是薛岭："你开车了吗？我送你去附近医院处理一下。"

"还是先过马路吧。"薛岭建议。

席桐扶着他过去，才想起车在对面，薛岭又笑道："我晚上约了客户在环球中心吃饭，这里车停满了，只能去商业广场。我真的没事，破了点皮而已，等下向餐厅要过氧化氢自己处理就行了。倒是你，这么漂亮的衣服都沾灰了。和孟总吃双人套餐？"

说话时他把伤口给她看，确实只擦破了一小块皮，不严重。

席桐放下心，点头："是啊，薛教授，真是太谢谢你了。"

"下周一起吃个饭吧？上次你写那篇专访稿之后，不少媒体都来找我给银湖地产做宣传，我一直没机会感谢你，正好还有些事情想请教你。"

"请教"这个词用得太客气了。

"应该是我请你吃饭才对！"席桐感慨，"像你这么配合采访又热心的商业圈高管可不多见，今天又因为我受伤了，哪能让你请客？"

采访的时候是他付的咖啡钱，也很周到地叫秘书给材料，特别绅士。

"那就恭敬不如从命了。"薛岭轻松道，"你看下周一怎么样？我把闻澄也叫上，免得孟总吃醋。"

席桐有点不好意思："这周末孟峄和我在加拿大，周一才回来，要不周三之后？"

薛岭很爽快："我下周都有空，你定了地方，提前跟我说就行。席桐，我得先走了，祝你和孟总用餐愉快。"

他匆匆的背影消失在花坛后，席桐跟他交谈之后心神愉悦，暗搓搓想着如果孟峄有他一半会说话就好了。

然后觉得自己简直在做梦。

闻澄可真有福气啊，他们太登对了。

大楼顶层有个酒吧，晚上有活动，一大群穿着不凡的富家公子排在电梯前，还有青年往她开得稍低的领口看，对她蹭了灰的裙子侧目而视。

席桐皱皱眉，不坐电梯了，脱了高跟鞋爬黑洞洞的楼梯，大楼颇有年代，楼梯间在装修，弥漫着一股刺鼻的油漆味。到了四层和五层之间，她听到有人低声说话，却是孟峄。

"你可以回去了。"

另一个人好像嘴巴不方便，大着舌头说话："先生，我妹妹的病……"

"我会尽力给她找合适的配型骨髓，但是希望你明白，手术仍然有失败风险。如果失败了，钱会打到你母亲的账户里。"

"谢谢您，谢谢！"

话音未落，一个身影突然扑下来，席桐喉咙一紧，手里的高跟鞋砸在地上，发出咚咚两声。

"谁？"那人紧张道。

一束手电筒的光射过来，席桐痛苦地抓着勒住脖子的手，保镖脸色一变，还没等松开手，就被飞奔下来的孟峥拽开了。

"桐桐！"孟峥揽住她，急问，"哪里受伤了？"

席桐咳了两声，打了下他胸口："不看清人就抓。"

"对不起，是我让保镖守在这儿的。"孟峥轻拍着她的背。

席桐缓过劲儿来，抱怨："你在这儿搞什么啊！不是吃饭吗？"

眼看孟峥要掀开她裙子，她才反应过来："我没受伤，血是蹭到的。我过马路差点被车撞，幸好薛岭推了我一把，他胳膊肘被那辆车剐到了。我下周要请他吃饭，你别拦着。"

"薛岭？"

孟峥微不可见地蹙了下眉，放开她的裙摆，打了个手势，让刚才说话的那人离开。借着电筒光，席桐看清了他的脸，是个其貌不扬的年轻男人，腮帮有点肿。

"这是？"

"他帮了我一个忙，我给他找了医生拔牙，顺便给他家里打点救命钱。"孟峥说。

席桐将信将疑。

"好了，去吃饭吧，前菜差不多该上了。"他把两只鞋捡来，给她穿上，"走路都没声，想吓谁？"

"明明是鞋跟太高了。"席桐揉着脚腕，肚子嘹亮地叫了一声。

餐厅在五楼，装修典雅大气，冷色调的灯很暗，服务生在靠窗的双人桌上点燃白色蜡烛，火光在玻璃窗外的钢铁森林间跳跃。

餐前小食有三道，孟峥叫侍者和香槟一起端上来，她精神一振。

剖成两半的西柚上放着一大颗圆形的樱桃球，就是她在微博上看过的，红玛瑙般闪闪发光。拎着樱桃梗放进嘴里，牙齿轻轻一咬，薄薄的杏仁巧克力外壳融化在舌尖，混着淡奶油和碎果肉的樱桃浆瞬间溢出，冰凉清爽，甘甜馥郁，流动着充满口腔，滋味美妙无穷。

孟峥看她吃得能表演一个原地升天，把自己那份也推给她，揭开钟形玻璃盖，用刀给法棍抹加盐黄油，抹完了放在她盘子里。席桐吃得不亦乐乎，他提醒："少吃点面包，菜比较多。"

席桐为了吃这顿，中午就喝了点粥。她把面包递给他一片："你也吃呀。"

然后想起他晚上吃得清淡少油,用嘴撕下涂着黄油的一块,把干净的掰开放到他唇边。孟峥张嘴,盯着她沾了白色奶油的唇,含住她食指。

席桐在桌子底下脱掉高跟鞋,轻踢他一下,眼神埋怨。

孟峥慢条斯理地咀嚼,把面包片咽下去。

席桐觉得他不是想吃面包,他是想吃人。

她对他笑了笑,把他的樱桃球也吃了,开始专心吃其余两道小食,一边吃一边问他:"我听说有个吉尼斯项目,用舌头给樱桃梗打结哎,你见没见过?"

"没有。"

孟峥眼眸更暗,心不在焉地把牡丹虾刺生放入口中。

两道前菜很快上来。第一道是牛肉塔搭配蔬菜酱,酱是冰沙口感,酸酸的十分开胃;第二道是洋蓟意面挞,做成卡纳蕾的形状,里头装的奶酪特别浓,席桐就着腌橄榄咬了几口,实在腻得不想吃了,抿着苏玳贵腐酒,眼睛偷瞄着孟峥。

孟峥心领神会,叹口气,把她剩下的给解决了。

席桐上次点了个比萨外卖,不想吃比萨饼那个厚边,也是他和可可解决的。他吃饭从来不浪费,她妈夸过好几次。这套餐人均至少要两千块,不吃完太可惜。

接下来孟峥又被迫吃了渔夫汤里的鱼肉碎、烤猪颈肉带着焦糖壳的肥肉、舌鳎旁边的苦苣、沙拉里的小萝卜,吃到他认为今晚要是放过她就太仁慈了。

肥肉和苦苣就算了,那小萝卜她平时不是吃得好好的吗?就是想留着胃吃甜点。

果然,清口的甜点一上来,席桐就风卷残云一扫而光,就那含糖量和含脂量,比她不想吃的东西多多了。主甜点是七个又红又甜的草莓,盘子里一大堆奶油,还插着做了造型的麦芽糖片,撒着跳跳糖,孟峥连半口也没吃,看着她一个一个草莓吞下去。

吞完了,服务生很贴心地给她上了餐后小食,抹茶杏仁榛子巧克力,和一小盒可以带走的牛轧糖。

孟峥觉得她今天吃得特别多,又不好在这个场合教育她要健康饮食,只好说:"老板是我朋友,我不用向这家餐厅付钱,你如果吃不下,不要硬撑。"

席桐潇洒地摆摆手,又要了杯绿茶,绿茶附带黄油可颂,她也吃了。

虽说不用付钱,他还是去前台刷了卡,和老板攀谈几句。菜单席桐看过,但给女士的菜单没有价位,不知道花了多少钱。又转念一想,是他请她来吃的,没必要给他省钱,她已经给他省下很多钥匙圈了。于是心情甚好地和他下楼,叽叽喳喳地点评今晚的菜品。

两人挽着手过马路拿车,去湖边逛了一圈,十二点才回家。

洗完澡擦着头发出来,席桐打了个哈欠,开始收拾周五出发的行李。她现在搬到他房间睡,前两天孟峄没回家,陪她逛街之后就回办公室加班,看起来特别忙,肯定也没时间收箱子。

他这会儿在浴室里刮胡子,她拎起他今天穿的银西装,不脏但有点皱,款型裁剪很漂亮,准备让他带这套去加拿大,就找出熨斗帮他熨。刚放到熨衣板上,"咚"一声,一个黑色的小玩意儿从口袋里掉出来,砸在木地板上,没等她看清就骨碌碌滚到床底下。

孟峄平时兜里不放东西,席桐就没掏兜,差点把它一起熨了。她刚洗完澡不想趴在地上,便到楼下领了丽萨上来,让狗伸爪子去掏。

"怎么了?"孟峄忽然听到狗叫。

丽萨动作迅速,已经把那东西掏了出来,回窝睡觉。席桐放在手心里,这东西非常小,两粒米那么大,圆溜溜的像麦丽素,有个凸起。

她握着走到浴室:"你口袋里装的这个是什么啊?"

孟峄洗完脸,在镜子里看见她拿着的东西,眉头极快地皱了下来,转身拿过来:"没什么,反正不是毒品炸药违禁物品。"

就是不想说呗。

席桐"哦"了一声,回去继续熨衣服。

熨完了把西装挂起来,她去浴室洗手,却发现他把门锁了,里面冲水声哗哗响,只好用别的洗手间。

席桐躺在床上等了一会儿,困意渐渐袭来。

孟峄拿着她换下的裙子从浴室出来的时候,房间里的大灯已经关了,靠近他枕头的台灯开到最暗。

地上的行李箱敞开,里面整齐地叠着衬衣、领带和袜子,他翻到最底下,不出所料有件粉衬衫,前天她硬要给他买,逼着他试。他无奈地把粉衬衫放到最上面,又把带有血迹的白裙子塞进夹层。

合上箱子上了锁,他走到窗口眺望,夜色正浓,几星灯火悬浮在黑暗里,绿萝迎着微光茂盛生长。

孟峰将一根铁钉丢进盛水的玻璃花瓶，窗帘拉严实，才轻轻坐到床边，一扭头，席桐从被子里露出一双净澈的眸子，小动物似的打量着他。

"还不睡？"他点了点她的鼻尖。

"我还没有跟你说晚安。"她带着软软的鼻音说。

孟峰忍不住了，掀开被子。她被空调吹凉的手指落在他脑后，模仿两只脚走路，慢慢地顺着颈椎走下来，他轻微地颤了颤，五指插入她半湿的发间，渡给她一个深长的吻。

她亲昵地咬着他的唇，不疼，却痒得钻心蚀骨，他握住她的手，嘴唇落在她柔软温暖的脖子上，感受她跳动的脉搏。

"你想什么时候结婚呀！"

孟峰猝不及防听到她问，脑子里轰然一声，什么都思考不了，拨开她遮住脸的发丝，声音有些抖："桐桐，你要嫁给我吗？"

她看着他，没说话，在他唇角一啄，眼里水雾缭绕，脸颊红扑扑的。

孟峰低叫一声，眉眼都笑开了，捧住她的脸不停地吻，气息越来越急促，期盼地注视着她。

席桐亲他的脸颊，他高挺的鼻梁，他滑动的喉结，亲到他根本无法抑制冲动，求她："乖！"

只听她突然道："喂，我来例假了。"

孟峰摸到了一根棉线。

抬头又看到床头柜上放着卫生棉条。

难怪吃那么多。

"今天只有亲亲哦。"席桐又亲了他一下，笑成只小狐狸，用他咬过的食指戳着他胸口，一点点推开，"晚安，孟先生。"

孟峰深吸一口气，颓然地往旁边一躺。

这丫头什么时候学会耍他了？

"这次正不正常？量还少吗？"

他问了好几遍，席桐没回答，背对着他闭着眼睛，嘴角还翘着。

孟峰不甘心哼了一声，从身后抱住她，往怀里拢，嗅着她身上薄荷沐浴液的香气，大手轻轻覆在她肚子上。

"肚子疼不疼？"

"唔，正常正常，不疼。"席桐抿嘴笑了。

闻澄在车里睡了一觉，她睡前发了很大的脾气，哭着给她舅舅打电话，得知外公在重症监护室里生死未卜。司机没敢叫醒她，下车抽烟了。

深夜的城郊寂静无声，小路两侧没有路灯，烟头的火星在松树丛中若隐若现，偶尔传来一两声宿鸟的低鸣。

闻澄按亮手机，屏幕上的日期正好从 7 月 30 日变成了 31 日。周五了。

她不想再等，第四次拨薛岭的号，终于接通了。

"我知道你在我爸的别墅里，我一直在门口等，你到底什么时候出来？"她的语气有些激动。

那边说了一句，背景有嗡嗡的杂音，闻澄捏着手机的力度加大："你不在？你去哪儿了？"

薛岭的声音依旧很平静："我的秘书跟你说过，我晚上在环球中心见客户。"

闻澄冷笑："我就是从那边过来的。"

"我们结束之后在酒吧重新开了一局，这种地方你别来，不安全。"

闻澄心想，他怎么就能把绝情的话说得这样有理有据、无微不至。

"哪个酒吧？我带保镖去。"

那边沉默片刻："你不会想知道。"

闻澄保持接电话的姿势僵了很久，等司机发现她醒了，拉开车门，她才浑身一震，意识到自己早就把电话挂了。

闻澄表情平淡，只是略有些疲倦，靠在真皮座椅上，对司机说："去东三环的 Blue R。"

司机开出小路，犹豫了一会儿，终究道："小姐，那里夜场很乱，不适合您去。"

闻澄一直没说话，等车子出了市区的隧道，才在明亮的路灯光线下如梦初醒，让司机停在路边。

路边有个二十四小时便利店，司机问她要买什么。

闻澄翻了下包，护照在里面："给我拿个 U 型枕。"

第十二章　飞往加拿大

周五凌晨两点，从银城飞往多伦多的阿联酋航空准时起飞。

航程有十八个小时，在温哥华转机两小时，席桐头一次享受奢华待遇，跟总裁体验了一次套房舱。她在飞机上冲了个澡，裹着浴巾躺在双人大床上，喝着从吧台拿的红酒，吃着专属午餐里送的零食，美得要上天。

哦，已经在天上了。

席桐得寸进尺，还想飞到外太空，问正在读财报的孟峥："你为什么不坐私人飞机啊，我想看看私人飞机长什么样，是不是也是两个翅膀一个尾巴，和空军一号一样安装了防弹系统？"

孟峥手头一堆工作，目不转睛地看着电脑屏，随口道："我适应人多的场所，而且可以积累里程。私人飞机很小，空荡荡的，机餐也不好吃，每次起飞前都要申请路线，很麻烦。"

积累里程有什么用？他已经是最高级别会员了，又不缺钱，用不着拿里程换机票和酒店。

席桐想起那部老电影《在云端》，里面的资深人力资源总监乔治·克鲁尼积累了一百万英里的航程，年轻的女实习生就很不理解。

大概是男人特有的幼稚爱好吧，就和他想要变形金刚一样。

席桐趴到他背上，把一片海苔饼干送到他嘴里，搂住他的脖子："你很反常哎，小说里的总裁都喜欢人少，最好只有一个人。不对，是和玛丽苏女主一起，两个人最好。"

孟峰费了点力气，把她从身上扒开："累不累，嗯？睡一觉就到了。"

席桐看他要准备开会，从抽屉里拿出领带给他系上，整整衣服，抱住他的腰磨蹭："我兴奋得睡不着，我感觉我好有钱。"

孟峰被她蹭得心猿意马，纠正道："是我有钱。我正在努力挣钱，让你感觉你很有钱。"

席桐唔了一声。

他揉揉她的脑袋："你们杂志社的主编上个月被华裔银行家斯蒂芬·李邀请去迪拜采访，坐的是李的私人飞机，住的是帆船酒店。我听宋主任说，你很有灵气，工作也很认真，将来一定会成为杂志社的招牌，到那个时候，比我还有钱的人会给你更好的差旅待遇，我请你坐客房舱来多伦多，你都瞧不起，还要叫我发三封邮件抄送全社请你给 ME 写报道。"

席桐笑得捂住肚子："那我可要努力工作，让你求我做宣传。"

孟峰亲了下她的额头："席大记，我要开会了，不要出声好不好？我需要在员工面前维持形象。"

席桐做了个把嘴拉上拉链的姿势，看着他戴上蓝牙耳机打开 Skype，向后仰倒在床上，抱着被子翻滚。

飞机穿越棉絮般的云层，一抹橘红的彤光在远方天际亮起，轻柔地铺洒在他略显冷峻的颔骨上。他察觉到她的视线，指尖的钢笔转了半圈，忽然侧首投来一瞥，嘴唇的线条微微上扬。席桐知道，他分心了。

坐落在安大略湖西北岸的多伦多，离美国纽约只有九十分钟航程，是世界上的特大金融中心之一，也是文化极为多元的城市之一，这里超过半数的居民是外来族裔，华人比例超过百分之十。

ME 集团的总部大楼建在 CBD 商圈，由福斯特建筑事务所操刀设计，高达二百七十米，共有七十五层，与晨光照耀下的安大略湖仅一街之隔。

八点钟飞机落地，一行人直奔公司，席桐跟着孟峰乘私人电梯到顶层，孟峰把她安置在采光极好的董事长住宅套间，自己先下楼开早会。

席桐时差没倒过来，在他高科技的声控房间里睡了几个小时，醒来时机器人已经把毛巾和牙具送到浴室里，还端了杯胶囊咖啡放在床头。她在套间里好奇地四处看，这里面积大约一百平方米，有一个起居室、一个卧室和一个浴室，陈设非黑即白，十分简单朴素，没有任何装饰品，最引人注目的家具是一个两米高的古董红木书柜，雕着精致的花环和缎带。

"睡得怎么样?"

门开了,孟峰走进来,手里拿着一个纸袋,到卧室打开衣柜,换了件银色西装外套。

"挺好的。你居然在公司放这么多衣服,不会把家里的衣服都搬过来了吧?"席桐问。

"我大学之后很少回孟家,买了衣服就放公司。"

"啊!还想看看传说中的孟家宫殿长什么样。"她有些失望。孟峰虽然从来不提家里,但很容易看出他们曾经的父子关系很僵硬,这次在加拿大就住四天,他不一定会回家。

仿佛知道她在想什么,孟峰道:"等下我们去吃午餐,晚上我带你回别墅。房子里三年没人住了,只有个管家,没什么人气,你不要害怕。"

席桐好笑:"这有什么害怕的。和谁吃午饭?"

"你去就知道了。"他卖了个关子,提了提纸袋,"我拿了条新裙子,你试试。"

因为他说要把她介绍给朋友,席桐带了不少正式的裙子,都放在行李箱里,但她一打开袋子,就觉得自己带的都是浮云了。

纯白的丝绸齐胸裙,裁剪流畅简洁,腰间刺绣的浅金色小雏菊葳蕤生光,云雾质感的蕾丝纱从花枝根部泼洒出来,长及膝盖。这样一件小礼服,穿去高档餐厅吃饭或者参加鸡尾酒会都可以,使用率很高。

"詹巴迪斯塔·瓦利,意大利的牌子吗?"席桐作为一个对时尚毫无敏感度的女性,磕磕绊绊地念出这两个单词。

"是。"孟峰也了解不多,他回多伦多之前让秦立的女儿挑的,那小姑娘快成为他专属军师了。

席桐去浴室换裙子,尺码正好,但凡长胖一斤都穿不进去。手被蕾丝纱蹭得有点干燥,她想着这么高级的浴室肯定有护手霜,便拉开洗手池下的抽屉,果然有一堆瓶瓶罐罐,找到护手霜抹了抹,视线不由自主被旁边小瓶子上印的专业名词吸引。

——抗抑郁药。她心中一沉,又翻了几个瓶子。

止痛药,安眠药,5-羟基色氨酸……有的还没开封,有的只剩几片,安眠药用得最多,抗抑郁剂至少吃了一半。她拿着看起来最新的一瓶,保质期到 2019 年。

"桐桐,换好了吗?我们需要快点。"

席桐急忙把抽屉关上,对着镜子露出一个笑容,觉得正常无误,才推门出去:"睡觉姿势不对,胳膊抬起来有点疼,你帮我弄下拉链吧。"

她转过身,孟峰拨开如瀑黑发,把背部的拉链拉好。

他侧过头,在落地镜里看见一株清雅芬芳的水仙花。

手臂从身后环上来,他的下巴搁在她颈窝里,温热的呼吸撩着耳郭:"桐桐,你真漂亮。"

席桐被他抱得有点热,脸也有点红:"不是赶时间吗,快走啦。"

衣服配了双白色镶钻的高跟鞋,有点磨脚,但她挽着他的手,走起来一点也不累。

餐厅就在附近,私密性很好,要不是有人带路,席桐都找不到门在哪儿。他们来迟了五分钟,客人已经到了,从座位上站起来,席桐惊讶地睁大眼睛——竟然是金斯顿教授!

"记者小姐,又见面了,我看过你给我写的报道。"

弗雷德里克·金斯顿还是那副高冷的专家模样,语气却十分温和,绅士地同她握了握手。

"弗雷德是孟家的心理医生,以前给我养父母问诊,我认识他快二十年了。"孟峥看着金斯顿,用英文介绍。

原来是私人医生!席桐再次感慨孟家的实力,能请来这么牛的专业大神服务。

因为是工作日中午,孟峥婉拒了服务生递来的酒单,让他给金斯顿来一杯德国樱桃酒。

"我的未婚妻上次在银城的 A 大采访你,事后告诉我你的技术非常精湛,她很佩服。弗雷德,我记得你下午没课?"

谁给他的脸说她是他未婚妻啊!席桐在心里默默翻了个白眼,切着盘子里的石斑鱼。

金斯顿碧绿的眼睛攒出一丝笑意:"瑞安,你好久没来找我了,不会是想让这位小姐看看你是如何被我催眠的吧?给你一个忠告,伴侣间不应该有所隐瞒。"

席桐立刻想到抽屉里那堆药。孟峥为什么会遭受那样沉重的心理压力?

"我自然会在结婚前告诉她,她是我最重要的人。"孟峥说。

席桐的心脏不可抑止地跳快了几拍,低下头,酸酸的覆盆子果酱都变甜了。

金斯顿欣慰地点点头:"看来你的问题已经解决了,你父亲要是还在,肯定很高兴,他对你的期望一直很高。吃完饭我带你们去我的诊所看看——当然你已经去过不少次了,请不要拆我的台,我知道这位小姐可能要来参观,上午还特地叫清洁工打扫了一遍呢。"

席桐把一整条石斑鱼吃完,感觉有点不对劲,等餐后甜点端上来才意识到:她怎么不知道自己下午可能要去诊所参观?

两点半,孟峥把吃饱喝足的席桐弄上车,开到金斯顿的工作室。工作室在一栋有百年历史的老公寓三楼,看得出来教授经常住在这儿,套间有一个用具齐全的厨房,墙角放着一袋没长芽的黄皮土豆，灶台上摊开着一本关于中国料理的食谱。

席桐在欧洲上学期间来过这种私人诊所打疫苗，房子里装饰得温馨，病人就容易产生亲近的心理，愿意和医生多交流。金斯顿的公寓并不十分整齐，物品没有俨然归类，但地板和桌子擦得光可鉴人，非常干净，给人的直观感受就是无比舒适放松。

"这杯子真漂亮。"席桐指着桌上两个渐变色的蓝玻璃杯，真心夸赞道。

"哦，这个是我在威尼斯的穆拉诺岛买的，那儿专门生产美丽的玻璃制品。"

孟峥从那两杯没喝完的柠檬水上收回视线："的确很美。"

金斯顿无奈地摇摇头："上帝啊！这清洁工，走之前又忘了给我洗杯子，我提醒他好几遍了。我最讨厌洗杯子。"

他把玻璃杯端到厨房，重新拿了两个白瓷茶杯出来，泡了红茶，接着带席桐在屋里看了一圈，兴致勃勃地说起自己收藏的非洲木雕、古董船模型，还有一书房的藏书。

"大多数是和心理学和医学相关的，我还有一本中世纪的羊皮卷，放在家里了。"

书房就是见病人的地方，一张宽大的深红色桌子堆满了文件，一摞又一摞。金斯顿慷慨地分享了他和治疗对象交谈时的小技巧，席桐喝着茶，听得津津有味，转身一看，孟峥已经去客厅了。

金斯顿笑道："他觉得无聊，每次跟我说话都是这样。"

席桐忍不住压低声音："他以前会找您聊什么？"

"虽然我理应保密，但告诉你也无妨。你应该猜出来了，瑞安是一个恢复得很好的抑郁症患者，他现在的心理状态远远超出了我的预期，我想这其中有你的功劳。"

顿了顿，金斯顿清清嗓子，大声问："瑞安，你现在还抑郁吗？"

孟峥在外面笑了声："当然，我天天都想从 ME 的七十五层跳下去，见到浴缸就想躺进去给手腕来一刀。"

"看来你们还得继续努力。"金斯顿冲席桐挤挤眼睛。

他长得严肃方正，做起这个动作十分滑稽，席桐不禁捂住嘴。

"弗雷德，我还得去公司，需要我送你回家吗？"

"不用，你忙你的。"

金斯顿对席桐道："你看看，他现在就不耐烦了。"

两人走出书房，孟峥从沙发上站起来，牵起她的手，五指相扣，席桐有些不好意思，谁想他忽然倾身过来，吻了下她的右颊。

"你干吗呀？"席桐的脸红成煮熟的虾子，还有外人在呢！

金斯顿看着眼前情意浓浓的画面，眼中飞快地闪过一缕异样的神色，像是被针尖扎痛了手指头。

孟峄仿若未觉，带着席桐走到玄关处："那我先带她回去。弗雷德，你又得洗杯子了。"

门甫一关上，金斯顿的微笑就消失了。

他心神不宁地端着两个茶杯去水池，光亮如镜的料理台映出一双盛满哀愁的绿眼睛。一杯红茶喝完了，另一杯完全没动，茶包被拿出来，放在托碟上。

金斯顿洗了手，扔了茶包，撕了张厨房纸。然后擦了擦托碟里的东西。

黑色的球体，很小。

孟峄不是正在开会，就是在去开会的路上。

他回公司接连开了两个会议，下班还在跟部门经理语音，指点某个金融科技产品的市场前景，语气很耐心。

席桐觉得他每天平均五个会，还能保持不抑郁，回家竟然还有精力做别的，一做就是几个小时，简直是哥斯拉体质。

她不敢打扰他，倚着车窗看外面的景色。

晚高峰堵车，走走停停，席桐趁机对窗外咔嚓咔嚓拍照。经过海鸥翻飞的蜜糖海滩，高耸入云的电视塔被密集如林的摩天大楼挡住，从古酿酒厂开始沿唐河北上，掠过五座桥和河谷农场、数座茂盛的绿地花园，车子来到一百多栋顶级豪宅所在的跑马道。

这里汇聚了加拿大最富裕的居民，各具特色的深宅大院在绿树成荫的四条小路周边星罗棋布，孟家就在跑马道和邮差路的交叉口。

席桐好想打开短视频软件拍一拍，站在屋前第二次心悦诚服地对孟峄说：

"你们家真有钱啊。"

孟峄拿出钥匙，和她解释："这座屋子与这里其他人家相比成本低很多。之前的主人是个复古主义者，连空调都没有装，只有春秋两季居住，孟鼎和靳荣从温哥华搬到多伦多之后，把它买下做了装修，但里面并没有办公室那么现代化。"

门都没有装密码锁。

席桐惊讶："那总有一个很安全的屋子放贵重物品吧。"

"房子里除了古董和家具用品，没有任何具有商业价值的东西，他们不会把贵重物品放在家里。而且这个区域治安很好，经常有邻居的保镖遛狗。"孟峄道。

席桐在他身后探头，屋里黑洞洞的，没有人。

孟峄开灯，吊灯依次亮起，那一瞬间她以为自己走进了老电影里。

这与其说是房屋，不如说是一个坐北朝南的小城堡。

三层楼，三十五个大大小小的房间，每个卧室都有独立卫浴。一楼有个很大的沙龙，东西分别连接休息室和棋牌室，餐厅在最东边，可容五十人落座，如果在这里办冷餐会，客人可以端着鸡尾酒从小门经由一个阳光充沛的走廊来到北面露台，走下台阶进入精心修剪的大花园。

花园里有个停止喷水的喷泉池，占据圆心，辐射出的中轴线通向远处，视线所及之处就是温德菲尔德公园。

席桐和参观凡尔赛宫似的打了鸡血，干劲十足地把厚重的窗帘拉开，让粉紫色的暮光洒进屋子。绣着夜莺与玫瑰的沙发、棕色的三角钢琴、餐桌上银质的烛台、绿色的陶瓷壁炉仿佛是童话里的摆件，就缺一个从旋转楼梯款款走下的白雪公主。

她跟着孟峄走进二楼卧室，又被刷新了眼界——地上铺着一张货真价实的斑马皮，据说是 20 世纪初从南非运来的。这个卧室是套间，光书房就占了三十平方米，书橱里摆着满满的书。

除了孟峄住的这间，其他卧室都上了锁，席桐软磨硬泡叫他打开相邻的几间看，发现每个房间的颜色主题都不一样，但都是欧洲复古主义风格，若不是墙上的空调和按摩浴缸，真叫人以为自己穿越了。

席桐想起一个笑话：老师让小学生写作文形容长城，小学生想不出修辞，就写了一句话：长城真长啊，真的好长好长啊！

她现在就有异曲同工的感受，词汇匮乏得有辱她的职业，脑中就只剩下一句：孟家真有钱啊，真的好有钱好有钱啊！

孟峄去茶水间泡了两杯茶，一眨眼的工夫，席桐就没影儿了，不知道跑哪儿撒欢了。喊了两声，楼上传来回应，他皱了皱眉头，让她别乱跑。

席桐敷衍地嗯了一声，飞快地走马观花。这一层除了图书室，其余都是锁上的小房间，走廊狭窄了很多，墙壁上挂着鹿角、猎人的长矛和鳄鱼标本，恰好太阳落下去，光线又暗了几分，走道两头风声呼啸，吹得白色窗帘飞舞飘荡，她心里突然莫名有点发毛。

这些小房间的位置和二楼不一样，重新划分了隔断，她方向感很差，走到尽头才发现没路了。前面黑黢黢的地方忽然闪出一个白色身影，她吓了一跳，再走两步，才发现是面镜子。

逼仄的走廊里安什么镜子，阴森森的。

她的好奇心终于用完了，不想继续在这里待，便走回图书室，却依旧没有发现孟鼎夫妇的照片。

这栋楼就像是某个公开的城堡酒店，完全没有主人生活过的痕迹。

下楼时碰上孟峄，他提着个袋子上来，手里握着串钥匙。

"晚上吃什么啊？"她仰着脸问。

孟峄笑了，她不也总是问他相同的问题："杰森管家买了点熟食和水果，在冰箱里，你热一下再吃。如果还想吃别的，我打电话叫外卖。"

"不用了，我去看看。"席桐咚咚咚跑下楼，她已经迫不及待要去探索厨房了。

走廊里静下来。

孟峄打开壁灯，一闪一闪的，这些年灯一直没修过。前方的落地镜远远映出他的身影。他走到图书室，关上门，站在东墙前。

最后一抹余晖从敞开的花窗侵入，斜打在墙壁上挂着的木刻上。这张木刻画五十厘米见方，粗粗看去，是中国风的繁复花纹，正方形的边缘雕镂着很小的人物，若是席桐刚才看到，肯定会大吃一惊——

这并不是渔樵耕读、二十四孝，而是东南亚那边的宗教故事，整体显得格外诡异。

木刻画的中心有一头狮子，孟峄朝它嗜血的眼睛一拳砸下去。

"咔嗒"一声，书柜后的墙裂开一条缝隙，缓缓向右移动，竟是一扇暗门。

密室有二十平方米，一股陈腐的臭味扑面而来，令人窒息。天花板没有灯，地板肮脏不堪，残留着不知道是什么的黑色污渍。墙上挂满了食草动物的头颅标本、刀斧鞭锤和恐怖狰狞的铁面具，四个墙角架着扭曲的眼镜蛇和张牙舞爪的蝎子，地面中央有一个黑色的陶土罐，绘满不知名的纹理，像是某种古老神秘的文字，罐子周围摆着五个瓷碟，残留着白色蜡油。

除此之外，地上还有几个空空的铁笼子，体积可以容纳一只中型犬。

孟峄绕到塑像后面，那儿有几个埋在灰里的矿泉水瓶，颇有年头。

塑料瓶里装着几根头发，几片碎指甲。

他捡起来，丢进袋子。袋子里还有一件衣服。

孟峥走出去，按下机关，合上暗门，关掉灯。

窗外夜幕降临。他在书桌前吹了一阵风，绷紧的嘴角渐渐松开，然后若无其事地锁了图书室，在忽明忽暗的灯光里缓步下楼。

厨房有张小餐桌，此时摆满了熟食和水果，席桐把最后一碟罗勒香肠从微波炉里拿出来，笑着对他说："管家买了好多吃的，我本来不想浪费，可是每样都想尝一尝。他居然还去唐人街买了脆皮烤鸭！"

孟峥坐下来，她给他沏完茶，忽然撇撇嘴："我到你家来做客，应该是你给我倒茶才对，我都把你做的事做完了。"

"我的房子就是你的房子。"

他往嘴里送了一片火腿，食不知味，转而用筷子往面皮里塞烤鸭肉和黄瓜丝，卷好了塞进她嘴里。

她不叫停，他就一直卷一直塞，直到她打了个饱嗝儿，说吃撑了。

孟峥在餐巾上擦擦手，心情渐好，眉宇舒展开："你喜欢这座房子吗？"

席桐想了想，露出一种微妙的表情，仿佛怕伤到他的玻璃心："你家很漂亮，而且很精致，但是呢，就是，屋主不太关心设计的统一性？"

孟峥洗耳恭听。

"我们在的这一层是法式风格。这边橱柜里的碗碟边缘都有绿色的缎带花纹，这是19世纪中叶的法国潮流，描金彩绘的水果托盘也很典型。沙龙里的法金盖尔椅、刺绣沙发更加古老，中看不中用，坐上去很硌屁股。花园有三个层次，分别是安达卢西亚、阿拉伯和法国的园林布置，我不知道多伦多这个气候能不能种柑橘树？反正你们有钱，冬天弄个大棚就行。花园的喷水池仿造的是海神喷泉，这个是意大利款。

"第二层风格更杂糅，我们住的房间装饰已经比较近代了，但你给我看的其他房间刷着大红漆，金闪闪的窗帘，我一进去就感觉在佛罗伦萨的碧提宫，那个骄奢淫逸的败家感。还有的房间地板是马赛克画，墙上贴维吉尔诗人像，这是古罗马风啊。

"第三层又变成东欧哥特式，一般来说二三层的格局应该是大致相同的，但楼上楼下的房间位置差别很大，走廊里放个镜子，是要拍《闪灵》吗？大晚上很吓人的好不好。图书室的角落放着柏柏尔水罐，横梁是雕花的半圆拱，阿拉伯的建筑样式，但我并没有找到《古兰经》。窗台边还有一个中国的博古架，上面竟然摆着木乃伊和埃及猫的木像！"

席桐叽里呱啦讲了一长串，喝了口西柚汁润嗓："我这么说你别生气啊，我认为主人不太懂艺术，这座房子像个大杂烩，捡到什么宝贝都往里扔，一股暴发户气息。"

她瞄一眼孟峥，他并没反驳，而是露出一个微笑："你说得对，我也不喜欢这里。"

"可这是你家啊。"

孟峥又说："每种风格都有，是因为他们哪一种也不爱。这座房子曾经迎接过世界各地的客人，是为他们设计的。"

席桐很不理解："房子是给自己住的，当然要装修成自己喜欢的样式。"

有些人在漫长的岁月中，已经丧失喜爱一件物品、一个人的能力了。

这么说太煞风景，孟峥道："回银城之后，我们重新把家里装修一遍，都听你的。"

席桐压住唇角："那你也发表一下观点，免得装修完不满意，说我外行人图热闹。"

"装修又不会把你和旧家具一起扔掉，我只要你在家里就满意了。"他执起咖啡杯，眸光清亮而温柔。

席桐不可置信："孟总，你是被开过光吗，现在怎么变得这么会说话啦？"

"开光是什么意思？"他不懂就问。

"就是说，你升级了。"她把盘子往他面前推了推，"我吃不掉了。"

孟峥教育她："不要浪费。"

"哥哥，我吃不掉了。"

他拿起叉子，把剩下的包子皮和血肠三两口吃完了。

入夜后，跑马道万籁俱寂，某座大宅子的卧室里传来"嘎吱嘎吱"的响声。

"你这个床质量有点差，怎么一动它就响？不会压坏吧。"

孟峥觉得那声音离指甲刮黑板就差了一丁点，听得他头皮发麻，匆匆洗完出来，看到她裹着蚕丝被在床上滚成个糯米团子，好像就喜欢听床惨叫。

"它20世纪初就在这儿了，很旧，你别折腾它。"他握住糯米团子伸出的脚，皱眉，"水还没擦干就往木地板上踩，滑跤怎么办？"

"原来床也是古董啊！"席桐惊叹一声，不敢翻了，趴在枕头上托腮看着他，"那你睡觉的时候会不会梦见它的前主人？老家具都是有灵性的。"

"没有。"他以前倒是经常做梦，但梦见的都不是人。

席桐笑眯眯地胡扯："说不定是它觉得你这个主人很无聊，才不通过梦跟你交流。我跟你说啊，古欧洲就是因为人口稀少才发明了单词的阴性、阳性。"

"怎么说？"孟峥挑眉。

"你想啊，一个高卢农民干了一整天活躺在床上，觉得很孤单，又没人陪，他就开始对着自己屋里一件件数：椅子是女的，桌子是女的，窗子是女的，锅是男的，床也是男的，这样一想，屋子里好像就有一大群侍从呢！他天天和椅子桌子门窗唠嗑，过了很久很久，家具就和他混熟了，可是它们不会说话，就只能通过主人的梦沟通了。"

孟峥啼笑皆非："有道理。"

说完就把灯关了，躺到她旁边。

席桐愣了一下，就这？居然放过她了？

她睡得太多，没什么困意，从枕头下摸出手机给她妈发微信。过了一会儿，孟峥的手臂从腰上绕过来，亲了一下她的后颈："乖，睡觉了，不要躺着玩手机。"

她敷衍地应了一声，仰面朝上把微信发完，手机"啪"地一下砸到眼眶，疼死了。

席桐揉着眼睛，把手机放到床头柜上："你是不是很累啊。"

"嗯，今天特别累。"他声音转小。

席桐被他搂着当抱枕，姿势不太舒服，可看他一下子就睡过去，便想起他在飞机上没休息几个小时，又忙了一天，心就软得和棉花似的。

半夜，她费了好大工夫从他怀里挪出来，下床上厕所。

这边水龙头哗啦啦开着，那边突然"砰"的一声闷响，席桐来不及擦手，往睡裙上抹了两下跑到卧室里，把灯一开——孟峥掉地上去了，脑袋磕在床沿。

多大的人，多大的床，他怎么就能滚到地上去？

她无奈地扶孟峥坐到床边，瞥见灯光下他满头大汗，抓起枕巾给他擦拭："怎么了？做噩梦了？"

孟峥好像才醒过来，灯光下脸色苍白，漆黑的眼睛一眨不眨地盯着她，手紧紧攥住她的裙子，捏得指节泛青："我找不到你。"

"我去洗手间了。"席桐回道，她觉得他的样子很陌生，理顺他汗湿的头发："梦见什么了，跟我说说呗。"

孟峥把脸贴在她柔软的肚子上，胳膊环住她的腰，越收越紧，席桐都要喘不过气来了，拍着他的背："别紧张。"

"我梦见你走了。"他声线发抖，身子也在颤，"桐桐，你别不要我，我还可以，可以做得更好……"

"我惹你生气，你不要我了？"

"有人把你带走了。"

席桐看他情绪特别反常，柔声安慰："你工作压力太大了。我能跟谁走啊，你别胡思乱想。你说，你做了什么事让我生气？"

孟峰看着她，张开嘴唇，却没说出话。

"我知道了，肯定是你在撩别的小姑娘，被我发现了。"席桐板起脸，"你做梦就算了，梦是反的，要是真敢撩，别怪我找营销号买热搜骂你。"

"我没有！"他急道。

她满足地笑笑："那就行。你目前的表现还可以，我是个讲理的人，不会无缘无故就把你炒鱿鱼的。"

他垂下长长的睫毛，在她身前埋了一会儿，呼吸趋于平和。

"清醒了没？放开，继续睡吧。"

"不放。"他闷闷地说。

席桐以前都不觉得他有这么黏人，难道是气候改变影响到了激素水平？她只好不管不顾地爬上床，孟峰就一直扒在她身上，很用力。

"我再说一遍，放开——"她无奈地拖长嗓音。

"就不。"他闭着眼睛小声说。

席桐看他恃宠而骄，出其不意地伸爪子挠他腰眼："你放不放，喂！"

视野颠倒，眼前的床变成了天花板，他精准地捉住她的手，居高临下地俯视着她。席桐默默确认了一件事：不管他心理压力大不大，用这种眼神看她的时候，下一个动作都是相同的。

果然，他吻下来，喃喃重复："就不放。"

她的嘴唇甘甜柔润，他轻轻吮着，舌尖叩开齿关，在里面温存地探。

席桐水汪汪的眸子眯起来，像只被扰了觉的猫咪，侧过头躲开他，打了个哈欠。

夜很深了，外面有轻微的风声。

孟峰吐出一口气，像伊甸园里果树上的蛇，在她耳畔引诱："以后都不会丢下我，是不是？"

"嗯，不丢。"

"不会离开我。"

"不离开。"

"会永远陪我。"

"陪。"

"说清楚再睡。"

她对上他极亮的眸子，漆黑的瞳孔里映出她的脸，好像也只映得出她。

"我会永远陪你,不走。"

孟峥把台灯关了,嘴角微微一动:"睡吧。"

困倦感海潮般袭来,脖子上落下一滴温热,她没来得及分辨那是什么就沉入睡眠。

孟峥一直抱着她。

良久,黑暗里传来一丝压抑的啜泣。

席桐是被热腾腾的香味叫醒的。

一睁眼,她斜靠在枕头上,面前是张小方桌,杯盘碗碟罩着纱帐。她揉揉眼睛,以为孟峥把她转移到楼下去了。

"早。"

她迟疑地转过头,捶了捶发酸的脖子,孟峥正站在床边,朝她和煦地微笑。

已经不早了,明媚的阳光从两扇棉窗帘间透进来,洒落在粉色的衬衫和天蓝的牛仔裤上。他袖口整齐地卷起,露出一截清峭的腕骨,金属表盘闪耀着点点银芒,衬得整个人犹如一块静水中的玉璧,温润瑰丽,光影夺人,一时间只能让她想起"春和景明"四个字。

席桐再次揉揉眼睛——她没看错,他身上就是她买的那件粉衬衫,之前死活都不肯穿的。

她欣慰地点点头,鼓掌,啪啪啪。

"开心吗?"孟峥抱臂道。

"开心,超开心,我们再去买一件粉红色的裤子吧!"她笑得见牙不见眼。

孟峥没睬她,天知道他翻遍衣柜都没找到能配粉衬衫的裤子,只能早上八点赶着设计师邻居从房前遛狗经过和他搭话,去他工作室拿了一件牛仔裤应急,代价是给人当了模特,试了好几件特别标新立异的时装。

还拍了照片,肯定是不能给她看的,邻居说孟夫人看了就要永久剥夺他穿西装的权利了。

他指指小方桌上丰盛的食物:"别得寸进尺,把早餐吃了,我还要去公司。"

"那你去嘛,我帮你看家。"席桐小心翼翼地挪开桌子下床,用脚趾把拖鞋勾过来。

孟峥把她按住,脸色没刚才那么晴朗:"不许不吃。吃完跟我一起回去,这里有什么好看的?"

席桐忽然扑哧笑出来,拉住他的手摇一摇:"这些东西不会都是你做的吧?"

他很诚实:"只要用平底锅煎就行,不复杂,面包都是买的。"想了想,又郑重补充,"你尝一尝吧,鸡蛋如果太生了我再去做熟一些。"

早餐是他拿手的种类，也不能说拿手，就是熟能生巧。

席桐闷声笑了一阵："我又不是不吃，你紧张什么？你按着我我怎么去上厕所啊？"

孟峄讪讪地放开她。

席桐踮脚，在他唇角亲了亲："别不好意思，谢谢哥哥哦。"

孟峄僵了一下，又笑了，想给她一个拥抱，她推开他去浴室了，有点急。

席桐看英剧里都是在床上吃完早餐再刷牙，她匆匆洗了手就回来，孟峄还在床边站着，和质量拔尖的服务生一样。

"你吃过了？"她看着这一大堆食物，一人份的，但她肯定吃不完。

"嗯。"孟峄觉得她肯定得剩，那他餐前吃一点，等她吃完再吃一点，正好光盘。

席桐揭开纱罩，盘腿坐在床上，深深吸了一口气，好香。晚上被他一通折腾，她真的饿了。

离手最近的盘子里放着两根熏红肠和一个溏心煎蛋，橄榄油和黑胡椒的香气令人食指大动，左边还有一碟吸饱了枫糖浆的烤吐司，咬一口，里面甜甜的糖浆混着蛋液和谷物的醇香滑进胃里，令人舒服得要升天。

盖有白色餐布的小竹篮装着已经切好的迷迭香法棍，并三个外脆里软的巧克力可颂，孟峄用餐刀给她涂了杏子酱和草莓酱，她拿手接着吃，还是掉了渣渣在床单上。面包边上的两个小碗里有咸香的烤蘑菇和焦黄流油的培根片，右边则是各种用漂亮器皿盛的饮料，纯牛奶、西柚汁、撒着葡萄干的酸奶，甚至还有一小杯金色的香槟。

所以席桐大快朵颐到一半，实在撑不下了。

孟峄还在给她剥水果，把去掉白筋的橘子瓣和昨天空运来的突尼斯软籽石榴放到她的小花碗里。

这是在填鸭还是在喂猪？

她用餐巾擦擦嘴："味道很棒，你下次不用弄这么多，浪费是犯罪。"

孟峄没给她犯罪的机会，把剩下的消灭了，速度之快让席桐想起了远在银城的可可。

"今天你准备做什么？"她换了衣服，跟着他把桌子端到楼下，碟子冲了水放进洗碗机。

"开会。"

他解开衬衫扣子，席桐眼尖地看见椅背上有件长袖白衬衫，一把拿过来，往后蹦了两步："哎呀，你不去见客户的话就别换了嘛。"

"给我。"他伸手。

席桐不给，在他掌心啄了一下。

孟峥抿住嘴唇。

一小时后，ME 的总部大楼沸腾了。
前台："哇，老板今天居然穿了粉色！好可爱！"
人力："他一定是要结婚了，让我来看看负责宣传的人手够不够。"
市场部经理："硬广啊硬广，可不可以和那位小姐说，让老板亲自当模特，别花钱请明星了，把合作的造型师给他，咱们的楼盘广告需要一个亲切有居家感的男性形象。"

几通会议开下来，孟峥被员工们震惊且别有意味的目光看得有些疲惫，无奈地按按太阳穴。秦立抱着文件走进来，看到这个情景，忍不住偷笑："先生，您很有进步。"
孟峥赞同地点头。
"晚上我想和莉莉一起吃个饭，桐桐也想认识她。"
秦立翻了下秘书给他的日程表："您晚上不是要乘私人飞机去温哥华吗？莉莉今天要上戏剧课，六点才放学。"
"没关系，我们可以晚些走。"
秦立做了个 OK 的手势，给女儿发了个消息，又问："您去温哥华是选分公司的新址，还是国内的事？"
孟峥说："陈瑜打听到郝洞明来温哥华看制药厂，如果是我想收购的那几家，我需要和他私下沟通。"
手机响了，他看了眼号码，接起，里面传来一个兴奋的声音：
"哥你好厉害啊！把小姐姐追到手了是不是？我和我室友天天都在想怎么给你出谋划策，太不容易了。顺便，你能不能带我去温哥华，周末那里有巴伐利亚国立剧团的歌剧演出，我想去看！"
"没问题。"
"嘻嘻嘻嘻，拜哦。"
秦立无奈："这丫头越来越野了，东跑西窜，我平时都管不住她。温哥华东区治安差，您千万别让她去。天啊，那些个流浪汉啊、劫匪啊，我一想到就怕！"
"女孩子闹腾一点是好事，我们会看好她。"孟峥扬起嘴角。
秦立：我知道你在想什么，你自己生一个就晓得养女不易了。

席桐在孟峥的办公室待了一下午，和机器人玩得不亦乐乎。期间有不同的高管进来送材料，见到她，都和和气气地打招呼，还有的跟她聊了几句，对于 CEO 兼董事长能找到女朋友这件事表示惊异且欣慰。

在他们眼里,孟峰是个不折不扣的工作狂,办公室就是他的家,办公室里的床就是他老婆,公司报表就是他儿子,没想到今年开始走桃花运了,工作风格都变得和风细雨,还对员工福利做了大幅调整,延长了女职员的带薪产假。

说到这儿,席桐发现对方目光下移,便默默把白色手包挡在肚子前。

董事:不会吧,真有了?

席桐不好意思告诉这个大叔她只是吃多了,呵呵笑几声,送客。

送材料这种事让秘书来就行,这些人亲自过来,就是想亲眼见见未来的总裁夫人。席桐坐在沙发上,忽然有种魔幻感——这才半年的时间,进展太快了吧,难道男人谈恋爱都是奔着结婚的目标去的吗?

还是说,孟峰是个例外。

她想着想着,又有人敲门,这回是个有些秃顶的亚裔男人,四十多岁,瘦长的面容和蔼可亲,眼神精明。

"席小姐,我是 ME 北美区的 PR(公共关系)总监秦立,孟总原来的秘书。孟总提议咱们一块儿吃个饭,我女儿莉莉特别想见你,晚餐就在她学校附近的日料店,怎么样?"

"好呀!"

就是那个指点孟峰的小姑娘嘛,百闻不如一见。

"要是没事,我们先过去接她下课,孟总在会议室要待到六点半。"秦立从兜里拿出车钥匙。

席桐觉得在办公室多坐半小时怪无聊的,笑着应了,去卧室里换了件休闲款的裙子。秦立想起一事,在外面道:"吃完饭孟总要带你去温哥华,我女儿也去。周一孟总从那里回中国。你们的行李箱孟总放我车上了,有什么需要在这儿买的就告诉我。"

"哎?谢谢,我没什么要买的。"她意外,孟峰还没跟她说。不过想想,这属于大佬正常的行程安排,今天飞这里,明天飞那里,脚不沾地。

席桐换完衣服,和秦立下楼进车库。他的车是辆幻影,一白一黑一红三个箱子放在宽敞的后座,红色的印着小碎花图案。秦立的家在多伦多边上的小镇,他离了婚,前妻再嫁到美国,房子闲置,就把女儿送到法国人开的寄宿制学校,周末带她到公司来,扮演一个合格的中国式父亲,叫她在办公室安安静静写作业。

他是搞公共关系的,办公室人来人往,女儿老是分心,孟峰就让他把小姑娘带到顶层套间里去。

秦立感慨："孟总看着莉莉长大，有时候我都觉得我作为一个父亲，还没他合格。我给她找个印度老师上奥数课，那题目太难了，我真不会，他俩就能扯上半天。你还别说，孟总这体质特别吸引儿童，他往幼儿园里一站，小孩子都往他身上冲，我们公司做活动发生过几次这样的事了，结果让媒体说成什么，那些是他的私生子女……哎哟，我们都在辟谣。我女儿说，他是不婚主义的可能性比有私生子大，那些个什么'小众'文学里面，许多男主角就是这样的。"

席桐笑得都喘不过气来了，这个秦董比陈瑜话还多。

一边开车一边侃天，过了几个红绿灯，学校就到了。大部分学生已经下课，一个高挑的女学生穿着校服裙站在校门口，手里拎着书包朝车子招手。

秦立的女儿秦莉莉今年十三岁，长得像她妈，一张俏丽机灵的桃尖脸，皮肤晒成小麦色，一坐上车就给席桐来了个热情的贴面礼，中文说得溜。

"姐，你比照片上漂亮多了！我哥呢？"

席桐："别问，问就是开会。"

三人先到居酒屋，点了一堆烧烤串串和炸物，有说有笑地吃起来。服务生上了份火山蛋包饭，席桐和莉莉分着吃，把孟峥的八卦津津有味地嚼了一遍，连孟峥曾经被某个商业竞争对手在宾馆房间里塞了个清纯小美女这事儿都挖出来了。

"哈哈哈！那个白痴！"

"他真的没有交过女朋友吗？"

莉莉说："就这件事之后，他找了个女律师打掩护，周末会一起吃个饭，向公众辟谣。结果一个月之后那个律师姐姐就要甩他，说她有时间干什么不好，连看书都比跟他吃饭有意思，后来她就去耶鲁读博了。"

秦立拼命咳嗽。

"她现在读完博，是 ME 的法律顾问。"

席桐一激灵，抬头看见孟峥似笑非笑地站在背后。

"让一下。"他对莉莉说。

"你跟我爸坐，我和姐坐一起。"

被嫌弃的孟峥只好和秦立面面相觑。

秦立把给孟峥点的八个小寿司端给他，然后继续大口吃鳗鱼饭："健康饮食，管理身材，我们这些人做不到，您做个榜样。"

在居酒屋坐到八点多,秦立开车送三人去 ME 的私人机场。席桐这两天连续受到金钱的冲击,此刻见到这个机场内心竟然没有多大波动。

私人飞机的好处是不用担心误机。驾驶员是个高大英俊的金发帅哥,长相神似裘德·洛,席桐跟他握手的时候小小地暗喜了一把,盘算着能不能求孟峰找个像汤姆克鲁斯的飞行员,他俩轮流开飞机,不开的时候就陪她聊聊天。

从加拿大国境东南的多伦多一路向西,五小时后到达温哥华国际机场。深夜十一点,车流繁忙,但城市不大,也不堵车,三十分钟后一行人就到了北面港口附近。

秘书原本订的是煤气镇旁的宾馆,在西哈斯廷街,秦立嫌那地方离东哈斯廷街太近,担心宝贝闺女乱跑,就临时征求了孟峰的意见,改到摩根士丹利大楼旁边。

"东哈斯廷街?"席桐好奇。

"在中山公园那边,明天你们不要往那里走,尤其是你,莉莉。"孟峰把小姑娘送进房间,道了晚安:"好梦。"

客房是很普通的五星级酒店大床房,密码锁。对于孟峰这种人来说,住什么地方无所谓,条件过得去,能节省时间就是好的。

他和朋友约在蒸汽钟对面的酒吧,出酒店左转直走七百米就是。

席桐看表,都午夜了,皱眉:"这么晚还去喝酒?和什么人?几点回来?"

孟峰把消息群里几个人的脸书主页点开给她看,有大学教授、麦肯锡的咨询师和他分公司的经理,然后还顺手给她发了其中一人的联系方式,笑道:"如果我三点钟还没回来,你可以打我朋友电话,或者打 911 报警。"

"三点钟我早睡着了,谁管你。"她一手撑着床沿脱袜子,"少喝点酒,不洗澡不许上床。"

孟峰乖乖点头。

席桐进了浴室,脱了衣服,听到他在开行李箱。

孟峰换了身薄风衣,拎着电脑包,正要开门出去,席桐喊了他一声。

他走过去问:"怎么了?"

席桐扒着门框,只露出个戴着浴帽的脑袋,眨巴着眼睛:"你跟别人都说了晚安。"

孟峰失笑,吻了下她额头:"好梦。"

席桐高高兴兴洗澡去了。

第十三章 暗夜谋杀

凌晨，市中心东区。

东彭德和高尔两条街的十字路口处矗立着一栋六层的老公寓，是20世纪60年代建的，皲裂的外墙在昏暗的路灯下显出岁月的痕迹。

这片区域有很多华人商店，但晚上八九点就打烊了，原因不言而喻——这里离唐人街以东的哈斯廷街太近，毒贩、妓女、流氓混混在这里流窜聚集，十分危险。北太平洋东岸的温哥华，是一座一体两面的大型都市，这里有着高度发达的现代文明，却也藏污纳垢。东哈斯廷街就是这座城市臭名昭著的幽灵。

公寓的第三层亮着灯。

郝洞明很饿，两小时前外卖员送来中餐，很难吃，他只吃了半碗米饭。来这里四天，他早就厌倦了周边的环境，半夜有疯癫的外国女人扯着嗓门嘶叫，街上垃圾遍布，大麻和腐烂水果的气味熏得人头晕眼花，他睡不好，也不想出去散步，心情极为烦躁。

他兑水吞了一片药，门铃响了，打开门，他的私助正脸色苍白地站在门口。

房子是私助短租的，一切需要英文和粤语的沟通也由他进行。

"先生，我去您说的地点问了几个人，他们都是新搬来的，不知道十几年前的情况。再说那个贫民窟太乱了，地上全是针头，这些年没死的人肯定都出去谋生了，不会待在那种地方。"私助回想起几个小时前独自去打探消息的画面，后背冷汗直冒，"有人拿枪指着我，我给了他们现金才跑出来。"

郝洞明饿的心情更差："我要你买的饭菜呢？"

私助愣了一下，目光落在桌上五个空空的餐盒上："对不起先生，我没看到短信。

您刚才吃过了吧？"

"滚！"郝洞明拿起手边的杯子朝他扔过去，啪的一声，杯子在瓷砖上砸得四分五裂，一片碎玻璃还划破了私助的手。

私助低头，唯唯诺诺："是，先生，我这就去买。这个时间附近的中餐馆都关门了，我开车去找。"

他生怕郝洞明更恼怒，便轻轻带上门出去，打开手机，发现短信有一长串菜单。

手指痛得厉害，私助自嘲，谁让他钱给得多呢？为他当牛做马，要的不就是钱吗？

私助走后，郝洞明从冰箱里翻出面包，加了什么北海道牛奶，昨天买来还挺贵的。他不喜欢吃外国这些东西，但实在饿得挨不住了，撕下几片，没怎么嚼，大口大口地吞下，很快就把一整块正方体的面包塞进胃里，但那股要命的饥饿感仍然挥之不去。

他知道自己现在需要休息了，之前消耗了太多体力。

他洗了个凉水澡降低体温，在客厅打开电脑，第无数次调出那封7月7日下午收到的匿名邮件。

加拿大，孟家，温哥华，贫民窟。

一定得查出来。

郝洞明让人找到了发出这封邮件的地址，那台电脑属于一个穷乡僻壤的网吧，这是最让他不安的因素。

他目前还不确定是谁给他发了这个该死的东西，不过他会知道的，就快了。他克服飞行恐惧症来加拿大，不可能空手而归。

郝洞明咽着口水，把电脑待机，正准备走回卧室睡觉，敲门声响起。

"买得倒快。"他自言自语，不做多想打开门，一边朝屋里走一边命令："放在桌上，我明天吃。"

门"啪嗒"关上，他走了几步，忽然发觉没听到私助的应答。

郝洞明蓦然回头，对上一支黑洞洞的枪口。

那是一支从透明雨伞窟窿里伸出的枪。

他浑身血液瞬间冻成了冰，待看清那人在鸭舌帽下的脸，半个月来的所有疑惑豁然解开，连连后退几步，仓皇失措地倒在凌乱的沙发上——那沙发脏得不可思议，沾着暗红的血，黄褐的不知名液体，还有棕黑的油腻腻的污渍，角落里甚至还散落着一块啃了一半的排骨。

"玩得很开心吧。"来人轻声道。

郝洞明张大嘴，面部肌肉惊恐地抽搐着，布满血丝的眼睛瞪得几乎要掉出来，然而他的尖叫被突如其来的三声枪响扼杀在喉咙里。

他迟缓地低头，望着自己上身多出的三个血洞，肥胖赤裸的身躯从沙发上慢慢滑落，一头栽到地上。

鲜血在地上蔓延，眼前只剩一双公寓里的拖鞋和一截牛仔裤，他费尽最后一丝力气，屈起被染红的左手食指，在地砖上艰难地写了几个模糊的字母。

开枪的男人收了伞，蹲下身，辨认出字样，笑了："英文学得不错，是助理教的，还是不久前你的客人教的？"

郝洞明死不瞑目地盯着他，眼里残留着震惊和不甘。

男人把装了消音器的手枪塞进袋子，在房子里极快地看了一圈，找到一个摄像头和一个录音器，轻轻松松地毁了，却并没毁去地上的字迹。而后，他像悄无声息地进入公寓楼那样，趁着夜色消失在十字路口，如一滴水消失在大海里。

不远处有女人声嘶力竭地吼叫，青少年粗哑的笑和怒骂，还有玻璃碎裂、拳打脚踢的声音。

太平常了，所以没有人从睡梦中醒来，开窗看一眼热闹。

柔软的床往下一沉。

男人温热的身躯从背后贴上来，带着沐浴液的薄荷清香。

席桐被他弄醒了，迷迷糊糊地叫了声："孟峥。"

"嗯，我回来了。"

她摸手机，按亮然后关屏，翻了个身，抱住他："……好迟。你们在说什么啊。"

都快四点了。

"谈分公司搬家的事，一不留神就晚了，对不起。"他吻了吻她睡得热乎乎的脸，"继续睡吧，明天我迟点起，你和莉莉出去逛逛，卡在桌上，密码是你的生日。"

"嗯。"

席桐睡了个回笼觉，八点多自然醒，孟峥果然还在睡，眉心微微皱起。

她和莉莉下楼去餐厅，看了一圈，没什么好吃的，小姑娘拽着她出去，在街对面找了家露天咖啡馆，点了三份早午餐，一份打包。

莉莉来过温哥华两次，对一公里外的东哈斯廷街很好奇，她爸把她保护得太好，只让她在 CBD 购物，从小教育她要是敢试试做坏事就把她腿打断，她长到十三岁连烟都没摸过。

"我在摄影展上看到那些年轻人的照片，真不知道他们为什么要那样。"她摇摇头，

"听说有些地方每天早上都会留下一堆废弃针筒，清洁工每天都得去打扫才行。"

在禁毒国家长大的席桐表示骇人听闻。

"姐，咱们晚上看完歌剧，能不能……"

"你想都不要想。"席桐比了个停的手势，"孟峄答应你爸了，他可不会带你去。"

青春期的小孩子好奇心很强，光是摄影展和报纸网页满足不了亲眼看见的欲望。

"那真遗憾，我好不容易跟除我爸以外的人出来玩儿。"

"唉，我还就想跟我爸出来玩呢，可惜没机会。"席桐耸耸肩。

莉莉知道她爸去世了，说了句抱歉，没再继续这个话题。

聊着聊着日头就升到中天，她俩差点把孟峄给忘了，赶紧带着饭食回酒店。孟峄已经起来了，披着浴巾在电脑前审材料，张嘴咬过席桐手里的蛋挞。

"公司准备搬到哪儿去？……哎，你这是另外的幻灯片啊。"

屏幕上显示的是几个制药工厂。

孟峄被她投喂，就有些犯懒："ME打算收购这几家工厂百分之五十以上股份，东岳也看中了，我下午去郝洞明那里和他商量，顺便说说蔚梦基金会的问题。"

"郝总来温哥华了？"席桐奇怪，她看过写郝洞明的专访稿，他很少坐飞机，因为有飞机恐惧症。

"周四就飞过来了。"

看来那几家药厂对东岳来说很重要，席桐点点头："那你不能和我们一起去剧院了？"

"如果来得及就去。"孟峄用脸蹭着她的手背，"我也不想和他谈生意，我想跟你一起听歌剧。"

"天天撒娇对你有什么好处？"席桐扶额，她真该拍个视频传网上去。

什么高岭之花啊，都是唬人的！

时间过得很快，正午过后，酒店来了几个人，孟峄带她去顶层的会议室见了一面。这些是他的熟人，金融地产保险圈的，算不上朋友，来这里谈工作，纷纷祝贺他。席桐揉着快笑僵的脸，终于意识到他在先斩后奏，就像提前让所有人都知道她是他女朋友一样，先把未婚夫的名号吹出去，全面落实，稳步推进，深入开展，打赢脱单攻坚战。

三点过后，她和莉莉准备好出发，孟峄从楼上下来，说不去郝洞明那儿了，他不接电话，不知道会面地点。

一个国际集团的总裁，没必要在对方不回复确认的情况下登门拜访，这不符合他的身份，前天约好今天谈，却联系不上，可以说十分失礼。至于那几家工厂，他可以挨个联系，让他们听话。

歌剧在伊丽莎白女王剧院，莫扎特的《魔笛》，四点准时开场。三个人坐在第九排正中央，最好的位置，演员的表情都能看清楚。夜后的演员是新人，难度最高的经典花腔高音唱走调了，和达姆娆的版本差了几个档次，席桐感觉有点对不起票价，好在公主和王子唱得惊艳，结束的时候大家都喊好极了。

莉莉出了剧院，脸上不掩失望。她上戏剧课，审美标准高，吃晚餐的时候仍然在念叨："她应该练习好再上台嘛，最后单独谢幕的时候掌声还持续那么长。"

席桐说："她是新人，唱成这样无可厚非。"

"《复仇之火在我心中燃烧》这段音高是检验顶尖花腔女高音的试金石，莫扎特在作曲的时候没有考虑到人的声带结构，即使是狄安娜·达姆娆来唱也不能保证每次都完美无缺。"

孟峥用酒杯碰了一下莉莉的："不是每个人都有充分的练习时间，如果你指望等练到最好再上台，你很可能已经失去机会了。临场发挥就是最好的练习，我相信这个女歌手至少下一次会唱得比今天好。"

甜白葡萄酒有点上头，席桐笑眯眯地看着他："你是在说你自己吗，孟先生？"

一大一小都在认真等他说话，孟峥抿了口酒，慢条斯理地道："差不多吧。"

席桐正要洗耳恭听他的崛起史，只听他骄傲地对小姑娘说："比如说，我数学考试从来不复习，每次都是满分。"

莉莉转头："姐，我对帮助这么幼稚的男人追到你表示非常抱歉。让我来跟你说，他考律师执照之前是怎么不要命地复习并且约我当律师的妈吃饭让我爸误会我妈出轨的人是他。"

席桐又听了个八卦，很爽。

孟峥不爽，他觉得自己总在两个小女孩面前丢脸，还不能发火，得和颜悦色地刷卡买单。席桐和秦莉莉就算了，连跟了他多年的秦立都开始调侃他了。

餐厅做泰式料理，太辣，他没怎么吃，酒喝了不少，走出门的时候，被凉丝丝的夜风吹得直眯眼。

席桐往他脖子上摸了一下，很热，手掌却又很凉。他站在人行道上抽了根烟，望着正在关门的华人商铺，不知在想什么。

"那条路过去，就是哈斯廷街了。"莉莉扯一扯席桐的袖子。

席桐和她装作散步走到拐角，从墙后伸出两个脑袋，东张西望。孟峥见不得这副鬼鬼祟祟的样子，问："你们要干什么？"

莉莉翻了个白眼："我爸又不让我去。"

他走过来，叼着烟，把席桐微乱的头发重新扎了个低马尾，深吸一口，摁灭了烟头："你想不想？"

"想什么？"席桐装傻。

"你想长见识，我就带你去看，你是成年人。"

"嗯嗯嗯！你带我们一起去吧，就几分钟，我们跟着你不乱跑。"她点头如捣蒜。

就是特别好奇，但一个人绝对是不敢去的。

孟峄扬起嘴角，一手牵一个："十五分钟，走到菲律宾大使馆。"

莉莉欢呼雀跃。席桐摩挲着他的掌心，觉得他今天喝得有点多。酒会削弱人的反应速度，要是有人一刀砍过来，他会不会保护不力啊？

好在她担心的事没有发生。

还不到九点，除了寥寥几家全天开放的便利店，路边的铺子已经关得差不多了，有的华人看见他们走在这儿，还用"港普"好心提醒不要逗留。灯火渐渐稀疏，垃圾开始多起来，转弯处出现了三四个穿着破洞牛仔裤的青年，打着鼻环，头发染得乱七八糟，聚在一块放声大笑，对他们指指点点。

孟峄对这里的地形很熟，带她们走了条小路，越往前，人就越多。一个浓妆艳抹的拉丁裔女人坐在垃圾桶边哭泣，听到脚步声倏然抬起头，伸出一只瘦骨嶙峋的手臂，嘴里咕哝着什么，席桐看见她胳膊上布满青紫针眼，毛骨悚然。

"她向你要钱买药。"孟峄淡淡道，加快步伐。

再往前走，黑暗更浓，理发店门口突然传来女人和男人的尖叫，席桐赶紧捂上莉莉的眼睛。

莉莉听得都发抖了："我们快走吧，我不要在这儿待了。"

孟峄拎着心情复杂的小女孩们走到主路，给司机打了个电话，让他把车开到加拿大联合教会门口。

"最好一开到我们就上车，不让他在这里停，不然可能会遭到抢劫……"席桐想得周全，话音未落，右边突然掀起一阵骚动，聚着不少人，还有警察的声音。

"不会是死人了吧！"莉莉叫道。

路口有几个亚裔在用粤语谈话，孟峄过去问了几句，得知确实死人了，就在华人小教堂旁的公寓。

"是个刚来温哥华的中国老板，枪杀，嚯！身上三个大洞。"那人比画着，啧啧道，"这个老板好像还很有身份，他的助手半小时前回来，敲门不应，找房东拿钥匙，结果发现人都死大半天了！这是惹了仇家吧。"

席桐和莉莉第一次这么接近凶案现场，脊背凉飕飕的，拉着孟峥往回走。司机正好到了，摇下车窗示意，几人上了车，径直往机场开去。

加拿大的最后一站给席桐留下了无比震撼的印象，直到机场都不能平复。莉莉与两人告别，搭乘十一点的飞机回温哥华，孟峥给她爸打了个电话：

"你以后不用担心莉莉乱跑，她的好奇心已经得到了满足，她以后会乖乖在学校宣传禁毒的。"

秦立："……"所以你还是把她带去逛了？他可怜的小宝贝一定吓坏了，这没当过爹的人做事就是莽啊。

孟峥不认为自己莽，他以后有了孩子，就会带他去看最富丽堂皇和最贫穷阴暗的地方，让他知道这个世界就是真实。从来没有正确的价值观是在完全饱和的糖水或苦水中泡出来的。

席桐不知道他满脑子都在想未来孩子的教育问题，就觉得他表情很严肃，从起飞开始一直在沉思，以至于她不敢打扰。

私人飞机离开北美大陆，到了太平洋上空，席桐打开座位前方的平板电脑，输入几个字，电脑显示预计当地时间八月三日二十三点到达银城，飞行时间十小时。

她合眼小憩，一不留神就睡着了，不知过了多久，隐隐听到耳畔有说话声。

"到了吗？"

"我们需要返航。"孟峥放下手机。

"……嗯？"

"郝洞明死了，加拿大警方要求我们回温哥华做笔录。"

席桐哦了一声，半响，猛地叫出来："什么？郝总……"

"死了。"孟峥重复。

席桐一个激灵，完全清醒了。

返程需要重新申请航线，几小时后，飞机降落在银城机场。孟峥先给杂志社打了电话，主编大晚上被郝洞明死了的消息惊得从床上跳起来，东岳的专刊才刚上市，这是要临时加一则讣告吗？

主编睡不着了，赶紧把宋汀叫起来商量。孟峥没说郝洞明是怎么死的，主编却有朋友住在温哥华的华人区，很快就打听到是谋杀，不是因为突发性的疾病去世。这案子对国内影响太大了，郝洞明不仅是资本圈赫赫有名的人物，还是闻家的女婿，他没退休就仆街了，东岳下一任执行总裁位置悬空，集团内部事务存在很多不确定性，在商业竞争激烈的环境下，市场对此的反应不会乐观。主编看了眼股票，东岳贸易和东岳投资的市价陡然走低，资本的消息最是灵敏。

　　至于席桐因为意外状况不能按时返回岗位，跟这个比起来实在不算大事，宋汀让她在前线，跟进一下这案子的进展情况。他做了三十年媒体，养出了敏锐的直觉，预感到山雨欲来。以前曾出现过这种现象，某个人一死，关于他此生的各种评价都会浮出水面，如果这时候突然冒出负面大消息，那么为东岳做宣传的杂志社也会背上骂名。

　　席桐箱子里全是换下来的脏衣服，这几天都没洗，孟峰叫人把她的行李箱带回家，衣服用品回加拿大再买。

　　航线申请完毕后，刚回到中国的两人又坐上了越洋飞机，向太平洋东海岸出发，席桐时差都倒不过来了，落地后看到亮堂堂的月亮，分不清今天到底是几号。

　　警察没要他们立刻去，因为下班了。

　　孟家在温哥华没有能拎包入住的房产，两人还住在原先港口边的酒店，助理在大厅等候多时，脸色不太好，和孟峰低声说了几句。

　　孟峰语气平静："这件事先压着，叫马修的部门加班，盯紧市场准备做对冲，公关那边跟秦立打个招呼，他知道该怎么做。"

　　他提到的人是公司的财务官，席桐见过，是个金融大牛，据说做衍生品套期保值很厉害，曾经在大学教风险管控。

　　不会是ME出事了吧？席桐想。

　　孟峰看她面露不解，带她走进电梯："明天上午我们需要去警察局做笔录，据我所知，警察可能在怀疑我。如果对我的调查进行很多天，ME的股价就会像东岳一样跌下去。"

　　"怀疑？他们怀疑你杀了郝洞明？拍电影查案都没这么神速啊？"席桐瞠目结舌，这个嫌疑是怎么得出来的？

　　孟峰也颇为无奈："我也不清楚具体情况。明天他们问你话，你照实说就是。"

　　席桐点头。

　　翌日上午九点，司机准时送他们去警察局，席桐进了房间，对面坐着个华裔女警，会中文，先态度礼貌地问候几句，然后就开始公事公办地问话。

"八月一日周六晚，你什么时候到温哥华的？和谁一起？什么时候离开加拿大的？"

"我和我男朋友还有他公司员工的女儿晚上十一点到机场，十二点进酒店。我们在那儿住了一宿，周日晚上十点搭他私人飞机回中国。"

"孟先生是你男朋友？"席桐看见女警露出一丝微妙的表情。

"是。"

"你们三个人一直在一起？"

"嗯。昨天晚上我们两个回国，莉莉还要上学，所以搭客机飞回多伦多了。"

女警用笔尖敲敲桌子："席小姐，你仔细想想，一直在一起？"

"呃，差不多吧，周日上午我和莉莉去酒店对面的玛丽娜咖啡馆吃了顿早午餐，我男朋友在房间里睡觉，没出去过，我们还给他带了墨西哥塔可饼，当时他在看文件，说下午要和郝洞明见面谈收购工厂。之后他带我到酒店的会议室见了几个朋友，结束后联系不上郝洞明，就跟我们一起去伊丽莎白剧院看歌剧了，是下午四点场。看完歌剧我们在唐人街旁边吃了晚餐，因为孩子比较好奇，又去东哈斯廷街逛了逛，逛完就直接去机场了。"

"孟先生知道死者住在哪儿吗？"

"不知道，他们之前只是口头有约。"

女警扶了下眼镜："孟先生周六晚上睡得好吗？他曾经有抑郁症病史，长期服用安眠药。"

席桐没想到她调查得这么利索："是，他是曾经有，但现在已经治愈了……"

说到一半，她突然发觉女警在套话。

她如实道："对了，我男朋友那天晚上刚到酒店，就和几个朋友去酒吧了，所以第二天醒得迟，没有跟我们一起吃饭。他带着电脑，说了下关于温哥华分公司搬家的事，他还给我发了他朋友的手机号。"

"几点回来的？"

"我不确定，他洗完澡大概四点，那时候我醒了。"

"你知道他去的是哪家吗？"

席桐找出手机里孟峥给她发的定位还有号码给警察看。

可能她长了一张特别纯真无害的脸，女警对她笑了一下，又恢复严肃，对她说："所以孟先生晚上零点多到三点多这段时间，和你不在一起。"

"嗯。"席桐说，"郝洞明先生是这段时间遇害的吗？你们可以去问孟峥那群朋友，他们可以作证，他一直在酒吧。"

"我的同事正在隔壁询问。"女警扣上钢笔盖，"法医根据枪伤，推测死者的死亡时间在周日凌晨。和他有关的所有案发时在温哥华的人,我们都要叫来问话,排除嫌疑。席小姐,你现在可以出去了。"

席桐觉得那就没事了,例行公事而已,她和孟峄都有不在场证据。走前她又好奇地问:"郝洞明是被人拿枪打死的吗?"

"是,手法非常利落。"女警并未表现出怜悯的神色。

席桐咂舌,别的也不敢多问,出了审讯室,在大厅里等了一阵,不见孟峄从楼上下来。

她从十点一直等到十二点,肚子饿得咕咕叫,只好在街头买了面包和司机大叔分着吃。吃完又过了半小时,孟峄总算出来了,身边跟着几个警察。他和警察说了几句,大步走过来,有些心不在焉地牵起她的手,坐上车。

席桐小心翼翼地问:"怎么啦?"

"看来这案子得查上一段时间了。警方对我进行了硝烟测试,没有发现火药痕迹,但这也不能说明我就是清白的,因为罪犯可以通过各种手段消除火药效果。"孟峄捏了捏眉心,"后面他们还要来问话,我们暂时先留在加拿大,杂志社那边,我刚刚已经给宋主任打了电话,你不用担心工作。"

她心中一暖,把头靠在他肩上:"我不担心。你在担心什么?"

孟峄说:"郝洞明临死前在地上留有字迹,警察在他的个人电脑里也发现了他怀疑我对他不利的证据。我还不知道,郝洞明对我的敌意这么大。另外,我们前天晚上去哈斯廷街的时候,那栋公寓楼里死的人就是他。"

郝洞明死在周日的凌晨两点到七点间,是私助在下午发现的。

私助被郝洞明责骂一番,离开公寓,开车在整个温哥华市区找能做菜单上那些山珍海味的中餐馆,但深夜开门的只有酒吧。他越找越绝望,想起自己的车贷、落户积分和女友父母的脸色,又想起在贫民窟里遭遇的抢劫和难伺候的上司,忍不住在车里痛哭一场,哭累了两眼一闭睡过去,竟然一觉睡到大下午。

恢复了点精力,他第一反应就是拿起手机看短信,舒了口气,郝洞明没要求他立刻回去。左右买不到菜单上的食物,他就随便找了家饭馆,吃了盘青椒肉丝盖浇饭,又打包了几样最贵的荤素菜肴,匆匆赶往公寓,做好了郝洞明把菜扔到他头上的心理准备——爱吃不吃,大不了老子辞职,不受您这个鸟气!

他破釜沉舟地想着,重重拍门,里面不应,打电话也不接。

该不会出去了吧?

私助在门口拎着饭盒,胸口翻腾的火气渐渐平息,这时候又迟疑了,他觉得自己还能再忍一段时间,毕竟贷款不好还,他为了在未来的老丈人面前昂首挺胸,按揭买了辆一百万的车。

他决定把饭放到冰箱里，等郝洞明回来再吃，于是他上楼找房东拿了钥匙，开门。

大夏天，一股诡异的臭味立时钻进他的鼻子，私助觉得奇怪，叫了声郝总，卧室里好像没人。等他踏进去一步，"啊"的惨叫出来——脚下全是血，郝洞明赤裸着上身，趴在地板上，几只苍蝇绕着尸体嗡嗡乱飞。

手里的饭盒啪的一下砸在血泊里。

他连滚带爬地把房东叫来，两人报了警，警察慢吞吞地过了一小时才到，封锁楼下拍照取证完，天都黑了。

私助和楼里的邻居被依次问话，他是两点钟离开的，有人说似乎在凌晨听到了响动，不确定是三点还是四点。

死亡原因再明显不过，不瞎的人都能看出来，郝洞明中了三枪，每枪都打中内脏，看起来对方和他有深仇大恨。

枪手仿佛是个幽灵，神不知鬼不觉地飘进屋子，打死他之后，又不着痕迹地飘了出去，唯一可以肯定的是他穿过这里的拖鞋。鞋子是死者平时穿的，所以警方无法通过血脚印判断枪手的身高。

公寓很老旧，楼道没有摄像头，据私助说屋里有一个，但被毁了，附近全是些天天乱逛的流浪汉，嘴里没句可靠的话。

死的是个外国人，街区又那么乱，警方不是很积极，私助被郝洞明的死状吓糊涂了，等警察走后才六神无主地通知了郝洞明的直系亲属闻澄，叫她赶紧来加拿大料理后事。没想到闻澄就在温哥华，她接到电话后冲到警察局里，还没看见她驾鹤归西的爸，就在大厅里晕了，被送到医院挂水。她心脏不好，受不得刺激。

闻澄一倒，重担都落到了私助身上，郝洞明此行就带了他一个人，来得很隐秘。说是来看制药厂，其实是为他查别的，那几家厂他们都还没去参观，警察一问，他支支吾吾说不出个所以然。

一个外国富商，为什么住在这么不安全的地方？他作为懂英语的助手，不知道公寓这边复杂的环境吗？

卧室为什么那么脏乱，桌上有空饭盒，死者为什么还要他去买饭？

郝洞明死前除了他，还见过谁？

私助汗如雨下，他一个也回答不出来。虽然他在案发时间有不在场证明，警察还是审问了很长时间，最后私助吐露了寥寥几个他知道的信息，诚恳地请求他们保密。

警方同意了，在现场没有留下入侵者 DNA 和凶器的同时，锁定了价值更高的线索。

郝洞明临死前用血在地上写了四个英文字母，一个很常见的名字：Ryan。

他待机的个人电脑里还有一封奇怪的匿名邮件，技术员表示他打开看过许多遍，周六凌晨死前还看过，键盘上只有他的指纹。

邮件的内容是恐吓，富豪们很大概率会收到的那种。

只有几行英文，很短，写信的人知道有人要来向郝洞明复仇，说他即将完蛋了，这个人熟悉郝洞明过去的一些行为，并暗示其在加拿大生活过。

那封邮件被拷贝到桌面的文档里，郝洞明生前曾对此做了许多思考，他在邮件内容的末尾写了同样的名字，只不过，后面加了一个拼音"MENG"，还写了"孟鼎"两个汉字。

效果立刻大增。

世界上有无数个瑞安，但加上这个后缀，就完全不同了，是个加拿大人都知道瑞安·孟是谁，孟鼎是谁。

警方从私助那里得知孟峥和郝洞明在中国关系密切，来加拿大后还约了见面，立刻通知孟峥第一时间回来配合调查。

"孟先生，您在酒吧的朋友证实，当晚您十二点半到酒吧，留到凌晨三点，那么从三点钟到进宾馆这段时间，您在哪儿？"

"在回去的路上。"

"酒吧离酒店直线距离只有七百米，用不着那么久。"

"我出来的时候，门口那条路被一群人堵住了，我想大概是某个团体举行的集会。我绕了路，喝了酒，走得慢了一些，中途还碰上几个流浪汉的纠缠。"

警察调出监控，他说的是事实，出酒吧后避开人群，往南走了条小路，消失在黑暗里，于三点三十一分再次出现在酒店大堂的监控下。

"您出门不带保镖吗？"

"我未婚妻知道，我有一半的时间不会带保镖，尤其是在私人行程中。并且，我父亲送我去学过一些够用的防身术，只要不是运气特别差，都能脱身。"

"您会打枪？"

"会。"孟峥很自然地答道，"我很早就有持枪证了。您知道，住跑马道的人百分之九十都会打枪，我小时候有加拿大未成年持枪许可，成年后换了持有和购枪许可。"

警察把他带到另外的房间里，和当晚一起喝酒的五个朋友依次对质了一遍，他们已经被单独审问过，关于细节的证词和孟峥一样，并且都用名誉发誓孟峥不可能杀人。

时间很长，警察问得很详细，孟峰两点多才从局里出来。

席桐听完他的叙述，颇为不解："要真是你杀的，你也不可能把那个用血写的'瑞安'留在地上让警察看到吧，而且那栋公寓离酒店挺远，你是步行，哪有时间在半个小时之内杀人再赶回来。"

她注意到他的脸色很差："饿了吧，我们去吃饭。"

孟峰叹了口气："明天我们回多伦多。我留在加拿大，中国子公司的事不能放，我在总部协调方便。"

席桐看他有些沮丧，揉揉他的脑袋："好啦好啦，不生气，你要是现在回去，国内的媒体还不知道怎么说你呢。"

孟峰看着她的眼睛，目光复杂："我不在乎他们怎么说我。"

席桐抿着嘴笑了，露出两个酒窝："我知道。"

距离郝洞明死亡过去了三天，东岳内部大乱。

郝洞明去加拿大并没多少人知道，他被谋杀在异国，这消息很快就登上热搜榜，占据前十。

他以前立过遗嘱，律师把文件拿出来，众人发现上面并没说那百分之五十一的股权要留给谁，没有特别提到闻澄，更没提到闻家。郝洞明看起来很信任公司条例，他的股权分割由董事会决定，于是目前每个大股东都虎视眈眈摩拳擦掌，要在下周一的董事会上大显身手——董事会还将选举董事长和执行总裁，这两个位置谁不想要？东岳积累的财富可不是一笔小数目。

有几个小董事没那个争权的能力，已经开始押宝了，担任临时总裁的杨敬大清早一到办公室，秘书就送来各种拉拢关系的礼品，美其名曰提前祝他生日快乐。

他照单全收，从里头挑了几件，有价无市的红珊瑚笔架、徽州砚台、孟臣罐、玉如意，都是带有中国传统文化色彩的，叫司机连带包装一起送到 ME 大楼。

司机刚送到，电脑旁的座机就响了。

"孟总，晚上好！您吃了吗？"杨敬爽朗地寒暄。

多伦多正是黄昏，孟峰站在落地窗边，夕阳把他的影子拉得很长。

"谢谢，吃过了。你看下邮箱。"

"哎，好。"

杨敬立刻移了移鼠标，待机的黑屏亮了，邮箱里一分钟前收到一封加密的新邮件。

"郝洞明想收购的制药厂在我手上，你开个价，和 ME 中国这边谈，我到时候会通过。"

杨敬一听，高兴坏了。

鹏程集团早就想涉及医药领域，只是原野制药是梁家的，他和杜辉经常在东岳见面，面子上不太好看。

他激动道："孟总，您这就见外了，开什么价？ME出多少我都买！上次我们鹏程集团那几家重要的化工厂，差点被原野制药恶意收购，多亏您当了白衣骑士。虽然工厂所有权归ME，可经营上还是由鹏程做主，您也答应五年之内把厂子还给我们。孟总，您帮了我们杨家大忙，我还没谢您呢。"

他一边说，一边快速浏览邮件，越看越惊心，声线都不稳了："孟总，您这资料从哪儿弄来的？"

"你只要知道，证据确凿无误就行。"孟峰说，"抱歉，我马上有个会。"

"好，您先忙。谢谢您啊，等您回来我请您夫妇二位吃饭。"

杨敬挂了电话，再次仔仔细细从头到尾看了一遍资料。

假疫苗。

原野制药。

他朝后仰靠在皮椅上，快慰地笑了几声，一张黑脸兴奋得发光。

笑完了，又觉得这个年轻人可怕，他满足了自己每一步的需求，答应帮自己坐上东岳CEO的位置，却一直隐瞒着他的目的。

杨敬活到快五十岁，却看不透他，有时候他左思右想，觉得未来还是应该属于像孟峰这样沉稳老练、天赋异禀的年轻一代。

第十四章 嫌疑人

"你都开一天会了，马上还要开？"

席桐端着温牛奶从茶水间走过来，她刚才听到他在跟人讲电话。

孟峥站在单向玻璃窗前，傍晚八点的太阳仍然明亮，悬在高楼大厦之巅，灿烂光辉给他轮廓分明的脸和白衬衫镀了一层华贵的金色。

他凝视她片刻，把西装外套脱了，和领带一起扔到沙发上："不开，骗他的。"

她在这里，他不想跟别人说话耗费时间。

席桐不客气地坐到他放着无数文件的办公桌上，两条腿在空中晃来晃去，喝了一口全脂牛奶："孟峥，你果然变坏了，都学会骗人了。"

她刚洗完澡，穿着他的短袖衫，领口开得大了些，露出两截纤巧的锁骨，松松扎起的丸子头散了几缕发丝下来，搔着苹果似的腮帮，还有沾着奶渍的唇瓣。

孟峥嗓音有些哑："我渴了。"

席桐把桌上的保温杯给他，他也丢到沙发上，眼睛盯着她手中的牛奶。

"你不缺吧，冰箱里有三升牛奶，你非得抢我的。"

她不情不愿地把玻璃杯递到他嘴边，孟峥突然抓住她手腕，她一下子没拿稳，牛奶洒得到处都是，顺着棉T恤滴滴答答落到地毯上，杯子里就剩一半了。

"孟峥！"她欲哭无泪地揪着衣服，抱怨，"你就不能轻点吗？刚换的又要洗！"

孟峥的确渴了，喉咙干涩，几乎要蹿出火，眼里只有那两片湿润晶莹的红唇。

下一秒，他贴上去，用力地吮起来。

奶香四溢。真甜！

席桐嗓子也干了，下意识拿起杯子，被他夺过，一口气灌下去。

真的跟她抢奶喝？好不要脸。

他看她满脸埋怨，笑了笑，左手搂住她的腰，来到落地窗前，哗一声拉开窗帘。

西边染红的天际有几朵浮雕般的云，下面是一片摩天大楼，像拔地而起的茂密森林。交错纵横的公路上，车辆像无数移动的火柴盒，行人更是渺小得看不见。

"好高！"

席桐向来有些怕高，嗓音忽然紧张起来，这一低头，心就一提，脚下离地万丈，好像要穿过干净的玻璃跌下去，连忙抓住他的衣服。

他扣住她撑住窗子的手，抬起她的下巴，让她的视线往上移："不怕，你看那边。"

晚霞绚烂，夕阳已经坠落大半，成群的海鸥飞渡一片金红的余晖之海，朝岸边盘旋扑来，有几只流星般划破火烧云，掠过城市上空，与千百座高楼一起在幕布上变作镶着金边的黑色剪影。刹那间，四通八达的街道亮起了灯，璀璨的光芒在大地上流动，汇集成一顶斑斓炫目的皇冠，把最大的一颗绿色宝石呈现在她眼底。

他把她的手攥在掌心："那是 ME 建的会展中心，漂亮吗？"

"建筑师管它叫'sycamore'，我跟他说，机器翻译不对，是'Chinese parasol tree'。"

"什么意思？"

"梧桐树。"

两个词都是梧桐树，但中国和外国的树种不一样。

孟峄衔住她红透的耳垂，喃喃道："送给你，喜不喜欢？明天里面有个画展，我陪你去看好不好？"

她一震，回头对上他深沉如海的眼睛，张嘴想说什么，他凑过来，以吻封缄。

空气中好像悬浮着无数簇火苗，温柔地燃烧着两根木柴。有那么一霎，办公室、窗子、高楼、车水马龙都消失了，瞳孔中只有一轮在虚空中沉沦的火红太阳和灰黑的苍穹，时间的界线也模糊不清，好像面临着世界上最后一个黄昏，又好像是世界上第一个黎明。

他抱着她，在云端俯瞰。

一切都很静。

彼此的呼吸带着令人心安的气息，仿佛可以在这一刻死去。

天很快就黑了。

"遮阳伞"——这座由 ME 独资的国际会展中心坐落于唐河左岸，六年前开工，去年建成，因为独特的树冠造型和大面积的室内绿植频繁荣登建筑大奖名单，据说建成后资方还找了个懂易经的先生看风水，客流源源不断，是艺术展、拍卖会和高级会议青睐的热门场所。

法国 19 世纪艺术大师画展在这里办到八月中旬，从罗浮宫、奥塞、橘园以及各大区博物馆借来的名画占据了三层展厅，游客们在入口处排了老长的安检队伍。

一辆加长黑色林肯停在大门处，司机打开车门，后座走下一对挽着手的年轻男女。女士穿着小白鞋，一身简约的蓝色长裙，系着条珍珠灰的披肩，宽檐帽遮住了半张脸；男人身穿酒红色开襟外套，极其挑剔的颜色，雪白的高领把脸部线条衬出十二分的冷峻高傲，银质领扣在艳阳下熠熠闪光，却不及他眼底星芒一半耀眼。

这样出色的外形和锋利气质，在乌泱泱的人群中立刻成了瞩目的焦点，有懂行的人认出了他左手戴的表，正是百达翡丽博物馆上个月被拍走的价值百万欧元的那枚。

"ME 集团的董事长，听说马上要结婚了，他在瑞士拍下了一组名表'雪绒花'，一共有九枚，他戴的是其中之一，另外八枚要送给未婚妻和孩子。"

"啊！幸运的女孩！"

"你想当他女朋友？"

"不，我只想要他的钱。"

"我就不一样了，我只想要他的手表。"

"那组手表为啥叫雪绒花？"

"看过《音乐之声》那部老片子吗？里头军官男主唱《雪绒花》可好听了，他老婆生了一二三四五六七个娃，我看小道消息是董事长夫人已经怀了。"

"听说我要生七个？"

走进贵宾通道的席桐抬头瞄一眼身边的孟峢，她眼睛尖，刚才看到有中国游客兴奋地望着他新买的表，随即想起报纸上的八卦新闻。

这些八卦要点脸好吗？她真的只是吃多了不是未婚先孕啊！这年头大众对女人的身材要求都那么高吗？非得 A4 小蛮腰才行？

孟峢失笑："我只是觉得这组表性价比高，也好配衣服，一千万欧元可以买九枚，不戴的时候放在家里做装饰。"

席桐："性价比，还真是，很高啊。不过你今天穿这身，很可以的，我以为你出门只会穿黑白灰西装。"

他有点不自在："莉莉让她爸给我买的。"还有根特别花特别闪的意大利手工杖，他实在不想带出来，放办公室了。

老秦家为了他的终身大事真是操碎了心。

"你其实就适合穿亮一点的颜色,这样看起来没有平时那么凶那么冷。"

而且,禁欲系和妖艳款加在一起很要命的。

美色当前,别人都在看他,席桐很有自豪感,肉眼可见地膨胀了,扯扯他的袖子,他刚偏过头,她就踮起脚"叭"地在他唇角亲了一口,很小声地说了什么。

又笑眯了眼,月牙弯弯的:"你说过这两周让我休息的哦。"

孟峄差点把她扛到洗手间就地正法。

跟在后面的助理吃狗粮吃得想吐,赶紧把票给检票员,交换了一个"没办法"的眼神。

展览的画多是印象派、浪漫主义和新古典主义,莫奈、西斯莱、德拉克洛瓦、柯罗等人的作品从一楼排到三楼,展厅里密密麻麻全是人,孟峄一转头,席桐就不知道跑哪儿去了。

总之不会丢,他在人潮中感到放松,看了一阵画,总觉得身旁缺点什么,进了电梯直达三楼,一开门,席桐就站在离他二十米的地方,对着一幅油画拍照。

他无声地笑了,走过去,和她并肩而立:"你喜欢雷诺阿的画?"

席桐被他吓了一跳:"我以为你还在楼下呢。助理说雷诺阿在三楼,我就直接上来了。他是我最喜欢的画家,色彩和光影的运用太迷人了。"

雷诺阿是第一个活着看见自己的作品被罗浮宫收藏的画家,他的印象派画作色彩绚丽柔和,主题非常生活化,人物总是洋溢着青春的活力。

"我也喜欢。"

席桐倒是很惊讶:"我以为你会喜欢安格尔这样的新古典主义,画裙子褶一丝不苟,和照相一样,逼真到炫技。"

孟峄见她不信,下巴朝墙上的画微微一抬:"《小伊琳》,作于1880年,据说与雷诺阿不睦多年的德加看完后,也忍不住称赞他画得极好。画上这位八岁的小姐是一位银行家的女儿,雷诺阿最初迫于生计才接单,但后来看到真人,超常发挥了。"

席桐探头看画旁边的小字介绍,还真是一字不差,不禁对他另眼相看:"所以,你为什么喜欢雷诺阿?"

孟峄欲言又止。

画上的小伊琳恬静地坐在洒满阳光的树丛前,浓密的长发披到胸前和腰际,白皙得几乎透明的脸上,一双剔透的眼睛略带羞涩,望着远方。天蓝色的蕾丝裙、蓝灰的瞳眸、发上的蓝蝴蝶结将她衬托得如初春的湖水一般纯净,红润的小手、红棕的卷发、樱桃红的嘴唇又淋漓尽致地展现出明艳的生机,在暗色调的背景下,她犹如一束明亮的光源,照亮了观众的眼睛,让人能想起生命中那些最美好的东西——

明媚的阳光，年复一年的春日，新鲜的空气，初生的绿芽。

"是因为……"

匆匆的脚步声骤然响起，孟峥回头，助理走过来和他低语几句，席桐朝展厅门口看去，只见两名穿制服的警察等在那里，正皱眉盯着他们。

"是因为，他的作品里总是有光。"孟峥说完，吻了一下她的额头，"桐桐，我可能要晚一点再回来，冰箱里有馄饨，你记得吃。"

"警察找你什么事？"

他拍了拍她的肩："放心，我能处理。"

说罢，便独自朝门口走去，和警察一起消失在走廊上。

席桐有种不好的预感，接下来看画也没什么兴致，助理陪着她，但一直在打电话，她听见他联系了孟峥的律师，语气有点急。

回到 ME 后，她把三鲜馄饨煮了当晚饭，馄饨是食堂的华人厨师包的，袋子上贴着"请在 0:00 前享用完"的标签，味道很好，她吃着吃着，突然察觉不对。

孟峥上午开完会拎着馄饨回来，之后在客厅办公，没出去过，中午他在茶水间做了两盘番茄意面。

馄饨是一人份的，那么他知道晚上不回来吃饭？

她洗了澡，躺上床，半夜醒了一次，孟峥没回来。第二天中午，她接到助理的电话，孟峥这几天都不能回公司了，和几个保镖住在跑马道的家里，让她别去找他。

温哥华市区，某家私人医院。

下午四点，闻澄睁开眼，病床边坐着个人，正在削苹果。

她一看见他，就哭了，哭得很伤心："我没爸了，我爸他死了！薛岭，我爸死了，我爸妈都死了……"

薛岭放下苹果，用温水洗了手，扶着她靠在枕上，抽纸巾给她细细地擦脸，手指温热，力度舒适。

闻澄哭了一会儿，眼泪渐渐干了，脸上的表情陷入一种呆滞麻木的状态，好像变成了没有灵魂的木头人。

薛岭站起身，很温柔地开口："警察来了，他们要问你一些事，你知道什么，就和他们说。中国警方已经和他们交涉过，这边会尽快把案子查出来。"

闻澄好似醒了，拼命摇头，拽住他的衣角："我不想见他们，我谁都不想见，薛岭，你在这儿陪我，我只有你了！"

他说："我去给警察开门。"

他一离开床边,闻澄的眼泪又哗啦啦淌下来,薛岭走到门口,外面等着一个亚裔男警察,很面善,跟他走过来,朝床上打了声招呼:"闻小姐。"

薛岭重新坐下,闻澄抱着他的胳膊呜咽,警察见状,把音调放得更加软,开门见山:"闻小姐节哀。我刚从警局过来,对孟先生的证词做了记录。我想请问你,郝洞明先生是什么时候来加拿大的,你又为什么来找他,你周末的行程是怎么样的?"

警察耐心地问了好几遍,闻澄才抽抽噎噎地道:"我爸是周四过来的,我,我家里出事了,外公在医院,医生说他快不行了。"

她哭着说了几句,口齿不清,薛岭向警察解释:"她来找郝先生帮她舅舅的忙,您知道,郝先生在银城具有很大的影响力。"

闻澄的思维很混乱,肿着眼泡、鼻头红红的样子也着实可怜,警察好容易才记录下来,她是周五飞过来的,傍晚五点落地,然后就住进中山公园附近一个朋友的公寓。

"既然很急,你周六没有去找你爸爸吗?"

闻澄摇头,抓紧被子,看上去又悔恨又气愤,抹抹眼泪:"我一下飞机就给我爸打了电话,他就不告诉我他在哪儿,还关机了,他以为我是来找他要钱的!"

"要钱?"警察问。

薛岭替她说了:"她和郝先生在国内吵了架,她想开一个化妆品公司,国外供货商已经联系好了,郝先生不同意,认为她经验欠缺。"

警察点点头:"那么闻小姐,你来温哥华后一直在公寓,没有出去过吗?"

"没有,房子附近太乱了,我不敢。"闻澄低声道,"我不知道我同学的公寓在中山公园这边,但我急着找我爸,没空订别的酒店了。"

"也没有见其他人?"

闻澄垂下眼,握着薛岭的手:"没有。"

"周六晚上你是几点睡觉的?"

"我不记得了。"

"闻小姐,你再好好想想,郝先生被枪杀的那一晚,你……"

警察的话被一声尖叫打断了。

闻澄痛苦地抱住头,身体蜷缩起来,号啕大哭:"你别说了,别说了……我不能,不能想我爸那个样子,他,他身上……"

薛岭搂住她的背,轻声宽慰,好半天她才平静下来,说不出话,埋在他怀里,泪水把他衬衣浸湿了一片。

警察看这情况就知道不能再问了,收起本子:"谢谢闻小姐配合,我会再过来。薛先生,你……"

薛岭把闻澄放平在床上："她昨天看过郝先生遗体，受了很大刺激，我们还是出去说吧。"

警察和他去了走廊，问题还是那几个基本的。

薛岭给警察看了他的机票和餐厅预订，他是加拿大籍，在温哥华郊区有个二手老房子，也有不少熟人，银湖地产有个项目在这儿，他飞来谈合作，和闻澄不是一班飞机。熟人下周才有空，所以他从周五到周日除了吃饭买东西就一直在家，到点就睡了，但没有人证，只能凭家里台式电脑发出的邮件证明他睡前没出去。

"薛教授，你和闻小姐谈了多久恋爱？"

薛岭顿了一下，笑笑："其实我们的关系并没有外人以为的那么好，我和她只是在恋爱关系的初级阶段，说实话，她付出的比我多。我们在国内也时不时吵架，你别看我说话挺和气，其实有些原则性的想法我是不动摇的，比如说，我和她父亲一样不支持她开公司，她的性格不适合。除此之外，她也不喜欢我对别人说话和对她一样和气。"

警察明白了，递给他一根烟："她知道你在她之前就来加拿大了吗？有没有可能，她除了找郝先生，也是来找你的。"

"她来得很突然，下飞机之后才知道我在这儿。"

"她知道你的行程安排？知道你要和谁一起吃饭，周六在哪儿，周日在哪儿？"

"是的。"薛岭温和道。

警察没有问题了，告诉他后面可能还要再次询问，薛岭表示欢迎："我希望警方能尽早找到头绪，我非常感激郝先生在国内对我的帮助，他去世，我心里很难受。"

送走警察，他走回床边，闻澄哭累了，闭着眼，脸色苍白。

他静静地看了她一会儿。

闻澄忽地掀起眼帘，伸出一只带着针眼的手，捏住他修长的手指。

"你为什么不跟我说，你周四晚上就在飞机上了？"

薛岭拂开她的手，把氧化发暗的苹果倒进垃圾桶，削了个新的。他削得很仔细，薄薄的苹果皮悬在空中，越来越长，宽度均等，削完也没有断。

他把苹果肉一块一块地削到碗里，每一块都是同等大小，刚好能入口的规格。

这些事做完，他才说："有这个必要吗？"

闻澄凄然道："薛岭，我爸死了，我真的只有你了，你不要背着我……"

薛岭的眉头舒展开，像是听到了笑话，在听到"你不要背着我找别的女人"时，他忍不住勾起唇角，真的笑了出来。

"我可以对上帝发誓，我从没找过别的女人。"

他用塑料叉子叉着苹果送到她嘴边，闻澄咬了一小口，他很快缩回手。

这回闻澄没有生气，很乖地咽下去："我好累。"

"那就再睡一会儿。"

薛岭把剩下的苹果块倒掉，等她睡着，呼吸变得平缓，又坐了一刻钟，才走出病房。

他一走，闻澄在床上翻了个身，黝黑的眼睛盯着垃圾桶里发黄的苹果块。

还是浪费了。

薛岭出了医院，回到房子里，打了个电话，没通。

他早就想好了要说的话，怎样让对方平复愤怒，这是他的专长。

他从下午一直打到晚上，比闻澄打他电话的频率还高，然而金斯顿都没接。

薛岭感到一丝不正常，换了手机，打他诊所座机，那边终于有人了。

他对着穿衣镜，脸上露出惯有的微笑，在昏暗的台灯光线下显得无比真诚："弗雷德，你在工作吗？我打了你很多次电话。"

"瑞安。"

很久之后，金斯顿才发出声音，嗓子有点哑，薛岭敏锐地发现他情绪很差。

令薛岭意外的是，他并没说别的，只是一直在等自己开口。

"你见过孟峄了？他跟你说了什么？"他问，手指握紧。

"我没必要跟你汇报我和每个病人的会面安排。"金斯顿的语气变得陌生疏冷，"不要提别人，我只想听你说。"

薛岭叹了口气："弗雷德，你又喝酒了？你来中国我去酒店见你，你回加拿大我来多伦多找你，上周我在你诊所里不是说得很清楚吗？我以为我们之间的误会已经不存在了。"

金斯顿问了他一句话。

薛岭皱皱眉，复又笑道："当然，弗雷德，我们都这么多年了。好了，你别闹脾气，我明天就飞过来陪你。"

"我明白了。你不用来见我，我明天有学术会议。"金斯顿平静地道。

"那就后天。我在你喜欢的那家印度餐厅订个位置，我们可以一边听竖琴，一边探讨你的新病例，我还为你准备了一份退休礼物。"

金斯顿挂了电话。

薛岭满不在乎地吹了声口哨，靠在沙发上，喝了半杯咖啡。

他很笃定，金斯顿过不久就会主动打电话过来，到时候他只需要说几句软话，金斯顿就会像条摇着尾巴垂涎三尺的老狗，对着十字架跪下来自责待他不够好。

这么多年了，每次不都是这样的？

与此同时，多伦多的公寓诊所里弥漫着一股浓烈的酒精味。

窗帘合着，灯没开，桌上点了支蜡烛，两个浅蓝色渐变玻璃杯放在桌上，一杯盛满酒，另一杯喝得见底。

金斯顿独自坐在幽暗的书房里，一手握着怀表，一手搭在桌上。

他面前有一张医院的化验单，还摊着一本旧版小说。距离他购买这本书已经过去了半个世纪，插图上画着一个成熟的十二岁少女，洛丽塔是她的名字。

现在离开这里，跟我一起生活，生死相伴。

金斯顿往后翻了几十页，心烦意乱地合上书，突然间，有熟悉的声音从书下面飘出来。

书本厚厚的封面碰到了桌面的黑色小球，凸起的开关被重量压下，又被手指拧了几圈。

金斯顿反复听了无数次的对话此刻又回荡在书房里，音量调到最大，他甚至可以听见那个人对别人用中文一遍遍重复着"我不回多伦多了"。

每听一遍，他的心就像在烈火中烧灼过。

他摇摇欲坠地走入狭窄的祈祷室，对着十字架和耶稣像跪下来，双手交握，痛苦地念念有词。

他完了，自从在精神病院遇见那个人的第一天，他就知道他这辈子完了，事业、道德、名誉、骄傲，全部将在未来的某个时刻化为泡影，他会从天堂跌到地狱里去，与魔鬼为伍，任由他们在耳边引诱，给他不可告人的欲望煽风点火。

那副苍白、羸弱、年轻的身躯，在阳光下像个幽灵，笑容却那么愉悦纯洁，宛如从坟墓里开出的花，美丽得可怕，它的根须早就烂在泥里了。

这就是那个魔鬼。

从前一切历历在目，他仍能想起自己在诊疗室里对他说的第一句话，原来那是书里的台词。

他们认识这么多年了，太多年了。

可对他来说，还不够久。

席桐已经好几天没看见孟峥，他在跑马道的大宅避开记者。

她点开微博，热搜从第十变成了第四，标题很劲爆——"东岳董事长惨遭谋杀"，几个关联超话是："ME 董事长""瑞安·孟""如何通过硝烟测试""反阴谋论"，某个在宣传期的电视剧还蹭了一把热度，拍的是鸦片战争时期华裔英籍间谍暗杀爱国商人，结果惨死海上的故事。

席桐看了一眼，那演间谍的小鲜肉长得比孟峰差远了，一帮粉丝还在叫，不许侮辱我们哥哥。

舆论风向之所以变成这样，是因为流传出消息，温哥华警方查出在第一次审问中，孟峰编造了谎话。

八月二日凌晨两点五十几分，他从酒吧出来，的确绕了路，却并未直接回酒店。警察于三点二十五分在另一个街区的摄像头下发现了他，那个摄像头所在的小路，离郝洞明的公寓只隔了两条街。警察推测，孟峰从那条小路出来，一定乘了机动车，所以可以在五分钟后回到酒店大厅。

面对中国记者的诘问，警方表示，孟峰的嫌疑目前不能洗脱，但也不能确认，这话传到网上，他就成了最大嫌疑人。郝洞明在银城是个人物，兼有闻家的关系，中国警方很重视这桩命案，开始排查他在国内的关系，和温哥华合作办案。

席桐看到报道的时候，怔了一瞬。

很快就有陌生号码打到她手机上，那些媒体不知道从哪儿弄到她的联系方式，要她发表看法，她说的每一句都会成为网络话题。作为一个媒体行业人，她深知缄口的重要性，接了一个电话之后就再没有接过，杂志社问起也说不知道。

她听从律师的建议，待在办公室里不出去，每天早上都能看见 ME 的楼底下聚着一群记者。她也尽量不打电话给孟峰，电话是被监听的，警察让她配合调查。

席桐不明白孟峰为什么要说假话，他根本不会杀人。

一个喜欢小孩子、连炸泥鳅都不忍心看的人，怎么会杀人呢？

他即使和郝洞明有过节，也不会明目张胆地在他胸口开三枪吧？ME 在国际上的影响力太大了，没必要付出这么大的代价。更何况郝洞明跟他的关系在外界看来不错，正是因为郝洞明力排众议，ME 才拿到了东岳百分之二十的股份，为大规模进军中国市场打下基础。

这些警方当然都注意到了，可舆论就是在不可避免地持续发酵，仿佛有人在做幕后推手，尽管 ME 做了公关，这热搜却一直下不去，连澳门赌王去世的转发量都没它大。

过了一天，一条新热搜上中外社交网站，网民们沸腾了。

知情人士爆料，郝洞明和孟峰面和心不和，两人龃龉甚深。其一，是孟峰想掌控东岳，但郝洞明不同意，他早有别的人选，不愿让东岳成为外资企业；其二，郝洞明名下的几个公司，都和 ME 存在直接竞争关系，从披露的年报来看，郝氏企业大幅削弱了 ME 中国子公司的市占率；其三，郝洞明来加拿大是为了收购制药厂，而药厂负责人公开表示，孟峰曾经挨个联系过他们，叫他们不要把厂卖给郝洞明。

在此背景下，微信公众号疯狂转载某著名咨询公司的商业分析万字长文，说东岳手上的几个大项目，涵盖了中国几大省份的新兴产业，如果 ME 能拿到控制权，将会为集团带来巨额利润，在税制改革的情况下，ME 背后的外国政府会获得数目惊人的商业税。

数字一出来，群众哗然。文章信誓旦旦，证据确凿，把口诛笔伐做到了极致，舆论往不可控的方向发展。

外网上的形势也不乐观，ME 股价一落千丈，推特上一则温哥华当地报纸的新闻吸引了人们的眼球。郝洞明的好友表示，孟峰曾经患有严重的抑郁症，还有社交人格障碍，长期靠药物维持精神状态，需要按时去看心理医生，字里行间的语气很有暗示性——

如果他的病没治好，大半夜突发奇想，跑到郝洞明的公寓给人家胸口开三个洞，忘了清理现场血印，不是没可能的。

席桐翻着网页，想看看这个"好友"到底是谁，只翻到一个闻澄在警察局痛哭的视频，她身旁站着薛岭，正对着话筒接受采访。

她愣了。

不是吧？

她感到这件事复杂得超出想象。正思忖着，手机响了，是孟峰。

"桐桐，吃过了吗？"

他一开口，还是寻常语气，听不出任何异样。

"嗯，你怎么样？"她有点急，"记者没有冲进来吧？警察限制了你的人身自由吗？"

"没有，你别担心。我在这儿生活正常，律师和保镖都在。"

"那你有没有好好吃饭？"

孟峰笑了几声，望着葱茏的花园，眼睛很亮："我自己做饭，今天中午煎了牛排，从花园里摘了几个橘子做酱汁，有点酸，这几天晚上过了十一点就不喝咖啡了，每天睡七个小时。"

席桐满意地点点头，瞅了眼手机上的股市，又愁云满面："孟峰，有人在陷害你，你刷没刷推特和微博？"

孟峰不用看也知道，秦立都跟他说了，于是他告诉她："不要紧，时间一长就会有新的热搜。"

"我还看到薛岭在说你坏话。"席桐用肩膀夹着手机，把牛奶放进微波炉，嘟着嘴，"他好坏呀。"

孟峰有点不高兴："你只能对我说这三个字。"

"什么？"

牛奶热好了，她才反应过来，脸红了，恨不得穿过电话掐他一下，叫他动不动就调戏她。

不就是经常私下里说他坏嘛。

"你比他坏多了！他至少说的有一大半是真的，你骗人。"

"桐桐，对不起。"孟峰郑重道歉，"我没跟你说，我那天晚上迟了半小时回来，是去见闻澄了。"

"啊？"

"闻澄周五下午到温哥华，问我能不能跟她签合同，郝洞明不给她钱办公司，她就来找我。正好她时差没倒过来，又不远，我周日白天有安排，所以从酒吧出来就去她那里把字签了。她又问我知不知道她爸住在哪儿，她有急事找他，大概是关于闻家的。"

席桐问："那你一开始为什么不和警察说？你瞒着我就算了，可这会影响警察的判断，你是学法律的，应该懂这个道理才对。只要他们问过闻澄，你就没有嫌疑了，何必弄成现在这样？你傻啊。"

孟峰无奈道："第一次问我的时候，我确实避而不谈，这是闻澄的要求，她不想让别人知道这件事，特别是她男朋友。我以为那条路没有摄像头，而且只去了一刻钟，不影响警方查案。当警察查到监控的时候，我就和他们承认了，我去的是哪栋房子，找的是谁，干了什么事。"

"你有人证，那警方怎么还说你的嫌疑无法洗清？"她不解。

"因为闻澄的状态一直很差，没法与警察冷静交谈，据她第一次的证词，她来温哥华后没有见过别人，包括我。"

席桐深吸一口气，大脑清醒："郝洞明出事后，薛岭一直和她在一起，你都说了她不想让别人、特别是薛岭知道这件事，如果警察当着薛岭的面问她，她怕薛岭误会，一定会说没见过你！"

"我也这么想。我认为她冷静下来后，会再次站出来作证。她是郝洞明的女儿，只要她说话，舆论就会变。"

孟峰又问:"你,不怀疑吗?我怕你想多,那天才没跟你提。"

席桐"哦"了一声:"虽然我觉得不会有女人三更半夜和不是男朋友的男人谈人生理想,但鉴于一刻钟的时间确实太短了,我还是倾向于你是单纯去签合同的。等你回来,我再给你立立规矩。"

孟峰:"好的。那你觉得和我谈人生理想要多长时间?"

"你要点脸吧,有警官在听电话!"

"多久?"孟峰就是想听。

席桐真想一脚踹过去:"我哪知道多久?你中文那么差,连话都说不好,跟人聊天三分钟就聊死了。行了,拜拜,我要睡觉了。"

电话挂了。

看来他还是不够坏。

警察:原来孟先生的中文这么差吗!

这个周末,杜辉没有等到薛岭的指令,不过就算有,他也没空去东岳。

ME董事长被疑谋杀的热搜被另一条新闻顶下去了。

梁家出事了。

先是梁玥她爸,市里退休的老干部,被查了。她爸所在的部门都是肥差,这几个月来,首都过来的专项调查组忙前忙后,铁面无私,几个挑大梁的门生被查出贪污受贿,把授业恩师给吐了出来。不久后来了批警察进梁家别墅,人赃俱获,她爸看着满库积灰的古董玉器,老泪纵横,当场昏厥。这下定了罪名,进了医院,取保候审,群众拍手称快。

祸不单行,梁玥的原野制药不知被谁给爆出来,疫苗的制作过程不过关,导致新生儿在接种疫苗后产生发热、呕吐的不良反应,少数孩子留下了大脑发育迟缓等后遗症,严重者会丧命,银城就有一个。

那婴儿的父母把原野制药告上了法庭,媒体开始热炒的同时,杜辉总算反应过来,这是有人在推梁家这棵快倒的大树。

假疫苗这事儿他知道一点,梁玥几年前亲自去北方处理,写报道的记者险遭车祸,死亡婴儿的家人收了钱,同意私了。梁家这次能顺利被告,一定有人在帮那对夫妇,给他们提供资深律师、证据文件。

梁玥暂时去国外避风头,杜辉在家忙着应付一帮记者。

也不能叫应付,他笨嘴笨舌,对着咄咄逼人的话筒和摄像机,站在那儿三巴掌打不出个屁来，梁玥的秘书看不下去，把他拉到一边，自己顶上。

熬到周一下午东岳开董事会，他本来就萎靡的精神更加不振，他发现董事们都用一种看蟑螂的目光嫌恶地盯着他。

谁没有儿女啊，原野那么大的牌子，疫苗的寡头，市面上百分之四十的疫苗都是梁家产的，谁也不能保证一二十年前自家孩子打的不是劣质疫苗，新闻上都说了，后遗症可能潜伏十几年呢。

梁家该死。

这个借着梁家狐假虎威、想给梁家争取东岳决策权的梁家女婿，也该死。

郝洞明的律师坐在长桌顶头，董事会以三分之二的同意票、一枚来自加拿大的远程票通过了让占有股权百分之十三的杨敬担任 CEO 的议案。他能力过硬，经验丰富，在代理总裁的这段时间，把公关做得很漂亮，而且鹏程化工都是他弟弟在打理，他有充裕的时间管理东岳资本。

至于董事长之位，杨敬提议留到下一次董事会决定，因为人还没到齐，大家需要重新划分郝洞明百分之五十一的股份。

是个人都能看出来，他在等孟峰。这时候局面就很清晰了——原来杨敬早就成了孟峰的人，表面上的不和，是他做给别人看的，虚晃一枪，代孟峰搏另一个大股东梁家。

也不知道孟峰用了什么方法拉拢他。

反观目前大厦将倾的梁家，众人不由想，这里面不会也有 ME 的手笔吧？杨梁两家的老一代都出身政界，是对头，因为东岳这块肥肉才不得已有联系，这么多年也没见杨家敢大胆对梁家出手。

不管怎样，在东岳内部，杜辉顺理成章地被踢出了董事会，董事们给这个正在学习强硬手段、却没学好的杜董上了一课，什么叫墙倒众人推，罪名莫须有。

杜辉浑浑噩噩出了会议室，发现办公室里的东西都被打包成三个袋子，被司机拎上了车。

到了梁家名下一栋低调的公寓楼，司机不肯下车，让他自己把包扛下去。看着他臃肿蹒跚的背影，司机啐了一口。

昨天带儿子去医院检查，发烧了，不知道是不是那假疫苗的后遗症。

去死吧。

保镖没来，杜辉一个人拖着袋子走进大门，进了电梯，给薛岭打电话，手有些抖。

"薛教授,我,我被赶出东岳了。我没法再替你做事了。"

那边薛岭并不意外:"郝洞明死了,梁家又倒了,你能在东岳待到现在,是运气好。你不用再管了,就当我没找过你吧。"

饶是杜辉脾气软,也不甘心了:"我都是按照你的指令对投资项目发表意见的,上次有个项目对你的银湖地产很有帮助。"

"我不是没和别人说你杀过人吗?你现在更不用害怕梁玥因为你前妻来找你麻烦,她自身难保。我这个号码今天作废,你以后不要再打来,我上个月给了你前妻两万块钱,对你仁至义尽了。"

"薛教授,你……"

手机里传来嘟嘟嘟的忙音。

杜辉茫然地站了一会儿,发觉已经到楼层了,他一走出去,看到大门,吓得"啊呀"一声坐倒在地。

公寓的门上被人泼了猪血,腥气弥漫,一个用油漆画的鲜红的骷髅头正对着他,露出一个充满恶意的笑。

席桐午睡醒了,第一件事就是摸手机看热搜。

原野制药出事了,首页都在骂,郝洞明死亡的新闻热度没有前两天高,但网上关于 ME 的小道消息、阴谋论仍然层出不穷。

正刷着,软件来了消息,几个链接外加一连串的感叹号。

席桐心情有点烦躁,不太想看,拨了号码过去:"莉莉,你今天没课啊?"

"姐,今天周六好不好!你看没看推特上的新闻?"

她揉揉太阳穴,整天闷办公室里不出去,时间就和水流一样,一周竟然又过了。

"还没,怎么了?"

"受害人的女儿闻小姐两个小时前出面作证,我哥马上就能回公司正常工作了。顺便,我看了眼 ME 的股票,大概是触底反弹吧。哎,我家教进来检查我作业了,先不跟你说了哈。"

席桐精神一振,嫌手机字小,打开孟峥的电脑,登了账号看新闻。

今天上午,终于冷静下来的闻澄向警方递交了 8 月 2 日凌晨她和孟峥签署的初步合同,关于小型化妆品公司注资的。除了这个,还有更有力的证据——当晚公寓里的录像。

她在自己的社交媒体平台上公开了这段十五分钟的录像,之所以有摄像头,是因为公寓里养了猫，她朋友出差时会监控。闻澄靠墙坐在孟峥对面，抱着一只体型很大的长毛猫，镜头里还有三只，上蹿下跳很引人注目，孟峥穿着风衣和牛仔裤，脸部能看出是他，桌上放着一个电脑包，就是去酒吧时拎的那个，他看合同的时候最小的白猫就在他肩头趴着。

警方去猫窝看了录像，孟峥的枪手嫌疑洗脱了。

然而闻澄这么一弄，直接让评论区炸锅了，悬疑片变成了三流文艺片。

大家都没有见过凌晨三点孤男寡女签合同的骚操作，许多人说她不要脸，脚踩两只船，又有一帮人呼吁理性看待，人家死了爸很可怜，不要吃人血馒头。两波人开始口水大战，又牵引出脑洞大开的新一轮话题，现在的热搜第三是"签合同和做头发哪个更可信"。

闻澄几小时后不得不发表声明，说她当时急着把合同扫描给国内的员工，让他们安心，没有考虑周到，也为给警方带来不便致以歉意。她还表示她和孟峥只是普通朋友，白天就给他发了信息，晚上因为倒时差还没睡，看到孟峥在酒吧晒了照片，就打电话给他，他答应过来一趟，但是要尽快回酒店。要不是周边治安差，她就自己去酒吧找他了。

席桐知道她说的是实话，可她越描越黑，现在闻澄的人设已经不能看了，就是娇生惯养没脑子的小公主，连带孟峥一块儿遭殃，很多人可怜起薛岭和孟峥的未婚妻，觉得他们一个找了绿茶一个找了渣男。

窗外，一辆黑车开进了地下车库，记者们被阻拦在栏杆外。

过了两分钟，客厅的私人电梯叮一响，席桐从卧室跑出来，电梯门一开，她就扑上去抱住那个人影："你回来啦！"

"咳咳，席小姐！"秦立被她一个熊抱，差点仰倒，手上的文件掉了一地，他身后孟峥的脸已经黑成锅底了。

"不好意思啊，秦董。"席桐尴尬地吐吐舌头，撒开手，把文件捡起来，"是要放到桌上吧。"

"对，谢谢你。孟总，没事的话我下去了。"

秦立走后，她瞄了眼孟峥，佯装无事，放好那摞文件就去茶水间，孟峥挡住她的路。

"嗯？"她用鼻音问。

孟峥张开双臂，看着她。

"说谎的人我不抱。"她一弯腰，从他胳肢窝下面钻过去了。

席桐拉开冰箱，一双手从后面搂住她，她拖着个大沙包把乳酪蛋糕拿出来，放在料理台上，又泡了两杯玫瑰茶。

"桐桐。"他的鼻音软软的，像猫咪爪子上的肉垫那么软，"不要生气了，我以后再也不瞒着你了。"

"别跟我来这套。"

"桐桐，我想你了，你抱抱我。"

"抱抱我。"

"抱抱。"

席桐头皮发麻，一个劲儿地推搡他："你你你，你跟谁学的？"

孟峥很无辜："我跟你学的。"

席桐转过身，叉腰看了他一会儿，叹出口气，给了他一个宽松的拥抱。

孟峥眼睛里全是笑意，亮得像月牙。

"端桌上去。"

孟峥很乖地把小蛋糕和茶杯放进托盘，在她前面走去沙发。

席桐坐在沙发上，用播音腔给他念花边新闻。

孟峥挖着蛋糕往嘴里送，她做的就是好吃，她一边念，他一边当耳旁风，最后席桐拿手拍了一下狗头：

"你就没有一点愧疚吗？"

"假新闻。"他斩钉截铁地说。

席桐放下手机："你别假新闻、假新闻，当总统才天天假新闻呢。你说，你错了没有？"

孟峥用餐巾擦嘴："你不是一直很喜欢看我的花边新闻吗？女明星、女律师、名媛什么的。你照照镜子，嘴都咧上天了，你男人和别的女人有牵扯，你怎么能这么开心？还有心情做蛋糕？"

"看八卦是人类的共性，默多克就是利用这点，才成为传媒大亨的。"她理直气壮。

孟峥无话可说，半晌道："我向你保证，这样的事不会再发生。"

"我没生气。"席桐咬了一勺子蛋糕，"我只是觉得你不该为闻澄瞒着警察，这不是因小失大吗？你现在的风评可差了。"

"我说过，我不在意这些。"

席桐抿嘴看着他。

"因为你相信我。"

她从来没有怀疑过他，外界对他的攻击再大，都没关系，他可以看不见。

席桐起初知道他去见闻澄，只疑惑他为什么那么着急，完全可以白天再签合同，压根不觉得他们俩有什么不可告人的秘密，毕竟闻澄太喜欢薛岭了。之后思来想去，认为这挺符合孟峥的风格，他不喜欢浪费时间，能立刻做的就会立刻做完，不往后拖。

她又叹了口气，他真是把她看得透透的。

孟峥给她留了一半蛋糕，她吃了几口就不吃了，推给他善后。

他把蛋糕吃完，茶喝完，洗了碗，又极快地冲了个澡，席桐一看他这急匆匆的架势，目的就不纯，板着脸："你说的，这周不……"

孟峥堵住她的嘴，三下五除二脱了外套，抱进房。

都道小别胜新婚，一周没碰她，他手劲儿就有些大，席桐蹙着眉躲他，发出一声低吟："我，我不舒服。"

"等下就好。"

他伸手，还没摸上去，锁骨就被挠了一爪子，她居然还用膝盖泄愤地顶了一下，他脑子都给疼懵了。

"想干什么？"他气急败坏。

"都说了我不舒服！"席桐又叫了一声，埋怨地瞪着他，捂着肚子，"我肚子疼。你烦死了，别碰我！"

孟峥看她疼得脸有些白，不是假装的，忙把她扶起来："怎么回事？"

"蛋糕太冰了。"席桐爬下床，小腹涨坠，嘶了一声，跑到厕所去。

"没事吧？"他在外面问。

这几天在食堂吃得太素淡，吃了几口冰奶油肠胃就受不了。

"没事，我来例假前一个星期肚子会难受。"

孟峥讪讪地应了一声："我去秦立办公室拿点红糖姜茶。"

他穿好衣服下楼，席桐在马桶上坐了好久，出来后肚子还是隐隐作痛。她把空调关了，躺上床，缩进被子里，如此才觉得好一点。

第十五章　浮出水面

孟峥下楼搜刮了几袋莉莉喝的红糖姜茶上来，看到她恹恹地窝在床上，拿手试了下她的额头，温度正常。

他觉得大概是吹空调吹的，整天待在办公室里，也不运动，就语重心长教育了她几句。席桐脾气更差了，嫌他比她妈还啰唆，什么毛病都往她天天玩手机不活动上推。

那茶姜味儿太冲，席桐辣得脸都皱了，最后是孟峥喝完的。

他嗓子里的火还没下去，警察的电话就来了，这次是找他搜集信息的，态度良好地约在咖啡厅，他不想出去，就让警察直接来ME。

对方来得很快，席桐情绪还没恢复，孟峥就跟警察叔叔坐在客厅谈，她听见他一连说了几个"我不确定"。

警察是个白人，说起案情有些激动，语速太快，席桐听不大懂。最后走的时候他向孟峥表示歉意，这段时间的调查影响到了ME的经营状况。

"这很正常，你们是秉公办事。要不是我答应闻小姐不把这事说出去，也不会造成舆论风波，说到底是我的责任。"

警察放了心，他本以为孟峥会大发雷霆，让他们难堪。孟峥虽然被证实不是枪手，却还在嫌疑人之列，但ME的国际声望太大了，在没有查清楚前，他们必须对孟峥客客气气的。

送走了客人，席桐从卧室出来："他又找你问什么？"

孟峥正在窗边抽烟，右手背抵在左手肘上，一个沉思的姿势，白色的烟雾把他的脸罩住。他把烟掐了，回过头："你这两天就知道了。"

席桐看出来，他并不是很想和她谈这事。

孟峥口中的"这两天"，其实是第二天下午。

警方爆出一个重大新闻，外媒疯狂了——郝洞明死前，曾经发生过犯罪行为，犯罪的对象是当地一名中东裔的临时外卖员。

警察第一次查看现场时，发现卧室里非常乱，沙发特别脏，上面沾有半消化的食物和黏液，垃圾桶里的五个油乎乎的外卖餐盒证明有人在屋里吃过东西。

本来以为沙发上是郝洞明自己吐的，但DNA检测显示是另一个人，尸体经过解剖，法医发现死者的胃内容物不正常。警察在他的行李箱里找到了一个小药瓶，装的是一种理当谨慎使用的处方药，郝洞明吞下的药超出了医生处方上的数量范围，精神处于亢奋状态。

所以警方对那个遭受到死者侵害的外卖员产生了怀疑，是他发现郝洞明精神状态异常，然后不堪受辱，趁其不备开了枪？

这个猜测很快被否定了，因为鉴定结果说明，外卖员被迫吃下了超大分量的食物，在沙发上痛苦地呕吐，同时身体处于极为虚弱的状态。

郝洞明的私助并没有看见这个人，他在私助回来前就已经走了，也不可能折返——这个人带着大笔现金，去了医院。警方在附近的医院查访一圈，费了些周折，终于找到了这名二十岁的瘦小外卖员。

外卖员在接受问讯时大发牢骚。

"他给的钱太多了！我没想去告他，何况我听说他第二天就死了，我可不想让警察怀疑到我身上。嘻，亏我以为我藏得好，现在我小偷小摸的案底全被你们揭出来了。"

"是，很难受，真疼，医生说我差点得急性胰腺炎，但那只肥猪一下子就甩给我好几万，让我别把这事说出去。我需要钱买'那些东西'，我没有它们就活不下去。"

"那天晚上我在那片儿瞎晃悠，接了一单送外卖的生意，去了那个家伙的公寓——他开了门，我一瞧就知道他不对劲，他拿着钱，指着视频让我干事儿。他是个疯子！他逼我把外卖全吃下去，吃一盒给两千，最后我告诉他我实在吃不下了，他就骑在我身上扇我耳光，我一直在吐。天哪！这个老疯子！我爬去了医院，那医生给我催了吐，叫我三天都躺在床上别下来。我什么时候遭过这个罪，太丢脸，第二天就从医院跑回家了。唉，还是被你们找到了。我真不知道他怎么死的，你们可以给我测谎。"

报道一出来，舆论掀起轩然大波。

虽然这个有小偷小摸案底的外卖员也不是什么好东西，但郝洞明作为一个有社会地位的人，竟然背地里这么暴虐，简直令人发指。

席桐看到新闻，都惊呆了。

印象里的郝洞明，是个富态、精神抖擞的企业家，会用欣慰的眼神看着女儿和未来女婿，会在演讲台上慷慨激昂地讲述公司的发展轨迹，和虐待狂根本搭不上边。谁能想到他是这样的老畜生？

她赶紧告诉杂志社，主编立即决定停止增发讣告，联系印刷厂，销量很好的东岳专刊也不加印了。

"昨天警察问我，郝洞明在中国和妻女的关系如何，身边有没有其他同伴。"孟峥走过来，托住她快要落地的下巴，"我说我不清楚，他妻子早就去世了，他和闻澄的父女关系很正常，也没有见过他虐待别人。"

"那么明显的现场，一开始警方怎么没向公众提到？"席桐不解，随即回忆起接受审讯时那个女警察毫无怜悯的神色，原来是这样。

"很简单，东岳的人要求警方保密，郝洞明形象一毁，东岳的股票就完了。现在爆出来，是因为找到了确凿的受害者，消息压不住了。"孟峥笑了笑，"不知道东岳这回要怎么公关，杨董有得忙了。"

席桐摊手："肯定是花钱撤热搜呗，而且估计要过段时间才会爆。喂，你有东岳百分之二十的股票啊，你就不急吗？"

"我不缺那点钱，没了东岳，可以找别的公司合作。"

席桐觉得自己傻，孟峥怎么会在意金钱？他拿一千万欧元买九块手表都觉得性价比高。

"我还是很好奇那个枪手为什么要杀他。三个洞啊，一枪就可以要他的命，这得多大的仇！会不会是以前被他虐待过的人找他来报仇了？现在看来，那封匿名邮件就是这个意思。"

孟峥挑眉："很可能，我同意你的观点。"

"但他为什么要嫁祸给你呢？"

"也许是嫉妒我钱多，还找了个十全十美的未婚妻吧。我现在的生活有许多人羡慕。"

"得了得了，是十全九美，我眼神不好才喜欢你。"席桐哼了一声，心里美滋滋。

孟峥在她眼皮上亲了一下。

"干吗？"

"给你治治眼睛。"

席桐不愧是天天抱着手机刷的媒体人，她的预料是正确的，国内关于郝洞明死前实施犯罪的新闻没有爆。所幸，关于孟峰的争论热度有所平息，温哥华警方被中方催得有些着急，这案子的进度在这一周并无实质性进展。

周末，席桐拉着孟峰去吃粤菜，食堂虽好，也要更换一下伙食口味。

她一开始认识他的时候，就发现他喜欢吃清淡的甜口菜，后来问过他亲生父母是不是华南人，孟峰说不知道。

他出生在魁北克，生父也姓孟，在他五岁的时候抢劫超市，被警察逮捕，死在监狱里，七岁时母亲带着他和兄弟辗转来到温哥华谋生，他机缘巧合下被孟鼎夫妇收养。

孟峰寥寥几句，叙述得很笼统。

"你有兄弟？"席桐托腮问。

"我有一个哥哥，三个弟弟，哥哥比我大三岁，我父亲死的那年他已经会杀鸡了。"

"你家人现在在哪儿？"

孟峰指了一下天上。

"对不起。"她吐吐舌头。

孟峰夹了一筷子豉油鸡："虽然我不知道父母祖籍是哪儿的，但我妈会做粤菜。我以前在外面说法语，在家说粤语，普通话是十二岁之后才开始学的。我记得有一次我妈心情很好，做了豉油鸡，那只公鸡是我们法国邻居的宠物，世界杯的时候邻居逼着它叫，很吵。我盯了很多天，把它偷走了，骗他们说是狐狸叼走的。那天我抱着鸡回来，我哥把鸡杀了，我妈在厨房很长时间，我走进去，以为她哭了，但她在笑，所以肩膀在抖。"

席桐问："她为什么笑？"

"因为我爸死了。"

席桐没说话。

孟峰又说："那天她做的豉油鸡特别好吃，把家里剩下的香料都放进锅里了，那锅卤水我们吃了一个冬天。"

席桐吃不下去了。她觉得孟峰每次看她吃饭剩下，心里一定不好受。

"你喜欢吃这个，我给你做。"她沉默了半分钟，低声道。

孟峰把鸡腿夹给她："我有桐桐就够了，不吃也可以。"

席桐咬了一口，有点苦。

孟峰说："对不起，我没想吓到你。桐桐，我一点也不像我爸，我身体很好，指标都正常，我有钱，有一份正当的工作，还有房子，可以负担我们以后的生活，我会很小心很小心地照顾孩子，不会打他，如果他犯了错，我会好好跟他讲道理，不会把他赶出去。我也可以戒烟，不喝酒，只要你想。"

席桐喉头发硬，把碗里的鸡腿啃完了，粥也喝完了，一粒米也没剩。

过了一会儿，她抬头，笑得有些难看："你傻啊，我又不会不要你。"

"你说的。"

"嗯。"

席桐又说："你最近烟抽得有点多。"

孟峰把烟盒里的烟都拿出来，盒子交给她。

他去柜台结账，给了老板娘一根，然后在出门的时候把剩下的烟都给了人行道上牵着狗的流浪汉。

上了车，车里淡淡的烟味散了，都是类柠檬的清新香味。

有点像菖蒲。

她忽然吻住他的嘴唇。

孟峰用了一秒钟反应，反客为主，升起车窗，把她抱到腿上，一点点地吻，睫毛扫过她的眼睑，带着葡萄酒味的呼吸钻进她的鼻子。

车内充盈着红酒的气息。

他望着她的眼睛，手掌扣住她的后颈，相触的肌肤出了层薄汗，绯红的颜色从掌心蔓延开，像握住了一枝没有刺的玫瑰花，上帝赐予的礼物。

他拆开包装，嗅到香甜的气息，沉浸在伊甸园的美好中，这时手机却突然响了。

孟峰把电话掐了，搂着她的腰，把头埋在她颈窝里。

铃声第二次响起，她睁开眼，轻哼一声："接吧。"

他抹了把唇，直起腰，按下通话键，起初不耐的神色在她的注视下渐渐变得平静。

"警察让我过去一趟。"他接完电话，抱了她半天。

"怎么又要去？"

"是多伦多的警方，不是温哥华那边。"

"什么事？"席桐皱眉问。

孟峰把座椅立起，发动车子，挡板外有强烈的日光刺入他的瞳孔。

"是关于孟家的。"

8月29日周六晚，多伦多市中心的警察局像往常一样走进来一个人。

值班警官好心地带这位体面的先生去审讯室，问他是不是丢了钱包，但他从昂贵的皮夹里拿出一个U盘，给了警官。

"我要自首。"这个人说。

"先生,你是谁?"警官看着他彬彬有礼、平静无波的脸,产生了疑惑。

"弗雷德里克·塞缪尔·金斯顿。"

"金斯顿?那个大名鼎鼎的心理学博士,金斯顿?"警官瞪大眼睛。

"是。"

"你犯了什么罪?"

"谋杀。"

金斯顿就像坐在自己的心理诊所一样,双腿分开,往椅背靠了靠,但绷紧的唇角泄露了他现在并不如看上去那般闲适。

他打开皮夹,在桌面调了个个儿,把皮夹里的照片摊在警官面前,碧绿的眼睛幽深如海水。

警官问:"你杀了谁?"

"孟鼎和靳荣。"

"谁?"警官不可置信。

"ME 集团的前董事长夫妇,孟鼎和靳荣。"

警官赶紧给上头打了个电话。

"你为什么要杀他们?"

金斯顿苍老的手指点了点照片:"为了这个人。"

顿了顿,他接着道:"我是个没有道德的医生,下三烂的教授,我利用权力从精神病院带走了一个孩子,秘密收养了他许多年。我没有孩子,我像爱自己的亲生儿子一样爱他。

"他对我说,孟鼎和靳荣虐待他,他恨他们。所以我帮他把那两个人杀了,用催眠辅助药物,做得毫无痕迹,别人都以为是正常的脑出血发作导致死亡。

"我是孟家的私人医生。U 盘里是证据,相关文件我也带来了。"

警官手里的茶杯"当啷"一声砸在桌上。

"这个人是谁?"

"他曾经是孟氏夫妇的养子,现在有别的名字。我们遇见的时候,他还叫孟岭,瑞安·孟。"

三天后,一则惊天大消息震惊了整个加拿大——孟氏夫妇被家庭心理医生金斯顿谋杀,因为金斯顿要替被抛弃的孟家养子报仇。

媒体不管郝洞明那桩事儿了,全蹲在孟宅和 ME 门口,等着采访 ME 集团的继任董事长孟峄。

　　ME 在公众心目中的形象一直很不错，孟氏夫妇是慈善大亨，在世界各地资助贫困儿童，尤其是亚洲人，口碑极好。在"养子被抛弃"这件事暴露之前，人们一直以为孟峄是他们的亲生儿子，也不知道孟氏夫妇领养过孩子，他们对外几乎没有提过家庭。

　　席桐犹如一只掉进瓜田的猹，瓜多得啃不过来。

　　周六孟峄开车去了警察局，进去一个小时，有半个小时在和金斯顿单独谈话，出来后神情如常，简单地告诉她警察传唤的原因。

　　"金斯顿教授？谋杀你养父母？为了薛岭？"

　　孟峄当时只淡淡嗯了一声："他装得太好了。"

　　现在看到报道，她的疑惑又加了几分，跑到办公桌边把手机给他看："新闻上没有说你养父母虐待那个孩子，也没有说薛岭就是瑞安·孟。"

　　孟峄忍不住笑了："当然，是我要求警方保密的。ME 在我手上，我可不希望它因为负面消息垮掉，我需要赚钱。"

　　席桐一拍桌子："我知道了，没把薛岭给爆出来，是怕打草惊蛇。既然有两个瑞安，温哥华那边就该对薛岭进行调查了。话说回来，你以前真的没见过薛岭吗？你们都在多伦多，你出入金斯顿的诊所，就没有一次看见过他？你的养父母也没跟你提过？"

　　"我在来中国之前，的确没有见过他。金斯顿是个聪明人，要不是他被嫉妒和失望冲昏了头脑，会把这件事带到棺材里去。"

　　席桐愣愣地看着他："他为什么会嫉妒？"

　　孟峄没有回答。

　　事情太复杂了，超出了席桐的理解能力，她碎碎念道："我还觉得金斯顿教授人特别好，我和他说话很愉快，真没想到他是这种人！还有薛岭，亏我还羡慕闻澄有个情商特别高的男朋友！天啊……要是不说，谁知道他们有什么秘密。一个杀手一个教唆犯罪，还有你养父母，居然……"

　　孟峄看她已经蒙圈儿了，把她拉到腿上坐着，眉头一竖："羡慕？你在我面前说，羡慕别的女人？"

　　席桐吐了下舌头，实话实说："薛岭表现出来的样子难道不比你好亲近吗？很少有女人可以抵挡住他这种类型，长得干净又帅，嘴又甜，还温柔细心，高校任教，公司高管，社会地位和钱都有。简直就是现在流行的小说男主模板！"

　　孟峄一口咬上她的耳朵。

她嘶了一下，还嘴硬："我，我说的是客观事实，你这种霸道总裁已经过气了，是早些年的老古董，当男主角根本不会有人做出版搞影视化。"

孟峥的眼神很像要黑化："物以稀为贵。"

他正要气呼呼地进行下一步动作，电脑的 Skype 响了。

孟峥没开摄像头，对着麦克风快速讲了两句，要挂，那边找他要个授权，还要讨论一下产品数据，挺急的。

他只好把飞到天上的耐心找回来，一条条和对方说，说了半分钟，目光逐渐清醒，她的手不规矩地在他胸口画着圈。

孟峥话音一停，用眼神警告她。

席桐刚才被他咬疼了，光明正大地回瞪，又扬唇一笑，酒窝甜得要死，从他身上滑下去，跪在他脚边，把他的居家拖鞋脱了，袜子也脱了。

指尖一碰上去，右脚就一缩，再摸一摸，脚背就红了。

他的脚是豆腐做的，碰一下就痒得不行，极为敏感。

她仰起头，他脸色很复杂，一会儿阴一会儿晴，语气还是镇定的。

孟峥轻踢她一下，让她离远点。殊不知他力气大，席桐后脑勺碰到桌沿，虽然不怎么痛，却发出清脆的"咣当"一声。

他心脏瞬间一提，想着不会把人给撞傻了吧，伸出左手去摸她的头，不料她一下子就扑过来，变本加厉地搔他的脚底板。

孟峥顿时抽了口气。

"老板，您看这样行不行？"

孟峥管什么行不行，总之现在都行："嗯，方案明天给我。"

他闭目靠在旋转椅上，喉结滑动，一手紧紧捏着钢笔，手背青筋毕露。

席桐是抱着"看你能装多久"的心态给他弄的，这时感觉玩过了火，他等会儿肯定要收拾她。

破罐子破摔，她总得叫他丢一次脸，让他咬她又踹她！

他往哪儿躲，她就往哪儿挠，小爪子尖在脚心摩挲，痒得销魂蚀骨。

孟峥的声音开始不稳，咬牙切齿地盼咐电脑那头的高管，明天再谈。

高管是个人才，他亲自挑选的，跟他一样不喜欢拖，还很硬气，非要一次性说完，反驳："今天把结果敲定，明天就可以交给预算部门审核，我在邮件日历上看了您的日程，接下来没有会议，那我现在把第五点也汇报一下。"

孟峥从牙缝里挤出一个"好"字。

客厅里除了高管滔滔不绝的汇报，就剩下她低低的笑声，她还时不时用如丝媚眼瞟他一下，脸上露出得意的表情。

结果高管说了什么，孟峄一个字也听不见了。

他压低嗓子和高管讲了两句，呼吸急促，恨不得立刻把她揪到房间里去教训一顿，让她再也不敢这样，笔盖"当啷"一声敲在桌面，杀气腾腾。

"老板，您的意见？"许久没听到答复的高管问道。

孟峄已经不能正常说话了，他一开口就要露馅，便在键盘上打了几个字发过去，直接按了关机。

"席桐！"他喊。

席桐跟他在一起这么久，早就掌握了窍门，就差把狐狸尾巴露出来摇一摇。听到他喊自己的名字，席桐甜甜地仰脸冲他笑："哥哥，我不知道你怕痒哎。"

孟峄又死了一次。

他把她从地上拉起来，恶狠狠地吻她那张得了便宜还卖乖的小嘴，要把她拆吃入腹，把她吞得连骨头都不剩，手掌搂住她后腰，让她服帖在胸前。

席桐的手臂绕过他的肩，抚摸着他背上凹凸不平的疤痕，在他耳边轻柔地呼气："这个是怎么弄的，疼不疼呀？"

孟峄骤然醒了，把她的脸扳正，"长进了，都会套话了。"

"那你不夸我？"

"嗯，真厉害。"

孟峄知道她在想什么。她趁他头脑里都是她的时候问，这小算盘打得精，他差点就上了当。

"有些是，有些不是。"

席桐以前说过不问他，可当前发生的事让她太好奇了，便又对他的过去产生了一丝畏惧。

孟鼎和靳荣对薛岭进行了怎样的虐待，才会让薛岭进精神病院，十几年耿耿于怀？他们是否对孟峄做了相同的事？

"我的养父母脾气不太好，他们生气的时候会打骂人。小的时候打过，长大就没有了。"

席桐半信半疑，那些伤是很深的，不是"脾气不太好"就能打出来的。

不过，他说有些不是。

席桐继续问："你是不是还被绑架过？"

孟峥想了一下："不算是。"

绑架是在受害者不知情的情况下，绑匪向人质亲属索要钱财的行为。

"那算什么？"她刨根问底。

"算我运气不好。"

席桐不服气："你运气才好呢，要是倒霉就被撕票了，还能让你继承ME？"

他笑笑，抱着她，满足地嗯了一声。

席桐以为他还要做些什么，但孟峥抱了她很久都没动。

"今天放过你，我刚才没跟经理说清楚，要给他书面答复，今晚得加班。"说到这里，孟峥戳了戳她的额头，"下次再撩，后果自负。"

"说得好像平时后果不用自负一样。"席桐嘟囔道。

席桐抛下他去洗澡，洗完了，他正在敲文档，叫她过来把维C水喝了，不然开空调嗓子要疼。她喝了几口就进卧室睡了，这玩意儿催尿，半夜起来上厕所，孟峥还在写东西，一边写一边跟国内视频会议。

她打了个哈欠，过气的霸道总裁还真是不好当啊。

银城，东岳资本CEO办公室。

杨敬跟孟峥视频聊了一会儿，汇报了他近日是怎样打公关仗的，压下郝洞明死前虐待外卖员的舆论、摆平董事会内部摩擦、稳定股民信心花了多少千万。账从私人账上走，他婉言自己囊中羞涩，几个弟弟还怪他挪用了鹏程集团的钱。

孟峥礼貌地赞赏了他的奉献精神，态度很温和，还说回国后要犒劳他，却莫名让杨敬背后出了层冷汗。

第二天上午，杨敬接到秘书的电话，就知道他昨晚心里发毛的感觉是怎么来的了。

他听秘书的话，赶紧刷微博热搜，哟呵，转眼冲上第二，不得了！

说起来挺应景，也挺巧的。

七月底那会儿，东阳省大搞城市美化建设，尤其是省城边上几个市，要打造一流旅游区面貌。

荣城是著名景区，自然是整治重点。市辖的玉兰县专注搞田园生态农家乐，县领导发话，要当华东苹果之乡。种苹果就要重新规划果园，小区要整改，老旧房屋要拆，上头拨款及时到位，铲车天天在县区运作。

第十五章 / 浮出水面

有几栋依山傍水的别墅建在规划区内，领导还去当了说客，大家都很支持工作。其中有座屋子建在山腰，很隐蔽，还是有人提醒政府才知道有这么一栋房子在，好容易联系上别墅管理人，同意拆，结果这一拆就出问题了。

别墅多年无人居住，空空荡荡，地下室钥匙丢了。工人硬拆了门，顺着楼梯走下去。地下室里并没有古董玩物、钻石金条之类，一堆堆全是见都没见过的器具，整整齐齐地码放，沾着褐色污渍。

工人当场就吓尿了，连滚带爬地跑出来，报给工头。刚好领导在这儿巡视，就命令铲车继续挖，又从后院挖出十几具白骨，领导也吓出冷汗了。

别墅管理人在外地，一听这个，差点没晕过去，赶紧撇清关系，说这房子不是他的，他只负责帮人把值钱的家具卖出去，好多年都没回玉兰县了，根本不晓得地下室里有那些东西。房产证上的名字填的是闻春，闻春十几年前就死了，房子是她出钱买的，给丈夫谈生意用。她丈夫多年前随闻家去了南方，据说生意做得很大，赚了许多钱。

事情就清楚了。

别墅的主人，是闻春女士的丈夫，郝洞明。

杨敬一个头两个大。这意味着他刚把郝洞明在加拿大犯的事儿压下去，又要开始打仗了，这条新闻根本不是他能左右的。

此案影响极其恶劣，东阳省公安厅开始立案调查，郝洞明已经死了，只能从当年和他有交情的人入手，但年头太久，着实不好查。郝洞明收到的那封带有戏剧色彩的"复仇恐吓邮件"，说的十有八九就是这事儿，某个知晓当年秘密的人，在温哥华的公寓里开枪打死了他。

杨敬震惊之余感到了天大的压力，他倒不是因为郝洞明是个杀人藏尸犯而震惊，是因为这事儿遮掩了十几年，居然能赶在这个节骨眼上曝光，他不信是郝洞明遭了天谴才这么倒霉。

他冷不丁想起孟峥几个月前跟他说的话："你想要我的支持，没有问题，我很信任你的能力。能力越大责任越大，以后这公司遭了什么事，你得好好地担着，别让它倒了。"

杨敬当初铁了心要当这个 CEO，他觉得自己足够精明，能接郝洞明的班，看不上其他人。孟峥表示自己只要股份，不要决策权，任何他想做的项目都会批准，就是冲着这一点，他才对孟峥私下里毕恭毕敬。

昨天他抱怨了几句这担子不好挑，要损己利公，想从 ME 那儿弄点安慰钱，今天就出了幺蛾子，接下来得加倍努力让东岳经受住考验，简直太邪门了！

但若说孟峥跟这事儿有关系,他亦是不大信的,孟峥是个外国人,在大陆人生地不熟,刚来一年不到呢。

办公桌上的电话一个接一个响,用脚指头想也知道是记者,杨敬在椅子上六神无主地瘫了一会儿,联系司机,买了点水果,准备去城郊访友。

他这朋友是个研究传统文化的,旁人都尊称一声"张先生"。

上门求教的人很多,要排队。他来得突然,到了屋外一瞧,前面还有六七个人,气场都非富即贵,都是临时来的。

杨敬没不识相地插队,和那几人抽着烟聊着天等了半个钟头,屋里的人终于出来了,竟是熟人。

"杜董?"杨敬睁大眼,叫住他。

没想到在这儿能遇上杜辉。

杜辉抬头,面色蜡黄,眼下两抹沉重的眼袋,瘦了不少,看起来老了二十岁。杨敬惊了一跳,随即想起梁家的现况,他这段日子应当不好过。

杨敬虽然和他在董事会里不对盘,但他也可怜杜辉是个傀儡,没落井下石奚落他,打了声招呼就继续和新认识的老板攀谈。

老板问起,他说:"是我以前的同事,老婆家里出了点事儿,他辞职不干了。"

杨敬请教了几个问题,得了个还算中肯的建议,心里踏实多了,觉得东岳这档子事咬咬牙能渡过去。

他走的时候瞟了眼屋内,博古架上新放了一尊价格不菲的红珊瑚笔架,色泽艳丽,有几分眼熟。

杨敬没吱声,心里愈发疑惑,坐上车也一直思索着这档子事,想到最后释然了。

管这么多干什么?他把东岳支棱起来不就行了?

他有信心。

这两天气温骤降,ME大楼外的枫叶隐隐转红。

席桐买了枫糖浆做面点,最近她迷上了茶水间里的小烤箱,不计成本地往面团里加糖和黄油,烤出来的面包味道很好,但孟峥嫌不健康,最后都进了她的肚子。

中午吃了一碟奶油蘑菇意面,又塞下去三个可颂,孟峥看她坐在那儿居然还要吃,把盘子收了,剩下的可颂全扔冰箱里。席桐不乐意了,睡午觉都嘟着嘴,可能是内分泌失调的缘故，她一觉醒来都五点钟了，绝望地预感到晚上又要失眠。

她站上秤，孟峄远远投来一瞥："1.5~2 千克。"
47 千克变成了 49 千克，还真是。
这下心情就更糟糕了，她垂头丧气地窝到沙发上，手不听使唤地伸进了包装袋，拿了两颗罪恶的黛堡嘉莱巧克力。
孟峄无奈地叹口气，他劝没用，让她上个跑步机，她能跑死给他看。算了，反正她体重在正常范围内，而且抱着睡觉手感更舒服了……
"啊！"席桐突然叫了一嗓子。
孟峄看她脸色发白，走过去："怎么了？"
席桐现在就是一只吃瓜吃撑的猹，都不会说话了："这这这，是梁玥，你看你看你看！"
孟峄拿过她的手机，动作一快，手指滑了一下，页面就刷新了。但热门超话还是一条条蹦了出来，他很容易就看到被转发了几千条的视频——
时间是当地下午，背景是蓝天白云，艳阳高照，一个女人站在楼顶护栏边，白色睡衣被大风吹得飘飞，即使直线距离隔了二十多米，通过手机镜头仍能看见她苍白如鬼的脸色。
拍摄的人是个住旅馆的老外，在急匆匆地大吼"停下，别跳"，隔壁几个窗子也探出脑袋，对面公寓楼下聚了一群人，不远处传来消防车的鸣笛声。只过了两分钟，消防队员还没跑到楼底下，那女人就纵身一跃，像只折了翅膀的鸟，啪叽一声摔在水泥路上。
鲜红的血在地上蔓延开来，人群爆发出惊恐的骚动，视频也到此为止。
后面跟着官方新闻："北京时间下午三点四十分，原野制药集团董事长梁玥在泰国曼谷跳楼自杀，时年五十二岁。此前，原野制药因假疫苗事件被国家质量安监局调查，股价大跌。据内部消息，原野集团欠款上亿无法偿还，并与银城贪污腐败案勾连，梁玥在事发后飞往国外……"
底下是网友们唏嘘不已的评论，有的说是被逼自杀，为了不牵扯出更多商界大佬；有的说是畏罪自尽，她风光了一辈子，受不了在监狱里过后半生。
总之，梁家是彻底倒了。

孟峄坐下来，找出梁玥秘书的号码，拨过去。
那边是早晨六点，秘书立刻接起，声音嘶哑，席桐仿佛能想象出他双眼通红、焦头烂额的模样。

"孟先生。"

"王秘书,请你节哀。上次感谢你安排车子送我去东岳十周年会场,听说原野公司正在遣散员工,想必事情很多,如果你不介意,陈瑜今天会去你那边帮忙,我这里有几辆车可以用。"

"孟先生!"秘书的声音霍然激动起来,"我真是,真是……太谢谢你了,以后……"

"关于以后,陈瑜会顺便和你聊一聊。"

秘书感激涕零,梁玥一死,他就没了倚靠,别的大公司不愿意聘用他,小公司他又看不上眼。要是能在 ME 当个助理,就算不进总裁办,他也满意了。

孟峰放下手机,看见席桐一副"你挖人要不要这么迅速"的表情,淡笑道:"我如果不开口,自然有别人要他。他资历久头脑灵活,身上还带着不少关系,我不想便宜了别的企业。"

席桐了然地点头。

她得承认,孟峰工作起来,是很讲效用的。

梁玥自杀,郝洞明杀人,再加上某个明星结婚,微博系统瘫了一个小时。

趁微博瘫着,闻澄写了篇千字声明,情真意切,不忍卒读,痛心那些受害者的遭遇,对父亲的所作所为感到震惊和不齿,支持警方对别墅彻查到底。

她虽然是郝洞明的女儿,却没有丝毫偏袒。评论区对她褒奖很高,说她头脑清醒明事理,虽然之前瞒着警方导致孟峰被怀疑,但大方向没出错,小公主也是有正确价值观的,网友也顺带夸了一下闻家,可怜闻家老太爷病危,又说这个外孙女有他堂堂正正的风范。

在舆论压力下,警方迅速出击,高效率找到了几个和郝洞明有交情的人,他们几乎都移民海外,留下家眷在国内,其中有人从侧面证实了那些死去的人生前遭受过令人发指的侵害。

面对人证物证,东岳管理层转变了策略,没有再花钱压热搜。别墅案浮出水面,加拿大的事儿也没必要藏着掖着了,杨敬在新闻发布会上承认了郝洞明临死前的犯罪行为,也表示会积极配合警方调查,让真相尽早水落石出。他们管理层和股东是无辜的,为了替郝洞明赎罪,将把今年的所有未分配利润投入到东阳省的蔚梦基金会里去。

他这声泪俱下、直白坦诚的一番操作,总算力挽狂澜,没让股价跌停。

郝洞明从风光无限的投资老板变成人人喊打的过街老鼠，只用了一个多月时间。就像宋汀说的，他这一死，在他生前不敢发表的言论全冒出来了，养肥了无数瓜田。

人们开始笃定，是他作恶多端，所以被复仇了。三个洞太少，应该把他千刀万剐，为民除害。

但一码归一码，这案子既然已经开始查，就得继续查下去，满足民众的吃瓜心态。

那么，到底是谁杀了他？

席桐白天吃瓜，晚上做梦，梦见一个枪手给她也开了三个洞，她变成一缕幽魂飘下地府，牵着丽萨找了半天才找到郝洞明，在他要喝孟婆汤的时候赶紧将他拽过来，搬了只小板凳，坐在奈何桥边拿出小本本做采访。

她正问到"郝先生，是谁杀了你"的时候，两个鬼差把他拖走了，很不屑地说："不就是瑞安·孟吗？记者出去，我们这里是特殊企业，要采访你先打阎王热线预约，然后把问题清单发到公邮。"

然后，她就被踢回阳间，醒了，有点失落。

窗帘透出一缕光，日头已经升起了。孟峥站在床边穿衣服，套上西装，他要出去。

"你去哪儿？"席桐抱着被子问。

"我吵醒你了？"孟峥扣上袖扣，俯身吻了吻她睡得热乎乎的脸颊，古龙水清淡的柑橘香钻进她鼻子。

"才八点半，继续睡吧。我去趟警察局。"

才八点半，席桐被他养懒了，这段时间她远程工作，宋汀体谅有时差，没给她安排多少任务，她天天睡到十点钟，放以前八点半她都出门上班了。

她顶着一头乱糟糟的发坐起来，拉开些窗帘，示意他先别走，然后跪立在床上，给他把领带系好，衬衫领口弄平整。

"好了。中午回来吃饭吗？"席桐懒洋洋地问。

孟峥想到她最近做的含糖量超高的日式盖饭："我迟点回来，你给我煎个鸡胸肉就行了。"

"要什么酱？"

"上次放了橘子花的酱汁不错。"

席桐哦了一声，打了个哈欠，睡眼惺忪地抱他："哥哥，早点回来嘛，我给你做小蛋糕。"

孟峥都不想走了。

司机还在楼下等,他把她吻到躺在床上哼唧,才恋恋不舍地出门,想着今晚一定不能让她糊弄过去。吃那么多不消耗点热量,到时候长胖了,她又要怪他不让她出去遛弯。

孟峰径直去了警察局,来得很早,事先没打招呼,警察看到他有些惊讶,给他冲了杯咖啡。

孟峰开门见山:"警官先生,我今早突然想起了一些信息,或许对你们查案有所帮助。您知道,早晨的脑细胞总是比其他时候活跃。"

警察已经听说了死者在中国干了什么天怒人怨的事,也认为死得好,但查清楚是必要的。如果是复仇类型的凶杀,那么也要交给法律审判,该无罪就无罪,该坐几年牢就坐几年牢。

"郝洞明来温哥华,看药厂只是一个掩人耳目的借口,这是我从厂家经理和郝洞明私助那里知道的。他之所以过来,是因为那封邮件。邮件说有人要来找他复仇,他怀疑这个人曾经在温哥华的某个贫民窟居住过,所以在贫民窟附近租了公寓,还叫私助去打听。"

这一点私助最初向警方坦白过。警察点点头,旋开笔盖,示意他继续说。

"我昨晚梦见了我的养父母,起床时一直在想他们临终前说的话、做的事。其实他们晚年的脾气变得平和许多,还会内疚,为自己曾经狠狠打过孩子而向上帝忏悔。他们是非常传统的家长,甚至比某些中国父母更严苛,我小时候也经常产生离家出走的念头。

"在我之前,他们一共收养过三个孩子,但很可惜,前两个孩子有遗传性疾病,很早就去世了。第三个孩子就是薛岭,那时候他叫孟岭,我父亲有一次跟我提到过,仅仅有一回,我当时没在意。他在十六年前的一次旅行中失踪了,是自己跑丢的,这件事让他们非常痛心后悔,他们认为倘若对他宽容一点,允许他做自己喜欢的事,孟岭就不会从他们身边离开。

"那次旅行,我的养父母去了中国,见了郝洞明。他们在中国的东阳省建了一个基金会,叫蔚梦,看中了郝洞明的管理才能,让他全权负责打理。ME 每年向基金会注资,出于对郝洞明的信任,这些年除了索要年度财报,几乎没有过问具体事项。"

警察抓住重点,身子前倾:"孟先生,您是说孟鼎夫妇在十六年前把孟岭带去了中国,他可能见过郝洞明?"

孟峰道:"正是如此。我想起来,我父亲提到孟岭的时候,说他'是个长相漂亮的男孩,郝先生很羡慕我有这个乖巧的儿子,第一次见面就给他买了袋芝麻糖。他不太懂礼貌,在客人们面前不经允许就说话,我打了他一顿,第二天他就跑了'。"

"所以,您怀疑孟岭离家出走后,被郝洞明关到了那座可怕的别墅里,但他运气好,逃了出来,最终回到加拿大进行复仇?"警察把设想的事件捋了一捋,"但金斯顿教授说,他是从精神病院里把孟岭带出来的。"

孟峰很快答道:"我只是怀疑,没有真凭实据。你们可以去问金斯顿,是中国的精神病院,还是加拿大的精神病院。据我所知,2004年的冬天,金斯顿教授受邀去中国演讲,在北方待了三个月。"

警察想起来,金斯顿给的材料虽然足以证明他谋杀了孟氏夫妇,但缺少细枝末节,很多东西当初已经被销毁了,他还真不知道是哪儿的精神病院。

"金斯顿肝癌晚期,他交了保释金,要求去医院做化疗,我们把他送过去了。我一定会让同事问问他。"

孟峰看表,九点多了,便站了起来:"警官先生,时候不早,我得回去办公了。"

警察站起来和他握手:"孟先生,感谢您拨冗亲自过来一趟,您提供的信息对我们很重要。祝您本周愉快。"

孟峰笑了笑:"我父母从小就教育我,警察是值得尊敬的职业。能够帮到你们是我的荣幸,希望你们早点把这案子查出来。"

出了警局,街道两旁的红枫灼灼如火炬,燃烧着北半球秋天旺盛的生命力,在湛蓝旷远的苍穹下鲜艳如画。

孟峰叫司机靠边停车,把西装外套脱了,趁四周无人,站在花坛上踮脚摘了几片形状完美的枫叶,极快地塞进皮夹里。

放在她新做的小蛋糕上,应该很好看。

金斯顿所在的医院和闻澄的是同一家。

医生告诉警察,金斯顿的状况很不好,他一进医院,什么毛病都出来了,肝疼肺疼腰椎关节疼,精神垮掉又身患绝症的老年人就是这样。鉴于他不吃不喝也不说话,身体虚弱,警察根本问不出什么,还要遭受他出于习惯性的心理医生的犀利目光审视。

所以,警察直接去探望了闻澄。

闻澄的状态比头两次好多了,看来已经从父亲的打击中恢复,整个人脱胎换骨,那张苍白甜美的脸变得成熟,具有时尚杂志封面东方女性的知性魅力。

女警坐下来,闻澄给她倒了杯咖啡:"您想问什么?"

"谢谢。是这样,我想了解一下,薛先生和金斯顿在中国,有过交集吗?"

提到薛岭，闻澄脸上露出清晰的痛苦。

"我记得金斯顿教授在中国大学做演讲，薛岭去听了。他还有一次去金斯顿下榻的酒店，很晚才回来。我不知道他们干什么去了。他当时说，是做心理咨询，那段时间他太累了。"

女警温和地道："抱歉，我可以问一个比较私人的问题吗？闻小姐，你和薛岭谈了几个月恋爱，你们发展得如何？"

闻澄懂她的意思，咬唇："他从来没亲吻过我，拥抱也很少。他总是说，我们的关系还没到那一步，他希望我能仔细考虑再接受他，因为我之前没有谈过男朋友。"

她的眼泪流了出来。

女警给她递了张纸巾，继续下一个问题："在第一次调查中，薛岭说你知道他来加拿大见了哪些人，8月1号和2号有哪些安排，是这样吗？"

"不，我不知道。"闻澄立刻答道，"我之前跟他吵架了，才懒得管他。下了飞机我知道他也在温哥华，非常惊讶，我爸出事了他来陪我，我才跟他和好的。"

"他周末喜欢待在家里吗？"

"不喜欢。我周末一般都在家，他在酒吧，我让他陪我吃顿饭他都不干，得用看望我外公、舅舅这样的借口让他回来。"

女警推了下眼镜，薛岭的身体上也没有残留火药痕迹，他说郝洞明死亡的那个周末他都在家里，但作为证据的几封邮件是可以定时发送的。然而他郊区的房子和郝洞明公寓周边都没有监控，进城的车辆又太多，无法一一排查，不能肯定他出过门。

闻澄沉默了一分钟，说："我看了网上的猜测，如果他被我爸虐待过，所以杀人，我，能理解。我真的不知道我爸是那样的人，我对他太失望了。至于薛岭，他上个月就回中国了，你们请中国警方去查吧，希望他不要再说假话了。"

女警唏嘘不已。

罗生门

第十六章

　　杜辉是在早点铺子喝稀饭的时候知道梁玥跳楼了。

　　当时邻桌的客人你一言我一语地喋喋不休："你看这老妖婆，不知道花了几千万整她这张脸，呵呵，整成多少岁心都是黑的！恶有恶报，跳楼便宜她了。"

　　客人吸溜着面条，把手机放在餐巾纸上，微信群里传的那张血腥图片充满屏幕。

　　杜辉瞟了眼，脸部肌肉抽了两下，机械地咀嚼着榨菜，那点儿咸味忽然让他喉咙干涩，稀饭在胃里翻腾，顺着食管逆流而上，哇啦一下吐了满地。

　　他不敢抬头抽桌上的纸巾，拿袖子抹抹嘴，手指直抖。周围的人们用嫌恶的目光看着他，颠着漏勺的老板也很恼火："快走快走！有病去医院！"

　　杜辉落荒而逃。

　　他去公共洗手间把衣服上的秽物弄干净，出来后被人截住了。

　　几个地痞流氓模样的小青年把他拽到僻静的小巷里，二话不说动了手。这种情况已经是第三次发生了，梁玥的公司因为假疫苗闹到破产，合作方都毁了约，以至于原野制药欠了一屁股债。她轻轻松松死了，留下一堆烂摊子，公司的人不肯接，那总得有人当受气包。

　　杜辉这些年活得太舒服，身体素质不复当年，做个俯卧撑都喘气，被他们拳打脚踢一顿，伏在地上奄奄一息。小青年们走后，他瘫坐在垃圾桶旁，茫然地睁着眼睛，呆了好一会儿，掏出手机，想打个电话。

　　手机欠费停机了。

　　梁玥在时，杜辉就没有一分私房钱，她死了，所有财产拿去抵债，不抵债的也被人惦记，连他住的公寓都被夺走了。现在他钱包里只有一千块钱，还是月初张先生给的。

那天他被赶出公寓，放眼整个银城没有容身之处，在大街上漫无目的地流浪，结果在公园里碰见个戴墨镜的先生，说跟他有缘，把他带回郊外的工作室聊了很久，给了他一个红包。

做先生这行的，与人交往也不看财多财少，全凭天意，给了就给了。

杜辉睡觉时都把这红包揣在胸口，他觉得就是因为有它护身，自己才没被人给打死，而且这一千块钱小流氓们都没拿走，可不是张先生有神通吗？

他拿着这钱，在街头买了块烧饼，又去了汽车站。

杜辉想回家了。

花了三天工夫，大巴终于到了瓶县，他虽然十几年都没有回去，但山村变化不大，顺利摸到了自家的小院子，门前那棵桃树已经长得老高了。

烟囱里冒着炊烟，他怀着忐忑不安的心情推开门，妻子衰老憔悴的脸就在灯下，桌旁的青年有一张和他年轻时极为肖似的脸孔，见了鬼似的瞪大眼看着他。

杜辉还没说一个字，就被亲生儿子抄起板凳打了出去，孩子他妈站在一边骂得唾沫横飞，说他狼心狗肺现在倒想起他们来了，咒他死在外面。

小流氓都没把他怎么样，他儿子用力一砸，头破血流。

杜辉在地上爬着，老泪纵横，邻居认不出他，只当他惹了牛家母子俩，可怜他上了年纪，叫了两个人把他抬回车站。

于是他揣着剩下的钱回了银城，他唯一的出路就是张先生了。

他想知道以后的日子怎么过，会不会死，抑或是生不如死地活着。

张先生见了他一副心如死灰的惨样，特意把客人晚上的预约推迟到明天，与他秉烛长谈。

他对张先生的宽慰之词很是佩服。

"大师，我无路可走了，我前妻和儿子都在老家，女儿在银城读书，她恨我抛弃了她，其实，其实我一直很关心她。我想找个工作，就算扫大街也成，把这些年欠她的都补回来，和她一起好好过日子，我真的想这样……我从前鬼迷心窍，我后悔了。"

张先生从红珊瑚笔架上取下一支狼毫笔，在纸上写写画画，忽地眯起眼，长叹一声："从前发生什么了？"

"怎么了？"杜辉紧张地问。

张先生用笔杆敲敲紫檀桌："老兄，你家里可曾发生什么变故、死了人？"

听到"变故"二字，杜辉的脸色登时惨白，双手发起抖，半晌才支支吾吾地道："我，我家里没有啊。"

张先生犀利的目光瞅着他，就跟看玻璃人似的。

杜辉咽了口唾沫："我家里真没有。但是，但是十几年前，我们那儿有一家人着了火，烧死了一个老太太和一个男孩。"

张先生拊掌："这就是了！两条人命呢！你当时是亲眼看见的？离得不远？"

杜辉惊恐地点点头。

"具体说说。"

杜辉陷入了迷茫。

张先生又补充："你心里有事？"

杜辉惨白的脸色隐隐发青。

"安息，让他们安息。"他嘴里喃喃有词，失魂落魄地走出工作室。

他走了不久，张先生把面前的茶喝完，画着诡异线条的红纸扔进垃圾桶。他在电脑上看了下明天排满的预约，喝完茶，悠闲地拨了个电话。

"这是桩善举，所以我才帮您骗他。您让我说的都说了，依我看是妥了。"

那边说不管成不成，钱都给他转过去了，包括给杜辉的那一千块。

张先生觉得这客户果然是做大生意的，有风度，提出给对方来个一条龙服务，打八折。

那头的男人沉默片刻："给新生儿订个吉祥手镯，价位多少？"

张先生笑："小事，给您包套餐里头了，不额外收费。生日是哪天？"

"还没生。"

"大致的预产期也行。"

"还没怀。"

"结婚了吗？"

"快了。"

张先生："那您还真是未雨绸缪啊。"

银城一中周五放学早，五点多，天之骄子们陆续从校门出来，保姆、司机在聊着天等自家孩子，豪车一辆接一辆停在路边。

一个穿花裙子的女人等在校门口，她来得有些早，悠闲地坐在开着金银花的围墙下，正在听音乐，时不时往嘴里送一片卤牛肚。

"叶老师。"一个怯怯的声音忽然在旁边响起。

叶碧忙摘下耳机站起来，和气道："你好，你是？"

面前的中年男人形容落魄，身形微胖，穿着脏兮兮的夹克衫，眼皮耷拉着，目光闪躲，手中拎着一个大塑料袋。

"我是牛杏杏的舅舅。"他艰难地开口，"我刚从老家回来，她妈让我给她带了点吃的，她学习辛苦，得多吃。"

"喔，是她舅舅啊。"叶碧奇怪，从来没听孩子说她有舅舅。而且她妈已经跟女儿决裂了，怎么会让人带东西给她？

叶碧还是接过来，打开看了一眼，是罐装的腌白菜杆子和干米面，很多地方都有的农家产品，十块钱能买很多斤的那种。

"我代她谢谢你了。"

男人反而垂着头连声道谢，瞟到不远处的人影，急着要走，走了几步又折回来："那个，叶老师，孩子她妈不在，辛苦您平时照料了。这孩子要是不听话，您就教训她，我们这些人，文化水平低，没资格教育孩子。拜托您了叶老师，要是她想回家，您别让她回去，叫她在银城好好念书，将来考个好大学，赚了钱给她自己花，也孝敬您，千万别给家里，我们，我们对不起她。"

眼看牛杏杏的身影越来越近，男人把口袋里的钱都掏出来，二十、五十的票子，还有一把硬币，他不太好意思给："这些给孩子当零花钱，买练习册。"

叶碧还没来得及塞回去，他就一瘸一拐地跑了，匆匆把硬币丢进马路边的乞丐碗里，头也不回地消失在人海中。

"叶老师！"牛杏杏看到叶碧，兴高采烈地挥手，"我月考考了全校第十，物理老师下课让我去他办公室，想给我竞赛名额，所以迟了点出来。"

叶碧欣慰地往她嘴里塞了片牛肉："不错，咱们回家吃饭去。"

牛杏杏平时住校，周末回孟峰租给她的市中心公寓，赊着账，等她以后工作了再还。每个周五叶碧都会来一中接她，两人一起吃个饭，她还是喜欢住在叶碧家，帮忙刷刷鞋子、浇浇花。

自从考上一中，她越来越开朗了，愿意和人交流。

"桐桐姐和孟先生什么时候回来？"牛杏杏问。

叶碧也不知道："想什么时候回就什么时候回吧，加拿大那边出了事儿。"

牛杏杏是乖学生，不用手机，不看微博，并不知道出了什么事，似懂非懂地点头。

"刚才那个男的是谁啊，找你干什么？"

叶碧问："你没认出来他是你舅舅吗？可能有急事，给你送了米面就走了。"

牛杏杏露出诧异的表情，刚想说"我没有舅舅"，又似明白过来，不敢相信自己的猜测。她低头看着家乡的米面和咸菜，鼻子有点酸，抬头又是一副笑脸了："那我们晚上尝尝看吧。他还说了什么话吗？"

"让你专心学习，以后考个好大学。"

"嗯，会的。"

马路对面，杜辉看着一大一小走进地铁站，突然感到一阵轻松。他凭着记忆，沿着一条小路朝相反的方向走去。

路旁咖啡馆靠窗的位置坐着一个年轻男人，左手有一搭没一搭地开着怀表盖子。咖啡馆建在交叉路口，视野很好，能看到许多东西。

他盯着窗前掠过的身影，啜了口凉透的咖啡。

手机屏乍亮，一条推特显示在屏幕上。

"昨日上午九时，心理学专家弗雷德里克·金斯顿在温哥华米歇尔医院死亡。此前他被诊断为肝癌晚期，据警方分析，他极有可能利用药物自杀。"

金斯顿死了。

咖啡入喉，苦涩的味道褪去，是若有若无的甜。薛岭的眉头都因为这点甜味舒展开了，嘴角弯起，笑出了声。

周围客人们奇怪地往这儿看，他旁若无人地笑了一阵，眼角都笑出了泪，拿手随意抹去，脸色忽然阴沉下来。

金斯顿去自首，然后自杀，目的很明确——他要他们一起背上骂名，被世俗唾弃。

在新闻报道上，他看到金斯顿说了实话：年仅十二岁的他为了逃出精神病院，用尽计策，做了不可想象的事。

金斯顿为什么改变主意，这么决绝地报复他？

孟峥到底跟他说了什么？

薛岭注意到孟峥对杜辉的关注。孟峥支持杨敬，现在东岳的决策权在杨敬手上，梁家败了，杜辉被董事会踢出，董事长的位置没定下来。

孟峥从一开始就想要那个位置，把百分之十五的持股份额成功提升到百分之二十，所以他不高兴，很不高兴。他接近闻澄，答应做她男朋友，就是为了接近郝洞明，他觉得或许能通过私下关系把东岳的控制权弄到手。但郝洞明这只吝啬的老狐狸，宁愿把公司留给外人，也不给闻家的血脉，这出乎他的意料。

孟峥还想干什么？他那么关照杜辉的女儿，是因为杜辉还有用。他不会做没有利益的慈善。

杜辉还有什么用？

薛岭觉得自己对杜辉的认识不够深，杜辉身上有某些秘密，是自己还不知道的。这让他产生了不安，这种不安让他在假疫苗事件后决定及时止损，放弃夺取东岳。

他之前太得意忘形了，以至于没有发现杨敬是孟峥的人，原野制药的破产消灭了梁家在东岳的势力，百分之十三的股份立刻被董事会瓜分，每个大股东都得了一点，明眼人都能看出这是新任 CEO 杨敬在拉拢人心。

他从原野出事那天起就彻底输了。直觉告诉他，孟峥在针对他，他在媒体跟前说抑郁症的事，让孟峥非常恼火。

孟峥要对付他，太简单了。孟峥拥有的金钱和地位是其他人不可企及的，他站在 ME 的制高点，动动手指就能让银湖地产这样的企业消失在股市上。

薛岭不甘又愤恨。

他决定跟踪杜辉，看看他要上哪儿去。

傍晚的大街上人来人往，苍茫暮色笼罩着高楼大厦，霓虹灯在人海中闪烁，世界有一种科幻电影的不真实感。

薛岭走了一段，看着杜辉狼狈的背影消失在有警徽标志的建筑物门口。

他驻足，靠在墙角回头，有一个便衣警察跟着他。

自从他上个月以打理银湖地产的理由从加拿大回国，警察就三番五次把他叫去问话。在常人看来，谋杀孟鼎夫妇那事儿和他脱不了干系，但金斯顿提供的诊断记录等材料只能证明医生利用职业便利杀人，除了从七年前开始写的日记叙述了对他的帮助，并没有实物表明是他百般怂恿。所以当中国警察问起时，他承认了与金斯顿的关系，却否认是谋杀的从犯。

孟鼎夫妇之死完全是加拿大的案子，但郝洞明之死是跨国的案子，中国方面发话要力查，所以警方对他跟得很紧。两个案子都得查，加拿大警方暂时把一部分任务交给了银城这边。

一个可以教唆谋杀养父母的人，为什么不能杀死另外的人呢？杀了第一个，就有第二个。

但是没有证据，就不能限制他的自由活动。

薛岭这一个月深居简出，没有人知道他的心情异常烦躁。

被人不怀好意地盯着的感觉使他觉得自己变成了待售的奴隶，而人们这些天对他的辱骂也成为长夜里的噩梦。

他躁动的情绪被咖啡和金斯顿的死讯压下去，此刻又被这个自以为藏得很好的警察勾出来，几乎已经达到了能够承受的上限，爆发的临界值。

但没有人知道。

便衣警察接了个电话，消失了。

薛岭的手机也响起来，公安局叫他去问话，可能是得到了什么消息。

他戴着完好无损的面具，微笑着从路边卖花老人的篮子里买了一条木兰花手串，走进地铁，等到了警局，手腕上的花被掐得只剩光秃秃的白线了。掐完了花，他又开始弹手上套的细皮筋，打在皮肤上很疼，但他停不下来，坐在警察面前时，整个手腕都红了。

还是上周那个问话的警察，给他递了根烟，开始问。

"精神病院？"薛岭用嘲讽的口吻道，"我根本没有精神病，我是被孟鼎和靳荣送进去的，他们发了善心，就把我送到了海岛上一家精神病院，想让我在里面自生自灭。"

警察不动声色地瞟了眼他的手腕，做笔录。

"什么中国的精神病院？无稽之谈，我在二十岁以前根本没去过中国！你们可以去查金斯顿交给警方的材料。"

警察道："薛先生，你明知道金斯顿已经死了，他提交的东西也不全。据加拿大警方调查，那家私人精神病院早就倒闭了，没有保存十几年前的资料。"

薛岭深吸一口烟，身体往后靠，从口袋里掏出怀表习惯性地摩挲着，突然间手指像被针扎了一般，他把那枚精致的表狠狠砸了出去，在地上发出"啪"的一声。

表裂了。

他脸上的表情也裂开了。

警察被他的举动吓了一跳，但毕竟训练有素，叫同事捡起怀表。

薛岭冷笑："这是金斯顿给我的，你们收起来当证据吧，不过它没什么用。"

警察咳了一嗓子："薛先生，我再问你一次，郝洞明死亡的8月2日凌晨，你一直在家里，除了收发邮件之外，是否还有别的证据？"

薛岭斩钉截铁："没有。就算我有证据证明我在家，你们也会怀疑我雇枪手去杀他。但是，我之前跟你们讲得很清楚，我和郝洞明没有仇。他帮我当上银湖地产 CFO，又给我介绍了很多中国商界人士，我为什么要杀他？"

警察看他坚决否认，和同事对视一眼，薛岭看出他们已经不相信他的话了。

"那么，你认为谁最有可能杀了郝洞明？谁跟他有仇？"

"郝洞明写的是谁就是谁。我不姓孟很多年了。"薛岭的意思很明确，"你们为什么不怀疑孟峥？他虽然有不在场证据，但他可以雇杀手。"

警方道："孟先生的嫌疑也没有完全洗脱。薛先生，你和他关系不好，这我们大家都知道，你最好能拿出更可信的说法。"

薛岭闭了闭眼，手指摁灭烟头。

"孟峥当然和郝洞明有仇。现在你们都知道我和金斯顿的关系，我没必要掩饰，这件事就是金斯顿告诉我的，他通过对孟鼎夫妇的催眠获得了这个信息。2004年，孟鼎和靳荣带孟峥去中国，成立蔚梦基金会，他们就是那时候认识郝洞明的。郝洞明是人是鬼，你们也都知道了，他别墅里那堆白骨，就是被他弄死的。

"孟峥太不听话了。孟鼎夫妇要弃养他，想找新的养子，就把他送给了郝洞明。但他想方设法逃出来了。郝洞明还找了个杀手追杀他，但他命大，活下来了，迟早要报仇。"

警察皱眉："薛先生，你的证词里有很多漏洞。孟鼎夫妇既然要弃养他，又为什么反悔了，肯让他继承ME？他是怎么回到加拿大的？就算他和郝洞明有仇，也不用闹得这么大吧，暗杀就行了。"

"那我就有必要闹得尽人皆知？"薛岭立刻反问。

警察语塞。

"别的我确实不知道，但我很肯定两点。"薛岭目光灼灼，双手压在桌上，那股森冷的寒气让警察不由自主地向后挪。

"第一，孟鼎和靳荣是疯子，天天都以为亲生儿子能死而复生；第二，孟峥恨郝洞明，早就想杀了他。哈哈哈……"

他一边大笑，眼泪一边流出来，两个警察都呆住了。

"报应，都是报应，弗雷德死了，郝洞明也死了，下一个是谁？"

"薛先生，你冷静一点。"

一个警察已经开始联系医生了，要对嫌疑人进行精神状态检测。

薛岭甩开警察的手，表情狰狞："你们没有证据，不能逮捕我。你们去抓孟峥啊！他杀了人！我说的是实话！"

他气冲冲地往外走，整个人看起来十分可怕，与平时的温润儒雅判若两人。

警察没拦，让他走了，同时在他住处和公司安排人手监视。

他们都认为，薛岭要疯了。

"那孩子明明死了！"杜辉说。

银城另一个警察局内，警察正在进行一场对于自首杀人犯的问讯。刚刚一个同事进来，和警察耳语两句，警察发现案子凑巧对上了。

"孟峰从郝洞明的别墅里逃出，又被追杀过——这不对？"

杜辉叫道："郝洞明的手下雇我杀那个孩子，我不知道他是谁，总之长得很漂亮，一眼就能认出来。我当时很缺钱，就接了这桩生意，没费多大工夫就找到了他。郝洞明还给我一把刀，但那种刀样式我没见过，用着不顺手，让那孩子跑了。他被人收留，我怕进屋杀人让村民发现，就一把火烧了房子，他和老太太的尸体都被烧焦了，我还和村民们看过一眼，我肯定他被我烧死了！他们俩的冤魂一直缠着我，我现在只希望他们能安息，不要来找我女儿。

"之后的事我已经跟你们讲过了。我第一次杀人，心里很后悔，去酒馆喝酒，不想见郝洞明的手下，是他教唆我去杀人的！我叫我弟代我去领工钱，我们是双胞胎，别人分不出来，结果那个人朝我弟捅了一刀，把他推到悬崖下去了！郝洞明的手下要灭口！我不敢回家，我怕他发现我还活着，就在外面流浪，终于有一天找到机会报仇，把那个人杀了，做成抢钱的样子。郝洞明以为是意外，他不在乎少了一个普通属下，但政府悬赏凶手，我特别害怕，就离开东阳省，到了银城，后来和梁玥结了婚，想彻底忘掉这段过去。我吃斋念佛，别人打骂我都忍气吞声，就是为了心里安宁。"

"郝洞明没见过你吗？你原来是东岳的董事。"

"没见过，他只是下命令，是他手下找我的，我们是同乡。"杜辉露出不齿的神情，这神情放在他脸上，显得分外滑稽，"我要是知道他对那么多无辜的人下毒手，就不会去杀人了。"

警察啼笑皆非，什么叫五十步笑百步？这就是。

"你还记得你烧的那家老太太姓什么、住在哪儿吗？"

"我记得是在玉兰县的荷花圩，不知道姓什么，但我知道她儿子是警察，被车撞死了。"

席桐昼夜颠倒，午觉又睡到下午六点。她最近睡眠质量很差，晚上失眠，要孟峰抱着才能睡着，睡着了又嫌他碍手碍脚热得慌，一脚把他从床上踹下去都是有的。

她睡醒了，心情很好，瘫在床上抱着被子哼哼，连弯起嘴角笑起来都和《疯狂动物城》里的树懒一样，又慢，又傻。

而且她的脸还圆了，看着更像。

孟峰看不下去："你起来运动一下，天天这么躺着，把身体机能都躺坏了。"

他给她量体温，温度偏高，但也不是发烧，倍儿能吃，刷起他和女明星的八卦来神采奕奕，他只能归因于神奇的"春困秋乏"。打电话问她妈是不是每年都有这种毛病，她妈叫他让席桐回去上班，保准立刻好。

什么鬼毛病，就是闲的，被他惯出一身懒骨头，都忘记劳动是多么光荣了。

席桐哼着小曲儿起床，慢吞吞地刷牙，含糊不清地咬着牙刷说："你要是没事，就带我出去压马路吧，我好久都没上过街了，整天待在公司里，好闷。"

平时孟峥也不让她单独出门，因为一堆记者在守着。保镖跟她一起，开个车门递瓶水什么的，他就吃醋，莉莉跟她一起，他又担心她俩说他坏话，久而久之，席桐索性就不出去了。

她提过住跑马道的孟宅，但孟峥不想回去，他不想浪费那个上下班的时间。要是在孟宅，她还能手动洗碗洗衣服、给花园修修草坪，算作运动，可在公司就衣来伸手饭来张口，啥也不用考虑。

孟峥想着也不能让她天天不走路，就把会议给推了，给她喂了条鱼，拎着她乘电梯下楼。

他没开车，两个人从大楼的侧门出来，刚一走上林荫道，席桐就打了个喷嚏："好冷！"

孟峥觉得她抵抗力都下降了，还没到夜里呢，就瑟瑟发抖。他把围巾给她围上，胳膊一伸，她自动钻到他大衣下，抱住他的腰，红围巾外露出一双沾着秋露的眼睛。

九月刚过完，正是加拿大东部赏枫的好时节。红艳艳的枫树在湖畔的路灯下十分好看，正好有个大爷带狗跑步经过，席桐请他帮他们拍合影。

拍完了，她趁机捋了几把金毛，这狗长得像可可，小眼睛大鼻子，毛又顺又滑。狗也喜欢她，在大爷手里特别闹腾，放到她跟前，就温顺地用头蹭着她的腿，鼻子贴着她肚子轻轻闻，还伸出舌头舔。

孟峥不让她耽误大爷运动，让她和狗狗说再见，又牵着她在湖边走了一段，去了前边的商场。

八九点钟，CBD的商场迎来最后一批客流。席桐仗着有他撑腰，大摇大摆进了卡地亚的店，孟峥问她想买什么，结果她看了价格标牌就完全不想买了，说只看看，但他还是细心地注意到她的目光在某一款戒指上停留了稍长时间。

孟峥觉得还是他在闻澄给的图册上选的那枚漂亮。

但他很沉得住气，没说。

席桐看着自己左手中指上三千块钱买的戒指，又看看他干净修长、没有装饰物的手，忽然拉下脸，不睬他了，去第二层看衣服。电梯扶手边有一家卖意大利拉佩拉进口内衣的，她进去挑文胸，没找到要的欧标尺码，问导购小姐75C在哪里。

"80C。"孟峄纠正。

席桐：她有那么大吗？

"你最近吃得比较多。"孟峄如实道。

席桐的脸拉得就更长了，小小地哼了一声，又转念一想，冲他傻乎乎地笑。

长胖了他也不会不要她，那干吗还要计较吃得多，她又不会把他吃到破产。

孟峄根本不知道她在想什么，只感到她这段时间情绪波动有点大，刚要开口安慰她，她的电话响了。

席桐接起来："你好！啊？警察？"

她撇下孟峄，走到通向洗手间的走廊，那边的警察叔叔和蔼地问了她几个问题，说有个叫杜辉的人自首了，自称十六年前烧了她家房子。

"杜辉？"

听到这个名字，席桐百感交集。她跟警察确认一下，是她认识的东岳董事、梁玥丈夫、牛杏杏她爸，没想到世界竟然这么小！

警察紧接着说了放火的原因，杜辉当时接了一桩"生意"，追杀从郝洞明手里逃出的男孩，怕被人发现，就放了把火，想把收留他的那家人烧死，但他胆子没那么大，放完火就跑了。

席桐的神情瞬间变得凝重。原来她爸妈收留的那个男孩跟郝洞明有关。

牛杏杏说过"牛建生"为同胞弟弟杀过人，但她没想到他还杀过别人，用这么残忍的手段，给禽兽不如的郝洞明打工。

"是的。那天我也在，整个山坡都着火了，我奶奶没逃出来，在屋里被烟熏得窒息了。"

警察在那头问："那个男孩，他死了吗？"

"他活着啊，我还给他写过信呢，就是没回音，不知道他在哪儿。什么？我不知道他叫什么，也不知道他的联系电话，他不会说中文。"

警察问能不能给地址，这个她真不记得，过去太久了，就记得她妈拿谷歌地图查，说是在温哥华的贫民窟旁边。警察又让她提醒叶碧听电话，他们被当成诈骗好几次了。

席桐这段日子记性也不好，怕自己忘了，立马给她妈打过去，没接，应该是在上课。

这件事勾起了她不好的回忆，一抬头，孟峄站在她面前，定定望着她。

她和警察的对话他都听见了。

"没什么，"席桐笑笑，"过去好多年了，我不是很伤心，我奶奶是好人，早就投胎去了。至于杜辉，法律该怎么判就怎么判吧。只是，我觉得这个世界有时候太黑暗了。"

话音刚落，流水般的钢琴声响起，伴随着徐缓低沉的提琴声，商场要打烊了。

离清场还有一刻钟，席桐不着急走，趴在栏杆上听了一会儿音乐，恢复了心情："这曲子很耳熟，叫什么？"

她只是随口一问，拿着手机查，没指望他神通广大到连这个都知道，可孟峄就是如此神通广大："Some where in time（《似曾相识》）的主题曲。"

席桐对他竖起大拇指，想了想，这部电影的别名好像叫作《时光倒流七十年》，是八十年代的老片子，讲的是男主角穿越回七十年前和女明星谈恋爱的故事，很俗套，曲子倒是很出名。

提琴悠扬的旋律和川流不息的时光交织在一起，把这一方小世界渲染得恬静光明，仿佛让人沐浴在夏天晴朗的阳光下，溪水渐次染透衣摆，微风轻轻吹拂额发，栀子花香溢满了葱绿的山坡。

她站在时光深处，像印象派的画。

一伸手，就能碰到。

孟峄静静地看着她。

两个人听了一首又一首，直到商场工作人员来吆喝才离开。

夜深了，天上有稀疏的几颗星星，月亮很圆。席桐走到一半就不想走了，孟峄蹲下来背她，她不干，撒娇又卖萌，要他公主抱。

孟峄脾气很好地答应了，回到公司脾气就不好了，很急。

这阵子她一天大部分时间总是恹恹的，对他亲亲抱抱都嫌烦，今天心情好，就很乖，小爪子都收起来了，纤细的指头在他后颈画圈，四仰八叉地躺在被子上露肚皮。

孟峄抱着人不撒手，她蹙着眉，搂住他腰的手时而舒展时而紧绷，忽然对着他一阵猛掐，放声哭了出来，还重重捶了他一下。

"怎么了？"他吻去她的泪，暗嘶了声，好疼。

"我难受。"她委屈地叫，都哭花了脸，"孟峄，我不舒服。"

"嗯？"

"你压到我胃了！"她费力地推搡他，"我，我想吐！"

孟峄寻思着他虽然有一百多斤重，可也没压着她啊。

他还没反应过来，席桐一脚把他蹬出去，趴在床沿，对着垃圾桶吐了个昏天暗地。

一边吐还一边抖着嗓子说："完了，我食物中毒了，你给我吃的鱼过期了。快带我去医院!"

孟峰一个激灵,清醒了。

"例假来过了?"他不确定地问。

"来了啊!"

孟峰想起来,她说内分泌失调,上周例假终于来了,但护垫上就一点点血,第三天就没了。

他又想起她低质量的睡眠。

增加的体重。

闻她肚子的狗。

尺码增大的内衣。

孟峰刹那间出了一身冷汗,魂都没了,套上裤子,扛起她就往外跑。

他跑得太快没开灯,咚一声撞上门框,蹿出去几步又折回来,拿手机,进了电梯又回来,拿钱包,到了地下车库发动车子,终于想起自己有个随叫随到的医疗团队,又把人扛回了卧室。电话打不通,手都抖了,牙齿也打战了,声音也不稳了,在屋里来回踱了几步,直接把她扛到楼下秦立的办公室,在外面狂按门铃。

秦立跟他一样,也是在公司住,大半夜鬼敲门,骂骂咧咧地披着睡衣过来,看了眼电脑屏幕上的监控,吓了一大跳。

"怎么回事?"

孟峰把席桐扛进屋,放到沙发上,急得团团转:"医生,帮我找医生,号码接不通!"

"上次医生说了换号码了啊,你没记?"

孟峰哪记得这个,他就想让秦立帮他打电话。秦立看他这魂不附体的模样,又看席桐蒙透顶的脸,完全不明白怎么回事,号码拨通了也不晓得怎么说,孟峰一把抢过他手机,噼里啪啦说了一大堆,语速快到连秦立都没太听懂。

不过他敏锐地捕捉到一个词,瞪大眼睛:"怀孕了?"

孟峰打完电话,嗓子都哑了,拿起桌上的水杯灌了一口,秦立没好意思告诉他那是上午剩的红茶。

屋里陷入了死一般的寂静。

秦立左右看看,拿了件背心扔给孟峰,让他穿上,打破沉默:"恭喜,我先睡了,周末我把莉莉叫来陪她。"说完就麻利地溜回卧室。

半晌,席桐才从孟峰一番混乱的操作中得出结论:"所以,我怀了?"

孟峥坐到沙发上，冷汗还在冒，脸色苍白，嘴唇都失血了，抱着她低声喃喃："对不起，是我不好，桐桐，对不起，你原谅我，我不知道，我不知道你怀孕了。我应该停下来的，对不起，我应该早点发现。"

他把她抱得太紧，她都要喘不过气来了，又听他哽咽道："桐桐，是我错了，宝宝他没事，一定没事！"

席桐问："要是有事呢？"

孟峥身子僵住："那你打我、骂我都可以，别赶我走。桐桐，别讨厌我……"

席桐哪见过他红着眼圈快哭了的模样，好容易找回自己的声音："医生还没来，你就这么肯定？"

孟峥急得站起来："肯定有了，我们肯定有宝宝了，我要当爸爸了。"

席桐逗他："那你怎么一点都不高兴？"

孟峥说："我高兴。"

说完一滴泪就顺着睫毛滑下来，他怔怔地望着她，想扬起一个笑容，可几次三番都失败了，最后，只是颤着声音重复："我高兴。"

席桐狐疑地盯着他这副哭丧的样子，她都比他镇定乐观多了。

简直就是小情侣，知道女朋友怀孕后慌得六神无主的那种情况。

孟峥确实高兴，他以前就盼着她哪天忘吃药让他捡个漏，但当他知道她怀孕了，第一反应是害怕，觉得自己做了坏事。

她想生吗？

还没结婚，她会不会觉得他很不负责任？

会不会觉得他很卑鄙？

孟峥觉得自己特别卑劣，他想用孩子来拴住她。他想要一个孩子，流着他和她血液的孩子，从五年前见到她就一直在想，做梦都想。

这个孩子会像她一样有软软的头发，白皙娇嫩的皮肤，红苹果似的脸蛋，会叫他爸爸跟他撒娇，他会学着当一个好父亲、好丈夫，让家人过世界上最幸福的日子。

但他第一步就不合格，他甚至没能及时发现这个小生命的诞生，还很可能对它的发育造成了不利影响。

他都没有顾及她的感受。

孟峥自责得无以复加，只能一遍遍承诺："我会好好对你们，桐桐，如果他没事，你能不能把他留下来，我一定会。"

"我知道你会。"

席桐抚着他冰凉的脸："你先喝点水,等医生来了做完检查再说。如果真有宝宝了,我不会不要他,堕胎对身体不好,而且也没有这个必要。"

她摸摸自己的小腹,要是他不那么惊慌失措,像平常一样从容不迫,她还会惊讶地喊几声,结果他一慌,她就异常冷静,都不像自己了。

孟峰把头埋在她颈窝里半天,抬起一双漆黑水亮的眸子："那我们回中国就领证好不好?"

席桐揉揉太阳穴,头疼："先通知我妈吧,然后安排一下工作,领证不急,等郝洞明这案子结了再说,ME还要搞公关呢,这时候总裁结婚,你是要炸微博啊。真是,我才工作两年就要休产假,会不会把我开除……"

她有几个同学一毕业就结婚生子了,她不算最早的,可是也相当早,这年头一线城市结婚的平均年龄都快三十岁了。但早有早的好处,身体恢复快,带孩子精力足。

"不会开除你。"孟峰信誓旦旦地保证,"原则上来说,女性职工怀孕休产假是受法律保护的。你要是不放心,我就带点礼物去宋主任家里,给他道歉。"

席桐哭笑不得："给宋师父道什么歉?你过去他压力更大了好吗,吓死人了。"

"我拐走了他的得意门生,还让部门缺少人手。"

席桐看他认错态度这么诚恳,真没法说他："那你买点茶叶什么的,别带太贵重的礼物,不然气势上压着人了。"

孟峰飞快地点头,这时候才笑出来,双手揽着她的腰,胸口的暖流一阵阵往四肢涌,面容恢复了血色。

他一笑,就停不下来,一直傻笑到医疗团队带着各种仪器设备浩浩荡荡开过来,才回到紧张忐忑的心情,生怕她和肚子里的胚胎出了什么问题。

医生给她抽了管静脉血化验,等结果的时候孟峰心焦得不行,单子出来,他更是天旋地转。

怀是怀了,就是八周黄体酮和人绒毛膜促性腺激素指数偏低,均不达标,女医生说要休养,把他委婉数落了一顿,孕早期还这么不注意,好在没有大碍。

席桐埋怨地看着孟峰,往前推八周,那就是看画展前了。

所以说,只有"小雨伞"才最安全。

虽然措手不及,但席桐还是挺高兴。她很喜欢小孩子,而且孩子的爸爸是他,这让她满意。结婚领证是走形式,可以放后头,他们已经同居半年多了,孟峰有时候虽然很渣,但大体上还是经济适用的,她甚至觉得结婚后和结婚前不会有什么差别,他们都太熟悉彼此的生活习惯了。

想到这里,席桐就觉得这狗男人心机深沉,不做赔本生意。

心机深沉的孟峰被化验单吓坏了,拉着医生问这问那,声音太大,把睡回笼觉的秦立吵醒了。他从房间里出来,拿过单子细看,跟医生说:"年轻人第一次当爸,太紧张了,我给他做下心理辅导。"

医生走后,秦立也没做心理辅导,当着席桐的面语重心长把他训了一顿,大意是"你小子让人姑娘未婚先孕、跟岳母先斩后奏怎么能让她们有安全感",说得孟峰脑袋垂得更低。

秦立太严肃了,简直就是个教导主任,滔滔不绝说着这些年他对婚姻的看法、离婚的教训。最后席桐都不忍心了,帮孟峰说话:"我挺有安全感的。"

秦立唱个红脸,要的就是这句话。又感叹这姑娘太嫩了,给前妻发了个邮件,请她这个资深律师拟婚前协议,费用走孟峰账户。

席桐听他列举的几个财产数字,更有安全感了,打趣:"离婚的话,我能分到多少?是不是生一个孩子就能得多少股份,跟默多克和邓文迪他们家一样?亚马逊CEO贝索斯那个离婚案,他前妻很宽容,只拿了三百六十亿美元的股份呢!"

这未婚妻钻钱眼里去了,还没结婚就想着离。

秦立:*考验你情商的时候到了,快放点屁出来瞧瞧,我不能白教育。*

孟峰一下子把她抱进怀里,长长的眼睫垂下,哑着嗓子道:"我立过遗嘱,死后所有的私人财产都留给你和你妈妈。你跟我离婚的时候,我一定已经死了。所以桐桐,不要跟我离婚,求你了,我会很努力对你好。我没有你就活不下去,我没骗你。"

气氛就这样变凝重了。

席桐眨眨眼,觉得自己开玩笑有点过分,拍拍他的背:"你瞎说什么呢。"

秦立道:"他没瞎说。"

席桐看向秦立,他没讲别的,只嘱咐:"这么晚了,你们上去休息吧。孟峰,你快三十了,中国文化讲三十而立,你要学会控制情绪,这是当一个父亲最基本的要求。你把她照顾好,以后你们会很幸福。"

孟峰抬起头,跟他说了声谢谢,出门的时候,回头欲言又止,终究还是"谢谢"二字。

席桐不知道他们过去一起经历了什么。

刚回到卧室,她正想通知她妈,叶碧的电话就来了。

"妈,你是不是挂了好几次警察的电话?都打到我这里来了。"席桐先说了警察的事,把问话简单复述了一遍,"原来咱们家那个小山坡是有人放火烧的!"

叶碧刚下课,听到这个消息,放下手头的卷子,叹道:"没想到他自首了。好,我下午就去一趟警察局。"

"我以前给那个小哥哥写英文信的地址你还有吗？警察好像要找他。"

叶碧的声音顿了几秒，无奈道："你还记着呢？"

"当然啊，邮费还用的是我的零花钱。"

"那孩子死了。"叶碧说。

换成席桐震惊了："什么？"

"他和你奶奶一样，被火烧死了，村民是在山坡后面发现他的。当时你太害怕了，刚没了爸爸，奶奶又去世，我不忍心告诉你小哥哥也被烧死了，就跟你说他跑到别人家，被送到警察局，后来找到父母回国外了。"

"啊？"席桐张大嘴。

"我要是不给你个盼头，你还不知道崩溃成什么样呢。唉，我也希望那孩子能活着，但尸体我都看见了，烧成了焦炭，真是作孽。"叶碧又长叹了一声。

孟峥听到她妈说话，用口型问她："什么？"

席桐感慨万千，跟他说："回老家的时候我跟你讲过嘛，我爸出事，我妈去县城医院的那天晚上家里着火，奶奶让我们先跑，我跑着跑着就跟那个小哥哥分散了，之后我在别人家院子里累得睡着了，那个小哥哥不知道去了哪儿。我妈说他死了，她为了不让我伤心，骗我他还活着。"

"你很在意？"

席桐看他又吃醋了，摊手道："我小时候给他写过一封好长的越洋信，邮费巨贵！原来他死了，所以没有给我回信。"

"邮费多少钱？"

"不记得了，反正很贵。我还记得准备拿零花钱买辣条的。"

孟峥点点头。

叶碧在那头催她："宝贝，没事儿妈妈就挂了啊，你那边快十二点了，赶紧睡吧。"

"啊！等等！"席桐叫道。

"嗯？"

席桐支支吾吾半天，说不出来，就把手机塞给孟峥。

"阿姨好。"孟峥开口，"桐桐怀孕了，我要当爸爸了，我非常荣幸。等回老家，我给叔叔磕头。"

叶碧："？"

谜底

CHAPTER 17 第十七章

席桐过上了树懒一样的生活。

孟峥基本不让她下床,营养品和维生素流水一样往她胃里灌。这么灌了几天,她实在受不了,说想回国上班,不要一天有三分之二的时间都待在房间里。

指标很快就达到正常水平,孟峥现在对她百依百顺,很少说不,问过医生可以上飞机,警察也允许他离开加拿大,就着手安排回银城。

在气温适宜的加拿大待了两个多月,一回国还有点不适应银城湿热的气候,国庆节都过了,街上的人还穿着短袖,雨水也不停。

总算回到了从小到大生活的城市,可能是激素作用,席桐变敏感了,出机场看到她妈就有点想哭,搞得和久别重逢似的。陈瑜看到这一幕,还以为是孟峥欺负她了。

两个人拎着茶叶去了宋汀家。

席桐很不好意思,旷工几个月,远程工作并没起到建设性的帮助,以后,她挺着大肚子,单位也不会给她安排重活儿,她生完又要休产假。

宋汀很头疼,人手不够,孟峥就给他找了两个有经验的实习生,缓解了部分压力。宋汀得了主编的嘱托,想和孟峥谈一谈和 ME 未来的合作。

"还好东岳的专刊是七月底出来的,要是迟一个月,碰上郝洞明的两个案子,我们杂志社就亏大了!现在还有人打电话给单位,问为什么要给人渣做宣传,骂我们良心被狗吃了,我们当时也不知道啊!"宋汀一脸无奈道。

"国内调查得怎么样了?"孟峥问。

宋汀不愧是媒体界资深人士，消息灵通，逻辑顺畅，很快就根据已知信息把郝洞明死亡案捋了一遍。

警察一直在审问薛岭，此前没有找到证据，但现在有了重大突破。

其一，郝洞明带在身边的处方药，是从薛岭那里获得的。郝洞明在银城郊外有一栋园林式别墅，里面一个用人在接受问讯时提到了这点，他表示"郝总和薛教授来往密切，曾经一起在别墅里开派对""看见薛教授给郝总药片"。通过这条线索，警方查到薛岭和参加派对的某个医生有联系，在他那里拿过大量的那种处方药。

其二，杜辉在自首时承认，薛岭让他在东岳资本内部当眼线，为他操作项目，薛岭曾经明确表示想获得东岳的控制权，并且与孟峰关系很差。关于这一点，梁玥身边经常代替杜辉出席活动的王秘书也作了证。

第三点是最有说服力的。薛岭7月6日和7日不在银城，他与杜辉7月8日晚上一起吃了饭，航空公司的记录显示他去了东阳省会。警方假定给郝洞明发恐吓邮件的人是薛岭，查到了邮件发出地点，去瓶县的那家网吧暗访，当时正好有个打游戏的高中生在，跟警察说7月7日他对面坐着一个城里来的男人，之所以记得这么清楚，是因为他被人家嫌弃了。

他那天在比赛中赢了很高的名次，花大钱请整排队友吃麻辣烫，拎着一大袋外卖从门口走到座位，一不小心把麻辣烫的汤汁溅到了男人脸上，白衣服上也沾到了。男人很不愉快，摘下墨镜擦脸，还拿出香水喷衣服，厌恶地看了他一眼，却没吭声。

当警察问起男人在网吧干什么，高中生答道："他在电脑上打字，页面开得非常小，我都怀疑他写东西能不能看清字。他待了不到一刻钟就走了。"

警察拿出薛岭的照片给他看，高中生不记得那人具体长什么样，就记得很好看，很有气质，收起厌恶的目光就很温和，肯定是有身份的人，这张照片符合他对那男人的印象。

在这之后，薛岭就被警方列为重大嫌疑人，虽然社会上有舆论称赞他杀了郝洞明是正义之举，但从法律的视角看，犯案人员应该经由审判确定他是否有罪。

"但这三点依旧不能证明薛教授杀了人。他有处方药，但处方药和枪杀没有必然联系；他看不惯孟总，但很多人都看不惯孟总；高中生仅凭一张照片不能确定那就是他，薛岭没有用护照出入瓶县的记录。郝洞明死的那晚他称自己在家中，虽无人证，也没有摄像头拍到他进过城，这案子留下的线索太少了。"宋汀摇头。

还有一点他没说，席桐替他说了出来："郝洞明临死前在地上留下'Ryan'的字样，虽然ME让警方保密金斯顿谋杀案的细节，但有些东西还是爆出来了。"

"大众已经知道薛岭曾是瑞安·孟，郝洞明指的很可能是他。他没有抹去痕迹，是因为他嫉恨孟峰同为养子却继承了 ME 集团，想嫁祸于人。孟鼎夫妇和郝洞明交好，从前薛岭可能遭到过郝洞明的侵害，但侥幸活下来了，成年后让金斯顿杀了虐待他的养父母，又策划杀郝洞明，靠近他夺取信任，最终获得他的心血——东岳资本。"

这样，一切就说得通了。

十一月上旬，天气骤然转凉，萧萧落叶满城飘飞。

两条狗长了保暖绒毛，胖了一圈，憨态可掬，经常把耳朵凑到她肚子上听。她今天早上起来，发现房间门口堆着一排玩具，可可趴在门边，尾巴摇成螺旋桨，眼巴巴地望着她，好像在说："你看我把玩具都给宝宝了，今天有好吃的奖励吗？"

于是席桐下班回家，给狗煮了鸡胸肉剥了蛋黄，把稿子写完，肚子又饿了。

她喂狗前明明才吃的饭。

ME 的股价最近因为孟鼎夫妇虐待养子，使得养子进入精神病院的新闻大幅下跌，孟峰还在公司加班。席桐让他回来的时候带点食物，懒得自己做了。

孟峰在开会，一时半会儿回不来，又怕她饿，就叫陈瑜买孕妇餐给她，陈瑜也忙，就叫新女友帮他送，顺便陪老板娘说说话。

女友拿着陈瑜给的钱，买了一大堆东西，风风火火拎到家，和席桐一起看着电影吃。除了吃的，还带了只小白猫，可秀气了，蓝色的眼珠就像玻璃球，一张公主脸。

"这是陈瑜养的，他家里有好多猫，我最喜欢这只。我听说你也喜欢小动物，就把它带来玩玩。"

孟峰回家的时候，两个小姑娘和两只狗一只猫玩得不亦乐乎。席桐朝他招手："你也来摸摸，它好可爱。"

他从冰箱里拿了碗蔬菜沙拉，刚坐下，小猫就蹿到他那里，尾巴绕着他的手腕，又跳到他肩膀上乖乖趴着，发出呼噜呼噜的声音。孟峰用手指揉它颈部的软毛，小猫就喵呜喵呜地叫。

席桐嫉妒："它喜欢你。"她都逗了好久，也没见它这么殷勤。

女友捂嘴笑道："我听陈瑜说，孟总是吸猫体质，他去陈瑜家的时候，小母猫都躺在他面前翻肚皮。"

孟峰说："我还是偏好养狗。"

丽萨听懂了，骄傲地昂着脖子坐在他脚边，摆出女王姿态，可可在刨灰傻乐。

女友很机灵，看孟峰回来，就不当电灯泡了，把桌上收拾一下，带着猫闪人。

"你喜欢的话,我们从陈瑜家抱一只养。"睡觉前,孟峰对她说。

席桐摇头:"算了,两条狗够多了,还要养宝宝。"

孟峰唇角轻柔地扬起,手掌覆在她的腹部:"他今天乖不乖?"

席桐这几天都好吃好睡,没什么孕期难受的反应,翻个身,懒懒道:"比你乖多了。"

"下个月我们把证领了,然后冬至回老家,给你爸烧纸。"孟峰又道。

席桐觉得他对扫墓特别有兴趣。

"有进步啊,居然知道冬至要烧纸。"

"领了证,然后办婚礼。你觉得在村子里办怎么样?我看央视纪录片里那种流水席就很热闹。"

席桐顿时觉得自己找了个假总裁。现在总裁剧的发展方向真是让人意想不到。

"再说吧。"

她被孟峰从身后松松地抱着,温度舒适,呼吸渐渐平和,很快就睡着了。

孟峰吻了吻她的脖子,把她手机关了,有辐射,对宝宝不好。正要关自己的,陈瑜的电话打进来。

"先生,那个司机我们终于找到了。"

他说的是前天的一辆摩托车。席桐去一家企业采访,老板在郊区农家乐请客,中午吃完饭,孟峰的司机来接她,心惊胆战地看见她差点被摩托给轧过去。她站的位置很险,在池塘边,情急之下往后退,要不是裙子挂在树枝上,人都要掉进水里了。

说了几句,孟峰让他把钱给跑腿办事的几个保镖打过去。

挂了电话,屏幕突然跳出一条微信。他扫了眼,发消息让陈瑜再转钱到另一个账户,又把这两条记录删除,然后关机。

用不着设闹铃,每天七点半可可就在外面挠门,他那个时候会醒,洗漱完下楼给他的两个宝贝做早餐。

这样的生活并不容易获得,可以说,是他强要的。

所幸他拿到了。

第二天席桐起来,孟峰已经上班去了。

桌上盘子里整齐摆着早餐和剥好皮的葡萄,微波炉里放着一个切好的金枪鱼三明治。

好吧,她以前误会他了,不是打炮安慰餐,是孕妇安慰餐。

她把水果煎蛋酸奶吃了,兴致勃勃地浏览微博热搜,目光一顿,划拉几下找到被转发上千条的音频。

席桐看评论就不想听音频了。

"没想到教授是这种人。"

"妈呀骗婚,他这是骗婚。"

"上一次我被录音震惊还是赵某某那个事。"

也有人说:"这个录音只是证明他们关系,不能说明薛岭杀了郝洞明。"

然而社会的关注点已经不在谁杀了郝洞明上了,满屏的"薛岭道貌岸然""薛岭骗婚""薛岭杀人""心疼金斯顿(狗头)""心疼闻澄""人到底可以有多坏"。

这段时间的爆炸性新闻太多了,席桐并没多少感慨,只是觉得自己识人不清,惊讶于薛岭的伪装程度。

有没有可能录音是假的,薛岭被人陷害了呢?

她怀着这种心思打开音频文件。

背景有鸟叫,猫叫,杂音很大,有两个人在说话,是薛岭和郝洞明。

薛岭说,多亏郝洞明贿赂银湖地产的董事会,让他当上首席财务官,给他介绍A大的校长,要不他在中国进不了上流社会。他答应闻澄做她男朋友,是为了能名正言顺地出入郝洞明的别墅,他对郝洞明很忠诚。

郝洞明在笑,一边笑一边粗哑地问他,自己和金斯顿谁更讨人喜欢,他自从认识了薛岭,觉得精神比以前好多了。

"薛教授,你是不是很有成就感?还有那个医生,他对你管得太严了!我的长处就是不嫉妒,你来中国去了多少次酒吧,我都可以当作没看见。"

然后是薛岭的声音,他在一遍遍重复:"我不回多伦多了,我不回去。"

然后变成英文,他在用英文骂金斯顿,什么脏词儿都用上了,听上去对金斯顿恨之入骨。

席桐无法否认录音的真实性。

面前的早餐没吃完,她不想吃了,胃里被恶心得一阵翻腾,去卫生间吐了几分钟,头脑嗡嗡的。

她想给闻澄发个微信安慰,但想到闻澄现在肯定很伤心,反观自己过得好,不是在刺激她吗?她搜索闻澄的微博,又是一条声明,说闻澄已经看清了薛岭,分手了。

真可怜啊。

有那样的父亲,还找了个那样的男朋友。

网上热度几天不消，银湖地产的股价跌停，门口被群众和记者围住，几名经理受到了人身攻击。

而东岳这边，事态开始好转。公司召开股东大会谴责郝洞明的生平，分割他遗留的股权，孟峥以绝对优势的股份数和超过三分之二的票数当选董事长。CEO 还是杨敬，孟峥基本不管东岳的事，只特别对蔚梦基金会的拨款做监督。

孟峥散了会，开车接席桐回家，路过银湖地产，正看到薛岭向媒体澄清完，被秘书护着上车。车周围全是人，有人举着牌子，朝他砸鸡蛋，薛岭面无表情，把弄脏的西装扔到地上，驾车扬长而去。

"薛岭真是可惜了。"席桐不禁长叹，"我不懂他为什么要这样。他是教授，学术地位高，受人尊敬，外貌也出众，他怎么能狠下心不惜代价求郝洞明帮他坐上首席财务官的位置呢？他刚来中国不久，凭他的实力，再努力几年，混得肯定不输郝洞明啊！"

"幼时受过的心理创伤，成年后也很难愈合。金斯顿是心理专家，他知道怎样掌控一个孩子，薛岭被他教歪了。对于人与人之间的关系，他首先想到的是肮脏的交易，这是他最擅长的，除此之外，他不信任别的方式。"孟峥道，又总结，"利用人性的阴暗面交换把柄，比正常健康的关系可靠得多。"

席桐唏嘘不已。

"这录音是怎么流传出来的？有人在整他？"

"郝洞明别墅里那么多用人，可能是某一个看不下去了吧。好了，少想他们，多想我，宝宝长得漂亮。"

"孟峥，你越来越不要脸了。"

月份越久，席桐睡得越多，不到十点就上床了。

孟峥发邮件给巴黎那边催戒指，他和设计师沟通过，戒指内刻了中文字样，到时候她肯定很喜欢。

他一想到下个月领证，就兴奋得睡不着，把昏昏欲睡的席桐摇醒："明天想吃什么？"

席桐揉着眼睛，看他一脸献殷勤，无奈："随便。"她又不挑食。

孟峥很执着："说一个。"

"椒盐甜西柚。"席桐脱口而出。

那是什么东西？

"我特想吃红皮西柚，就是那种苦苦酸酸的但是闻起来很香吃下去会回甘的，欧尚超市里十块钱卖三个，水分超多，我以前在瑞士一天吃一个，我就喜欢剥柚子皮撕柚子膜！"她说着说着口水都下来了，越想越馋，"把肉剥出来，撒上椒盐……啊……真好吃！"

孟峰想象了一下那个地狱般的口感。

"还想吃什么？"

席桐认真想了想，突然在他胸前咬了一口，尖牙磕进肉里，孟峰嘶了声。

"不想吃什么。"

孟峰给她气得七窍生烟，仗着有身子就放肆撩他，还装作一脸无辜，在他唇角舔来舔去，好像真的很饿。

"桐桐乖，睡觉了，我给你讲故事。"

她的星眸蒙着水汽，双颊的玫瑰色烧到孟峰心坎上，他抱着她又拍又哄，总算让她闭上眼睛。

席桐以为他会讲小美人鱼或者灰姑娘，孟峰一开口，把她给惊到了："春秋时期，鲁国有一个官员叫柳下惠，有一天晚上他住在郭门这个地方，一个陌生女子前来投宿，因为天很冷，他就把这个女子抱在怀里坐了一个晚上……"

孟峰把她的手搭在自己腰上："就是这么抱的。"

席桐：他中文什么时候这么好了？

"柳下惠没有起别的心思，后来就有了一个成语：坐怀不乱。"

"喔。"

席桐觉得她要被孟峰忽高忽低的中文水平搞死了。

好容易把人哄睡着，孟峰合眼到半夜三更，仍然清醒。

他预感有什么事要发生，所以把蓝牙戴上了。

他的第六感一直很灵，凌晨三点多，手机亮起来，是个陌生的号码。

孟峰没急着接，给枕边人把被子盖好，走下楼去厨房给自己倒了杯威士忌，放了两块冰。

电话第二次响起。

他坐在飘窗前，抿了一口："薛岭。"

那边的背景很安静，时而有浪花的声音，对方的声音清晰可辨："我身败名裂，你满意了吧？"

不待他回答，那边又冒出两个字，饱含恨意："孟岭。"

孟峰又喝了口酒，屈起一条腿："我不做孟岭很多年了，你也不做孟岭很多年了。孟岭在你来孟家之前就死了，薛教授，我还是愿意用你现在的名字称呼你。"

薛岭忽地笑了几声，绝望又低沉："你知道我为什么保留岭和 Ryan 这两个名字吗？我时时刻刻告诉自己不能忘记过去，孟鼎和靳荣是怎么对我的，我要让他们付出代价！"

"你当久了他，就走不出来了。"孟峰淡淡道。

"那你呢？"薛岭激动地问他，"告诉我，你是怎么走出来的？你不可能忘掉那些，谁也忘不掉，你为什么不恨他们？你到底做了什么让他们把所有财产都给了你，还允许你改了名字？"

孟峰说："你知道，只要乖乖听话，让他们认为你是孟岭，就不会再被关到图书室去。"

"乖乖听话？"薛岭大笑，似是觉得很滑稽，"前两个'孟岭'很乖，你难道不知道他们的下场？"

"所以说，要掌握好度。抱歉，我不想在这件事上跟你分享经验。"

薛岭冷冷道："孟峰，我的手段不如你。"

"我同意。虽然我没什么道德可言，但换成我，绝不会对手无寸铁的女人下手。一次袭击，两次差点撞车，你要玩阴的冲我来，伤她，你是嫌命长了。"

"不错，是我干的。"薛岭道，"孟峰，我对别人说，我嫉妒你，可他们没有一个人相信。我说的是实话，可是他们都不信啊，你知道这有多痛苦吗？"

"很遗憾，我并不能感受到。"

"我想要你死，就算杀不了你，也让你尝尝那种痛苦到活不下去的感觉。她是个好姑娘，比闻澄单纯多了，我见她的第一眼就知道你会被这种人吸引，我甚至在那一刻已经想象出她死后你痛苦的样子，真让人舒心！就算你抓住我，我也死而无憾了。

"这些年我一直在金斯顿身边观察你，你活得越健康，我就越难受。我早就和健康无缘了。我恨孟鼎和靳荣，他们把我从亲生父母手里夺走，又杀了我全家；我恨金斯顿，我一边恨他一边不得不从他身上学习知识；我恨郝洞明，我只不过要他帮我进入银城权贵的社交圈，他竟敢，这个老东西，他现在收敛了，拿成年人寻开心，我每次都要咬牙忍住不一刀捅死他。哈哈哈，他们现在都死了！"

孟峰沉默了一阵："是，他们都死了。"

电话那头的风逐渐大了，浪花拍击着岩石，有汽车喇叭响了一声。

薛岭的嗓音愈发干涩："我忍不下去的时候，总是告诉自己，再忍一忍，就好了。我做的一切都是为了把钱和权力攥在手里，只有这两样才能让我报仇，把伤害过我的人踩在脚底下！这是孟鼎教给我的，钱能摆平这世上所有事。我恨这个该死的世界，它对你这么好，对我这么残忍，这不公平。你现在有自由，有爱人，有钱有名望，能呼风唤雨，为什么你有的东西我没有？只是因为我当初踏错一步让孟家放弃我吗？我只不过逃了一次。你知道精神病院是个什么地方吗，我整天都想出去。"

他似乎哭了起来，声音凄厉，"我想出去，不管怎样都想出去。我不在乎把我带出去的是男是女，是老是少，我只要能出去，就能活下去！但从金斯顿把我带走的那一天开始，我就后悔了，我还不如死在那座岛上。这些年来，我知道什么是对的什么是错的，可是我没法控制自己去骗人、杀人，甚至杀死自己。我天天都想死，你知道这种感觉吗，啊？你活得那么好，那么好！我替你杀了孟鼎和靳荣，你不该感谢我吗？"

"我知道。我曾经天天都想从 ME 的七十五层跳下去，见到浴缸就想躺进去给手腕来一刀。"孟峥轻描淡写地道。

他把杯子里的烈酒喝完，窗外夜色浓黑，花园里的枝丫狂乱摇动，发出大雨来临前的呼啸，几盏挂灯摇摇欲坠。

"还有，谢谢。"他真心实意地说，"在这件事上，我一直很感谢你。"

薛岭愣了一下。

"你知道？"

"我知道他们死得不正常。金斯顿有很大嫌疑。集团的工作太忙了，我忙着挣钱准备结婚，分出心思让考虑这件事情，难度比较大。"

大约过了一分钟，薛岭才又开口，带着不甘和怨恨："她知道你是这种人吗？你活得不比我干净。"

"打蟑螂还能脏了自己的手？"孟峥挑眉，"有你做我的参照物，我很放心。我不会瞒着她，我相信她能理解我，如你所言，她是个好姑娘，天底下找不出第二个。我们很快就要有第一个孩子了。"

薛岭爆发出大笑，然后是一阵极度痛苦的呜咽。

"带着你的秘密结婚去吧。这世上除了你自己，谁也不可信。她和你是两个世界的人。"

孟峥叹了口气："如果你硬要觉得你和其他人之间是一场战争，那么我认为你输在缺乏信任。在孟家，你不信自己能通过那些见鬼的试炼；被金斯顿收养，你不信自己能脱离他的精神控制；回了中国，你不信自己能利用正当手段获得你想要的钱与权。你也不信任何人，比如我现在对你说，我从来没想让你死，你信吗？"

桥上的风声倏然变得巨大。

薛岭的声音模糊不清，但能听出他在笑："你都要拿那段录音逼死我了，还说不想让我死？"

"我给过你一次机会，可惜你不要，反而说我有抑郁症史，想让我进监狱。"

"你不该吗？"

孟峥没理会："告诉我，你想回到家乡吗？"

那边静了很长时间，孟峥以为薛岭走了，但他的声音再次出现。

"不想。我回不去了。"

"薛岭。"

"孟峥，我受够了。"薛岭轻轻地说。

他这句话尚未说完，便被汹汹的江风卷走。手机里传来唰啦唰啦的响声，接着是震耳欲聋的"扑通"一声。

而后，一切归于永久的沉寂。

昨夜下了场暴雨，深秋的时节，很罕见，席桐早晨起来的时候看到一片凋零的花园，有点懵。

不过这么大的雨，她都没醒，倒是孟峥端来早餐的香味把她弄醒了。她吃完准备出门，他还没去上班。

"今天不上了，我在家等你回来。"他从衣柜里抱了一堆裙子出来，一件件拿熨斗熨。

席桐："那你叫人把花园收拾一下，太难看了。"孕妇都上班他还偷懒，这个人好没道德。

司机把她送走，孟峥一边熨衣服，一边坐在沙发上看新闻频道。

早间新闻结尾，女主持面色严肃地播报："今日凌晨三点四十分，我市一名男子从跨海大桥上坠落，被卷入江中旋涡失踪，目击者称其是自杀。桥上留有一只钱包，其身份有待警方确认。"

孟峥把熨好的衣服叠整齐，又喂了狗，浇了花，把地板刷得锃亮，然后打电话给园艺公司，让他们清理花园。他照着图册选了个米老鼠的树型，园艺工人说明年是牛年，他就把米老鼠改成了小牛，想了想又加了只小龙，就是《驯龙高手》动画片里无牙的形状。

席桐下班回来，家里焕然一新，晚餐也做好了。孟峥做了豉油鸡和白灼芥蓝，炖了个鲫鱼豆腐汤，鸡很好吃，他说是用妈妈的方法做的，她吃得只剩骨架，满手的油。吃完了孟峥给她补概率论和线代做胎教，然后放他自己录的钢琴曲给宝宝听。

"12月21日是冬至，我们18日周五过去，周二回来怎么样？"

他把行程安排好了，打印出来给她过目。席桐扫了一眼，懒洋洋道："你说行就行吧。"

孟峰又把婚礼策划案给她看。

席桐知道他干保险出身，不知道他还会写策划，而且写得很专业。孟峰想办两场，一场在荣城，一场在加拿大，荣城就是他期待已久的农村流水席，请先生算过吉日，就在 20 号。她看老家这场办得不复杂，基本上她只要负责大吃几顿，荷花圩都是些留守的老人和孩子，到时候应该还蛮热闹的。

加拿大那场日期没定，她表示生完再办。今年她没上班的时间太长了，再来个婚假，自己都过意不去。

日子一天天过去，孟峰在家办公的频率越来越高，席桐每天下班回家，他总是在厨房忙活，或者捧着儿童心理学书籍研读。这样的生活让她很安心，很平静，所以睡前刷到某条微博时，情绪在孟峰看来就特别激动：

"薛岭死了！那天跳桥自杀的人就是他，警察把他的尸体捞上来了。"

孟峰遮住她的眼睛："不要看。"

席桐说："这上面说，警察认为他是杀郝洞明的凶手，因为在他死之后，瓶县一个招待所的老板娘指认他在那儿住宿过，没用护照，多给了一倍钱，并且还问了网吧在哪儿，基本上可以确定是他给郝洞明发的邮件，把郝洞明引到他熟悉的加拿大去作案。大家说他是畏罪自杀。"

"他不是畏罪，他在加拿大不会被判死刑。薛岭最看重名誉，他的精神状态从金斯顿自首之后就不正常了，他和郝洞明的关系被社会大众所知，这无异于扒了他的皮，让他生不如死。"

席桐赞同地点头。

第一嫌疑人薛岭死了，这案子却还不能结，但又没有其他证据，就成了桩无头案。

闻澄在微博上发了一排蜡烛图案，祭奠逝者，说希望这件事就此过去。这一条微博过后，霸占热搜榜四个多月的郝洞明相关话题终于消失了。ME 的股价依然低迷，孟峰却不急，他有头等大事要做。

转眼就到了一年之中的最后一个月，回荣城的前一天，席桐和孟峰在银城的民政局领了结婚证。

北方的冬日夜晚降临很早,叶碧在村里帮忙安排婚宴,席桐睡在宾馆里,想起奶奶家的两座房子,它们因为县里种苹果被拆了。

这晚她梦见了她爸,看不清面容,双手还是温热有力的,把她抱起来,扛在肩上看庙会去。她看中了摊位上的彩色大风车,嚷着要下来,她爸把她放到地上,给了她一枚硬币,把她推到一个沉默的男孩子身边,然后就消失在茫茫人海里。

席桐急得直哭,哭着哭着就醒了,孟峰拍着她的背,柔声安慰。

"我好多年没有梦见我爸了。"

"嗯,明天就去公墓看他和奶奶。"他抹着她的眼泪,手指忽然顿了一下。

席桐哭得太投入了,不明所以地看他愣在那里:"你给我拿张餐巾纸啊。"

孟峰抽纸给她,然后小心翼翼地用手贴住她微凸的肚子。

席桐僵了:"他,他,他在动?"

孟峰把耳朵凑过去,那小家伙好像有所察觉,又动了一下。

那一刻心里有股说不出的感动,刺激着泪腺,她捂住嘴,又哭又笑。

孟峰对着她肚子亲了一下:"乖,快点睡觉,妈妈今天坐车累了,明天还要去看外公。"

小家伙好像听懂了,没了动静。

孟峰却翻来覆去睡不着了。

北风凛冽,小雪簌簌,窗上结了一层细密的霜花。他等席桐睡了,打开台灯,拿了本古籍翻,不认识的字就查字典,遇到含义好的字就圈出来。一看就是半宿,直到天边泛起淡淡的鱼肚白,大概就是书里说的"晨光之熹微"。

晨间雪停,两人拎了纸和祭祀用的食物去公墓,这次带的东西多,孟峰用了一个二十寸的箱子装着。采买准备都是他负责,席桐看见他从后备厢里搬下自己的登机箱,才想起八月份乘私人飞机到银城之后,他叫人把这箱子运回家洗里头的衣服了,她一直没想起过。

这里是荣城最大的公墓,在郊外一座山丘上,规划得像个小区,从山脚到山腰有许多层,石碑林立。席越和奶奶的墓在七层最里面,周围树木郁郁葱葱。时候尚早,还没有人来拜祭,墓园里一片冷清萧瑟。

孟峰把箱子打开,拿出一束束菊花,放在两个碑前,又把装好的茅台酒撬开盖,洒在台子上。席桐摆好了鱼肉瓜果,两个人跪在报纸上,恭恭敬敬地磕头。

席桐磕完了,孟峰还在磕,额头都红了。她劝道:"可以了,你已经超出大孝子的平均个数了。"

天色灰蒙蒙的,寒风吹过,她缩了缩脖子,打算把箱子收了带回去。

孟峰突然按住她的手。

箱子里还放着几卷黄纸。孟峰把纸移开，拿出一把铲子，在墓旁的土里挖了个坑，然后从箱子的最底下拎出一个小袋子。

他把袋子解开，看了一眼，然后埋进土里。

"这是什么呀？"

他侧过头，淡淡一笑："秘密，你爸爸和奶奶看到会放心的。"

"桐桐，我说过等结婚就告诉你，是因为我不想把你牵扯进来。我回中国的原因之一其实是为了报仇。天冷，等会儿上车说。"

他关上箱子，把她从地上扶起来，顺着墓碑前的小道走下台阶。

走了几步，有哭泣和说话声传来，席桐仍陷在对他那句话的惊诧中，听到这声音耳熟，不由停下步子。

一个女人跪在不远处，黑色的裙子和帽子庄严肃穆，帽檐压得很低，但席桐还是看见了她红肿的双眼和秀丽的面容。

是闻澄。

她怎么在这儿？

刚冒出这个疑问，席桐就想起闻澄早逝的母亲是在荣城去世的，不出意外应该就埋在这个公墓里。

闻澄哭得太厉害，没有注意到两人，她身边还有其他祭拜的人，都沉浸在各自的悲伤中，她的声音不被其他人在意，听在席桐耳朵里，却无异于平地一声雷：

"妈，他死了，他终于死了，你可以安心了，他没给我留一分钱，可是我拿到了，公司的股权最后还是我的，我给你和外公讨回债了！他不想给也得给，他不配当我爸，当你丈夫！我等这一天等了好久，妈，我好想你！他死的前一天我梦见你了，你拿着花瓶砸到他头上，就像你走的那天，他狠狠砸你那样。这些年他一直不知道，我在门后全看见了。"

闻澄用冻得苍白的手背抹去眼泪，吸着鼻子站起来，若有所感地转过头，席桐脸上不可置信又怜悯的神情还来不及收去。

孟峰走上前一步，递了张纸巾过去。

闻澄接了，擦擦眼睛，和他握了一下手。

"合作愉快。"

"下周的董事会我把全额获得的百分之五十一的股权转让给你，你拿到之后，用它去做你想做的事吧。"

闻澄破涕为笑："谢谢。"

她的目光像第一次见到席桐时那样，带着点羡慕："听说你要当妈妈了，恭喜。我明天回银城，不然会去村里蹭顿喜酒。"

　　席桐压下复杂的心情，叹道："等明年去加拿大办婚礼再请你。单身多好啊，你有钱有事业，想泡什么酒吧就泡什么酒吧，哪像我一样，去卫生间都有人管。你的化妆品公司开了之后，如果需要宣传我可以帮忙，我朋友圈里都是孩子妈在做微商。"

　　"好啊，就这么说定了。"

　　孟峄适时道："我们先走了，回银城见。"

　　他牵着席桐去烧纸的场地，叫她等在外面，自己进去找位置。

　　火焰明晃晃地燃起来，烟气熏天，写了名字的黄纸被火苗吞噬，化作无数灰尘，随风飘散。

　　谁也不知道，在这个小小县城的公墓里的某个角落，埋着一样惊人的东西。

　　孟峄在遮天蔽日的烟尘中望见她的影子，就像当年站在七十五层的楼顶，迈出最后一步之前，在云雾里看见了脑海深处的那幅画一样。

　　总是有光的。
　　她在光里等他。

　　孟峄牵着她上车，她一路沉默，似乎在消化他要报仇这个消息。

　　"很吃惊？"他问。

　　"嗯。就在刚才，我意识到你给我的印象和给其他人的印象是不一样的。你的仇人是谁？"

　　"郝洞明。"

　　"他已经死了。"席桐说，"你的意思是说，你在商场上对他使用了手段？"

　　孟峄听她这么说，笑了笑。

　　她觉得自己猜对了，继续问："但是你得到东岳后，把控股权给闻澄了呀？"

　　"只要我拿到手，我想给谁就给谁。"

　　"我知道薛岭恨他，但不知道他和你有什么仇。"她拢起袖子，隐隐感到接下来要听的事情很沉重。

　　孟峄打开一盒插着牙签的水果，让她一边吃瓜一边听。

　　"这件事要从孟家说起。孟鼎和靳荣祖籍东阳省，在加拿大生活，他们有四个养子，贫民窟出身，都叫孟岭，英文名都是瑞安。前两个死了，第三个是薛岭，最后一个是我，我是九岁进孟家的。

"真正的孟岭早就去世了，他是孟鼎夫妇的亲生儿子，先天患有怪病。他死后，孟鼎夫妇就疯了，他们迷信上一个邪教。孟鼎夫妇当年信了这个教，认为孟岭已经转世投胎，就去世界各地寻找男童收养，再通过一系列试炼确定他们是否是真正的孟岭。"

"试炼？什么样的？"她忽然皱眉叫起来，"你背上那些伤……"

"有些是，有些不是。"他还是那句话。

"过程和尼泊尔选择活女神的方式类同，但按他们的法子，活女神可能会被吓死。"孟峄轻嗤，"孟家三楼的图书室有一个密室，里面就是试炼的场所。"

"我回孟家的时候，带了那件溅上薛岭血液的衣服。密室里留下了一些指甲和头发，是我无聊的时候摸黑捡的，其中有一些和血液的DNA相符，我就断定薛岭是孟家的养子，但他在我之前就离开了。"

席桐光听就心惊胆战，抱住他的胳膊：“你是怎么出来的？一般的小孩子准得被这些鬼东西吓死。孟鼎夫妇太变态了！金斯顿谋杀了他们，居然做了桩好事。”

"从小我妈告诉我，世界上没有鬼，什么鬼都没有我爸可怕，所以就算在密室里，我也不怎么害怕。我出来后，住进了孟家二楼。孟鼎夫妇开始相信我身上有孟岭的特质，他们给我看他的日记、荣誉证书、生前的录像，模仿他的一举一动，但凡有一点不达标，就会被送回密室关禁闭。他们脾气暴躁，不满意的时候什么都能做出来，薛岭就是在这个阶段受不了，想跑，被他们抓回来送去精神病院，他那时也不过十岁。"

"这样过了三年，我终于要崩溃了，越来越不听话。孟鼎很失望，去问了祭司，然后带我去了中国，他在那里建了蔚梦基金会，找了郝洞明管理。"

席桐不解道："ME从来没管过蔚梦，孟鼎为什么要建它？"

"他们建基金会，是为了心里安稳，哪管有没有用，一年几千万对他们来说不值得花心思。"

"果然是邪教，一听就不是什么好东西！"席桐义愤填膺。

"孟鼎和靳荣那时候已经准备放弃我了。他们把我带在身边，是怕我一个人在家会逃出去，因为我逃过一次，差点成功了，但警察不信我的话。孟鼎是精明的商人，懂人情往来，带着我见了郝洞明。我见郝洞明的第一面，他不知道我是孟鼎的养子，对孟鼎说我长得好看。

"孟鼎就把我送给了郝洞明，我进了那座别墅的地下室。有一天，郝洞明喝醉了，嫌地下室脏，让用人把我洗干净，送到楼上见他。那用人以为我饿了一天没力气，但我挨饿惯了，一天不吃不算什么。我洗澡的时候使出全身力气想逃，和他打了起来，他想用刀砍死我，反而被我用花洒砸了脑袋，晕倒了。"

孟峄拧开保温杯，喝了口水。

席桐眼圈通红，他捏捏她的脸："都过去了。"

"嗯，你没长歪，真是万幸。"她把脑袋靠在他肩上。

"因为我运气好。薛岭如果能有我的运气，就不会是这个结果。"

孟峰说："我从窗子上跳出去，摔坏了左脚。我花了两天工夫，从山脚跑到镇上，郝洞明知道我跑了，找了个人来追我。那天下着暴雨，那个人眼看就要追上我，我却找到了求救的人——"

"是我爸妈？"

电光石火间，席桐明白过来，恍然大悟地拍着中控台："追杀你的人就是杜辉，不，是牛建生！他接了生意，要来追你，然后让他双胞胎弟弟去领工钱，他弟弟被灭了口，他报仇杀了郝洞明的手下，隐姓埋名来到银城。可是他说他把那孩子烧死了啊？"

"我要是死了，怎么能收到你的信？"孟峰笑道。

席桐呆了一下："原来你就是那个小哥哥！那，那我还没计较你不给我回信呢！邮费超贵的！"

所以她写的东西他都看到了！

她还在信里说想每天早上在五百平方米的大别墅里醒来。

席桐有种特别丢脸又尴尬的感觉。

她甩甩头，气死了："你一直不告诉我！你第一次见我还装不认识，跩得二五八万似的！孟峰你的脸呢？你居然让我负责，还甩给我一张割地赔款的合同！"

"到底是谁割地赔款？"孟峰忍不住反驳，"我人和钱都给你了，你公寓里地板脏成那样，还是我帮你拖的，你见过约会对象赶着上门来拖地的吗？"

"我见过啊，你不就是吗？"

"我不是！我们结婚了，我是你丈夫。"孟峰浑身无力。

再吵今天就回不去了，他咳了声，拉回话题："我后来打听到，杜辉告诉郝洞明的手下我逃进了席家，郝洞明就下令解决掉知情人。我当时不信任警察，又不会说普通话，死都不跟你爸去警察局，他以为我是走丢的，就让你妈带我先回家，自己去公安局替我报案，结果回来的路上被车撞了。你做志愿者的时候，我去荣城打听过，确实是郝洞明派人撞你爸的，那个人也被他手下清理了。郝洞明觉得闹得太大，加之你妈很谨慎，处理完丧事立刻带你远走他乡，他就没继续对你们下手。"

旧事重提，席桐知晓了原委，心痛之外就是无尽的苦涩。

"杜辉追到你奶奶家，他胆子小，不敢杀进去，就放了把火。我这么多年一直记得那天……"孟峰的声音低下来，"我知道是打手干的，他想把我们都烧死，我猜你爸也没想到他们敢对警察家里动手。奶奶让我们赶紧跑，你拽着我沿着小溪跑下山丘，但是我怕连累你，半路藏了起来。"

"我藏起来没多久，就被孟鼎的保镖揪出来了。他带着一个和我身材很像的男孩，孟鼎让他给我替死。"

席桐惊问："为什么？孟家不是已经放弃你了吗？"

孟峥语气嘲讽："因为孟鼎后悔了，他突然觉得我就是孟岭的转世——孟岭由于先天不足，性格暴戾，曾经把得罪他的保姆摁进浴缸，那保姆溺死了。孟鼎打电话给祭司，祭司被他问烦了，跟他说，那就确定是我，前世的记忆会保留在本能上。"

席桐竟然对那个不敬业的祭司生出一丝感谢。要不是他，孟峥就死了。

"孟鼎想和郝洞明保持良好关系，没让他知道他要杀的人反而被救回去，这等于不给郝洞明面子。我回中国时，郝洞明以为我早就死了，根本没有往那件事上想，他也没有看过我十几岁时的照片，所以没有任何怀疑，直到薛岭在他雇杀手的瓶县给他写邮件，他才觉得不对劲。

"薛岭一直恨我得到了他没有的东西，他看出我要东岳资本，他也想要，雇了枪手去瓶县恐吓我们。他不能暴露自己孟家养子的身份、他与金斯顿的关系，所以非常谨慎，匿名给郝洞明发邮件，试图让他意识到我目的不单纯，阻止他把东岳给我。"

席桐忍不住道："如果我是你，我恨不得亲手杀了那群人！你只要他的公司吗？"

孟峥揉揉她的脑袋，望着远处缭绕的烟雾："我对你说过，我是守法公民。"

真的是这样吗？

席桐看着他淡淡的笑容，有些困惑。

"那么，你知道薛岭会杀郝洞明？"

孟峥顿了片刻，斟酌道："事实上，我不知道他会怎样。每个人的行为都有不确定性，但结果如此，他选择了一条危险的路，背上了罪名。郝洞明死有余辜，但让那些人的罪恶暴露在阳光下，才是我最想要的结果。

"现在郝洞明和我的养父母都死了，他们都得到了报应，我的仇终于报了，这可能是冥冥之中自有天意吧。我回中国是为了把陈年旧事做一个了解，而薛岭是为了逃避，他无法从仇恨中抽离出来，很嫉妒我。其实我们有着一段共同的痛苦经历，非常痛苦，所以我能体会到他的心境。我给过他机会，但他三番两次挑衅，最后受不了社会舆论，跳江自杀了。他生前向警方一口咬定是我干的，但杜辉的证词是最有力的反驳，他看到了烧焦的尸体。"

席桐仔细想了想，脑子里的线团太复杂，有点扯不清，她努力拉出一根线头："其实金斯顿可以为薛岭说话，把责任推到你身上。"

"我和金斯顿谈过，他恨薛岭抛弃他，不会为薛岭说话。他想要的，是薛岭陪他一起死。"

席桐点头，原来是这样。她还有最后一个问题："闻澄和你的合作是什么时候开始的？"她记得孟峄老是和闻澄在一块儿，她那时还吃醋。

"很早。我本来想要东岳的管理权，但在法国见过杨敬后改变了主意，我不缺东岳那点钱，被郝洞明吸血的基金会才是我的目标。我向闻澄承诺，拿到东岳股份、得到董事支持后转交给她，她在我有需要时帮我，利用闻家势力爆出别墅案。她要把郝洞明依靠闻家得到的利益拿回来，除了我没有人帮她。

"她曾经喜欢过薛岭，但后来发现他的秘密，就彻底失望了。我一直防着薛岭，在郝洞明的别墅里安插了用人，他牙齿里装了窃听器，闻澄是他的靠山。那个窃听器我给金斯顿了，所以他会承受不住去自首，把薛岭拉下水。我和闻澄之所以一开始向警方说谎，是想看看薛岭的反应，果然，他按捺不住落井下石，把我得过抑郁症的事情都说出来了。他想让我不得好死。"

"上个月的录音是你放到网上报复他的？"席桐睁大眼睛。

"是。"孟峄说，"桐桐，我没有那么善良，孟鼎夫妇死后我发过誓，谁要是敢伤害我、伤害你和你妈妈，我会让他们付出一千倍的代价。薛岭在挑战我的底线。"

席桐目光里的震惊逐渐软化。她知道那辆差点把她撞下池塘的摩托车是怎么回事了。

"我十二岁再回到孟家，和薛岭一样，明白了一个道理——只有拥有绝对的权力，才能活成自己。所以我努力扮演着孟家的儿子，按他们的意愿做事，什么都学，什么都忍。就这样，他们真的以为我是孟岭，不在意我改名字，让我接受最好的教育，甚至把 ME 交给我。但他们掌控欲很强，时刻监视着我，我害怕踏错一步。我被他们驱赶着向前走，几乎忘了自己是谁，得了抑郁症。

"六年前，我的身体和精神状态极差，我信不过金斯顿，还有集团里除了秦立的所有人。秦立是我提拔上来的，他跟了我很久。他不让我跳楼，总是对我说，我如果死了，他会受欺负，我要为他主持公道，还有莉莉，她很喜欢我，我死了她会很伤心。所以我为他们撑了下来。"

席桐鼻尖发酸："秦总监哪会受人欺负，他就是想让你活下来。"

"我撑了下来，可有时候还是控制不住情绪，需要大量服药。秦立最后也放弃了，他建议我自杀前去曾经居住过的地方看看。我先回了魁北克，又去了温哥华，我小时候住在贫民窟旁边，家人早就死了。我家的房子改建成了一个小店，店主记得我姓孟，记得我妈妈。他说，很多年前有人给我家写信，他一直帮我收着。"

席桐有很多话想说，可一句也说不出来，只定定地望着他。

"我看了那封信,想起了远在中国的那个小姑娘,她真讲信用,她说过要和我做朋友。她一家人都那么好,那么善良,我想生活在那样的家庭里,我突然一点也不想死了。我感激她。我建了一座会展中心,冠以她的名。

"又过了一年,我知道她在肯尼亚做志愿者,正好我在那儿出差,想见她一面。我不敢和她说,是我害她没了爸爸和奶奶,离开了故乡。我也不敢跟她搭话,因为我见她的第一眼,就爱上她了。

"我那时还没有足够的资本去爱她,但现在,我有了。"

孟峰抬起她被泪水沾湿的脸,看着她的眼睛:"桐桐,遇见你,我的运气真的很好。"

左手被他扣住,一枚银光潋滟的戒指套上无名指,钻石在精细雕琢的树叶间闪着温柔的光泽。环内刻的四个小字散发着热度,从皮肤流进血液,烙在心上。

"你说邮费很贵,一个戒指,够不够还?"

峥阳孤桐   EXTRA 番外一

二十二岁的孟峥站在大楼顶层。

风很大，太阳快沉下去了。

两百多米的高度，脚下是稀薄的云雾，刚下过雨，楼顶很潮，半只皮鞋底悬空，再往前一点，他就会像一只海鸥，自由地掠过反射着夕阳余晖的玻璃，飞到茫茫的人海中去。

有人在身后叫他，他听不清，眼前也模糊了，是药剂过量的副作用。

他的头很轻，躯干却重，灵魂已经迫不及待地飘上天，俯瞰尘世。他好像看见了妈妈的脸，在远处的玻璃上，可是也不清晰。

孟峥想了一会儿，他已经记不清妈妈长什么样了。

她会不会也忘记他了呢？

不管怎么样，他都不想在这里待了。他待不下去了，他不想继续了。

他太累了。

他厌倦了。

他踏出一步，然后被拽着胳膊拉了上来。

秦立一头冷汗，脱力地瘫坐在身后，裤脚被积水湿透了。

孟峥看着他，眼睛里有疑问，仿佛在问他为什么不让他张开翅膀飞走。

秦立说："你不是鸟，摔下去会死。你不要用那种眼神看着我，你知道死亡是什么意思，我不想给你解释。"

他只有生气时会跟孟峥这么说话，平时都和别人一样称呼他"先生"，因为孟峥喜欢站在高处拥有权力的感觉。

孟峥依然看着他，眼眸漆黑，一丝光也没有。

秦立突然也累了，他厌倦时不时就上楼顶、闯进卧室把孟峥从死亡的边缘拉回来了。

孟峥是真想死，他劝不住啊。他不能一天二十四小时都守在孟峥身边，他是心疼这孩子，但他也有自己的生活，有女儿要陪。

于是秦立说："回去看看吧，想想你过去的日子，然后再决定是否结束这一切。"

孟峥坐在楼顶边缘，双腿垂下，凝目望着夕阳。

秋天的风很冷，秦立扯下自己的围巾，给他戴上，坐在他身边。

戴着黄围巾的孟峥像他给女儿讲的睡前故事里的主人公，遥远星球上的小王子，孤寂地望着第四十四次日落。

围巾在风里飘荡，他一动不动。秦立抽出纸巾擦了擦裤子上的水，又叠成一朵玫瑰花，放到他手里。

小王子是应该有一朵玫瑰花的。

秦立是个话痨的性子，沉默了几刻，想找点话来讲，可又想不出什么。

"孟鼎为什么同意你改名字？"

他略知孟鼎夫妇和孟峥的过去，觉得孟峥抑郁是情有可原的。他虽然知道，却从来没主动问过从前的事，这时是真的找不出话题了。

他问了，孟峥没答，好像听不见他说话。

"你为什么叫孟峥？"

秦立忧心地瞧着他，他还是那样，安安静静地坐着，似乎下一瞬就要被风刮走。

秦立耐心等了很久，等到以为孟峥因为药物作用根本失去了听觉，孟峥却奇迹般地有了反应。

他的反应很轻微，只是眨了眨眼睛，最后一缕光刺进瞳孔，他轻轻蹙了下眉。

秦立长舒一口气。

他不知道孟峥在想什么，但知道他把人救回来了。

孟峥的记忆是一团乱糟糟的线，那点儿光让他牵了个线头出来，拉出一根，然后心脏就被连带着扯了一下。

他低头看着飘浮的云雾，染着很淡的金色，让他想起一幅画。

他想了很久，才找出画和光有什么关系，又和他的记忆有什么关系。

秦立说得对，他应该回去看看，然后再离开。

孟峰对身边关心他的人很抱歉，但他实在支撑不下去了，活着的每一天对他来说都是煎熬。

孟鼎夫妇快七十岁了，身体每况愈下，去金斯顿医生那里的频率越来越高。他们放松了对他的监视，给了他更大的权限，但"孟岭"这个身份成为他的噩梦，就算他改了名，也时常被脑海中闪现出的那间密室惊醒。

他先去了蒙特利尔。

他在那座城市出生，在郊区长到五岁，父亲病死了。母亲带着他和四个兄弟搬到城区，给一个印度老头当情妇，寄居在一栋小楼里，一年后被正房赶出来。母亲得养活五张嘴，就拖家带口来到温哥华，她做过许多职业，在小餐馆帮工，最后有人看她长得漂亮，就介绍她去当妓女，可以多挣些。

孟峰在家里行二，没有正经名字，大家叫他"火柴杆"。他负责管家务，洗衣做饭照顾弟弟，哥哥十二岁，已经能在贫民窟讨活干了，时常鼻青脸肿地带着钱回来，兄弟二人商量着怎么花，是给妈妈买点药膏，还是买只鸡来改善伙食。他们早就对垃圾桶里过期的超市食物深恶痛绝了。

有一天孟峰又从垃圾桶里翻出一盒颜色发暗的牛肉丝，这东西以前在魁北克俗名叫作"天使的头发"。

世界上哪有什么天使啊。他刚这么想，面前就多了双手，递给他一个塑料袋，里面是足够六个人吃的汉堡和炸鸡。

第二天，孟峰就在母亲的允许下，跟他们走了。

临走时母亲跪在那两人脚前，不停地吻他们的鞋尖，谢谢他们收养她的儿子。又叫孟峰要乖，不要哭，要笑，以后不要认她这个妈妈了。弟弟们羡慕地看着他，哥哥哭了，悲愤而不舍地嚎啕。

孟峰也哭了，从那之后的三年，他再也没有哭过，连孟鼎跟他说"你的家人已经不在了"，他也只是麻木地点了一下头。

孟鼎和靳荣很满意。他们才是孟岭的父母，那个女人算什么？她配吗？

但他们很快就不这么想了，开始怀疑从密室熬出来的孟峰到底是不是真正的孟岭。他太不听话了，孟鼎跟他说话的时候，很容易看出他的心思不在上面，他注视一只鸟的时间都比注视"父亲"要长。

渐渐的，这种分心随着年龄增长变成了激烈的反抗，孟鼎夫妇放弃了。可这孩子聪明得不像话，他会破解密码逃出去，他们不放心他一个人在家，就把他带去了中国，正好能派上用场。

孟峰被当成礼物送给了郝洞明，在不见天日的地下室里待了三天，这三天他见识到比孟家的试炼还残酷的东西。所幸他没有忘记反抗，拼死逃出别墅，带着满背伤痕在蚊虫肆虐的山林里藏了一晚，跑到了镇上。

那天下着很大的雨。

孟峰从没见过那么大的雨，他在雨中躲刀，打手如同一条恶犬紧咬着他不放。他撕开厚重的雨幕，看到了两个人，不顾一切地冲上去。

他回头，打手不见了。

孟峰反应很快，他知道他找的这个男人可能是个警察，他穿着制服，是打手害怕的角色。

警察。他往后退了一步。

"孩子，你遇上抢劫了吗？不用怕，叔叔带你去警察局。"

男人三十多岁，面容刚正温和，身材十分高大，脸上挂着明朗亲切的微笑，他身旁的女人神态温柔，穿着红裙子，在雨里就像一朵美丽的芍药花。

他们刚刚瞥见了逃走的打手，皱起眉。这孩子生得漂亮，形容狼狈，不像是没家的孩子。

孟峰大致听得懂他说话，但他会讲的中文和男人的口音差别很大，所以闭上嘴，一个劲地摇头，怎么都不肯去警局。

男人伸出手，孟峰下意识握住，他的掌心很温暖。

男人把孟峰交给妻子，先叫他跟妻子回家，折回去报案，打算看看这一带谁家丢了孩子。

妻子开着小摩托，一路上和他说话，介绍自己和丈夫，还有他们的小女儿，又逗他开口，然后发现他脸色越来越白，停车掀开衣服一看，眉头皱成"川"字——他背上有许多又长又深的伤口，触目惊心，像是鞭子打的，血已经干了，这孩子竟能忍住一声不吭。

下车时孟峰已经昏过去了，叶碧和奶奶把他搬进屋，清理伤口，擦洗身子。他发起高烧，他们要带他去医院，他在半梦半醒间死死抓着床单，不愿走。

孟峰是被人戳醒的。

映入眼帘的是一双大眼睛，黑葡萄似的，亮晶晶地盯着他。

她还在戳。

一边戳他的脸，一边好奇地说："小——哥——哥。"

讲话漏风，右边的虎牙缺了一颗。

孟峥趴在床上，也看着她。

他知道这是那对夫妻的女儿，八岁了，在县里上小学二年级，名字叫席桐。

席桐舀了一勺绿豆汤，送到他嘴边："奶奶让我照顾你，她说你走丢了，我爸爸帮你报警去了。你不要怕，我爸是警察，他很厉害的。"

孟峥看着暗绿色的奇怪的汤，想起曾经吃过的东西，推开她，趴在床头掏心掏肺地吐，却只吐出酸水。

席桐吓到了，不明白怎么回事："你是不是不喜欢吃？可是奶奶让我一定要给你吃东西啊，她和妈妈买菜去了。不行，你一定得吃，这里面有很多维生素的，你喝了就不会中暑。你看你都中暑这么久了。"

孟峥猜是她家人怕吓到她，没跟她说他身上有伤。

她搬来一个小板凳，拿了个漏斗过来，一脚踩在凳子上。孟峥看到这么点儿大的小姑娘要给他把汤灌下去，挺没面子的，就拿过来自己喝。

席桐又有意见了："不行，奶奶让我照顾你，我要喂你，你不能动。"

绿色的汤递到嘴边，孟峥做了一番心理斗争，终于尝了一口，甜甜的，但他还是不太能接受。

她看他喝了，就很有满足感，学着她妈喂药的样子哄他："小哥哥，你长得真漂亮，再喝一口嘛。"

"小哥哥，你的眼睛真好看，再喝一口。"

"小哥哥，你怎么不说话呀？再喝一口。"

"小哥哥，你家住在哪儿？"

孟峥被她哄得一碗绿豆汤全灌下了肚子。他很讨厌别人夸他漂亮，他们的眼神像蛇一样，但这个词被嫩生生的嗓音说出来，就让他很舒坦。他还喜欢听她叫他小哥哥，这让他想起自己的三个弟弟，最小的那个会说的第一个字，就是"哥"。

他虽然很舒服，却依旧谨慎，没有告诉她他家住在哪儿。

平房里有三个房间，一间给奶奶，一间给席桐爸妈，孟峥占了她的。他的烧还没退下去，席桐又喂他吃消炎药。吃完了，她就自觉地坐在小桌子边，写暑假作业。

孟峥吃了东西，恢复了一点力气，悄悄打量她。

屋外没有下雨，蝉声聒噪，时不时有鸟儿清脆地叫两声。

白色的印花窗帘挡住了炽烈的阳光，空气中弥漫着一股西瓜的味道。席桐抱着半个西瓜，拿小勺子挖着吃，右手在纸上写写涂涂，翻页的声音在安静的屋里分外清晰。

过了一会儿，孟峄听见她在念念有词地读英文，苹果、香蕉、橘子之类的初级词语，他下意识开口纠正了她的发音。

席桐惊讶地回过头，噔噔噔跑过来，指着课本："你会英语啊？"

孟峄点头。

她给他一支笔，把作业塞给他。

"小哥哥，你上几年级了？"席桐眼睛放光，把西瓜也抱过来，挖了一勺，放在他鼻子前。

孟峄摇头不语，他是不会帮她写作业的，可是他的嘴已经张开了，把西瓜咽下去。

他觉得这个小姑娘挺坏，会贿赂陌生人帮她干活。但她笑得那么甜，白里透红的皮肤，大大的酒窝，穿着蓝色的小裙子，戴着蓝色的蝴蝶结发箍，就像个活的瓷娃娃，像画出来的一样，可爱极了。

孟鼎请过很多老师来家里给他上课，他学过艺术鉴赏，立即想出了一幅比较符合的印象派油画，模特也是八岁。

孟峄的手不听使唤了，他拿过作业，一边吃她喂的西瓜，一边写得飞快，连单词都帮她抄了。

席桐把半个西瓜都给他了，之后傻了眼。他写得也太快了，一眨眼的工夫，把半本作业都给做了。他不用思考的吗？

"你是外国人吗？"她得出结论。

孟峄又点点头，专心致志地帮她写。

叶碧和奶奶买完菜回来，席桐哭丧着脸负荆请罪，说她没照顾好小哥哥，小哥哥在厕所蹲了两个半小时了。叶碧一问，才知道她给那孩子吃了太多西瓜，烧是退了，肠胃却受不了，上吐下泻。

孟峄吃了黄连素才有所好转，晚饭时也无精打采。席桐知道自己做错了事，把鸡腿夹到他碗里，眼巴巴地看着他吃下去。孟峄很久没有享用过这么正常的食物，狼吞虎咽，但他克制住了，没把鸡都吃完，留了一只鸡腿给她。

叶碧问他叫什么名字，他还是不说，席桐向她妈解释他不会中文，是外国来的。叶碧很诧异，这座县城里很少有外国人，这孩子是怎么过来的？

奶奶看他好像听得懂中文，慈祥地说："莫怕，很快就能找到你爸妈了。"

孟峄打了个哆嗦。

他隐藏得很好，两个大人都没有注意到异常。这一晚他不敢合眼，鸟叫蛙鸣都成了风声鹤唳，他怕那个打手跟来，把这家人给灭口。熬到后半夜，他终于忍不住，意识逐渐丧失，身体陷入黑暗的牢笼，脚下鼠蚁横行，头上秃鹫盘旋，耶稣惨青的脸对着他，露出一个瘆人的笑容。

下一秒，他呼吸不上来，醒了。

"小哥哥，你做噩梦了？"席桐放开捏住他鼻子的手，她被梦魇住的时候妈妈就会这样做。

孟峥满头大汗，待冷静下来，他才发现屋里并不是很黑。月光从窗棂照进来，他可以看见她脸上吃惊的表情，和粉嘟嘟的微张的嘴唇。

"我睡不着，听见你在说话，妈妈出门累了，她还在睡。"

孟峥趴在柔软的枕头上，呼出一口气。

席桐轻轻地把台灯打开，发现墙角的蚊香灭了，又找出打火机重新点，蹲在墙角摆弄了好半天，藕节似的小胖腿上浮起几个红红的蚊子包。看着火星亮起，她从柜子里拿来一只绒毛小熊，放在他枕边。

"熊熊陪你哦，不怕。"

蚊香气味太冲，孟峥差点打了个喷嚏，好容易忍住。她关了灯，转身回去，他拉住她的睡裙。

席桐啪地打了一下他的手，板着脸："妈妈说男孩子不能随便拉女孩子衣服。"

孟峥从枕头下拿出风油精给她，示意她涂腿上的包。

席桐知道他是好意，吐吐舌头："你快点睡觉啦。"

隔壁屋里叶碧听到动静，打开灯："桐桐，你干什么呢？小哥哥在睡觉，快过来。"

"哦。"她涂完了风油精，往他盖的薄毯上天女散花地洒了一通，就小跑着过去了。

那边灯灭了。

孟峥听到她说："妈妈，小哥哥做梦了，我去看看他。蚊子亲了我好几口哎。"

"别抓，明天就好了。"

孟峥抱着小熊很快睡着了，没有再做梦。

第二天他很迟才起来，这是这么多年他睡得最安稳的一觉。奶奶坐在院子里剥毛豆，几只鸡鸭在菜畦里大摇大摆地踱步，木架上缀着青绿色的葡萄，蜜蜂嗡嗡地飞来飞去。

他崴了的左脚有所好转，走过去坐在奶奶旁边帮她剥，奶奶挥手："去，去，小娃儿别添乱，跟桐桐玩去。"

孟峥为了证明自己没有添乱，放下毛豆进屋，把奶奶放在水池旁的南瓜花和青菜给洗了，一只用开水烫过的鸭子还没拔毛，他给拔干净了，放在案板上。

奶奶挎着一篮剥好的毛豆走进厨房，哎哟了一声。果然和报纸上写的一样，国外教育注重动手能力，想不到他连鸭子都会处理。这小娃儿干起活来怪利索的，长得也秀气白净，看着不是平常人家出身，给她家做个孙女婿倒是不错。

炊烟袅袅升起，饭香飘满小院。

孟峰干完了活，去房里看席桐写作业。到底年纪小，写着写着就开小差了，孟峰不许她隔五分钟上一次厕所，这点小伎俩他一清二楚，他三个弟弟比她调皮多了。但后来不知道怎么搞的，可能是被她"小哥哥""小哥哥"叫得心软，他就帮她把今天的数学作业也写了。

席桐心情很好，虽然他不说话，但她有许多话跟他说。孟峰被她滔滔不绝问得头大，随手写给她一个地址，是他在温哥华的家，早就没了，但那是他唯一的家。

"等你回去了，我给你写信。但是我还不知道你的名字呢！"

孟峰实则不想告诉她，但她水汪汪的眼睛像小动物一样，他无法拒绝，说了一个中文字："岭。"

他虽然很讨厌这个名字，但总不能告诉这么可爱的小姑娘，他妈妈叫他"火柴杆"。

突然，他生出一个念头，总有一天他会把"孟岭"这个名字扔掉。

席桐的作息时间被叶碧规划得清楚明了，午饭后睡了一觉，就要看课外书。她看起书来倒是和做作业是两个风格，文静乖巧像个淑女。奶奶的房间有一个大书柜，装着许多八九十年代的书，是她爷爷留下的，有四大名著和其他文献古籍，孟峰翻了几本，完全看不懂。

席桐拿的是一本少儿精编版读物，指着上面说："我的名字就是这么来的。按农历，我生日在六月。"

她一字字地给他念："六月，桐花馥，菡萏为莲，茉莉来宾。"

孟峰只听懂了它们都是花。后来他才知道，她念的是明代程羽文的《花月令》。

席桐又用一副长辈的语气跟他说，中国文化是很细很雅的，取名字讲究意韵，最好还要有关联性，比如说她妈名字里有个"叶"，她名字里就有"木"。

孟峰想让她帮忙给自己取一个，叶碧突然进来了。

他很会察言观色，一眼就发觉她脸色不好。果然，叶碧说："我要去城里一趟，你俩和奶奶在家，晚饭不用等我。"

席桐眼睛勾在书上，头也不抬地"嗯"了声。

孟峰有种不好的预感。

当晚，他的第六感就应验了。门窗外飘来烟雾，他在暗夜里看到了火光，然后听到奶奶的惊叫："着火了！"

奶奶跑进屋，把他和席桐拉下床，跑出了房子，又舍不得爷爷的遗像，还有值钱的东西，就叫两个孩子沿着小溪下山，自己折回去拿。席桐认识路，带着他上气不接下气地跑了一截，回头一看，人不见了。

火势已经从山坡蔓延下来。

孟峥藏在树干后，心里急得要死，她快点跑啊，还找他干什么。坏人要来找他了，再不跑她也得没命。

好在他再次探出脑袋时，席桐已经走了。

他望着熊熊燃烧的房屋，始终没有看见奶奶的影子，山下村民们的呼救声顺着风飘进耳朵。他膝盖一软跪下来，觉得自己罪孽深重，可他做错了吗？他只是找了一个人求救而已，他想活下去。

孟峥没有等死，他向前走，浓烟熏得他连连咳嗽，快要走下山时，他被找到了。

不是杀手，是孟鼎的保镖，带着个气息奄奄、跟他一样大的男孩。

孟峥以为自己的生命走到了尽头，他已经做好了被一刀捅死的准备，但死的不是他。

他才知道，这仅仅是一个开头。

回到加拿大后，孟鼎夫妇把他当成真正的孟岭，要他忘记中国这段经历，在无关紧要的事上对他百依百顺。

孟峥假装忘掉了。孟鼎撤掉家庭教师，让他去私立学校上学。开学的前一天，孟峥来到书房，跟他说想换名字，恳求的样子像极了多年前的孟岭，孟鼎一时间老泪纵横。

名字只是一个代号而已，既然灵魂是一样的，想换就换吧。

孟峥在纸上写了一个"峥"字，怕他不答应，说："这个字和'岭'很像。"

这是他在那座平房的书柜里某本旧书上看到的字，那本书叫什么他忘了，好像是一本古老的诗集，里面一些文字都模糊不清了，封面印着两只孔雀和一对执手的夫妻。

他记得里面有一首诗是这样写的：

"峥阳孤桐，截为鸣琴。

体兼九丝，声备五音。

重华载挥，以养民心。

孙登是玩，取乐山林。"

他不知道什么意思，但他认识"桐"。

那他就叫"峥"好了。

离她很近，隔着一个太阳、一个孩子和一个西瓜。

后来证明幸好没叫"截"，因为那个模糊不清的字被他认错了，后来才知道是"裁"。

离那个夏天已经过去了十年整。对有些人来说，十年只不过是高一到研究生毕业的时间，快得令人叹息，但对孟峰来说，在孟家的每一天都长得像是没有尽头的深渊。

他在深渊中扮演着听话、敬爱父母的孟岭。上学时，他品学兼优，是教授的得意门生；毕业后，他从基层做起，凭借骄人的业绩和卓越的投资回报率堵住悠悠众口。

孟峰这个名字最终成为高不可攀的传说，他为此付出了健康、睡眠、朋友、家人，甚至一部分珍贵的回忆。

时间越久，他就越容易忘记自己是谁，他必须大量服用药物抵御噩梦的侵袭，忽略孟鼎夫妇让他如坐针毡的监视。当他们发现他有自虐倾向，时不时精神恍惚，就加强了对他的控制，并安排了十几个心理医生对他进行催眠，试图从他头脑里抹去童年受过的折磨。他们不让他独自待在学校宿舍和办公室，保镖身上常备镇静剂，一旦他拿起锋利物品，保镖们就像嗅到了毒品的缉毒犬，争先恐后地扑上来按住他，把他关到卧室里。

孟峰的忍耐只有一个目的，就是等孟鼎夫妇死后拿到所有的遗产，他只有变强才能摆脱这种凌迟般的生活。但他忍了十年，最终认识到一件事——目标达成的喜悦不能弥补他感受到的痛苦。

那这样活着还有什么意义呢？

那家人的样貌在岁月流逝中模糊不清，他甚至记不起那小姑娘的声音了。

只剩一个单薄的、陈旧的名字。

孟峰离开蒙特利尔，来到温哥华，准备在这里结束自己的生命。

他在东哈斯廷大街上慢慢地走，一直走到记忆深处的贫民窟。那儿是一栋烂尾楼，里面住着不同肤色的贫民，他们吸毒、打架、站街、偷抢，夏天身上爬满虱子，冬天手脚长满冻疮。

妈妈用无数个悲惨夜晚换来的积蓄，带着他和兄弟们从贫民窟搬出来，然而也没走远，就在附近一条小巷里落脚。他后来打听过，孟鼎派人暗杀了他的家人后，他们的棚屋被人占用，改成一家小商店。

他想来看看。

老板是个越南人，在柜台后戴着老花镜看报纸，听到有人要烟，随手拿了一包，丢在玻璃柜上。

孟峰给他一张五十的钞票，问能不能去后院看看。

"我曾经住在这里。"孟峰说，"我母亲和你争过这座房子。"

老板抬起头，从头到脚扫了他一眼：哦，你是孟家老二。后院没了，改成仓库了。"

孟烽很意外他立刻就认出了自己。

店主从鼻子里哼了声，误会了他来的目的："看来你现在发达了。你妈和那四个小崽子的死可别赖我，我什么都不知道，他们的尸体是在十公里以外的河道发现的，别人都说你妈练了邪门的功夫，带着崽子们自杀了。我当初跟你妈吵得凶，可我也要做生意啊，这房子地段好，你妈跟流氓头子睡了，一分不花就拿到了这个位置，还不用交保护费，我交的钱打了水漂，当然生气。但我绝对不会因为这事儿杀人！"

孟烽笑了笑。

老板皱眉："你居然还笑得出来，你妈真倒霉，生了只白眼狼！没良心的小浑蛋！"

孟烽其实是在笑自己，听到老板说起从前的事，他心里竟没有丝毫波动。

那种冷漠和疏离让他惶恐到窒息。但越难受，他的面部表情就越不受控制。

他习惯了笑。

老板赶他走，孟烽没拿烟，如同一具行尸走肉，走出了店铺。

"喂！"老板又叫住他。

孟烽没有听到。

老板在柜子里掏了几下，拄着拐杖，一瘸一拐地追上他，塞给他一个泛黄的信封："这封信是写给你们家的吧，林是你们家哪一个？该死，我根本不知道你们叫什么名字，老大是叫汤姆吧……"

信封没拆过。

一直到站在酒店楼顶，孟烽才想起来身上还有一封不清楚写给谁的信。他有些羡慕这个叫林的家伙，有人记得他，从遥远的中国南方给他写信。

他就着夕阳的余晖拆开，印着小碎花的白纸被彤光染红，稚嫩的字母拼成一句句话。

信很长，孟烽看了很久，翻来覆去地看，看到夜幕降临，月亮升到头顶，世界浸泡在温柔如水的银辉中。

他拿着信，在楼顶坐了一夜，看着灯火辉煌的城市，川流不息的车与人，每个生命显得那么渺小，又那么鲜活。

黎明时分，他回到套房里，换下湿了的衬衫，洗了个澡，泡了杯咖啡，打开电视调到 NBA 球赛，给秦立打了个电话。

"我明天回多伦多。"

"你想通了？"

"我不知道。但我昨晚做了一个梦，梦见有人给我写信，是个可爱的女孩子。"

"哦？写了什么？"

"她祝我一切顺利，长命百岁。"

裁为鸣琴（上）

EXTRA 番外二

2020 年的 12 月 20 日是个大晴天，雪化了，气温更加低。

北方的婚宴是中午办，传统的习俗很烦琐，孟崢简化了很多，他想受到最质朴的祝福，跟村民们一起吃个饭。他记得小时候母亲讲过，在外祖父母的家乡，结婚是很热闹、很隆重的一件事，要办好几天，如果亲戚多，新婚夫妻要磕头磕到精疲力竭，这是农村传统。

孟崢觉得如果有需要，他不介意再替她给岳父磕几个头。

本来要请饭店的厨师来荷花圩置办酒菜，但村民很热心，身体硬朗的爷爷奶奶们重操旧业，拿出锅碗瓢盆准备正宗的流水席。村里的青壮年都出去打工了，留下的人很少碰见这么热闹的大事，消息不仅在乡里传开，还引来了媒体，但媒体不被允许在婚礼前后进村。

尽管没有采访，但关于 ME 的消息层出不穷。集团前不久在负面新闻曝光后发表声明，现任董事长孟崢将重整东阳省的蔚梦基金会，并把资助范围拓展到全国，向遭受家庭暴力的妇女儿童提供法律援助。在此背景下，"孟崢在荣城农村低调结婚"的新闻就显得特别接地气，特别能体现公益性质了，收获好评如潮，美股和港股猛地涨上来，席桐买的 ME 股票翻了一倍，体验了一把"自己挣自己的钱"。

新郎给了村里大笔采办费和修路费，提前一周村民们就开始杀猪宰羊了。宾客没有远近亲疏之分，所有人都在同一时间入场，每张八仙桌坐十个人，一共三十桌，就在村口的空地上，近可望田，远可观山，小孩子们堆了许多雪人。

席桐睡到早上十点，刷牙洗脸啃了个豆沙包，里头穿条红裙子，外头套件长款羽绒服，抿了点口红，在叶碧"邋里邋遢"的数落中从村主任家出来了。孟峥在外面发红包，一口一个"爷爷""奶奶"，叫得那些老年人眉开眼笑，碰见讨喜糖的小孩子，他就给巧克力、牛轧糖，还送变形金刚礼盒，比土豪还土豪，席桐都觉得没有大金链子貂皮袄就对不起这个场景。

她是孕妇，啥都不用管，在她妈和孟峥的陪同下从第一桌走到最后一桌，灌下几杯果汁，然后就回主桌大快朵颐了。

土灶做的菜太香了，金灿灿的南瓜八宝饭，紫油油的咸鱼茄子，红彤彤的山椒辣子鸡，摆在桌上分外鲜艳，令人食指大动。暖风机放在对面，一桌十五道冷热菜肴的香味直往鼻子里飘，要不是村主任夫妇坐在身边，席桐可以再消灭半个皮糯肉酥的酱肘子和半碟卤牛舌，再就着老鸭汤吃上几个皮薄馅大的荠菜饺子。

从十二点到下午三点，她嘴没停过，村主任家的奶奶一个劲儿地给她夹菜，老觉得她吃不饱，到最后她那肚子从四个月吃成了五个月，终于想起孟峥了。他被奶奶们在客桌拉着，摸摸头搓搓手，谁来敬酒他都喝，也不会用白开水糊弄，不知道喝了多少杯，脸颊和眼尾都红了，目光迷离，看上去让人特别想推倒。

陈瑜和保镖在帮他挡酒，席桐低估了爷爷们的酒量，不得不把喝上头的孟峥拽回来，给他一碗饭菜一个小勺子，让他吃点东西压压酒。

"你不能喝就别喝，晚上别出来了，在屋里躺着。"她叹口气，"幸亏我同学朋友都等着去加拿大参加婚礼，不然看到你这个样子，以为我找了个假总裁。"

"我没醉，就是头有点晕。"孟峥捂着嘴争辩，"红酒我能喝三瓶，今天的酒比威士忌度数高。"

"那当然，你买的茅台是五十三度的。"席桐无奈，"等会儿散了之后你赶快去洗个澡，睡一觉。"

孟峥吃了两口菜，很争气地站起来："陈瑜快喝醉了，我去把他带回来。"说完自己脚下先晃了一晃。

好在宴席不多久就散了，陈瑜被保镖拖回来，眼睛变成两个小叉叉。孟峥傻乎乎地站在树下送客，一个调皮的小男孩踹了脚树干，雪块扑簌簌落下，浇了孟峥一头，那孩子哈哈大笑，席桐看了都生气，结果孟峥跟着孩子一起笑，还揉了团雪砸他，活像只兴奋的哈士奇。

她脸都丢光了。

席桐拉他回去，孟峥见人还没走完，硬是不走，非要送一个老奶奶过路。

"这路上又没车,人家走得比你稳,你给我过来!"

老奶奶见状,拍拍孟峄的手:"去吧。"还对他眨了眨眼。

"你俩说什么呢?"席桐奇怪。

孟峄神秘兮兮地凑到她耳朵边,拿手遮着嘴,怕酒气熏到她:"奶奶给了我一个秘方,能生十一个。"

下猪仔还是买足球队呢?

不宜和醉狗说话,她冷面无情地叫保镖把他抬回房间,涮一涮再上床睡。

席桐吃累了,在雪地里散了散步,嫌孟峄喝多了发酒疯,就在隔壁房间休息。她一觉醒来,天已经黑了,几颗星缀在深蓝的天上。

孟峄又不见了。

她一个头两个大,他别栽雪坑里去了!

跟她妈说了声,她出门去找,一路找到田埂上,没见他的影子。正发愁,一道金光忽然跃上夜空,随着一声尖啸,炸开一朵盛大的花,万千金雨朝人间洒来。

紧接着,红的、紫的、绿的、白的烟花竞相飞上天幕,将黯淡的星光笼罩在明亮鲜艳的色彩里,无数绚丽的流苏悠悠垂落,轻柔柔地消失在被雪覆盖的田野上,砖房的烟囱上,树顶的枯枝上。苍穹明亮,地面沉浸在一团温暖而热闹的硝烟味里,连黑暗都带着蒙眼捉迷藏似的顽皮。

烟花下有人影在田埂上奔跑,席桐目瞪口呆地看着孟峄和一群六七岁的孩子玩疯了,大衣口袋里塞着一堆炮仗,看上去是从小朋友那里搜刮的。

他撒开腿跑过来,气喘吁吁地把她一抱,举在空中飞了一圈:"桐桐,我给你点的窜天猴好不好看?"

窜天猴?

"谁教你这是窜天猴?这是烟花啊烟花!"

他能不能说得好听一点!

孟峄"哦"了一声,抱着她亲,呼吸间还有淡淡的酒气,但眼神清明多了,他很清醒地说:"点爆竹真好玩,我想天天都玩!"

孟峄还显摆:"你看这个!"

他的拳头往下一甩,啪的一声,甩炮在地面炸开,把席桐吓了一跳。她从小就怕这个,男孩子拿手里往女生面前砸一把,可响了。

孟峄手里还有,他要去扔后面那群抢爆竹的小朋友,席桐实在看不下去了:"好了好了,咱们回家啊,不玩了,这么冷的天你别感冒了。快把鞭炮还给这个小弟弟。"

孟峰嘴角往下一撇，很不情愿的样子，那个小朋友用指头往脸上抹了两下羞他，他哼了一声，把爆竹抱紧了。

席桐欲哭无泪，他这是被谁附身了吗？

她牵着孟峰，像牵着傻了吧唧的大狗往回走，寻思着把他的宝贝鞭炮扔了，他能不能像丽萨一样叼飞盘叼回来，这么一想，手上就动了，下一秒，孟峰跟离弦的箭一样蹿出去，她下巴都掉了。

孟峰捡了鞭炮回来，席桐衣角被人一扯，是个小姑娘，怯生生地说："阿姨，有个鞭炮是我的。"

席桐伸手："交出来。"

孟峰更不高兴了，拉着她的手摇两下。

"孟峰，我告诉你，你今天抢人家鞭炮，过几年你女儿的鞭炮就被别人抢。"

她强硬地把鞭炮扒拉出来还给小姑娘："对不起哦，叔叔小时候没玩过这个，你们去玩吧，早点回家。"

小姑娘很吃惊，犹豫片刻，把画着小牛的鞭炮还给她："那送给叔叔吧。"

孟峰很开心，摸摸口袋，巧克力都送完了，就摘下手表给她："谢谢你。"

席桐不能再让他在这里玩下去了，提溜着他回去，把他扔到洗手间第二次冲澡，那股挥之不散的酒劲儿终于冲掉了。他擦着头发走进屋，坐在暖洋洋的炕上，许久等不到她，就慢慢地合上眼趴着，冷不丁听到一声：

"开心吗？"

他用力点头，右眼睁开一条缝，小心翼翼地看她："桐桐，你生气啦？"

席桐本来板着脸吓唬他，扑哧一声，捂着肚子笑弯了腰，爬上炕还在笑，眼泪都出来了："你怎么这么傻啊！孟峰你越活越回去了，天啊，你过了年都二十九了。"

孟峰理直气壮："我小时候没玩过。"

一句话说得席桐笑不出来了。

"那你以后负责陪宝宝玩，我懒得带了。"

孟峰点点头："我会好好带他玩。"过了一会儿，他又说，"我好开心，我今天结婚了，我妈妈要是知道，肯定也很开心。桐桐，我把你娶到了。"

席桐眼泪都下来了。

孟峰蹭过去："不哭，不哭。让我听听宝宝。"

宝宝很乖，不踢不闹。他的脸轻轻贴在光滑的肚皮上，小声道："他已经睡了吧。"

他捧着肚子，细致地亲吻。席桐怀孕后皮肤很敏感，叫他别闹了，他像是笃定宝宝不会醒，抬眼看她，目光微动，不等她开口，就轻轻吻在肚脐上。

席桐抖了一下。

室内很安静，红色的蜡烛燃烧着，被台灯映亮的窗子结着冰花，双喜字的剪纸贴在玻璃上，边角在升腾的暖流中颤动。

她望着那根高高的蜡烛，老人们都说要让它烧到天亮才好，寓意这辈子长长久久，白头到老。

这就是她的洞房花烛夜了。

孟峥额上渗出汗，俯身念念有词，席桐听清了，还没来得及笑出声，就软软地哼出来。

"宝宝，对不起，爸爸打扰你睡觉了。爸爸今天结婚，你把妈妈让给我一会儿。"

他在肚子上又亲了几下，手扶着她腰侧，极尽温存。她不知今夕何夕，半合着眼，扣住他的手掌，嫣红的唇上黏着几丝乱发，连被他抱起来坐着都迷迷糊糊的。

孟峥从背后揽着她，滚烫的呼吸喷在她光润的肩头，深深地看她的脸。

"想好给宝宝取什么名字了吗？"她含混地说，"你不是在看书学习吗？"

孟峥现在满脑子的名字都没了，只有她。他靠在床头的垫子上，让她斜躺在怀里，把她抱得更紧，嘴唇在她细腻的脸颊上流连。

他吻着她，两具身体贴合着，像相伴而生的藤蔓，没有间隙，呼吸交融在一起。

时间变得如此模糊。

孟峥一直在她耳边低声说话，睫毛低垂，眸光温柔得能滴出水来。

灯灭了，蜡烛把屋里照得光明柔和，床尾一只毛茸茸的蓝色小牛歪着脑袋看他们。

宝宝突然动了一下。

孟峥的心也跟着动了一下。

她困倦地躺在他身边，听见他说："桐桐，我好像还没跟你说过。"

"嗯？"

"我爱你。"

"哎呀，早知道了。快睡觉吧。"

裁为鸣琴（下）

EXTRA 番外三

三十二岁的孟峥站在大楼顶层。

风很大，太阳快沉下去了。

秋季傍晚的天空呈现出温柔的橘粉色，瑰丽奇异，街灯依次亮起，地面的亮光夺取了星月的辉耀，一个个生命繁忙而鲜活。

一个孩子坐在护栏里，双手托着小脸，黑亮的眼睛追逐着飞旋的海鸥。孟峥蹲下来，给他系上一条围巾，没有打扰他的沉思。

围巾在晚风中飘荡，小人儿的背影像孟峥给他讲的睡前故事里的主人公，那个从遥远的宇宙降落到地球的小王子，他手里拿着一朵纸叠的玫瑰花。

楼顶的游泳池边摆着烧烤架，支着遮阳伞，放着驱虫灯，食物诱人的香味从烤架上飘来。

席青律问："妈妈怎么还不回来？我都饿了，把香肠、牛排、蛋糕、蝴蝶面在脑子里都吃了一遍。"

孟峥沉默片刻，道："我以为你在思考人生哲学。"

席青律："哲学是什么意思？"

"比如说，你是谁？你从哪里来？要到哪里去？将来想干什么？又比如，在高处眺望，你想到了什么？"

席青律对答如流："我是你儿子，是妈妈生的我，我吃完饭要去上钢琴课，将来想当大厨师。在高处看，我觉得风景很漂亮。"

孟峥说："你可真不像三岁。"

席青律说："妈妈说，我最好还是三岁，这样就显得你很年轻。"

"不过，我确实在想，你为什么老喊我中文名，英文名多简单。"

孟峥第一百次跟他解释："因为爸爸很喜欢外婆给你起的名字。在中国古代，青律代表春天，你刚好是五月初出生的。唐代王勃有'于时序躔青律，运启朱明'，宋代柳永有'嶰管变青律，帝里阳和新布'。"

"爸，你是想让我夸你中文好？"

孟峥说："难道不是吗？你从小背诗词我都跟着背，你妈说我很有进步。"

"嗯，确实很有进步，放在我们班能得三朵小红花。"

孟峥觉得他儿子嘴太贫了，不知道和谁学的。

好在电梯"叮咚"一响，保镖带着姗姗来迟的两个人上来了。

席桐抱着三个月大的孟佳音，坐到桌边："你俩怎么不先吃啊？孟峥你晚上不是还要开会吗？开饭开饭，好饿。"

孟佳音今天去打疫苗，这小姑娘已经显出了调皮任性的前兆，医生给她打针，她眼睛滴溜溜转，针扎下去撇撇嘴，拔出来才开始哭，哭得撕心裂肺，要人抱着才肯停，一放下来就踢人。她找人抱还看眼缘，只喜欢年轻的小姐姐，黏着诊所里的实习护士不走，她妈把她抱走，现场就像人贩子抢小孩儿似的惨烈。

席桐跟孟峥抱怨："律律断奶前可听话了，除了吃和拉就是睡，比养猪还省心。我这是又生了个小猴子啊。"

席青律啃着饼纠正："妈妈，你不能说我是猪，我属牛的。妹妹也不是猴，她是小龙。"

"嘴巴里嚼东西的时候不要说话。"席桐从包里翻出一盒变形金刚，放到桌上。这次他在幼儿园画画比赛上拿了二等奖，她和孟峥答应满足他的愿望。

席青律想在 ME 的楼顶吃一次烧烤，还想要变形金刚，他爸平时不允许他去危险的地方，这次让他上来了。他就喜欢高的地方，一岁大的时候去公园玩，盯着人家小哥哥小姐姐坐过山车和跳楼机，笑呵呵地说他也要玩。孟峥本着"儿子以后要玩的东西自己先试"的大无畏精神，把小家伙交给保镖，和席桐坐了跳楼机，下来后双双吐得很惨。

他认为十年前自己想跳楼，是这辈子做过的最愚蠢的事。

跳楼太可怕了。

席青律叼着烤鱿鱼，在餐巾上抹了两下小手，把盒子扒拉过来左看右看，脸上笑开了花，又哼了一声。

"妈妈，我去年过生日，闻阿姨给我买了大黄蜂和擎天柱啊，你买重复了。"

闻澄和他们家关系不错，来加拿大参加婚礼的时候送了席桐一堆化妆品，去年小朋友过生日，包了大红包不说，还买了一箱昂贵的玩具，空运到银城。闻澄现在是东岳最大的股东，自己开了家小公司，和CEO和平相处，平时不露面，交了一个男朋友，日子过得很滋润。

"这一盒有五个玩具，大黄蜂和擎天柱是你爸的。"其实席桐是没舍得分开买两盒，现在小孩子的玩具太贵了。

"我没要。"孟峄赶紧在儿子面前发言。

席桐："你骗谁呢，你一直想要。"

席青律："爸爸你不要害羞嘛，我知道你喜欢玩我的玩具。搭乐高你能搭一下午，我都困了。"

"困了你就说，爸爸又不是不让你睡觉。"

"你说过做事不能虎头蛇尾，我都答应陪你玩了，怎么能反悔？"

孟峄默默吃着蔬菜沙拉。

席桐捂嘴笑："我怎么不知道？孟峄，你出息了。"

孟峄为自己辩解："那个积木太好玩了，可以搭一座霍格沃兹。"儿子看的动画片也很好看。

孟佳音突然号了一嗓子。

孟峄很快吃完了，把女儿抱在怀里，拿着粉红色奶瓶喂她。女儿确实没有儿子乖，老是乱动，他自诩在照顾孩子这方面很有经验，也每每头疼。

但女儿太可爱了，白嫩嫩的圆脸，水汪汪的眼睛，黑漆漆的头发，穿着浅蓝色的小碎花衣服，比白雪公主还白雪公主，他见了就忍不住亲一亲，绝对是不会冲她发火的。

散发着奶味的小东西在臂弯里满足地闭上眼睛，孟峄碰了碰她上翘的睫毛，唇角不自觉弯起。世界上怎么会有这么可爱的生物啊，简直就是小天使、小精灵，他都不能想象以后有男孩子把她从家里带走，太残忍了，他的心都要碎了。

想想就好生气。

远处突然升起几朵烟花，席桐牵着儿子跑去栏杆边看，笑声传来。

孟峄和脑袋里幻想出来的未来女婿做了一番斗争，叹口气，看着妻子和儿子的背影,又笑了。

小家伙们长大成人,总要离开家的,到时候他们就可以过二人世界了。

孟峄"不会对孟佳音发火"的自信随着时间流逝逐渐下降。

普遍意义上来说,他是一个耐性很好的人,ME 的员工们都愿意和他谈事情。但这种耐性在孟佳音三岁时把水往热油锅里倒、四岁时骑滑板压了他电脑、五岁时把丽萨吵闹的狗崽子扔出门外、六岁时在她哥做的蛋糕里放毛毛虫被逮到的时刻岌岌可危。

但他在发飙前还能记得拦一下席桐,不让她上鸡毛掸子揍女儿。

秦立建议:"你家闺女是精力太旺盛,就和丽萨以前一样,你不陪她玩,她就拆家,可以送她去学学跆拳道这样的运动。"

夫妻俩觉得很有道理。孟佳音比别的小朋友睡眠时间短,吃得更多却不胖,还在幼儿园里追打揪她辫子的小男生。幼儿园是在银城上的,班级有微信群,席桐三天两头就在群里被老师委婉点名。

她和孟峄商量后,周六送孟佳音去学架子鼓,周日学柔道。

孟佳音很小的时候就表现出对节奏的敏感。她哥弹钢琴,她在一边看,把节拍器关掉,她能准确地说出她哥弹的速度是一百还是八十。肖邦有一首难度很高的遗作《幻想即兴曲》,是十级曲子,右手每拍四个音,左手每拍三个音,席青律功夫不到家,弹的时候容易乱,她就负责纠正,后来陪她哥去上钢琴课,老师想收她,她下巴一抬,说没兴趣。

孟佳音喜欢拿筷子在厨房里敲锅碗瓢盆,听丁零咣啷的响声,还喜欢坐在阳台上,面前放一杯她爸的威士忌酒杯,看着夕阳一边弹电吉他一边唱《加州旅馆》,唱完了假装抿一口酒。她六岁时在幼儿园毕业典礼上弹吉他的视频被学生家长放到网上,还红了一把。

席青律在学校里的外号是"翻糖小王子",他妹妹则是"摇滚小公主"。席桐感觉自己家能出一个戈登·拉姆齐和一个窦靖童。

学习方面孟峄和她管得松,两个孩子挺聪明的,也自觉,成绩虽不拔尖,但人缘特别好。这种情况下,席桐不得不承认环境的重要性,它是获得自由的一种工具,能给人选择的权利。假使 ME 倒闭了,家里靠她当记者写稿子赚生活费,那她肯定得让孩子天天埋头写奥数题上补习班,《三年高考五年模拟》做到手抽筋,一切为高考这个改变普通人命运的机会做准备。

孟峄的公司不会留给孩子,他不想让他们像他一样劳累。每个孩子有自己的天性,做父母的就由着他们去了,尽量给他们创造最好的条件。

席青律比他妹大三岁,他妹上初中的时候,他就去国外念高中了。兄妹俩感情很好,席青律老是觉得有毛头小子会把妹妹拐跑,隔三岔五要跟他妹视频。

孟佳音长得像她爸,五官轮廓是一种冷冰冰的精致感,才十三岁,个子就蹿到一米六了,右耳朵瞒着她妈打了三个钉,就这么背着吉他在大街上摇头晃脑地卖个艺,都有男生过来加微信,把孟峥弄得有点恼火。但他相信女儿的眼光,普通男生她看不上。

后来孟佳音长大了,吉他弹得少,小提琴拉得多,去了美国读茱莉亚音乐学院,进乐队当首席,自己也出摇滚唱片,总是不红,不过她也没压力。席青律在法国定居,偶尔请她来给自己的甜品店拉琴做广告,他的店比他妹的唱片知名度高,几个国家都有连锁,名人结婚过生日都喜欢在他家订翻糖蛋糕。

孟峥不太喜欢吃蛋糕,嫌不健康,当初就没投资儿子的店。儿子的交际手段青出于蓝,拉了许多股东,做风投的牛杏杏都赚翻了,孟峥就有点后悔。

再后来,席青律和未婚妻领证那天,孟佳音的专辑获了国际大奖,双喜临门。

孟峥和席桐坐在家里看颁奖直播,女儿站在镜头前回答记者提问,穿着性感冷艳的小黑裙,抱着奖杯,脸上的笑容和她小时候一样纯真。

记者问:"孟女士,是什么让你选择了音乐这条路?"

孟佳音用她姥姥的话来答:"我爸中文名叫峥,我妈叫桐,中国古代有句诗,'峥阳孤桐,裁为鸣琴',意思是峥山的南面长着特有的梧桐树,可以用来做琴,弹出好听的音乐。我就是那把琴。"

元宵节
EXTRA 番外四

儿子十个月大，会说话了，奶白的小牙啃着磨牙饼干，像只仓鼠一样嚼啊嚼。

饼干是席青律四个月的时候开始吃的，他爱吃这个，孟峰就没给他停。孩子麦苗似的见风就长，现在能下嘴的东西多了，爸妈坐着吃饭，他总要瞟几眼，外婆做着饭，他也爬到厨房里咿咿呀呀叫几嗓子。

"饺饺。"

孟峰蹲在地上把饼干渣渣收拾了，耐心地说："外婆在包饺饺，一会儿爸爸给你盛一个，乖宝宝，出去堆塔塔。"

儿子小手推了他一下，撇撇嘴，还在叫："饺饺。"

丽萨坐在旁边，冲着孟峰龇牙叫了一声，他低头，簸箕压儿子脚了。

"脚疼。"

孟峰把簸箕放到一边，捧起儿子的脚吹了吹："不疼不疼，爸爸陪你出去玩。"

可可在厨房门口叼着一只玩具牛转悠，席青律在他爸怀里伸手指着，歪着脑袋想了半天。孟峰提醒他："是牛牛，宝宝要跟可可说谢谢，对不对？来，跟可可说，谢谢，这个牛牛我们律律很喜欢。"

一抬头，席桐拿着他手机站在前面，嘴角抽了两下。

可可放下玩具，瞥了眼手机："汪汪汪！"

然后孟峰就知道为什么她这副表情了，他公司的电话，她按了接听，他刚才说了什么下属都听见了。

然后他想起好像是有个高层会议，让陈瑜通知有事不决就打他电话请示指令。

于是他很冷静地把儿子交给席桐，下意识地说："宝宝乖，去堆塔塔，不能再吃饼饼了，小肚肚会撑。"

孟峰很冷静地接过手机，去书房了。

过了好久，陈瑜说："先生，没打扰您和孩子玩吧？是上个月那个新产品的问题，您拿电脑方便看。"

孟峰嗯了一声，挂了电话，随手扯过一件还算干净的西装披上，在镜子里瞧了眼，放心地打开软件摄像头，一溜高管坐在长桌前，个个面容严肃，坐得笔挺。

电脑屏幕上，陈瑜低头："那就开始吧，咳，我把刚才大家的建议总结一遍。"

私聊框浮出一行字：

先生，需要我跟阿姨说节日也上班吗？

孟峰立刻反应过来，坐直了，上半身挡住镜头，确保人人只能看见他。

他面带微笑地听完意见，条理清晰地给完指示，手指摸到键盘，给陈瑜回：

不用，我自己收拾。

陈瑜：嗯嗯好的。

上班卖命，下班还要干家务。

所以说不是谁都有这个精力当总裁的。搞得他女朋友天天说他，人家那么忙都陪老婆孩子，他一个秘书就不能学学？

陈瑜觉得他最多只能收拾猫，扫地洗碗他真不行。

十分钟后，孟峰终于开完会，深吸一口气。

转过头，他背后的地板上一片狼藉，没搭完的乐高积木、变形金刚、小火车、拼图、空调被，还有不知道是孩子的还是狗的口水巾、装着辅食的小碗，七零八落五颜六色，跟垃圾场一样。

今天元宵节，阿姨还在放假没过来，下午叶碧给客厅大扫除，席桐和孩子就在他书房里玩，看这样子还在木地板上枕着衣服睡了一觉。

这现场还不算惨烈，席青律刚满月那会儿，他们满床都是孩子的东西，孟峰也不知道小婴儿怎么会有那么多东西，他怎么收拾都收不完，最后洁癖都给扭过来了，习惯了衬衫被小狗爪子抹上奶渍，领带被小狗咬得坑坑洼洼，夜里三点从床上爬起来抱着小狗撒尿，早上来不及刮胡子，先把尿盆给倒了，仿佛又回到了二十年前在贫民窟里的生活。

他和席桐坚持要跟孩子睡一屋，阿姨夜里少有用武之地，拿着工资有点惭愧，就白天带带，但孟峰时不时就抱着儿子去上班，她挺闲的，跟亲戚朋友聊起雇主，都说看不出来一个有钱的大男人那么在行，连把尿都自己来，那手法，一拎一提行云流水，好像操练过几百遍。

一传十，十传百，ME 的股价又噌噌地涨了。

席桐的小金库也增值了，越发觉得狗男人挺有用，上得厅堂下得厨房，她不愿意干的活都能干，只要床上哄哄他，他毛就顺。

孟峄干了一天活，饿了，客厅饭菜的香味飘过来，魂都给勾走，一闻就知道是席桐炸的糯米圆子。

他扔了西装，收拾了地板，穿着皱巴巴的衬衫去吃饭，叶碧刚把饭菜端上桌，门铃就响了。

席桐请了同事以及六中几个老师来家里吃饭，还有牛杏杏，小姑娘现在营养好，个子蹿到一米六了，一进门就喊孟先生好。

客人轮流逗孩子玩，小东西精力充沛，给那个阿姨抱一抱，这个姐姐摸一摸，嘻嘻哈哈地笑，小酒窝甜得让孟峄看了心花怒放，抱在手里左亲右亲，上捏下捏，席桐要接手他都说再抱一会儿。

一桌菜很快吃完了，端上主食，孟峄喜欢吃饺子，就着茅台一连吃了好几个，看得席桐直拍他："喂喂，你不是要身材管理吗？吃这么多！"

一个老师笑着说："叶老师，你家姑爷外国来的，也能喝白酒啊。"

孟峄喝酒不上脸，但已经有点晕了，把孩子给外婆抱，搂着席桐小声说："饺子里有硬币，我想要硬币。"

他的眼睛亮亮的，满是期待，席桐想，他真是喝多了。

她不让他再吃饺子了，这么喝下去待会儿说不准要吐，便拿勺子盛了一个汤圆，掂量掂量，觉得挺重的，舀到他碗里："吃完这个就不吃了，去醒醒酒。"

他软乎乎地应了一声。

大家都笑了，稀里呼噜吃起汤圆。席桐拿手腕碰了碰他的脸，很热，问他："你吃了几个饺子？什么馅的？"

孟峄说："七个半，韭菜猪肉馅两个，白菜羊肉馅两个，大葱牛肉馅三个半，还有半个给律律了。我没醉。"

"那你记不记得我妈把硬币放哪里了？"

孟峄想了想，摇摇头。

"我跟你说过哎，帮你作弊你都不记得。"

孟峄又想了想，悄悄跟她说："那你再告诉我一次好不好？"

席桐往他碗里的汤圆瞄，他迟钝地眨眨眼，她只好拿勺子戳了一下那只白白胖胖的汤圆，也在他耳边悄悄道："你吃吃看嘛。"

孟峄尾巴都要竖起来摇摇了，亲了她一口，兴高采烈地用筷子扒开汤圆，黑色的芝麻馅汤圆皮薄个大，扒了一半都没看见硬币，眼里的光瞬间黯淡下来。

席桐咳了一声："没办法，估计错误，你这只挺重的，我以为在里头呢。"

虽然是老套的习俗，可他好像特别在意，她鼓励他："再吃几个吧，一定能吃到。"

孟峰一鼓作气，再而衰，三而竭，吃了三个就放下筷子："我不吃了。"

席桐咬着勺子含糊叹道："看来你没这个。"

"嘎吱"一下，大板牙被硌到了。

她愣了一秒，瞅瞅周围，见大家都在埋头苦吃，便拿起孟峰的碗，把嘴里的硬币吐出来，叮的一声，然后眼疾手快地把碗塞到他手里。

"我就说你能吃到！"她清清嗓子，大声宣布，"我们家孟先生吃到硬币了！"

大家纷纷抬头，笑着鼓起掌来："孟总果然好运气！这一年都顺顺利利的！"

席桐又站起来，牵着他的手笑眯眯地说："我们家孟先生是世界上最最最有福气的人，一辈子都会平平安安的，是不是呀？反正今年的业绩你就不愁了，天上会掉钱在你嘴里的！"

孟峰望着她，反应慢了几拍，忽然看大家都盯着自己，摸摸自己的脸，烫的，眼眶也有点发热，很淡定地说："不好意思，我喝多了。"

牛杏杏捂着嘴偷笑，叶碧慢悠悠地给自己倒了杯茶。

孟峰坐不下去了，他浑身都热，又说了声抱歉，走出去几步，又折回来，把碗里的硬币攥手心里，去洗手间醒酒了。

他在洗手间待着，好像只过了一会儿，又好像过了许多年，一时间不知道自己处在电影的哪个片段，是在加拿大，还是在中国？

外面窸窸窣窣的声音，是在下雪吗？

时空交错，镜子里出现一张沧桑的女人脸，他伸出手，那张脸露出一个微笑，然后像水汽一样消散了。

水花扑在脸上，他清醒过来，却想不起这张脸的样子，只能从记忆中一块一块地拼凑。她的额角应该有一条疤痕，是被男人打的，她的鼻子很挺，被恩客说过洋气，嘴唇总是翘着的，上面有一块暗紫色的疤，那时她深夜回来，喝了一口他煮的饺子汤，喝得很急，下唇被烫破了，一直到他离开家的那天都没好。

她从来不说疼，但他知道她肯定很疼，那一身的伤，她从来不让儿子们看。他把最后一只破破烂烂的饺子盛出来，她肿着腮帮慢慢地吃，看着碗底攒下来的五分硬币，摸摸他的脑袋，什么都没有说，也没有惊喜地笑。

雪夜的温哥华很冷。

元宵节的银城很暖。

孩子在外面喊着妈妈，嫩生生的小嗓门，像枝头和新芽打招呼的小鸟。

五角硬币静静地躺在台子上。

孟峄闭上眼睛，对那张模糊的脸说：

"妈妈，我当爸爸了。"

谢谢你给我生命。

当初你养活我们，一定很累。

送走了客人，叶碧帮女儿拖完地，也回家了。九点半，席桐哄睡了儿子，想起书房还没收拾，过去一看已经干干净净了，就心情甚好地洗完澡躺上床。

孟峄一个接一个电话，她趴在床上听他讲英语，当练听力，听了一段就心不在焉地戳戳这里摸摸那里，还摸上脚背了。

他轻拍一下她捣乱的手，陈瑜的电话打进来，说他们的金牛肖纪念品靠王秘书原来在原野制药的关系送了一百多个大客户，供不应求，今年得多做一批金虎。

席桐摸上瘾了，他脚背的皮肤滑滑的、白白的，透着青色的血管，又美观，手感又好。

孟峄被她撩得气血上涌，脱口道："那就叫厂家参考去年的金牛牛——"

"哈哈哈哈哈哈！"

席桐爆发出一阵大笑，在床上滚来滚去："叠词词，恶心心！"

果然奶爸的身份是无法隐藏的。

孟峄气急败坏地挂了电话，扑上去咬她："再笑？"

她笑得停不下来："孟总，你要社会性死亡了，明天去公司怎么办啊？我替人尴尬的毛病又犯了，哈哈哈！"

他吻住她的唇，手掐她的腰眼，她痒得发慌，笑声全被他吞进喉咙里。

"我听说有人掉坑里去，一边洗澡一边说自己好脏，这事都出圈了。"

"那还有人和掉过坑里的女朋友——"

他知道今天不能放过她了，就是惯的，什么话都敢对着他说，当下对着嫣红的唇瓣咬了几口泄愤，凸起的喉结上下滚动，像头饿了几天的狼。

她嘶地吸了口凉气，瞪他："你属狗的！喂！"

孟峄撑起身子，在台灯暖橘色的光芒下捧住她的脸，那么清晰，那么近。

他突然笑开了，抱着她在被子里翻滚，每一寸肌肉都是紧绷的、热切的，仿佛是个初尝滋味的少年人，有用不完的精力。

闹了一通，席桐有些困，搂住他的脖子，断断续续说着话。他都听进去了，手指描摹着她的眉眼："是吗？那我们每年都在一起，每年都团团圆圆……"

窗外有什么声音轰隆隆地响了起来,一丝凉风灌进玻璃窗的缝隙,湿润的水汽在夜色中潜滋暗长。

雨水节气过后,今年的第一声春雷在正月十五的夜里奔腾而至。

她听到了,亮晶晶的眼睛眯起来,发出一声悠长的叹息:"春天终于来了呀!"

"嗯,来了。"

理想宫

EXTRA 番外五

2028 年春，法国西南。

天刚蒙蒙亮的时候，1 路公交车携着天边几朵暗蓝的云彩，火箭般驶过菜市场、咖啡馆和面包店，一个急刹停在波尔多火车站前。

"大家赶紧下车！"

司机大叔扯着嗓门催促乘客下车，拖着行李箱的男女老少像罐头里的沙丁鱼一样被倒了出来，喷涌向火车站大门。

最后下车的是几个黑发黑眼的亚洲人，两个戴黄帽子的小孩儿正努力把自己的箱子往车下推，一位女士在人行道上接箱子。五个箱子刚刚落地，司机利索地把门一关，一溜烟开走了。

女士抹了把额上的汗，带着两个孩子往前走："饿了吗？妈妈去麦当劳买个汉堡？"

"又贵又难吃，就这还敢收十欧元？"七八岁的小男孩瞟了眼麦当劳外的海报，"我们不如去面包店买几个三明治，在车上吃不会弄脏座位。"

听到三明治这几个字，席桐的笑容不可避免地僵了一下。

"让你爸去！"

话音未落，她身边的小姑娘忽然响亮地叫起来："爸爸！爸爸落车上了！"

席桐一拍脑门，她就说少了点什么！

她前天开始休年假，孟峄早就制定好了旅游路线，等她一下班，接了俩孩子放学，一家四口就直奔机场飞往法国。私人飞机只飞到波尔多，后面的行程都是怎么粗糙怎么来，美其名曰培养孩子的自理能力和节约意识，没想到刚下飞机，就把大人给丢了。

孟峤在飞机上开了六个小时视频会议，上了大巴不免困倦，上面乘客又多，席桐带着孩子们在前一节车厢坐着，他被挤到后一节车厢，不晓得是趴在行李架上睡着了，还是半途被法国老太太牵的狗给挤下去了，反正下车那会儿没看见他人影。

席青律和孟佳音年纪都小，席桐不可能让他们站在原地等，她觉得孟峤都三十几岁的人了，不会这么容易弄丢，就先带着孩子走去火车站旁的长途汽车站。现在是早上六点多，离汽车出站还有一个小时，孟峤肯定能在出发前赶回来，和他们一起去里昂。

第一个旅行目的地非常偏僻，依靠公共交通要转好几趟车，到了里昂，还要坐火车，坐大巴……她一想到孟峤规划的路线，就有点头疼。

在乡镇地区不开车自驾游的后果，可以简要概括为两个字——折腾。

长途车站已经停了好几辆车，席桐让司机阿姨帮忙看着小朋友，自己走回火车站找人。

十分钟的时间里，天色已经从深蓝变成了浅灰，东边露出了一抹淡红的霞光，一群白色的海鸥从加龙河畔飞来，掠过春日新绿的树梢。

席桐去摸手机，摸了个空，才想起小腰包上车前扔给孟峤了，没法打电话。她在麦当劳门口等了一会儿，还是不见人影，正有些心焦，余光突然瞥到一抹红黄相间的亮色。

那是条被风吹得翻飞的格兰芬多围巾，戴它的人穿着黑色风衣，坐在公交站下的长椅上，看背影像在打盹儿。

她蹑手蹑脚地走过去，捂嘴偷笑，轻拍了下他的后脑勺。

孟峤一个激灵，瞬间在长椅上坐直了，手里还抓着手机，无数条消息在屏幕上闪。

他回头，看清了面前的人，黑发在清晨的雾气里顺从地垂下来，长长的睫毛也耷拉下来，遮住了眼里的血丝，突然想起什么，变戏法般从身后拿出一个火腿三明治，献宝似的递给她，笑得很开心：

"桐桐，你饿不饿？"

她是不是没跟他说过不喜欢吃三明治啊！

"你跑哪儿去了？"

孟峤说："公交开到共和国广场，上来一个牵着阿拉斯加的老太太，狗太大，把我从后门挤下去了。我打车过来，到得比你们早，不小心睡着了。"

"……"

还真是被狗挤下车的。

席桐用两只手捏他的脸，扯了扯："你公司的事都办完了吧？"

"办完了。"

"走吧，上车睡。"

她试图把他从长椅上拉起来，冷不防被一股力道带得坐了下去。

孟峰用手臂圈住她，报复性地把她软乎乎的脸捏得皱巴巴，在唇上咬了一口，低声威胁："不许嘲笑我。"

席桐笑得更欢了。

他把头埋在她颈窝里，羊毛围巾暖暖的，蹭得皮肤有点痒，"你要是不喜欢吃火腿三明治，我还买了金枪鱼、鸡蛋、奶酪的，快点夸我。"

席桐一头黑线，推开他："少撒娇，走了，孩子在车上等。"

孟峰无辜地拎着纸袋，亦步亦趋地跟在她身后。

席桐三两口把火腿三明治解决了，一回头，哭笑不得："我扔个垃圾，你怎么也跟着我？跟可可一样。"

孟峰才注意到她是朝垃圾桶走，咳了一声，没想出来要说什么，等走到长途车站，才想起来："我担心你又把我弄丢了。"

换成席桐语塞。

她叹了口气，让他牢牢牵住左手，孟峰心满意足地笑了。

两人上车后，车里已经坐了一半旅客，手上都拿着一张纸，有些人已经填好了，从后往前传给席青律。

孟峰："律律？"

"哦，我在做市场调研。"

孟峰半信半疑："什么市场调研？"

孟佳音用一种"你怎么这个都不懂"的目光望着她爹，解释："哥哥以后要开甜品店，全球连锁的，所以要在来玩的时候采访……"

"这个不叫采访，叫调查当地消费者需求。"席青律嚼着三明治，头也不抬地说。

有乘客冲孟峰竖起大拇指，孟峰摸摸儿子的脑袋，很欣慰："妈妈教得好。"

席桐："我也不知道他带了这么多问卷，难怪箱子这么重。"

孟峰在她身边坐下，拿起那问卷，都是些很简单的问题，例如"您多久购买一次甜品""您经常光顾哪几家甜品店""您喜欢的甜度"等等，但是对一个七岁的儿童来说已经很不错了。

有想法。

不愧是他们家孩子。

孟峥骄傲地坐在椅子上，又把头昂得高了些，伸了个懒腰，手背砰地一声撞到储物架。

……好疼。

席桐鄙视地瞧他一眼，给他吹吹手。

大巴一路向东开出市区，太阳从车头升了起来，万道金光照耀着广袤的葡萄园，景象无比壮丽。她正想叫孟峥给自己和旷野拍一张合影，发现他又睡过去了，面容在颠簸的车厢里十分恬静，嘴角还带着笑意。

六个小时后，车到达了里昂市，接下来的旅程比较辛苦，一家人决定吃点好的。晚餐轮到孟佳音请客，她过年从闻阿姨那里拿了很多压岁钱，手笔很大方，直接打电话订了个高档餐馆，四个人不带酒水吃掉了四百多欧元，孟峥都有些看不下去。

不过女儿除了花钱如流水，这趟出来没惹是生非恶作剧，他已经很欣慰了。

在城中住了一晚酒店，次日早晨五点就要赶火车。小孩子们精力旺盛，在车上一点也不困，跟刚认识的小朋友玩得兴致高涨，席青律顶着一张天使脸哄新朋友一家老小给他填问卷，满头银发的奶奶还激动地要告诉他制作牛奶布丁的家传秘方。

车窗外一片宁静祥和，明晃晃的池塘嵌在规划整齐的绿野中，让人想起江南的水田，平原上偶尔闪过几棵高大威武的橡树。火车经过几座古老小镇时，天完全亮了，湛蓝的苍穹仿如深海中浸润的宝石，纯净剔透地悬在大地上空。

然而在圣瓦利耶下了火车，四人就完全无心赏景了。

——太冷了。

席桐觉得自己要冻成狗了。

四月下旬，这个小镇早晨的气温只有三摄氏度，大家都穿得不够多，得在这里等七点四十五分的公交去村里，简直度秒如年。

"爸爸，你不是来过这里吗？怎么不提醒我们呀。"席青律抱怨，把他妹妹搂着，两个人哀怨地看着孟峥。

"那你为什么不查天气呢？"孟峥说，"爸爸只负责给你们订交通住宿，自己的衣服要自己准备。"

"我看见你给妹妹叠衣服了。"席青律显然不信他这套。

"她才上幼儿园，你都快二年级了。"孟峥理直气壮。

席桐把他拉到一边："你真没带厚衣服？"

"我确实忘了。"他有点尴尬，"我八年前来的时候没这么冷，可能是现在的环保政策落实到位,全球变暖有所减缓吧。"

只有一条羊毛围巾,得省着点用,他环顾四周,把风衣的扣子解开,做了个过来的手势。

席桐嗖地一下就钻进去了,瑟瑟发抖:"好冷,冷死了。"还把冰冰凉凉的手掌伸到他衬衫里面,温暖的肌肉热度让冻僵的手指舒服多了。

孟峄被她上下其手地摸了一通,皮肤冷得厉害,心口却烧起来了,一下子摁住她乱动的小鬼爪,用风衣裹住她的身子:"别动!"

然后把围巾给她围上去,两个人拴在一块儿,生动形象地演示了什么叫"一条绳上的蚂蚱"。

蚂蚱甲谆谆教诲:"律律,你们上课学过,一天之中最热的时候是下午两点,最冷的时候是日出前。现在太阳已经出来了,再过半个小时,温度就会升上来。如果你还冷,可以绕着那栋楼跑步,爸爸小时候就是这么练习的,对身体很有好处。"

孟佳音指着火车站对面的旧楼,投来怀疑的眼神:"就这?"

"就这。"孟峄说。

灰色的楼门紧闭,无人在里面办公,院门是开的,粉紫的野花攀缘在水泥外墙上。

蚂蚱乙附和道:"妈妈上小学的时候也要晨跑,小朋友跑一跑对健康最好了,尤其是这山里头,空气清新,景色优美,真是赏心悦目啊,比操场爽多了。可惜大人跑步对心肺功能没什么作用,不然我也跟你们一块儿跑几圈。"

席青律和孟佳音商量了几句,做了个"OK"的手势,就手拉手跑到院子里,开始绕楼慢跑。

蚂蚱甲:"小心脚下的石头!"

蚂蚱乙:"妈妈给你们拍照留念,对,继续继续,不要停。小孩儿屁股三把火,再跑一圈就热乎了。"

两只小蚂蚱绕着楼蹦蹦跳跳,一口气三五圈都不累,跑一跑过来吃两口牛肉干,到最后就蹲在草丛里玩了。

"他们在看什么花?"席桐疑惑。

院子里草木茂盛,这样大的昼夜温差,植物都没被冻死,甚至还有皓白如雪的花朵从宽大的绿叶间冒出头。

孟峄抱着她,两个人依偎在一起,懒得走过去,打开相机,把镜头拉到最大,只见淡绿的茎像熟透的麦穗一样垂下来,一排铃铛型的小花整齐地悬坠着,分外莹洁可爱。

"是铃兰啊！"席桐认出来，高兴地道，"也对，这个月份铃兰都开了。你会不会唱那首歌？就是将《莫斯科郊外的晚上》曲子改编成法语的，可好听了。"

还有十天就是五一国际劳动节了，这一天同时也是法国的铃兰花节，人们会互相赠送这种代表幸福和希望的小花。

孟峥想了想，"你说的是 *Le Temps du Muguet*（《铃兰时节》）？"

席桐又不懂法语，管它叫什么，她就是想让孟峥唱歌。

孟峥可不想丢脸，他做家务行，唱歌跳舞真不行，心生一计，招手让孟佳音过来："爸爸考考你，三分钟学首歌。"

孟佳音懒懒散散地接过手机，煞有介事地滑动屏幕，掀起眼皮看了几段歌词，播放了歌曲开头，清清嗓子："听过，用不了三分钟。"

女儿的乐感很好，席桐是知道的，却不料她小小年纪就有这个歌星气场。小丫头找了块大石头站上去，抬头挺胸，摘了朵野蔷薇当话筒，当下就开始调出伴奏用法语唱了。

稚嫩而清脆的歌声在空旷的地面回荡，晨风吹动云层，拂过灌木，那些洁白的花朵随着音乐摇头晃脑地跳舞，仿佛陶醉在美妙的音符中，有人类听不见的风铃声叮叮当当飘到远处的麦田去。

铃兰花香今又闻，
犹如老友再相逢，
塞纳河畔见君来，
长凳有我为你等。
铃兰花谢香犹存，
你我唯有情永恒，
口中爱曲时时唱，
心上恋歌清又醇。

"嘟——嘟——"

两声喇叭从火车站旁的公路尽头传来，席桐伸长脖子，看到正是他们要坐的公交，赶紧从孟峥的风衣里钻出来，把五个行李箱聚在一起。席青律摘下醒目的黄帽子，冲着驶来的车兴高采烈地挥动。

"宝贝，我们上车了。"孟峥喊女儿。

"我还没唱完呢！"

孟佳音一点也不着急，坚持站在石头上把最后一段唱完，眼看大巴车停了，爸爸妈妈哥哥都上了车，她才收了嗓子，晃着羊角辫儿慢悠悠地走过来。

司机是个金发大妈，听到小姑娘唱歌，赞不绝口："这孩子唱得可真棒！"

孟佳音不卑不亢地说谢谢，公主一样优雅地提着裙子登上车。

席桐也不知道她怎么这么有艺术家范儿，她怀孕时也没听太多歌做胎教。

孟佳音坐到司机大妈后面的座位，歌兴大发，问司机是否能唱，得到答复后就一首接一首开始练嗓子。

这班公交往返于镇村之间，今日只有两班，车上仅有他们四个乘客。大妈头一次见到这么能唱歌的小朋友，和两个孩子不停地打趣说话，不时被逗得哈哈大笑。

村子在山里，车沿着盘山公路上行，峡谷风光尽收眼底。拐弯时可以望见山谷里鳞次栉比的房屋，和皖南山区的黛瓦白墙有异曲同工之妙，密林小水潭边矗立着欧式城堡，和童话书里的插图一模一样。

开了约莫四十分钟，经过几个小村落，一行人终于到了穷乡僻壤的霍特利菲。

车停在村政府的小广场上，下来没走几步就看到了景点的蓝色牌子——

Le Palais Idéal, Hauterives（理想宫，霍特利菲村）

"到了到了！"

席桐精神一振，拉着行李箱一路小跑，浑身都是劲儿。

这个村庄特别小，外沿很多房屋在修缮，搭着木头，几个戴头盔的工人大叔端着咖啡，对游客司空见惯，爽朗地向他们打招呼。

孟峄上前询问，得知他们来得太早，景点九点半才开门，不如在旁边的咖啡厅里先坐坐。

咖啡厅是他八年前来过的那家，老板还是原来的，竟然还记得他，看他拖家带口过来玩，颇有时光飞逝之感。

在外人眼里，孟峄这些年没怎么变，若说他变了，就是变得更有烟火气了，看上去没那么冷。

他抿着咖啡，听老板掰扯家长里短，大儿子闹离婚一地鸡毛，二儿子换工作奔波在外，小女儿去西班牙领养孩子，老伴做了心脏支架手术正在修养，天天骂他做的饭难吃……南法的村民热情淳朴，不见外，话题聊开了就把人当兄弟，什么都愿意说。

"你运气真好！"老板感叹。

孟峄觉得自己的确运气好，有时候想想，好像前头的二十几年都在为后面的大半辈子做铺垫。他听过一个理论，似乎是中国古代一个姓李的哲学家提出的：幸运和灾祸会相互转化，世上没有什么一成不变。快过不下去了，说明福气在后头；做什么都顺利，很可能下一步就要栽跟头。

对于过往的经历，他已经没有什么不满和质问，当下拥有的一切都让他心怀感激。

席桐在餐桌上和孩子们就着热饮瓜分一条隔夜的长法棍，三个人用力咬着坚硬的面团，累得腮帮子发酸。她嚼着嚼着，听到孟峥的笑声，目光往吧台一转，不懂他们在说什么，自己却也跟着乐起来，用沾着熟面粉的手从腰包里掏出一把钥匙，上面串着一枚金色的硬币。

她还记得很久以前孟峥跟她告白那天说的关于钥匙串的话。

阳光下，硬币上的城堡光亮如新，边缘的法文字句被摩挲过无数遍，几个字母有些模糊，但她闭上眼睛就能念出来。

热巧克力流淌在嘴里，甜甜的，心脏也暖洋洋的。

这座城堡如今与她只有一街之隔，她好像在做一个很美丽的梦。

竟然都这么多年了。

日头渐高，来到村庄的游客逐渐多了起来，景点管理员打开门，开始一天的工作。一家人在咖啡厅填饱肚子，把箱子留在吧台后，轻装上阵，待远远看到绿树掩映间的建筑物，席桐不禁惊叹了一声。

这是一座怎样的宫殿呢？

它完全不像北京的故宫、维也纳的霍夫堡、巴黎的凡尔赛宫那样恢宏盛大，没有鲜艳富丽的碧瓦飞甍、金砖玉阶，也没有精妙秀雅的喷泉花圃、九曲回廊。它的身躯是用灰色的朴素材料堆积而成的，是这片土地上曾经存在过的一个人用辛勤的汗水、长着厚茧的双手垒起来的，构成它的石块像天上的繁星一样数不胜数，塑造它的纹路像海水的波涛一样千变万化，石灰砂浆汇聚成一艘壮观辉煌的大船，在历史的银河中现出全貌。

人们看到它的第一眼，就知道它为什么配被称为"理想"——这是人类劳动成果的壮举，从东面狮子与狗环绕的"生命之源"喷泉开始，到北面西角雕刻的章鱼完工之时，整整过去了三十三年的光阴。

而在一百多年前，这些艰苦劳作的一万多个日夜、九万多个工时都是由一个怀揣梦想的普通村民独自完成的。

与来这里参观的大人不同，小孩子们大多不懂建筑背后的意义，更加被妙趣横生的雕塑吸引，一眨眼的工夫，席青律就带着他妹妹跑到建筑西面去了，惊叹声此起彼伏：

"这是印度神庙！"

"哇，这个是美国白宫！"

"这边还有清真寺和中世纪的城堡哎！"

"设计师都去过这些地方吗？要不怎么能做出来？"

孟佳音十分淡定的声音传来："肯定没有，你看这个白宫，雕得和电视上一点也不像……"

那边有导游已经在理想宫的入口处开始讲解了，孟峰赶紧把两个瞎叫唤的小孩儿叫回来，"不听就不听，大声嚷嚷干什么？"

席青律吐吐舌头，"导游叔叔法语说太快了，听不懂。"

这个景点非常小众，来玩的基本都是周边省份的法国人，导游说话就像唠家常，还带着南方口音。

"爸爸，你给我们讲讲嘛。"孟佳音趴到她爹膝盖上，蹭来蹭去。

孟峰对女儿撒娇一点辙也没有，连声音都变温柔了，把她抱起来亲了一口，用讲故事的语气娓娓道来："很久很久以前，这个村子里生活着一位叫费迪南·舍瓦勒的邮差先生。1879 年 4 月的一个清晨，邮差送完信回村，走在开满鲜花的小路上，突然被什么给绊了一下，他差点摔倒了。"

"啊，他一定是送信太累了！那个年代没有汽车，只能用脚走。"席青律露出同情的神色。

"但是 1830 年国家就为邮差配备了自行车，我猜他骑车上班。"孟佳音说。

孟峰都不清楚这个，问她："你怎么知道？"

"刚才导游说的呀，世界上第一辆原始版自行车是法国人发明的，1868 年举行了第一次自行车比赛。爸爸，我也想要一辆自行车，骑起来比摩托车还快的那种，颜色要深蓝，看上去很酷。"

孟峰有些惊讶，法语的数字一般大人都要想几秒钟才能翻译出来，她居然听得这么清楚。席青律更是一副比法国导游还骄傲的表情，脸上写着几个大字——"我妹就是厉害"。

"宝贝儿，没有那种自行车，你可以试试咱们市的共享电瓶车。回头你问杏杏姐，能不能把她那辆小蓝车给你。"席桐插嘴，"孟老师，继续上课吧。"

孟峰清清嗓子，瞥了眼手里门票上的说明文，"绊倒邮差的是一块石头，形状十分奇异。一般人遇上这种事，会抱怨几句，但他没有。可能是春天的景色太美，早晨的阳光太灿烂，让他产生了一种放松的微妙感觉，他看到这块石头，突然想起了小时候的一个梦想——他想拥有一座美丽的宫殿。这个念头像被施了魔法,一直在他脑海中盘旋,很快他就决定,要从现在开始修建那座宫殿,把送信之外的所有时间都用来完成这个梦想。"

"他知道他的宫殿长得什么样吗?"席青律望着眼前的大型灰白色建筑,疑惑地问,"我是说,难道他小时候就已经想好了,要建一个喷泉、三根柱子、几只动物?可我怎么就想不出来,我以后的甜品店要弄什么样的装修、大厅要放多少张桌子椅子?"

席桐笑着解释:"做一个艺术品,是要从生活中汲取灵感的,你还小呢,邮差先生决定开始搞副业的时候,已经 43 岁了,有很丰富的人生经历。正因为他是一个邮差,每天要走四十公里路,观察过春夏秋冬的美景和自然界的动植物,而他送给村民们的东西,是信件。你们想想,信封上有什么?"

"邮票。"孟佳音立刻说。

"对,邮票是不同省份、不同国家的代号,上面有各种各样的标志物,邮差天天看这些,当然会借用它们来装饰自己的宫殿。除了信件,他还运送带有插画的杂志和 19 世纪发明的明信片,如此一来,就有了源源不断的素材。他带着一辆小推车,专门用来在送信的途中收集奇特的石头,就这样日积月累,他获得了足够多的灵感来源和建筑材料,每天都想多建一点,建得更漂亮、更独特一点。"

孟峰接着她说:"可想而知,对于一个没有接受过高等教育和长期技术培训的村民来说,这个工程有多困难。村民们认为他异想天开,他听到的只有冷嘲热讽,可他觉得他的梦想比外界的评判重要得多,于是日复一日地劳动,从未懈怠。他陆续建造了微缩版的洞穴、城堡、巨人、动物,融合了亚洲、欧洲、非洲和美洲的历史宗教文化,等到全部建完,19 世纪已经过去了,人们迎来了 20 世纪的第二个十年,他也已经是 76 岁的高龄了。"

"这座宫殿是一个普通人的心血,他甚至给自己造了一个坟墓,希望死后和妻子埋葬在宫殿里。当时公共卫生的法规不允许他这样做,他并没有气馁,而是又花了 8 年时间在村里造了一座更独特的墓,4 年之后,他安详地去世了。"

孩子们听得纷纷感叹,万分佩服门票上印的这个瘦削、平凡的邮差。

"老人家这辈子没白活。"席桐动容,"很多人童年说要当科学家、当建筑家,长大了都变成一样的打工人,下班躺床上刷刷手机,找个对象结婚,拉扯孩子长大成人,平时刷刷剧打打牌,一辈子就稀里糊涂过去了,哪还记得小时候许过什么愿望。"

太阳被云朵遮住,林子里起了微风,孟峰指向前方的三个抽象版巨人立柱,"这是恺撒大帝、阿基米德和古代高卢人的首领维钦托利,他们左边就是放手推车的壁龛,你们要不要去看看邮差先生当年用来收集材料的小推车?"

席青律和孟佳音眼睛亮了,嗖地一下跑过去,朝石窟里探头看:"在哪儿?在哪儿?"

两个孩子和几米高的巨人比起来,实在是太小了,像两只到处蹲的圆滚滚小仓鼠,着实可爱,席桐忍不住拍了好几张照片。

孟峥偷偷扯她的袖子。

"嗯?"

趁孩子们看得起兴,他拉着她走到北面,示意她抬头看。

这里是工程结束的地方,花样颇多,可以见到鹿、蛇、凯门鳄、凤凰,还有一个希腊神话里的牛头人身怪。最下面是城堡式的红色石门,灰石子一层一层整整齐齐地垒起来,形成拿破仑蛋糕般的墙面,再往上是方形的露台窗口,四根粗大的圆柱撑起了屋顶。

窗下刻着一行字:

"D'un songe j'ai sorti la reine du monde.(我从梦中,带出了这个世界的王后)"

席桐轻呼出声,摸出口袋里的纪念币,眼睛忽然湿了。

孟峥从身后环抱住她,吻了一下她的脸颊,虔诚地低语:"桐桐,我把你从梦里带出来了。"

风拂过发丝,带着淡淡的铃兰花香,四月阳春,风光旧曾谙。

周围的一切声响好像在刹那间消失了,只有脉脉春风撩拨着心弦。他的体温暖融融的,呼吸触在脖子上,咫尺相闻。

"突然想吃蛋糕了。"席桐侧过脸,握着他的手,摇啊摇,"下个月律律过生日,我们订一个小牛坐在卷心菜上的蛋糕好不好?还要放上一只坐在玫瑰花上的小龙,一只小老鼠,一只小猴子……"

"嗯……"

"妈妈!我要翻糖蛋糕,翻糖的!"席青律的大嗓门传过来。

小家伙耳朵可尖了,好不容易支开他们一会儿,计划泡汤,孟峥有点心累。

"看订不订得到啦。"席桐无奈。

孟佳音对于她哥这种一听见食物就激动的行为很鄙视,大声抗议:"你们怎么都不认真参观呢?在这里谈吃吃喝喝,太不尊重艺术家劳动了,放在我们班是要扣小红花的。"

说完眼睛朝她妈瞟,席桐一看女儿这小表情,就知道她要放大招了,给她递个话筒:"那么,孟女士,通过仔细的实地调研,你对这个建筑物有何高见?"

孟佳音讲话要找个高的地方站着，退后一步踩上石头，昂着头给大家讲哲学："我认为，这个建筑师是一个生活很幸福的人，只有很快乐很舒服，才能坚持造几十年的房子。我还看到他在墙上刻了许多句子，他每天建房子这么累，还能写这些鼓励自己，说明他的内心很强大。我们老师说了，内心强大的人是不缺爱的，所以邮差先生在生活中一定拥有很多很多爱。"

席桐和孟峥对视一眼，果然小朋友的想法和大人不一样。

你要是问一个业余作者："你为什么要写小说？为什么能一直写？"人家多半会回答你："因为工作太苦了，太身不由己了。"

放在孩子这里，就变成了："因为我喜欢这样，我身边人都支持我这样做，我没有顾虑。"

席桐觉得幼儿园对女儿的教育有点太理想化了，然而，作为四岁的孩子，该让她过早地了解生活不是充满爱的吗？

孟峥已经开了口："宝贝，你的逻辑非常清晰，爸爸很惊讶你现在就能想到这些。但人和人是不一样的，每个人都有不同的生长环境和不同的性格，这决定了他们的想法也不同。事实上，大部分情况下，是痛苦、悲伤、愤怒催生了一件无价的艺术品，而非高兴、幸福这些正面心理。由负面情绪衍生出的作品往往比由快乐衍生出的更令人印象深刻。"

他不知道女儿能不能全部听懂，但以她的记性，听过就不会忘，"你和哥哥从小衣食无忧，比其他孩子有更多的选择余地，你们班上的小朋友也一样，要什么有什么，从来不知道什么叫痛苦，你们都是在悉心爱护下长大的。老师之所以这样说，是希望你们在这种先天优越的环境下培养出强大的内心，无论贫富，一个健康的人都应该有坚强的品格。"

"你的推论反过来了，不是生活幸福、充满关爱必然导致一个人内心强大，以至于他有足够的意志力完成自己的理想，而是正因为有了强大的内心，生活才会变得更好、更有价值。"

孟佳音理解得有些吃力，席青律拍手叫道："我知道是什么意思，我有个同学，家里特别有钱，爸爸妈妈爷爷奶奶对他百依百顺，但他成绩还没我一半好，整天就知道玩，上课也不认真听，还掀女老师裙子。我问他长大想干什么，他说继承遗产娶媳妇生孩子，一家三口一起打游戏，班主任都说他没救了。"

席桐："差不多就这个意思吧。不能溺爱小孩儿，你俩自制力还算不错，养废掉的小皇帝小公主可多了。"

孟峥继续说："首先，不是你们身边的每个人都会爱你们，对你们好。就算你再有钱，也买不来所有人的满意，因为人和人之间天生就有一层隔阂，就算是父母和子女也不能完全体会到对方的想法。当你想要做一件事，很可能不会获得所有人发自内心的支持，这时候，你们要怎么办？"

"做啊，管别人的想法干吗，干活的是我，又不是他们。"席青律摊手。

"如果爸爸非常反对你开甜品店，一分钱都不给你，你开了店，我们就要跟你断绝亲属关系呢？"

席青律呆了几秒，"爸，你骗小孩儿的吧？"

孟峄道："你很幸运，妈妈和我还有妹妹都支持你的决定，但放在别的家庭，我说的这种情况就可能会发生。当不能温饱、生活拮据，梦想的分量就比不上一个面包，如果你坚持做梦，必然要比常人付出更多的汗水，活得更累，找更高效的谋生渠道。"

"所有兼顾面包和玫瑰花的，都是勇者。如果还能做到游刃有余，那就是万里挑一的聪明人。"席桐补充。

"理想宫的建造者家境非常贫穷，父母都是农民，他从小就漂泊在外，做过许多杂活，31岁才在家乡谋得了一份稳定的邮递员岗位，一干就是30年。他的第一个妻子和大儿子都去世了，和第二个妻子生的女儿也在15岁那年早逝，这样的经历放在任何人身上都是极度痛苦的。"

孟佳音瞪大了眼睛，这和她想象的一点也不一样。

"而费迪南·舍瓦勒生活的年代，也远远没有我们现在的中国这样稳定、繁荣。19世纪的法国，饥荒肆虐，疾病横行，君主制王朝走到了尽头，革命党和保王党斗争激烈，大批民众流离失所，如果你是一个农民，每天早上睁开眼睛，总是面临着同一个问题——我怎么干活才能喂饱一家老小？我怎么祈祷才能让上帝保佑我不在干活的时候一头栽倒？在家庭和外界环境严酷的双重压力下，还能发现生活中的美好，记得儿时的梦想，本身就是一个内心极为强大的人。"

"他可真伟大。"孟佳音感慨，"所以说，他并没有获得很多很多的爱，却创造了一座看起来很像儿童乐园的宫殿！"

"人类自古就善于在阴沟里仰望星空。"席桐说，"有梦想是非常好的事，生活很长，也很难，有时候要把梦想当成路灯，靠着它的光线往前走，你们要有勇气和毅力去实现它。"

她看着女儿稚嫩的脸庞和懵懂的眼睛，"爸爸妈妈跟你说这些，不是告诉你如果要当艺术家，想做出一番成就，就必须得经历很多苦难，而是想告诉你，人不可能在生命中每个时刻都开心快乐、一帆风顺。生老病死不可避免，飞来横祸不可预知，如果要让自己走得更远，就必须乐观、坚定、专注于目标。"

孟佳音想了一会儿，挠挠头："记住了。"

也不知道搞明白了多少。

孟峥带着三人绕过西北角的章鱼和凤凰，走过神庙、木屋、北非方屋和欧式城堡，进入清真寺旁的展示长廊。这部分空间在宫殿的底层内部，贝壳做的檐口线脚和挂灯相映生辉，飞禽走兽栩栩如生，形态各异的雕塑间穿插着建筑师当年刻下的文字，还有1904年格勒诺布尔的诗人埃米尔·帕拉萨克写的诗《你的理想，你的宫殿》，这座建筑因此而得名。

"你们看，他给参观的人写了好多话。"席青律发现了宝贝，伸出手小心翼翼地抚摸。

"这块石头总有一天会一鸣惊人。"孟佳音磕磕绊绊地翻译着，"通过建造它，我想证明意志的力量……要记住，你只是尘埃，而灵魂永生。"

她停了停，抬头说："妈妈，我如果认真练上三十三年架子鼓，是不是就能成为音乐家了？"

"嗯，你这么有天赋，说不定用不着三十三年。"

"那我保守一点，就算它三十三年吧，和邮差建宫殿的年头一样，等我当上音乐家，一定要来这里开音乐会！"

"这里能开音乐会吗？"席桐不太确定。

孟峥把旅游手册翻过来，"她看得还真细——'每年六七月份，理想宫在巨人脚下举办精彩音乐会，节目安排四月公布'。"

"我以后一定会成为艺术家。"孟佳音信誓旦旦地说。

席青律朝她做个了鬼脸："你先别让老师天天骂你不守规矩。"

"我不喜欢那个老师，我要换。"

一提到这个席桐就很头疼，孟峥给女儿找的音乐名师脾气都很大，女儿个性又强，一大一小坐在琴房里吵起来都是正常的。

"不准换，爸爸上次拎着月饼求老师给你上课的。"孟峥拉下脸。

"你把你不喜欢吃的五仁馅送他，他一个老外，也不喜欢吃啊。"孟佳音答得飞快。

孟峥："胡扯，爸爸什么时候挑过食？"

"你原来不挑食，现在挑了，我上个星期六看见你把妈妈做的油炸糯米圆子给倒了。"

席桐狐疑："孟峥？"

他被当面揭穿，有点尴尬，"油太多，真吃不掉了。"

"吃不掉你放冰箱啊？"

"都已经冻三天了。"

好像是，席桐没注意，剩菜平时都是他解决掉的："那倒了就倒了吧。"

孟峰想的是她以后别老做油多的菜，他都一把年纪了，身材管理要注意。

孩子们又笑又闹，一蹦一跳地上台阶，很快就蹿得不见影子了。夫妻俩乐得清静，慢慢地跟在后面，登上露台。生命之树旁静静地放置着一块石头，正是它在百年前的那个春天差点绊倒了回程的邮差，启发他建造了这座宏伟的梦中宫殿。

在它的周围，炮塔高耸，飞鸟停栖，鲨鱼遨游，一切都生机勃勃。另一端，石头垒砌的台柱顶部，有许多拿着武器的石头小人，仿佛在进行激烈的战斗，保卫城堡里的国王。

像是童话故事里才有的可爱小屋，只一眼就牵动心神。

席桐拍完照片，倚着石柱远眺。艳阳下，春日的乡野碧绿盎然，几行野鸽子飞过湛蓝苍穹，俯冲到麦田中和同伴嬉戏。侧耳听去，小溪流过岩石，哗啦哗啦地唱歌。

她歇了一会儿，转过头笑盈盈地望着孟峰，"你小时候有过什么梦想吗？"

他搭住她双肩，脑袋歪在她的头顶，"我妈妈说，希望我们家有一个警察，这样整条街都没人敢来欺负我们了。我自己么，从来没想过以后要干什么，和家人一起活下去就是最好的结果了。"

席桐理了理他毛茸茸的头发。

孟峰憋了好一会儿，终于闷闷地提醒她："桐桐，我不属猴，你记错了。"

她反应过来，原来他在说订蛋糕的事。

这也不能怪她，这年头没几个人记生肖啊！问她今年是鸡是狗都答不上来。

"我属羊，生日在农历年前。"

她讪笑着改口："哈哈，那我们订个特别大的蛋糕，把小猴子改成小羊羔，和小牛一起坐在卷心菜里。"

"可是牛和羊会把卷心菜吃掉呀。"

他为什么那么较真？

席桐无语，不知道怎么哄他。

孟峰又说："小羊要和小老鼠一起坐在玫瑰花里。"

他的眼珠黑润润的，直直地看着她，目光分外执着。

席桐扑哧一声笑了出来，败下阵，在他的唇角亲了一下："好呀，明年让律律给你亲自做翻糖的，我可懒得动。"

"哥哥，你先别答应他，等爸爸给我换了音乐老师你再给他做蛋糕！"孟佳音一溜烟从露台上跑过去，鼓起一口气，吹散手里的蒲公英。

纯白的小伞荡在空中，像一队芭蕾舞演员，跳着轻盈活泼的舞，随着四月的清风飘出了理想宫，在空中旋转、沉浮。

它们掠过翠绿的草尖，擦过湿润的泥土，触碰过长出新芽的葡萄架，越过了洒满阳光的栅栏，飘向春天无垠的田野，无忧无虑地在村庄上空肆意飞翔，没有人知道它将落在哪户人家的窗前。

蔚蓝天空下传来隐隐的对话。

"按行程，接下来我们要去哪？"

"尚贝里，十一点钟的公交转火车。"

"啊，那得抓紧时间了！"

后记

很多话都在这本书连载的时候说完了，如今到了出版的时刻，反而没什么可说。

感谢艰苦的 2020 年。这一年的疫情使千千万万人的命运轨迹发生了巨变，我的生活也发生了前所未有的改变，一方面使出浑身解数在校招市场应聘，一方面写完了一本现代长篇小说。两者对我来说都是崭新的经历，我精疲力竭，却最终获得了还算好的结果。

感谢那些可爱的、温暖的、善解人意的读者朋友们。你们不仅仅是读者，更是可以一起交流、探讨生活问题的小伙伴，是你们让我在晦暗时刻有了前进的动力。

感谢愿意收留这本书的公司和几位对接的编辑，从浩瀚书海中发现它不容易，删改工程浩大，也很不容易。

感谢我的室友 A 小姐，出版要添加字数充足的新番外，实在想不出写什么，最后就写了由她计划路线参观的理想宫。

感谢我的妈妈，她虽然知道我写小说，却像忍住喷嚏一样忍住了刨根问底，没有让我社会性死亡，希望她继续保持。

最后，我非常感谢在十八岁的那个暑假向创作懵懂地迈出第一步、并在随后的七年里从未想过放弃的自己。

万幸命运没有让我过早地得偿所愿，如此我就明白了努力是多么重要，一点微小的成绩是多么来之不易，体验了成功所必经的那些痛苦的挣扎、卑微的喜悦、无奈的叹息。

这一切让我有存在感，让我感到自己确确实实在认真地生活。

一百多年前，理想宫的建造者在他的备忘录上写道：
暮色苍茫，夜光垂降，
众生休憩，归于沉静，
而我依然为理想之宫殿操劳。
我的辛苦，无人知晓。

这首诗描述的是古今中外所有为梦想而努力的人。再借用那位邮差先生的一句话，送给那些锲而不舍却尚未在各个领域崭露头角的陌生人们：
Ce rocher dira un jour bien des choses.（这块石头将来一定一鸣惊人）